김유정 문학

다시 읽기

필자

권　은(權垠, Kwon, Eun) 한국교통대학교 한국어문학과
권창규(權昶奎, Kwon, Changgyu) 포항공과대학교 인문사회학부
김동환(金東煥, Kim, Donghoan) 한성대학교 크리에이티브인문대학
박정규(朴丁奎, Park, Jungkyu) 서울과학기술대학교 문예창작학과
석형락(石亨洛, Seok, Hyeongrak) 아주대학교 다산학부대학
엄미옥(嚴美玉, Eom, Miok) 숙명여자대학교
오태호(吳太鎬, Oh, Taeho) 경희대학교 후마니타스칼리지
우한용(禹漢鎔, Woo, Hanyong) 서울대학교 국어교육과
전흥남(田興男, Jeon, Heungnam) 한려대학교 교양학부
천춘화(千春花, Qian, Chunhua) 원광대학교 동북아시아인문사회연구소

김유정 문학 다시 읽기

초판 인쇄 2019년 3월 18일 **초판 발행** 2019년 3월 25일
엮은이 김유정학회 **펴낸이** 박성모 **펴낸곳** 소명출판 **출판등록** 제13-522호
주소 서울시 서초구 서초중앙로6길 15, 1층
전화 02-585-7840 **팩스** 02-585-7848 **전자우편** somyungbooks@daum.net **홈페이지** www.somyong.co.kr

값 25,000원 ⓒ 김유정학회, 2019
ISBN 979-11-5905-401-3 93810

이 책은 춘천시 문화재단의 '2019문화예술지원사업'에 의하여 출판되었습니다.

김유정 문학 다시 읽기

Re-reading the Kim Youjeong`s Literature

김유정학회 편

권은 권창규 김동환 박정규 석형락 엄미옥
오태호 우한용 전흥남 천춘화

소명출판

책머리에

　지난해에는 두 번의 학술대회가 있었다. 봄에 열린 제9회 학술대회는 '김유정 문학과 그의 벗들'이라는 주제로 2018년 4월 10일 한국외국어대학교에서 열렸다. 오전에 남궁정(한양대), 심재욱(강원대), 엄미옥(동덕여대), 조수진(성균관대), 최진환(한국외대) 등의 개인 발표와 유리(공주대), 신제원(고려대), 이영미(경희대), 김지혜(서울대), 김가람(호서대) 등의 토론이 있었다. 오후에는 표정옥(숙명여대), 박영기(한국외대), 이현주(연세대) 등의 주제 발표와 김지혜(이화여대), 심종숙(한국외대), 김형규(아주대) 등의 토론이 있었다. 그리고 박정규(서울과학기술대), 우한용(서울대) 등의 창작 발표도 이어졌다.

　우리 학회와 (사)김유정기념사업회가 주관한 가을 학술 세미나는 2018년 10월 14일 김유정문학촌 세미나실에서 열렸다. 2018 김유정문학제의 프로그램과 함께 진행된 가을 세미나는 '김유정 문학 연구의 지평과 전망'이라는 주제로 김동환(한성대), 최선영(이화여대), 권창규(포항공대), 우신영(인천대) 등의 발표와 박진(국민대), 임보람(서강대), 정주아(강원대), 오윤주(서울대) 등의 토론이 있었다. 우리 학회 회원들뿐 아니라 김유정문학촌의 전임 전상국 촌장과 현임 김금분 촌장, 문학촌의 해설사 그리고 김유정과 그의 문학을 사랑하는 많은 분들이 참석하셨다.

올해도 우리 학회는 지난 한 해 동안 회원들이 연구하고 발표한 것들을 모아『김유정 문학 다시 읽기』라는 제목으로 세상에 내놓는다. 이 책은『김유정의 귀환』(2012),『김유정과의 만남』(2013),『김유정과의 산책』(2014),『김유정과의 향연』(2015),『김유정의 문학광장』(2016),『김유정의 문학산맥』(2017),『김유정 문학의 감정 미학』(2018)에 이어 여덟 번째다. 2012년 이후 매년 발간해온 셈이다.

「식민지 도시 경성과 김유정의 언어 감각」(권은)에서 김유정 소설에는 강원도를 배경으로 한 소설 못지않게 경성을 배경으로 한 소설이 반을 차지하고 있음에도 학계의 큰 주목을 받지 못했다고 반성하고, 후자를 중심으로 그의 언어적인 특성들을 파악한다. 김유정의 도시소설은 박태원, 이상 등과 차이를 보이는데 그의 소설에는 주변부로 밀려난 존재들이 등장하며, 고유명사보다는 일반명사를, 형용사와 부사를 풍부하게 사용하며, 배경에 대한 구체적 묘사 없이 인물의 심리에 집중함으로써 그의 독특한 문학세계를 드러내고 있다고 평가한다.

「농민의 일탈을 둘러싼 화폐 권력과 식민지자본주의」(권창규)에서는 가난한 하층민들이 생존을 모색하는 과정이 일탈적 행위로 일관되어 있다는 점에 주목한다. 특히 하층 계급에 대한 식민주의적 시각을 경계하면서 농민의 일탈과 비극 특히 도박, 도둑질, 사기, 투기 행위 등을 둘러싼 식민지자본주의화 과정을 논의 중심에 둔다. 그것은 식민지자본주의의 착취로부터의 탈피라는 의미를 갖는 동시에 위험이 더 이상 일탈이거나 비일상적인 국면이 아닌 투기자본주의의 일상적 행위를 보여준다고 해석한다.

「지배적 비평 용어와 김유정 문학」(김동환)에서는 김유정 문학을 논할 때 거의 필수적으로 거론되는 용어들의 유래를 살펴보는 것과 아울러 그간 제출된 학위논문들의 연구 양상을 고찰한다. 전자와 관련해서는 '토속성'과 '해학'이라는 용어에 주목한다. '토속성'은 '향토성'의 그리고 '해학'은 '유머'의 대체 용어일 가능성이 매우 크다는 것을 밝힌다. 후자와 관련해서는 1960년대 이후 석사논문 269편, 박사논문 17편 총 286편의 논문을 분석한다. 이를 21개의 핵심어 범주로 나누어 분류하고 그 빈도 순위를 보면 해학, 인물 등이 다수를 차지하고 있음을 밝힌다. 연구자는 이러한 경향은 여타 작가 연구와 크게 다르지 않은 것으로 앞으로 김유정 연구의 확장을 기대하는 것도 잊지 않는다.

「김유정 소설에 나타난 '연민의 서사' 연구」(오태호)에서는 김유정 소설이 지닌 '연민의 서사'에 대해 '들병이, 연정, 물욕, 궁핍' 등의 제재로 세분화하여 마사 누스바움의 '감정론'을 활용하여 분석한다. '연민의 서사'는 김유정 문학의 본령에 해당하는 '비극성'의 핵심으로서 아이러니적 서사와 열린 결말에서 인지되는 감정론의 귀결로 본다. 타인의 고통을 인지하고 더 나은 세상을 고민하는 공감 능력의 필요성이 제기되는 '연민의 서사'를 내장한 작품이 바로 김유정의 소설이라는 점을 밝힌다.

「김유정 소설의 폭력의 기억과 서사적 재현」(천춘화)에서는 김유정의 소설에 나타난 폭력에 주목한다. 이는 폭력 이면의 욕망보다는 폭력에 접근하는 독특한 시선 때문인데, 작품 속에서 서술자는 폭력의 가해자, 피해자, 관찰자에 대해서 다각적으로 접근하고 있음과 동시에 그 입장들을 리얼하게 재현해내고 있다는 것이다. 이것은 그의 트라우마 기억과 긴밀하게 연관되어 있다는 것을 밝힌다. 이를 통해 김유정에게 트라우마가 있었다는 사실보다는 김유정의 문학은 감당하기 어려운 정서적 고통 위에 세워진 상처의 보루였다는 사실을 강조한다.

「1930년대 후반 작고 작가 애도문의 서술 양상과 그 의미」(석형락)에서는 1930년대 후반 작고 작가를 대상으로 작성된, 애도의 내용을 담은 조사, 강연, 회고록, 시, 소설 등을 폭넓게 애도문으로 규정하고, 특히 김유정과 이상을 대상으로 한 애도문의 서술 양상과 그 의미를 밝히고 있다. 애도문은 정치적, 문화적으로 억압적인 사회에서 사회적 발언의 창구 역할을 담당했으며, 작가론, 문학론, 회고록, 반성문, 고백록, 편지글, 공개장, 전, 소설이 되기도 했다. 이는 고인의 삶과 문학을 일반에 알리려는 애도 주체의 의지를 반영하면서, 결과적으로 애도문이라는 글쓰기의 장르적 확장성을 보여주었다고 논증한다.

「「봄·봄」의 OSMU와 스토리텔링 양상 연구」(엄미옥)에서는 김유정의 단편소설 「봄·봄」을 대상으로 작품이 하나의 원소스이자 원형콘텐츠로서 OSMU되어 온 과정을 살피고, 각 장르와 매체 전환 시 이루어지는 스토리텔링의 전략을 규명하고자 하였다. 구체적으로 소설 「봄·봄」과 영화 〈봄봄〉, TV문학관 〈봄봄〉, HDTV문학관 〈봄, 봄봄〉을 대상으로 분석한 결과 영화와 드라마는 소설을 활용하면서도 매체와 장르의 특성에 적합한 스토리텔링 전략으로 새로운 서술과 의미를 생산하였다고 평가한다.

「김유정 소설의 문학치료학 적용 가능성 고찰」(전흥남)에서는 최근 문학치료학의 대두와 함께 문학치료학 텍스트로서의 김유정 소설의 적용 가능성을 탐색한다. 특히 김유정의 소설에 나타난 웃음의 기제와 담론을 통해 문학텍스트로서의 적용 가능성을 검토 대상으로 삼는다. 그리하여 소설 속에 나타난 웃음의 기제는 독자로 하여금 동일시의 효과를 통한 감정 이입의 순기능을 발휘할 가능성이 높다고 주장한다. 아울러 Tetra System 4단계 이론에 따라 구체적인 방법을 제안한다. 이를 통해 문학의 (심리)치료적 기능과 중재적 기능의 강화를 위한 이론적 모색에 기여하고자 한다.

「손거울 혹은 빛바랜 사진」(박정규)은 소설 형식을 빌어 김유정과 이상 등에 대하여 이야기 한다. 여기에 등장하는 주된 인물은 박 선생과 현경윤이다. 박 선생은 휘문고보를 나와 동경 유학을 다녀왔으며 조선중앙일보를 입사하여 폐간되자 대동출판사를 다니고 있다. 이러한 정보에 따르면 그는 육이오 때 행방 불명된 박노갑이다. 현경윤은 「남생이」로 『조선일보』 신춘문예에 일등으로 당선된 인물이다. 안회남이 이를 두고 '우리의 전 문학 수준을 대표할 만한 작품'이라 평한 작품이다. 그가 바로 육이오 때 월북한 것으로 알려진 소설가이자 아동문학가인 현덕이다. 이들이 대화를 나눌 무렵은 이상과 김유정의 합동 추모식이 있은 이후의 일로, 이들이 나눈 대화는 현경윤의 소설이 김유정의 소설뿐 아니라 박 선생으로부터 영향을 받았다는 것과 이상과 김유정 등과의 이런저런 이야기이다. 작품 제목이 말해주듯이 손거울과 빛바랜 사진은 각각 이상과 김유정의 작품 세계를 상징하는 것들이다. 다만 작품 말미에, 소설이기는 하지만, 김유정의 형이 탕진했다는 재산의 향방을 마적과 연관 시킨 것은 흥미롭다.

「목욕하는 여자」(우한용)는 알바니아에 여행을 다녀온 서무아를 고교 동창 나세나가 공항까지 나가 마중하면서 시작한다. 국어 선생 20년 경력의 박사학위 소유자 서무아는 고교 시절에는 박식한 민달봉 선생을 상대로 위기를 모면하는 언어적 수완을 발휘한 인물이다. 그는 식민지 문화학회장을 맡고 있는 나세나의 배려로 식민지적 인간상 발굴을 위해 알바니아를 답사 차 다녀온 것이다. 독재자 엔버 호자라든가 폭군 알리 파샤 등에 관심을 두고 그곳에 갔지만, 결국 작품에서 서술하고 있듯이 여전히 식민지적 현상은 만연하다. 그것은 수능 후에 자율학습 지도를 맡은 학생들로 인해 겪게 되는 일련의 사건들과도 연관된다. 다윗, 밧세바, 솔로몬에 얽힌 이야기를 탐구 하는 과정에서 학생들은 밧세바를 그린 명화를 수집하게 되는데, 일지매클럽 사태로 인해 서무아뿐 아니라 식민지문화학회까지 수사 대상이 된다. 현실에 만연한 폭력이 한반도뿐 아니라 우리 마음속에도 존재한다는 것이다.

이 책의 간행을 위해 옥고를 보내주신 저자 및 작가님, 그리고 책이 산뜻하게 나올 수 있게 도와주신 소명출판 사장님과 편집진께도 감사드린다. 특별히 물심양면으로 도와주시는 춘천시 문화재단 이사장님과 김유정문학촌의 촌장님께 진심으로 감사드린다. 또한 강원대 정진석 총무이사님, 이숙정·김다예 두 총무간사님의 노고에 고마운 마음을 전한다. 이 책이 김유정과 그의 문학을 논의하고 확장시켜 나가는 데 기여할 수 있기를 바란다.

2019. 2. 28.

김유정학회장 임경순

차례

제
1
부

/

김유정 문학 다시 읽기

식민지 도시 경성과 김유정의 언어감각*

권은

1. 서론

「봄·봄」, 「동백꽃」 등에서 알 수 있듯, 김유정은 강원도 일대를 배경으로 한 작품들로 잘 알려져 있다. 그렇지만 그는 경성을 무대로 한 작품도 상당수 남겼다. 생전에 그가 남긴 30여 편의 중단편 소설 중에서 절반 정도는 강원도를 배경으로 하며, 나머지 절반은 경성을 배경으로 한다. 그러나 그의 도시소설은 학계의 큰 주목을 받지는 못했다. 일부에서는 "김유정의 소설세계를 일목요연하게 특징지을 때 도시를 배경으로 한 작품들은 설 자리를 얻지"[1] 못한다고 평하기도 한다. 또한 김유정

---

* 이 글은 『인문과학연구』 38(성신여대 인문과학연구소, 2018.8)에 게재된 글을 일부 수정하여 재수록한 것이다.
1 박상준, 「반전과 통찰－김유정 도시 배경 소설의 비의」, 『현대문학의 연구』 53, 한국문학연구학회, 2014, 10쪽.

의 농촌소설이 중고등학교의 '문학교과서'에서 수록되기에 적합한 작품들이었기 때문에 그가 농촌소설가로 정전화되었다고 보기도 한다.[2]

김유정처럼 한 작가가 농촌과 도시를 배경으로 각각의 작품을 남기는 경우는 많지 않다. 예를 들어, 서울토박이 작가인 박태원은 농촌을 잘 알지 못해 자신은 농촌소설을 쓸 수 없다고 고백했고,[3] 이상李箱은 도시인의 관점에서 산골의 풍경을 재해석하는 수필 「산촌여정」 등을 쓰기는 했지만 농촌을 배경으로 한 본격적인 소설을 창작하지는 않았다. 김유정과 이효석 등이 농촌과 경성을 각각 배경으로 한 작품들을 남겼다. 이효석은 본래 경성을 배경으로 한 도시소설을 주로 발표했으나, '구인회'를 탈퇴한 후 「메밀꽃 필 무렵」 등의 서정적 농촌소설로 창작 방향을 바꾸었다. 반면 '구인회'에 뒤늦게 합류한 김유정은 가입 이후 경성을 배경으로 한 일련의 작품들을 발표하기 시작했다. 김유정과 이효석은 '구인회'에 가입하는 것을 계기로 문학의 전환점을 맞게 된 것이다.

김유정의 도시소설에 관한 연구는 최근 들어 본격화되기 시작했다. 정현숙은 김유정의 도시소설의 지리적 지표를 살핀 후, 「심청」, 「봄과 따라지」, 「이런 음악회」는 종로 일대, 「두꺼비」는 청진동과 관철동, 「생의 반려」는 사직동과 돈의동, 「옥토끼」와 「슬픈 이야기」는 신당리, 「땡볕」은 연건동, 「따라지」는 사직동, 「야앵」은 창경원을 각각 주요 배경으로 삼고 있음을 세밀하게 살폈다.[4] 그는 김유정의 작품들에서 "남촌은 아예 등장하지 않고, 예외 없이 북촌 일대를 그리고 있다"[5]고 했다.

---

2   김양선, 「1930년대 소설과 식민지 무의식의 한 양상─김유정 소설에 나타난 향토의 발견과 섹슈얼리티를 중심으로」, 『한국근대문학연구』 10, 한국근대문학회, 2004, 150쪽.
3   박태원은 한국문학계에 농촌을 배경으로 한 '농민소설'이 많이 나와야 하지만, 농촌을 잘 알지 못하는 자신은 농민소설을 쓸 수 없다고 말하기도 했다. 박태원, 「3월 창작평」, 『조선중앙일보』, 1934.3.26~31.
4   정현숙, 「김유정과 서울」, 『김유정과의 산책』, 소명출판, 2014, 280쪽.

김유정이 그린 도시소설의 공간적 설정이 그의 자전적 체험에 기반하고 있다는 사실도 점차 밝혀지고 있다.[6] 이러한 논의들과는 달리, 김유정 작품에서 경성의 구체적인 도시구역이 제시되어 있다고 하더라도 소설의 배경으로 충분히 기능하지 못한다는 주장도 있다. 박상준은 "종로 거리와 야시, 창경원이 뒤바뀌어도 [김유정] 작품의 효과에는 별다른 영향이 있을 듯싶지 않고, 청진동과 신당리, 사직골이 뒤바뀐다 해도 해당 작품들의 특징이 달라지지는 않는다"[7]고 주장했다. 비록 김유정의 작품 속에서 특정 공간지표가 제시되어 있더라도, 배경의 서사적 기능은 거의 찾을 수 없다는 것이다.

이 글은 김유정 도시소설과 관련된 기존 논의들을 비판적으로 검토하고, 그의 작품들에서 나타나는 특성들을 경성의 도시구역과의 관계 속에서 좀 더 면밀히 살피고자 한다. 농촌을 작품의 주요 무대로 삼았던 김유정의 도시소설은 박태원, 이상 등 서울 출신 작가들의 작품 경향과는 상당한 차이를 보인다. 김유정 작품 속 인물들은 경성 안에서도 주변부로 밀려난 존재들로 자신만의 고유한 목소리를 내지 못하는 하위주체들이다. 김유정은 고유명사보다는 일반명사를 주로 활용하고 형용사와 부사를 풍부하게 사용하며, 배경에 대한 구체적 묘사 없이 인물의 심리에 집중함으로써 경성의 주변부에서 힘겹게 살아가는 도시 빈민들의 삶을 생생하게 그려냈다. 그는 박태원 등이 구사하던 모더니즘 기법을 변용하여 새로운 방식으로 적용하기도 했다. 특히 이 글에서는 경성을 배경으로 한 김유정의 작품들에서 반복적으로 등장하는 세 구역(신당리,

---

5 위의 글, 280쪽.
6 윤현이, 「김유정 소설에 나타난 1930년대 서울의 모습과 의미」, 『김유정과의 산책』, 소명출판, 2014, 302쪽.
7 박상준, 앞의 글, 13쪽.

사직동, 종로 일대)을 구분하여 각각의 특성을 살피고, 동시대 다른 작가들의 작품들과 겹쳐 읽음으로써 작품 속 공간의 의미를 좀 더 적극적으로 찾아보고자 한다.

2. 김유정의 언어감각 ─ 일반명사와 고유명사의 사이에서

작가마다 즐겨 사용하는 어휘의 종류와 빈도는 다양하기 마련이다. 그중에서도 명사의 활용과 빈도의 양상을 보면, 그 작가가 얼마나 다채로운 소재를 활용하고, 특정 대상을 세밀하게 재현하는지 등을 알 수 있다. 한 작가가 특정 분야의 고유명사를 많이 사용한다는 것은 그가 그 분야에 대한 지식이 풍부하며 관심이 많다는 것을 의미한다. 예를 들어, 한 작가가 '꽃'에 대해 서술하는 방식을 보면, 그가 '꽃'에 대해 얼마나 풍부한 지식을 갖고 있는지를 짐작할 수 있다. 예를 들어, 이효석은 「메밀꽃 필 무렵」, 「수선화」, 「장미 병들다」 등 '꽃이름花名'이 제목으로 들어간 다수의 작품을 남긴 바 있고, 그의 작품들에는 40여 개 이상의 다채로운 꽃이름과 상세한 묘사가 나온다. 반면 세밀한 묘사와 정확한 표현으로 유명했던 박태원은 유독 '꽃'에 있어서는 스스로도 잘 알지 못한다고 고백한 바 있다.[8] 그래서인지 그의 작품에는 개나리, 진달래, 채송화,

---

8 "나는 어느 꽃이 어느 이름을 가지고 있는지 그것에 대한 지식이 확실하지 않어, 내가 코스모스일지도 모른다. 생각한 꽃이, 혹은, 따리아일지도, 아네모네일지도, 또는 천만의외로 바로 그것이 안해가 말하든 옥잠화라는 꽃일지도 모를 일이었다." 박태원, 「화단의 가을」, 『매일신보』, 1935.10.30〜11.1.

사쿠라(벚꽃) 등 잘 알려진 몇몇 꽃이름만 등장한다. 이처럼 한 작가가 고유명사를 사용하는 양상을 살펴보면, 그가 어떠한 대상에 특별한 관심을 기울이고 있는지를 파악할 수 있다.

최근 한 연구에 따르면, 김유정은 식민지 시기의 다른 작가들에 비해 명사를 활용하는 정도가 현저하게 낮은 편이다.[9] 특히 고유명사를 활용하는 빈도는 눈에 띌 정도로 낮다. 대신 김유정은 형용사와 부사를 풍부하게 활용하였고 특히 의성어와 의태어를 다양하게 구사하였다.[10] 김유정은 농촌을 배경으로 한 작품을 많이 남겼기에 '꽃'에 대해서도 다채로운 표현을 사용했을 것 같지만, 실제로는 그렇지 않다. 그는 '꽃'과 관련된 고유명사를 자주 사용하지 않았다. 꽃이름이 제목인 「동백꽃」이 있지만, 그의 작품에는 개나리, 도라지꽃, 동백꽃 정도만 등장할 뿐이다. 토도로프에 따르면, 소설 속의 등장인물은 명사, 인물의 상태는 형용사, 그들의 행위는 동사적 특성을 갖는다.[11] 그의 논의를 토대로 하면, 김유정은 명사보다 형용사나 부사 등의 수식어를 사용함으로써 인물 자체보다는 그가 처한 상태나 상황을 강조하여 보여주고자 했다고 볼 수 있다.

근대소설은 흔히 '고유명사들의 세계'라고 말한다. 소설의 리얼리즘은 세부사항의 구체적인 묘사와 정확한 고유명사의 활용에 의해 구성된다. 이언 와트는 근대소설은 인물, 장소, 사물의 고유명사를 통해 기존의 알레고리적인 문학에서 리얼리즘적인 성격의 문학으로 혁신적인

---

9 문한별, 「한국 현대소설의 기계적 문체 분석 가능성을 위한 계량적 방법론—1930년대 작가를 중심으로」, 『국어국문학』 170, 국어국문학회, 2015, 443쪽.

10 일부에서는 이러한 문체적 특성을 김유정이 말을 더듬었던 것과 연관짓기도 한다. 김화경, 「말더듬이 김유정의 문학과 상상력」, 『현대소설연구』 32, 현대소설학회, 2006, 82쪽.

11 테리 이글턴, 정철인 역, 『현대 문학원론』, 형설출판사, 1991, 158쪽.

변환을 꾀할 수 있었다고 했다.[12] 고유명사는 "각각 개인화한 인간의 특정한 정체성을 부르는 표현법"[13]이다. 근대적 인간은 고유명사를 통해 다른 사람들과는 구별되는 개별성을 획득하였으며, 이는 부르주아 개인주의의 토대가 되었다. 한국 근대 작가 중에서 상품과 관련된 '고유명사'를 자유자재로 활용한 작가로는 박태원이 있다. 그가 도시 공간을 산책하며 '낡은 대학노트'에 담은 고현학적 기록들은 동시대의 고유명사들에 대한 기록에 다름 아니다. 박태원은 「기호품 일람표」에서 다음과 같이 언급했다.

물론 사람에 따라서 취미는 다르오마는 아마도 우리 젊은이의 입에는 '피존'이나 '마코'가 알맞을까 보오. '카이다'를 좋아하는 사람도 있소.
'수도'라든 '조일' 이러한 '구찌쓰게'는 섬나라 사람에게나 맞을까 하오. 프롤레타리아트는 '마코'를 입에 물어야만 하는 이야기도 그럴 듯하게 들릴 것 같소.[14]

'피존'이나 '마코'와 같은 담배 상표명은 한 개인의 취향뿐 아니라 그가 속한 계급이나 민족 등에 대한 정보를 제공하는 역할을 할 수 있다. 박태원은 담배의 고유한 상표명을 통해 인물들의 경제적 상황과 성별, 나이, 심리상태 등을 복합적으로 전달하고자 했다.[15] 사소해 보이는 단서들을 토대로 탐정이 범인의 윤곽을 그려내듯, 소설 속 인물들의 특성은 그와 관련된 다양한 고유명사들을 토대로 유추할 수 있다.[16]

12 Pam Morris, *Realism*, Routledge, 2003, p.77.
13 이언 와트, 강유나・고경하 역, 『소설의 발생』, 강, 2009, 27쪽.
14 박태원, 「기호품 일람표」, 『동아일보』, 1930.3.18.
15 권은, 『경성 모더니즘』, 일조각, 2018, 326쪽.

그렇지만 앞서 말했듯이, 김유정의 작품에는 고유명사가 좀처럼 나오지 않는다. 담배의 경우도 마찬가지였다. 그가 유명한 애연가였다는 사실을 고려하면 이는 상당히 특이하다고 할 수 있다.[17] 그의 작품들에서는 대부분 일반명사인 '담배'나 '궐련'이 언급될 뿐 구체적인 상품명은 거의 등장하지 않는다. 김유정도 담배들의 특성을 잘 알고 있었을 것으로 짐작할 수 있지만, 그는 작품 속에서 일반명사로서의 '담배'를 사용하기를 선호했다.

자본주의가 본격화되지 않은 농촌을 배경으로 한 작품에서는 일반명사로서의 '담배'로 충분한 경우가 많다. 이때의 '담배'는 교환되는 상품이라기보다는 고유한 사용가치를 갖는 사물에 가깝다. 고유명사가 개개인을 구분짓는 '부르주아 개인주의'를 대변한다면, 일반명사는 대부분의 사람들이 함께 공유할 수 있는 '전통적 공동체주의'를 대변한다고 할 수 있다. 본래 담배는 '상품'이 아니었다. 그저 "뒷곁에 한두 포기 심어서 엽초를 만들어 또는 '깡초'를 만들어 집에서 쓰던 것"[18]이었다. 그러던 것이 전매국이 들어서면서 담배도 상품으로 간주되기 시작했다.

---

16 이태준의 「복덕방」에서는 평소에 '마코'를 태우던 안초시가 "오늘은 오래간만에 피죤을 사서, 거기서 아주 한 대를 피"우는 장면이 나온다. 당시 마코는 5전이었지만, 피죤은 10~12전 정도였다. 그가 부동산 투자로 큰 돈을 벌 수 있을 것이라는 헛된 기대감에 사로잡혀 평소와는 다른 행동을 하고 있음을 알 수 있는 대목이다. 채만식의 「레디메이드 인생」에서도 "P가 무심결에 해태갑을 꺼내어 붙여 무니까 머리 딴 계집애가 P의 목을 걸싸안고 볼에다 입을 쪽 맞추"는 장면이 나온다. 당시 해태는 12~15전가량 하는 고급 담배였다. 여급은 '해태'를 태우는 남자가 돈이 많은 사람이라고 생각했던 것이다. 이처럼 담배의 고유한 상품명은 다양한 맥락 속에서 인물들의 경제적 상황과 심리적 상태 등을 알려주는 지표가 된다.

17 김유정은 한 '설문조사'에서 자신의 대표적 오락이 '궐련피는 것'이라고 답한 바 있다. "선생이 만일 날개가 달려 공중을 훨훨 날 수 있다면 어떤 일을 하겠습니까?"라거나 "무인도에 가서 평생을 살게 된다면 무엇을 가지고 가시렵니까?" 등의 질문에도 그는 언제나 담배를 피우겠다고 답했다. 심지어 그는 병상에 누워있을 때에도 담배를 참지 못해 숨 쉬는 것이 힘들 때가 있었다고 고백했을 정도였다.

18 김남천, 「황율·연초·잠견」, 『농업조선』, 1940.2.

「금 따는 콩밭」에서 "태연무심이 담배만 뻑뻑 피우는것이다"[19]라거나 「가을」에서 "풀밭에 펄석 주저앉아서는 숨을 돌리고 담배를 꺼내고"[20]라는 표현이 등장하는 것은 그리 어색하지 않다. 강원도 농촌을 배경으로 한 작품에서는 고유명사로서의 '담배'가 오히려 이질적으로 느껴질 수 있기 때문이다. 반면 경성과 같이 근대화된 도시 공간을 대상으로 할 때 일반명사로서의 '담배'는 독자들이 머릿속에 구체적인 장면을 떠올리기에 충분하지 않다. 그렇지만 김유정은 경성을 배경으로 하는 작품에서도 대부분의 경우 일반명사로서의 '담배' 또는 '궐련'으로 표기하였다. 「봄과 따라지」에는 담배꽁초를 모아서 말아 피우는 따라지가 등장하고, 「옥토끼」에는 연초공장에서 담배를 생산하는 여공이 나온다. 사람들이 피다 버린 담배꽁초를 얻어 피우는 따라지나 담배를 만드는 연초직공에게 담배의 특정 상표는 큰 의미가 있을 리 없다. 특정 상표는 소비자에게 의미가 있는 것이기 때문이다. 김유정 소설의 인물들은 '담배'를 다양한 방식으로 소비할 경제적 여유가 없는 하위계층에 속한다.

김유정이 작품에서 고유명사를 사용하는 경우는 극히 제한적인데, 그렇기 때문에 역설적으로 고유명사는 다른 작가들의 작품들보다도 훨씬 더 중요한 의미를 갖는다. "고유명사는 단독성을 본질로 하는 '사건'을 이야기하는 가장 짧은 서사"[21]라고 할 수 있다. 김유정의 작품에서 고유명사의 등장은 그 자체로 하나의 작은 '사건'이 된다. 특이한 점은 김유정의 도시소설보다 오히려 농촌을 배경으로 한 작품들에서 담배의

---

19 김유정, 「金따는 콩밧」, 전신재 편, 『원본 김유정 전집』(개정증보판), 강, 2012, 67쪽.
20 김유정, 「가을」, 위의 책, 198쪽.
21 오카 마리, 김병구 역, 『기억 서사』, 소명출판, 2004, 25쪽.

'고유 상표'가 더 중요한 역할을 맡는다는 점이다. 김유정의 작품 속에 등장하는 담배 상품명은 '마코', '희연', '단풍' 등이다. 박태원이 마코, 미도리, 해태, 피죤, 홍아, 희연, 장수연, 골든 배트, 웨스트민스터 등을 활용했고, 이태준이 해태, 희연, 마코, 피죤, 웨스트민스터 등을 언급한 것에 비하면 김유정은 제한적으로 '담배'를 활용했음을 알 수 있다. 그렇지만 그는 서사적 상황에 맞춰 적절하게 그것을 사용했다.

> 내가 머리가 터지도록 매를 얻어 맞은것이 이때문이다. 그러나 여기가 또한 우리 장인님이 유달리 착한 곳이다. 어느 사람이면 사경을 주어서라도 당장 내쫓았지 터진 머리를 불솜으로 손수 짖어 주고, 호주머니에 희연 한봉을 넣어 주시고 그리고
> "올 갈엔 꼭 성례를 시켜 주마. 암말말구 가서 뒷골의 콩밭이나 얼른갈아라" 하고 등을 뚜덕여 줄 사람이 누구냐.
> 나는장인님이 너무나 고마워서 어느듯 눈물까지 낫다. 점순이를 남기고 인젠내쫓기려니, 하다 뜻밖의 말을듣고,
> "빙장님! 인제 다시는 안그러겠어유—"
> 이렇게 맹서를하며 불야살야 지게를지고 일터로갔다.[22]

「봄·봄」의 장인은 '나'에게 매를 들어 혼냈다가도 조금 있다가는 약을 발라주고 담배를 건네며 달래주기도 한다. 장인은 '데릴사위'를 시켜주겠다는 핑계로 가급적 '나'를 부려먹으려고 한다. 이때 장인이 '나'에게 건네는 담배가 '희연喜煙'이다. 식민지 시기 담배는 크게 궐련형 담배

---

22 김유정, 「봄·봄」, 전신재 편, 『원본 김유정 전집』(개정증보판), 강, 2012, 167쪽.

와 봉초형 담배로 구분되었다. 오늘날은 대부분의 담배가 막대와 필터가 결합된 형태의 궐련형이지만, 당시에는 봉지에다 담뱃잎을 담아서 파는 봉초형 담배도 유통되고 있었다. 궐련이 봉초에 비해 비쌌지만 휴대가 간편하고 쉽게 피울 수 있어 도시 사람들은 대부분 궐련형 담배를 선호하였다. 반면에 가난한 농촌 사람들은 훨씬 독하지만 양이 많고 저렴한 봉초 담배를 종이에 직접 말아서 피우거나 담뱃대에 담아서 피웠다. 「봄·봄」의 장인은 '나'에게 일삯은 주지 않고 대신 값싼 봉초 담배인 희연을 한 봉지 집어주면서 콩밭을 갈 것을 지시한다. '나'는 그러한 "장인님이 너무나 고마워서 어느덧 눈물까지" 흘린다. '나'의 순박하고 어리숙한 성격을 잘 보여주는 장면이다.

'희연'은 경성을 배경으로 한 『땡볕』에서도 등장한다. 아픈 아내를 지게에 싣고 덕순은 한여름의 뜨거운 땡볕을 받으며 대학병원 산부인과를 찾아간다. 가는 길에 그는 참외를 사려다가 자신이 갖고 있는 4전에다 1전만 더 보태면 '희연' 한 봉지를 살 수 있다는 생각에 참외를 사는 것을 주저한다. 이처럼 김유정은 '돈'과 관련해서는 최소 단위까지 정확하게 표기하는 특징을 보여주기도 한다.[23] '희연'은 덕순이가 농촌에서 갓 상경한 인물임을 알게 한다. 또한 그가 값싼 '희연'조차도 쉽게 살 수 없을 정도로 궁핍한 상황에 놓여 있음을 알 수 있다. 작품의 말미에서는 아내가 얼마 살지 못하고 죽을 위중한 상태임을 알고, 덕순이가 그동안 아껴두었던 4전으로 냉수와 왜떡을 사서 아내에게 먹이는 애틋한 장면이 나온다.

이 외에도 「만무방」에서는 "무엇을 생각햇는가 한참 잇드니 호주머

---

23 강헌국, 「김유정, 돈을 위해」, 『비평문학』 64, 한국비평문학회, 2017, 33쪽.

니에서 단풍갑을 *끄낸다*"[24]이라는 표현이 나오고, 「총각과 맹꽁이」에서는 "얼굴깜안친구가 얼마 벼르다가 마코한개를피여올린다"[25]라는 표현이 나온다. '단풍'이나 '마코' 등 구체적인 담배명이 등장하지만, 작품의 배경은 도시가 아니라 농촌이다. 농촌의 가난한 농민들에게는 궐련형 담배는 쉽게 구할 수 있는 것이 아니다. 그래서 작중 인물들은 "무엇을 생각햇는가 한참 잇드니" 혹은 "얼마 벼르다가" 등과 같이 한동안 뜸을 들이고 고민을 하다가 담배를 꺼내 놓는다. "턱없이 궐련 하나라도 선심을 쓸 궐자가 아"닌 그들에게는 그러한 행위가 상대적으로 큰 의미가 있는 것이다. 「만무방」의 성팔이는 자신을 벼도둑으로 의심하는 응칠이를 달래기 위해 '단풍'을 건네고 「총각과 맹꽁이」의 농촌 총각인 '얼굴 까만 친구'는 '들병이' 계집의 환심을 사기 위해 '마코'를 꺼낸다. '마코'는 '단풍'보다 좀 더 비싼 담배였다. 이처럼 김유정은 고유명사를 적절하게 활용하여 서사적 국면의 전환이나 인물들의 심리 상태 등을 세심하게 그리고자 했다.

3. '고유명사'를 가질 수 없는 도시 빈민들의 세계

김유정의 독특한 언어감각은 '시공간'을 재현하는 과정이나 인물에 대해 명명할 때에도 나타난다. "날짜란 특정 사건의 고유명사"[26]이다.

---

24 김유정, 「만무방」, 전신재 편, 『원본 김유정 전집』(개정증보판), 강, 2012, 104쪽.
25 김유정, 「총각과 맹꽁이」, 위의 책, 34쪽.

김유정의 문학에서 특이한 점은 구체적인 날짜나 지명地名이 거의 나타나지 않는다는 점이다. 박태원이나 이태준의 작품에서 경성, 동경, 평양, 부산, 만주 등의 지명과 연도와 날짜 등이 구체적으로 제시되는 것과는 달리, 김유정의 작품에서 날짜와 지명은 구체적으로 제시되지 않는다. 『생의 반려』에서 "사월 스무일헷날"이라고 시간지표가 언급되는 것을 예외로 하면, 대부분의 경우 '봄'이나 '가을' 같은 계절 정도만 제시될 뿐이다. 공간의 경우에도 '서울', '춘천', '강원도' 등이 간혹 언급될 뿐이다. 그는 '경성'이라는 표현은 거의 사용하지 않으며, 대신 '서울'이라고 표현한다. '경성'은 식민지 시기의 역사적 맥락이 반영된 고유명사이지만, '서울'은 본래 한 국가의 수도首都를 의미하는 일반명사였다.[27] '서울'이 오늘날과 같이 고유명사로 간주된 것은 해방 이후의 일이다.

고유한 지명이나 날짜가 거의 언급되지 않는 대신, 김유정의 문학에는 '봄', '여름', '가을', '겨울', '산골', '시골', '농촌', '도회', '도시' 등의 일반명사가 가득하다. 김유정의 문학은 특수한 시대적 맥락을 반영하기보다는 식민지 시기의 빈한한 사람들의 전형적인 삶을 재현하고 있다고 볼 수 있다. 일반명사들로 재현되는 김유정의 '경성'은 동시대의 다른 작가들의 그것과는 상당한 차이를 보인다. 근대도시 경성은 민족별·계층별로 구역이 세분화되어 발달하였다. 그러므로 특정 구역에 관한 구체적인 설명 없이 일반화해서 서술하는 것은 쉽지 않다. 김유정의 도시소설에서 구체적인 지명이 자주 등장하지 않는다는 것은 등장인물들이 그 공간 속에 정착하거나 동화되지 못하고 떠돌고 있음을 보여준다.

---

26 해리 하르투니언, 윤영실·서정은 역, 『역사의 요동』, 휴머니스트, 2006, 73쪽.
27 김백영, 「서울, 은자의 고도에서 세계도시로」, 『도시는 역사다』, 서해문집, 2011, 18쪽.

대도시를 건설한다는 명색으로 웅장한 건축이 날로 늘어가고 한편에서는 낡은 단청집은 수리좇아 허락지 않는다. 서울의 면목을 위하야 얼른 개과천선하고 훌륭한 양옥이 되라는 말이었다. 게다 각상점을 보라. 객들에게 미관을 주기 위하야 서로 시새워 별의별짓을 다해가며 어떠한 노력도 물질도 아끼지 않는 모양같다. 마는 기름때가 짜르르한 헌 누데기를 두르고 거지가 이런 상점앞에 떡 버티고서서 나리! 돈한푼 주—, 하고 어줍대는 그꼴이라니 눈이시도록 짜증 가관이다.[28]

「심청」에서 그려지는 근대화된 경성의 모습에는 시대적 변화를 구체적으로 파악할 수 있을 만한 구체적 표현이 거의 나타나지 않는다. 인용된 부분만을 보면 위의 글이 1930년대의 경성의 근대화 과정을 언급하고 있는 것인지조차도 파악하기 어렵다. 여기서 고유명사는 거의 사용되지 않았기 때문이다. 글 전체를 살펴보면, '서울', '종로', '종각' 등이 언급되기는 하지만 구체적인 묘사는 나오지 않는다. 김유정 소설에서 지명이 자주 나타나지 않는 이유 중의 하나는 소설 속 인물들이 스스로 장소를 선택한 경우가 거의 없었기 때문이기도 하다. 대부분의 작중인물들은 경제적 이유에 의해 자신이 머물던 장소에서 반강제적으로 밀려나 정처없이 유랑하는 경우가 많다.

경성을 배경으로 한 김유정의 작품에서도 구체적인 지명은 자주 등장하지 않으며 장소에 대한 묘사도 구체적으로 이루어지지 않는다. 공간적 지표에 대한 정보가 간헐적으로 한두 차례 제시되거나 혹은 제시되지 않기 때문에 집중해서 살피지 않으면 서사적 장소를 파악하지 못

---

28 김유정, 「심청」, 전신재 편, 『원본 김유정 전집』(개정증보판), 강, 2012, 181쪽.

할 수도 있다. 그러므로 그의 작품에서 지명은 일종의 '사건'으로 기능한다. 김유정이 경성의 남촌을 대상화하지 않고, 조선인 구역인 북촌만을 대상으로 했다는 사실은 여러 논자들이 공통적으로 지적한 것이지만, 그것만으로는 충분한 설명이 되지 못한다. 김유정뿐만 아니라 당시의 대부분의 조선인 작가들은 '남촌'을 대상화하지 않았으며 '북촌'도 하나의 구역으로 통칭하기에는 다양하게 세분화되어 있었기 때문이다.

경성을 배경으로 한 김유정의 작품에서 파악할 수 있는 지명과 공간적 정보를 좀 더 세밀하게 살필 필요가 있다. 김유정은 북촌 중에서도 좀 더 특수한 지역들을 세분화하여 그 공간에 적합한 이야기의 무대로 삼았다. 구역으로 나누면 크게 신당리, 사직동, 종로 일대 등 세 부분으로 나눌 수 있다. 일부에서는 이러한 김유정 작품 속에 등장하는 고유 지명들이 "작품의 효과에 의미 있는 영향을 끼치"[29]지 못한다고 비판하기도 했지만, 오히려 김유정은 서사에 가장 적합한 공간을 고심하여 적절히 배치하려 노력했다. 그의 도시소설을 보면, 경성이 공간적으로 분화되었으며 사람들 사이에서도 '선택적 친화'[30]가 발생하여 경제적으로 비슷한 처지의 사람들이 모여 살았음을 알 수 있다.

1) 경성 외곽의 빈민촌과 전차 노선 - 신당리 일대

신당리를 배경으로 한 김유정의 작품으로는 「슬픈 이야기」와 「옥토끼」 등이 있다. 이 외에도 경성의 동부지역을 배경으로 한 수필 「전차가

---

29 박상준, 앞의 글, 13쪽.
30 삐에르 부르디외, 최종철 역, 『구별짓기』(상), 새물결, 2006, 434쪽 참조.

희극을 낳아」가 있다. 그렇지만 '신당리新堂里'가 직접 언급된 것은 3차례(「슬픈 이야기」: 2회, 「옥토끼」: 1회)에 불과하다. 경성의 교외에 해당하는 신당리는 본래 "푼푼치 못한 잡동산이 만이 옹기종기 몰킨 곳"[31]이었다. 김유정이 '구인회'에 가입하던 무렵인 1936년에 경성의 행정구역이 확장되면서 신당리는 경성의 일부로 편입되었다. 이때 명칭도 '신당정新堂町'으로 변경되었다. 「전차가 희극을 낳아」는 청량리에서 동대문까지 이어진 '청량리선'을 배경으로 하며, 「슬픈 이야기」와 「옥토끼」의 배경인 신당리는 왕십리에서 동대문까지 이어지는 '왕십리선'에 속해 있었다. 청량리선과 왕십리선 일대는 강원도 등지에서 유민들이 유입되기 쉬운 지역이기도 했다. 신당리가 본래 경성 외곽에 해당했다는 점은 중요하다. 성곽도시였던 경성에는 오랫동안 '문 안'과 '문 밖'의 구분이 사람들의 의식 속에 남아 있었고, 토막민 등 도시 빈민들은 '문 밖'에 취락을 만들고 집단으로 거주했기 때문이다.[32]

　　이렇게 벽을 디리받고, 떨어지고, 하는것은 일상 맡아놓고 그 안해가 해줌으로 이번에도 그랬었음에 별루 틀리지 않을 것이다. 그러기에 들릴가말가 한 낮윽한, 그러면서도 잡아 먹을 듯이 앙크러뜻는 소리로 그 남편이 쭝얼거리다 퍽, 하는 이것은 발길이 허구리로 들어온게고, 그래 안해가 어구구, 하니까 그바람에 옆에서 자든 세 살짜리 아들이 어아, 하고 놀래깨는것이 두루 불안스럽다. 허 이눔 또 했구나, 싶어서 나는 약이 안오를 수 없으니까 벌떡 일어나서 큰 일을 칠 거라두 같이 제법 눈을부라린것만은 됐으나 그렇다고 벽 넘어 저쪽을 향하야 꾸중을 한다든가 하는것이 점잖은 나의 체면을 상하

31　김유정, 「슬픈 이야기」, 전신재 편, 『원본 김유정 전집』(개정증보판), 강, 2012, 297쪽.
32　가와무라 미나토, 요시카와 나기 역, 『한양 경성 서울을 걷다』, 다인아트, 2004, 125쪽.

는 것쯤은 모를리 없을 것이다.[33]

　「슬픈 이야기」에는 13년 동안 전차 운전수로 근무하다 감독이 된 사내와 그의 아내, 그리고 이웃집에 사는 '나' 사이에서 발생하는 소소한 이야기를 다루고 있다. 전차운전수 부부는 집값이 저렴하면서도 전차로 쉽게 이동할 수 있는 장소인 신당리에 살림을 차렸을 것이다.[34] 중심 인물인 '나'는 "장가를 들었어도 얼마든지 좋을 수 있을만치 나이가 그토록 지났는대도 어쩌는 수 없이 사글셋방에서 이렇게 홀로 둥글둥글 지내는 놈"[35]이다. 그는 직업도 없고 장가도 들지 못한 룸펜이다. '나'는 같은 집에 함께 세들어 사는 전차운전수 부부의 부부싸움에 간섭을 하다가 오히려 싸움을 더욱 키우게 된다.

　단순한 줄거리의 이 작품은 박태원의 '장거리 문장'이 연상될 정도로 실험적인 문체로 쓰였다. 박태원의 이러한 기법이 동경과 경성 등 이질적인 두 공간을 연결짓기 위한 수단으로 활용되었다면,[36] 김유정은 사생활이 보장되지 않는 신당리의 무질서하게 뒤섞인 공간적 특성을 보여주기 위해 이 기법을 활용하고 있다는 점에서 차이가 난다. 「슬픈 이야기」는 단 하나의 단락으로 구성된 소설로 등장인물의 목소리와 서술자의 목소리 등이 모두 한데 뒤엉켜 있다. 이러한 뒤엉킴은 칸막이도 제대로 갖추지 못한 채 살아가야 하는 신당리 빈민가 사람들의 삶을 보여준다. 결말부의 '나'는 "내가 안해를 갖드지 그렇잖으면 이놈의 신당리

33　김유정, 「슬픈 이야기」, 전신재 편, 『원본 김유정 전집』(개정증보판), 강, 2012, 294쪽.
34　현덕의 「녹성좌」(1939)에서도 '경전(京電) 전차 감독'의 가족이 동대문 외곽 지역에 거주하는 것으로 나온다.
35　김유정, 「슬픈 이야기」, 전신재 편, 『원본 김유정 전집』(개정증보판), 강, 2012, 293쪽.
36　권은, 「제국-식민지의 역학과 박태원의 '동경(東京) 텍스트'」, 『서강인문논총』 41, 서강대 인문과학연구소, 2014, 361쪽 참조.

를 떠나든지, 이러는 수밖에 별도리 없으리라"[37]고 다짐하지만 그곳을 쉽게 벗어날 수는 없을 것처럼 보인다.

김남천은 신당리를 대표적인 "서울의 범죄 구역"[38] 중의 한 곳으로 간주했다. 왕십리로 가는 큰길 연변에 위치한 신당리에는 일부의 초가집을 제외하면 대부분 토막들이 들어서 있었다. 이곳에는 공장 직공이나 회사원들 아니면 날품팔이로 살아가는 빈민들이 주로 모여 살았다. 이 일대에 빈민과 토막민들이 모여 살게 된 것은 전차가 비교적 일찍 연결되어 경성 도심으로 쉽게 이동할 수 있으면서도 공동묘지, 화장장 등이 모여 있어 중산층 사람들이 정주하기를 꺼렸던 곳이었기 때문이다. 「2일 동안에 서울 구경 골고루 하는 법」에는 "묘굴墓窟에 병풍을 둘러치고 사는 신당리新堂里 살림"[39]을 서울의 구경거리 중의 하나로 제시했을 정도였다. 정인택의 「색상자」에는 신당리 일대가 "대강 짐작하지 못할 바도 아니었지만 예상보다 심하게 지저분한 동네"였다고 묘사되어 있다.

김유정의 「옥토끼」는 이웃집에서 키우던 토끼 한 마리가 자신의 집으로 들어오자 그것을 키워 큰 돈을 벌고자 하는 인물에 관한 이야기이다. 이 작품도 신당리를 배경으로 한다. '나'가 있는 집에는 네 가구가 함께 거주한다. '나'는 그 토끼를 옆에 붙어 사는 '숙이'에게 대신 키우게 하고 자신은 번식력이 강하다는 토끼의 짝을 찾아주어 새끼를 칠 궁리를 한다. 그렇지만 어느 날부터 토끼가 보이지 않자 '나'는 숙이에게 토끼를 보여달라고 한다. 그러자 아버지가 토끼를 잡아 아픈 숙이에게 먹였다는 사실이 밝혀진다. '나'는 숙이가 자신의 토끼를 먹었으니, 어쩔 수 없

37 김유정, 「슬픈 이야기」, 전신재 편, 『원본 김유정 전집』(개정증보판), 강, 2012, 301쪽.
38 김남천, 「이리」, 『조광』, 1939.6.
39 기자, 「2일 동안에 서울 구경 골고루 하는 법」, 『별건곤』 23, 개벽사, 1929, 58~64쪽.

이 이제 그녀가 자신에게 시집와야 한다고 생각하며 집으로 돌아온다.

간단한 구성의 이 이야기에서 눈에 띄는 것은 숙이가 몸이 아파 토끼를 먹게 되었다는 점이다. 그는 '연초공장 직공'이었다. 연초공장에 다니며 벌이를 하는 어린 딸이 며칠째 아프니까 아버지는 겁이 나서 "딸도 모르게 그 옥토끼를 잡아서 먹여 버리고 말았던 것"[40]이다. 이를 통해 숙이가 집안의 유일한 수입원임을 짐작할 수 있다. 경성의 연초공장은 인의동, 태평통, 의주통 등 세 곳에 있었는데, 그중 신당리에서 가장 가까운 곳은 인의동 연초분공장이었다. 당시 연초공장 조선인 여직공의 하루 임금은 약 80~90전 정도에 불과했고 나이가 많은 숙련공은 좀 더 많은 임금을 받았다. 숙이의 나이가 어리다고 '통혼'을 거절했던 것을 보면, 그녀는 10대 중반 정도에 불과한 나이였을 것이다. 연초공장은 니코틴, 타르 등 독성물질이 많이 나와 일하기가 쉽지 않았고 직공들은 폐병 등에 걸릴 위험도 많았다.[41] 숙이가 며칠씩 앓아 누웠다는 것은 그만큼 공장의 업무가 힘들었다는 것을 암시한다. 가족의 생계를 책임지던 숙이가 며칠씩 공장에 출근하지 못한 것은 가족들의 생계에 큰 위협이 되었을 것이다.

이처럼 신당리는 경성의 외곽에 속하는 빈민들의 거주지역으로 그려진다. 이 일대는 '청량리선'과 '왕십리선' 등의 전차 노선이 놓여 도심과 연결되어 있으며, 인근에 묘지와 화장장 등이 있어 사람들이 거주하기 꺼렸던 곳이었다. 이 일대를 배경으로 한 김유정의 작품에는 룸펜, 여공 등 가난한 사람들이 주로 등장한다.

---

40 김유정, 「옥토끼」, 전신재 편, 『원본 김유정 전집』(개정증보판), 강, 2012, 244쪽.
41 이익상의 「광란」에서는 연초공장이 '감옥'의 이미지로 묘사되기도 했다. 그곳에는 연초 냄새와 기름 냄새가 코를 찔렀고, 얼굴이 핼쑥한 직공들이 변또그릇을 끼고 길로 걸어나오는 장면이 묘사되어 있다.

2) 도시 근로자들이 모여 살던 서민지역 - 사직동 일대

김유정의 작품들 중에는 경성의 도심을 배경으로 한 작품들도 있다. 경성 서부의 사직동社稷洞 일대를 배경으로 한 「따라지」와 「생의 반려」 등이 대표적이다. 작품 안에서 '사직동(사직골)'이 직접 언급된 것은 6회(「따라지」 : 2회, 「야앵」 : 1회, 「생의 반려」 : 3회)에 불과하다. 사직동은 사직단과 사직공원이 위치해 있는 전통적인 공간으로 조선인 서민층이 모여 살던 곳이다. 사직동은 대중교통을 이용하지 않더라도 손쉽게 경성 주요 지역으로 이동할 수 있는 장점이 있지만, 가파른 언덕이 있어 오르내리기가 힘들다는 단점도 있었다. 당시 사직동의 대부분의 집들은 초가집이었다.

사직동이 언급되거나 묘사되는 작품으로는 박태원의 「사흘 굶은 봄달」과 『미녀도』, 현진건의 「희생화」, 염상섭의 「이심」 등이 있다. 「희생화」에는 "어머님은 우리 남매를 데리고 사직골 막바지에서 쓸쓸한 가정을 이루었었다"라는 표현이 나온다. '쓸쓸한 가정'이라는 표현에서 알수 있듯 사직동에는 초라한 초가집들이 언덕 위에 옹기종기 모여 있었다. 「사흘 굶은 봄달」에는 "사직골 막바지의 초가지붕 사글셋방에는 비가 올 때마다 반자가 새었다"라고 표현되었고, 『미녀도』에는 "그들이 가진 것이라고는 도무지가 사직골 막바지에 있는 일곱간짜리 초가집한 채이다"라고 표현되었다. 이처럼 당시 사직동은 초라한 초가집이 자연스럽게 연상되는 서민구역이었다.

「따라지」의 배경은 버스걸, 카페여급, 공장여공 등이 모여 사는 사직동의 언덕 위의 어느 초가집이다. 규칙적으로 출퇴근을 해야 하는 직업여성들에게는 도심의 직장으로 쉽게 출퇴근을 할 수 있는 사직동이 적절한 거처였을 것이다. 그렇지만 대부분이 사글세를 제때 내지 못하는 것을 보면 이들의 경제적 상황이 그리 넉넉하지 않다는 것을 알 수 있다.

이런 제길헐, 우리집은 은제나 수리를 하는겐가 해마다 고친다, 고친다, 벼르기는 연실 벼르면서 그렇다고 사직골 꼭대기에 올라붙은 깨끗한 초가집이라서 싫은것도 아니다. 납짝한 처마끝에 비록 묵은 이영이 무데기무데기 흘러 나리건말건, 대문짝 한짝이 삐뚜로 배기건말건 장뚝뒤의 판장이 아주 벌컥 나자빠져도 좋다. 참말이지 그놈의 벅 옆의 뒷간만 좀 고쳤으면 원이 없겠다. 밑둥의 벽이 확 나가서 어떤게 벅이고 뒷간인지 분간을 모르니 게다 여름이 되면 벅바닥으로 구데기가 슬슬 기어들질 않나. 이걸 보면 고대 먹었던 밥풀이 그만 곤두스고만다. 에이 추해추해 망할 녀석의 영감쟁이 그것좀 고쳐달라고 그렇게 성화를 해도 —[42]

한 달 사글세로 '1원' 남짓을 내는 것을 볼 때, 「따라지」의 배경이 되는 초가집은 당시의 경성의 시내에서는 거의 찾을 수 없을 정도로 저렴한 곳이었다. 심훈의 「영원의 미소」나 박태원의 「사계와 남매」 등을 보면, 가장 저렴한 사글세라도 3~4원 정도는 되었다. 「따라지」의 초가집에는 본래 광이었지만 셋방을 놓으려고 급히 만든 방도 있고, 각 방의 크기도 작아 두 명이 함께 누우면 더 이상 여유가 없을 정도였다. 그래서 여급인 영애와 아끼꼬 중 한 명이 남자 손님을 집으로 데리고 오면 다른 한 명은 다른 곳에 가서 잠을 청해야 했다. 「따라지」는 이러한 다세대 초가집을 무대로 하여 살아가는 경성의 서민들의 모습을 유머러

---

42 김유정, 「따라지」, 전신재 편, 『원본 김유정 전집』(개정증보판), 강, 2012, 303쪽.

스하게 그리고 있다. 이들도 가난하기는 하지만 때로는 "단성사엘 갔는지 창경원엘 갔는지" 산책을 즐기기도 한다는 점에서 '신당리'의 빈민촌 사람들보다는 경제적 여유가 있는 셈이었다.

실제로 김유정은 한때 사직동에서 살았다. 그의 자전적 소설인 「생의 반려」에는 "시골 간 형이 아우의 입을 막기 위하야 사직동 꼭대기다 방둘 있는 조고만 집을 전세를 얻어"[43] 주는 장면이 나온다. 1920년대 초의 한 신문기사를 보면, 경성의 주택난으로 인해 초가집 한 간에 3~5원, 기와집은 5~7원의 높은 사글세를 받아 폭리를 취하는 사람들을 비판하는 기사가 실리기도 했다. 경성에서 사글세가 가장 저렴한 곳으로는 "삼청동 꼭데기나 사직골 구석같은 곳"이 언급되고 있다.[44] 경성 외곽의 신당리가 토막민 등 빈민들이 모여사는 곳이었다면, 도심의 사직동은 언덕 위에 초가집들이 모여 있던 서민들의 동네였다. 이곳을 배경으로 한 김유정의 작품들에는 규칙적으로 출퇴근을 해야 하는 다양한 직종의 직장인들이 등장한다. 이들은 비록 직장을 갖긴 했지만, 월세를 제때 내지 못할 정도로 근근히 삶을 버텨나가는 경우가 많다.

3) 조선인들이 모이는 번화가-종로 일대

신당리와 사직동이 김유정의 소설 속 인물들이 거주하는 장소였다면, 종로 일대는 북촌에서 가장 번화한 상업지구로 사람들이 자연스럽게 모여드는 '만남의 장場'이었다. 작품 안에서 '종로'는 10번 정도 언급

---

43 김유정, 「生의 伴侶」, 전신재 편, 『원본 김유정 전집』(개정증보판), 강, 2012, 261쪽.
44 「주택난의 餘弊로 폭리를 탐하는 家主단속」, 『동아일보』, 1922.3.10.

된다. 종로 지역 중에서도 청진동, 관철동, 다옥정 등은 대로를 끼고 위치한 곳으로 기생들이 많이 살던 곳이었다. 김유정은 다옥정을 "기생촌이요 따라 남의 소실이 곳잘치가하여 사는 곳"[45]이라고 했다. 「정조」에서는 수하동에 기생 첩을 치가하고 청진동에 여학생 첩을 둔 사내의 이야기를 다루기도 했다. 김유정은 자신이 짝사랑하던 박녹주와의 일화를 「두꺼비」와 「생의 반려」 등에서 서사화하였는데, 이 작품들은 종로 일대를 배경으로 한다. 또한 조선인들이 즐겨 찾았던 창경원과 우미관, 단성사 등이 등장하기도 한다. 이 장소들은 식민지 도시 경성에서 그나마 조선색채가 강한 장소들이었다.

「야앵」은 창경원의 밤벗꽃놀이를 배경으로 한 작품이다.[46] 이 작품은 창경원의 밤벗꽃놀이를 나온 세 명의 카페 여급의 이야기를 다루고 있다. 초반에는 영애와 경자가 뒤에서 걸어가면서 앞서가는 정숙에 대한 이야기를 나누는 장면이 나오고, 후반부에는 정숙이 이혼한 남편과 그가 키우는 딸을 창경원 유원지 근처에서 우연하게 만나게 되는 장면이 그려진다. 그동안 소식이 끊어졌던 정숙의 전남편은 딸과 함께 사직동 근처에서 산다. 정숙은 나중에라도 그들이 사는 곳을 한번 찾아가 보아야겠다는 결심을 한다. 당시에 창경원은 다른 공원들과는 달리 입장료가 있었다. 김유정의 도시소설에서 자주 등장하는 '깍쟁이'들이 이 작품에는 나오지 않는 것도 창경원이 유료화된 공간이었기 때문이다. 전남편이 딸을 데리고 밤벗꽃놀이를 나오고 딸아이가 깨끗한 옷을 입고 살도 오른 것을 보면, 전남편이 정성껏 딸을 키우고 있음을 알 수 있다.

45　김유정, 「애기」, 전신재 편, 『원본 김유정 전집』(개정증보판), 강, 2012, 406쪽.
46　1924년부터 시작된 창경원의 야앵은 벚꽃이 만개하는 4월 중순에 1주일간 공개되며 개원시간은 오후 7시부터 10시 30분까지였다. 입장료는 처음에는 무료였으나 이후 10전을 받다가 1935년부터 20전을 받기 시작했다.

제목이 「야앵」이지만 창경원 안의 풍경이나 주변 묘사는 거의 나타나지 않는다.

> 그는 너털거리는 소맷등으로 코밑을 쓱 홈치고 고개를 돌리어 우아래로 야시를 훑어본다. 날이 풀리니 거리에 사람도풀린다. 싸구려 싸구려 에잇 싸구려, 십오전에 두가지, 십오전에 두가지씩. 인두 비누를 한 손에 번쩍 쳐들고 젱그렁 젱그렁 신이 올라 흔드는 요령소리. 땅바닥에 넓다란 종이짱을 펼쳐 놓고 안경재비는 입에 게거품이 흐르도록 떠들어대인다. 일전 한푼을 내놓고 일년동안의 운수를 보시오. 먹찌를 던저서 칸에 들면 미루꾸 한갑을 주고 금에 걸치면 운수가 나쁘니까 그냥 가라고. 저편 한구석에서는 코먹은 빠이올린이 닐리리를 부른다. 신통 방통 꼬부랑통 남대문통 씨러기통 자아 이리 오시오. 암사둔 숫사둔 다 이리 오시오. 장기판을 에워싸고 다투는 무리. 그 사이로 일쩌운 사람들은 이리 몰리고 저리몰리고 발가는대로 서성거린다. 짝을 짓고 산보를 나온 젊은 남녀들, 구지레한 두루마기에 뒷짐진 갓쟁이. 예제없이 가서 덤벙거리는 학생들도 있고 그리고 어린 아들의 손을 잡고 구경을 나온 어머니. 아들은 어머니의 치맛자락을 잡아채이며 뭘 사내라고 부지런히 보챈다. 배도 좋고 사과 과자도 좋고. 또 김이 무럭무럭 오르는 국화만 주는 누가 싫다나.[47]

「봄과 따라지」는 종로 야시를 배경으로 하여 열 살인 꼬마 '따라지'(거지)의 시점으로 전개되는 특이한 작품이다. 김유정은 여러 사람들의 목소리가 뒤섞여 정신없는 종로 야시의 풍경을 박태원의 '장거리 문장'을

---

47 김유정, 「봄과 따라지」, 전신재 편, 『원본 김유정 전집』(개정증보판), 강, 2012, 186쪽.

연상하게 하는 독특한 문장으로 그려내고 있다. 당시 종로 야시가 열리면 "길가에는 서늘한 빙수가게에 구슬 달린 발이 늘어지고 싸구려를 외치는 아이의 소리가 요란한데 서울 사람들은 살 것이 있거나 없거나 밤이면 이 거리를 한번 거닐기 때문에 사람의 물결을 이루어 서로 헤치고"[48] 다녔다. "야시는 경성 시민의 축도"라 할 수 있었다. 종로 야시를 부분적으로 다룬 작품들은 많지만, '따라지'(거지)와 같은 하위주체의 눈으로 바라보는 작품은 「봄과 따라지」가 거의 유일하다. 박태원이나 이상 등이 야시보다는 근대적 문물인 백화점에 주목한 것과도 차이가 난다. 김유정은 '종로야시'나 '배우개장' 등 전통 시장에 더 많은 관심을 기울였다. 「봄과 따라지」의 중심인물인 '따라지'는 구걸을 해서 살아가야 하는 처지이기 때문에 행인들의 경제적인 처지를 재빨리 파악해야 했다. 그래서 그는 '양복', '세루바지', '트레머리', '뾰족구두', '조선옷' 등을 통해 행인들의 경제적 수준을 파악하고자 한다.

지금까지 살펴본 것처럼, 경성을 배경으로 한 김유정의 작품들은 크게 신당리, 사직동, 종로 일대 등을 무대로 한다. 신당리와 사직동은 김유정이 실제로 거주하던 곳이었으며, 종로는 그가 자주 들르던 친숙한 곳이었다.[49] 그는 경성의 각 구역의 특성을 잘 알고 있었으며, 그 특성에 적합한 인물들의 이야기를 그리고자 했다. 그리고 그 구역에 적합한 실험적 형식을 시도하기도 했다. 김유정의 도시소설에서 고유명사는 극히 제한적으로 사용되었지만, 작품의 시공간적 맥락과 인물의 상황을 이해하기 위한 중요한 단초라 할 수 있다.

---

48 유광렬, 「종로 네거리」, 『별건곤』 23, 개벽사, 1929, 66~69쪽.
49 조경덕, 「김유정의 소설 쓰기와 자기 인식」, 『한국문학이론과 비평』 55, 한국문학이론과비평학회, 2012, 249쪽.

4. 결론

일반적으로 고유명사가 풍부하게 사용된 소설 작품들에는 '사실 효과reality effects'가 두드러지게 나타난다. 고유명사를 풍부하게 사용할수록 실제 현실을 보여주는 것 같은 느낌을 독자들에게 주는 것이다. 김유정의 작품들은 다른 작품들에 비해 시공간적인 맥락을 충분히 재현하지 못하는 듯한 느낌을 주기도 한다. 그렇지만 고유명사보다는 일반명사를 주로 활용하는 김유정의 독특한 언어감각은 경성의 도시 빈민들의 눈으로 바라보는 세계를 그려내는 데에 오히려 적합하다고 볼 수 있다. 도시 빈민들은 고유명사에 친숙하기 어려운 사람들이기 때문이다. 또한 김유정의 소설에서 제한적으로 활용하는 고유명사는 작품의 맥락을 이해하는 결정적인 단서가 될 수 있다. 그의 소설에서 '고유명사'는 그 자체로 하나의 작은 '사건'이 된다. 경성을 배경으로 한 김유정의 도시소설에서 중요하게 등장하는 장소는 신당리, 사직동, 종로 일대이다.

신당리를 배경으로 한 작품으로는 「슬픈 이야기」와 「옥토끼」 등이 있다. 신당리는 경성 동부의 외곽 지대로 묘지와 화장장 등의 시설이 위치했다. 이 일대는 토막민이나 빈민들이 모여 살던 가난한 곳이었다. 「슬픈 이야기」는 단 하나의 단락으로 구성된 실험적 소설로 등장인물의 목소리와 서술자의 목소리 등이 모두 한데 뒤엉켜 있다. 이러한 뒤엉킴은 칸막이도 제대로 갖추지 못한 채 살아가야 하는 신당리 빈민가 사람들의 삶의 조건을 드러낸다.

사직동을 배경으로 한 작품으로는 「따라지」와 「생의 반려」 등이 있다. 사직동은 대중교통을 이용하지 않더라도 손쉽게 경성 주요 지역으로 이동할 수 있지만, 가파른 언덕이 있어 오르내리기가 힘들다는 단점도 있었다. 당시 사직동의 대부분의 집들은 초가집이었다. 「따라지」에는 규칙적으로 출퇴근하는 다양한 직장인들이 등장한다. 이들에게 도심에서 가깝고 월세가 저렴한 사직동은 적절한 거처였을 것이다. 그렇지만 대부분 사글세를 제때 내지 못하는 것을 보면 이들의 경제적 처지가 그리 넉넉하지 않았음을 알 수 있다.

종로 일대로 한 작품으로는 「두꺼비」, 「생의 반려」, 「야앵」, 「봄과 따라지」 등이 있다. 이곳은 조선인들이 모여드는 번화한 상업지구로 김유정 작품 속에서 자주 등장한다. 그중에서 「봄과 따라지」는 종로 야시를 배경으로 하여 열 살인 꼬마 '따라지'의 시점으로 전개되는 특이한 작품이다. 김유정은 여러 사람들의 목소리가 뒤섞여 정신 없는 종로 야시의 풍경을 하나의 문장으로 길게 연결되는 독특한 방식으로 그려내고 있다. 김유정의 도시소설에서 시도되는 다양한 형식적 실험은 그의 농촌소설에서는 찾아볼 수 없는 것으로, 모더니즘 작가로서의 그의 면모를 보여준다.

참고문헌

1. 기본자료

김유정, 전신재 편, 『원본 김유정 전집』(개정증보판), 강, 2012.

김남천, 「이리」, 『조광』, 1939.6.

_____, 「황율·연초·잠견」, 『농업조선』, 1940.2.

이태준, 「복덕방」, 『조광』, 1937.3.

_____, 「토끼이야기」, 『문장』, 1941.2.

채만식, 「레디메이드 인생」, 『신동아』, 1934.5~7.

2. 논문

강헌국, 「김유정, 돈을 위해」, 『비평문학』 64, 한국비평문학회, 2017.

권 은, 「제국-식민지의 역학과 박태원의 '동경(東京) 텍스트」, 『서강인문논총』 41, 서강
대 인문과학연구소, 2014.

김양선, 「1930년대 소설과 식민지 무의식의 한 양상-김유정 소설에 나타난 향토의 발견과
섹슈얼리티를 중심으로」, 『한국근대문학연구』 10, 한국근대문학회, 2004.

김화경, 「말더듬이 김유정의 문학과 상상력」, 『현대소설연구』 32, 현대소설학회, 2006.

문한별, 「한국 현대소설의 기계적 문체 분석 가능성을 위한 계량적 방법론-1930년대 작가
를 중심으로」, 『국어국문학』 170, 국어국문학회, 2015.

박상준, 「반전과 통찰-김유정 도시 배경 소설의 비의」, 『현대문학의 연구』 53, 한국문학연
구학회, 2014.

윤현이, 「김유정 소설에 나타난 1930년대 서울의 모습과 의미」, 『김유정과의 산책』, 소명출
판, 2014.

이익성, 「김유정 '도시소설'의 근대성」, 『한국현대문학연구』 24, 한국현대문학회, 2008.

정현숙, 「김유정과 서울」, 『김유정과의 산책』, 소명출판, 2014.

조경덕, 「김유정의 소설 쓰기와 자기 인식-〈슬픈이야기〉, 〈따라지〉 분석」, 『한국문학이
론과 비평』 55, 한국문학이론과비평학회, 2012.

최명숙, 「김유정 소설의 명명법과 인물성격에 관한 연구」, 『아시아문화연구』 36, 가천대 아

시아문화연구소, 2014.

3. 단행본

권은, 『경성 모더니즘』, 일조각, 2018.

Morris, Pam, *Realism*, Routledge, 2003.

농민의 일탈을 둘러싼 화폐 권력과 식민지자본주의*

김유정 소설의 향토와 농민 읽기

권창규

1. 하층 농민 주인공들

김유정의 소설 30여 편 중에는 농촌과 산촌을 배경으로 한 소설이 절반가량, 서울을 배경으로 한 소설이 절반가량 된다.[1] 잘 알려진 작품은 시골을 배경으로 한 경우가 많아서 김유정 소설은 흔히 농촌소설로 불렸다. 소설 속 농촌과 농민에 대해서는 연구가 축적되어 왔다. 소설 속

---

* 이 글은 필자의 논문(「토지로부터 분리된 농민과 투기자본주의 주체 사이」, 『인문과학연구』 55, 강원대 인문과학연구소, 2017.12, 5~23쪽)을 수정 · 보완한 것임을 밝혀둔다.
1 시골을 배경으로 한 소설은 「산골 나그네」, 「총각과 맹꽁이」, 「소낙비」, 「금 따는 콩밭」, 「노다지」, 「금」, 「떡」, 「산골」, 「만무방」, 「솥」, 「봄 · 봄」, 「아내」, 「가을」, 「동백꽃」, 「정분」, 「형」. 설화를 채용한 「두포전」은 제외했다.

농촌에 주목하고 전통성과 토속성을 부각하는 연구는 방언과 구어적 문체, 해학성과 같은 미학적 측면에 대한 연구와 맞닿아 있어 김유정 문학을 한국문학의 전통적 계보에서 논의하는 연구와 연결된다.[2]

반면 김유정 소설이 지닌 향토성을 재고하는 입장에서 소설의 향토성이 제도적 근대성에 대한 비판으로서의 성격을 지니는 동시에 민족주의 기제로서 기능했다고 평가하는 시각이 있다.[3] 소설의 향토성이 식민지근대의 제도와 규율질서에 대한 비판의 기능을 한다는 점에서 반식민주의적 함의를 띤다는 것이다. 이와 반대로 소설의 향토성이 오히려 식민주의를 수행하기 위한 동일화 기제로 작용한다는 점이 지적되기도 했다. 1930년대 중후반에 자주 형상화되었던 토속적 인간형의 세계와 관련해서 소설의 탈사회적, 탈역사적 면모를 지적한 논의가 그것이다.[4] 이를 두고 김양선은 소설에 그려진 궁핍한 향토를 근대성에 대한 비판의 맥락에서 파악하는 시각이나, 그렇지 않으면 향토가 민족주의나 식민주의의 동원 정치학에 전용된 것으로 파악하는 시각은 모두 일정한 한계가 있다고 지적한 바 있다.[5]

이 글은 크게 보아 향토 담론을 재고해왔던 후속 연구의 연장선에서 작가가 그려낸 향토가 무엇인가 하는 물음을 공간 속의 행위자로서의 농촌과 산촌의 하층민들은 누구인가 하는 물음으로 바꾸어 살피고자 한다.[6] 필자는 하층 농민 주인공을 살펴 김유정 소설의 향토성에 대해

---

2 반면 김유정의 언어가 반근대적 지향의 전통으로 해석되지 않는 지점이 있다는 지적으로는 이소영, 「김유정 소설 언어의 표상 연구」, 『문창어문논집』 50, 문창어문학회, 2013, 345~375쪽 참고.

3 박헌호, 『한국인의 애독작품』, 책세상, 2001, 95~110쪽.

4 이혜령, 『한국 근대 소설의 섹슈얼리티 연구』, 소명출판, 2007, 220쪽.

5 김양선, 「1930년대 소설과 식민지 무의식의 한 양상」, 김유정문학촌 편, 『김유정 문학의 재조명』, 소명출판, 2008, 74쪽. 그는 향토가 내부 식민지로서 타자화된 장소이면서 동시에 견고한 식민주의에 틈을 낼 수 있는 균열의 장소로 다룬다.

일정하게 응답하고 해명하려 한다. 구체적으로 이 글에서는 가난한 하층민들이 생존을 모색하는 과정이 일탈적 행위로 일관되어 있다는 점에 주목하고 이를 해석하고자 한다. 도박이나 도둑질, 사기, 나아가 인신매매와 성매매를 일삼는 농민들의 일탈적 행위는 어떤 의미를 지니며 어떻게 해석해야 하는가하는 것이 이 글의 주요 관심사이다.

인물들의 탈주는 향토소설에 대한 전통적 평가에서처럼 농민의 건강한 생명력으로 해석하기도 어렵지만, 그렇다고 무지하고 어리석은 농민이 돈에 대한 탐욕으로 비인간화되어 간다는 해석에도 문제가 있다. 두 해석은 다르지만 또 닮아가는 지점이 있는데 인물의 탈주를 두고 농민의 건강한 생명력을 읽어내면서 토속성을 평가하는 전통적 시각이 낭만화, 신화화를 통해 하층 계급을 타자화하는 전형적 방식을 보여준다면, 농민의 탐욕과 징벌적 말로를 지적하는 해석은 자본주의적 윤리를 폭력적으로 전유하면서 하층 계급을 타자화, 식민지화하는 결과를 낳기 때문이다.

이 글은 하층 계급에 대한 식민주의적 시각을 경계하면서 농민의 일탈과 비극을 둘러싼 식민지자본주의화 과정을 주목하고자 한다. 인물의 일탈을 둘러싼 정치경제적 함의를 놓친다면 폭력적으로 전유된 자본주의적 윤리로 인물들을 재단하기 쉽다. 여성 가족구성원이 성판매되고 인신판매되는 경우에 대해서는 가부장제 위계 구조에 대한 별도의 논의가 필요하므로 이 글에서는 하층 계급 농민들의 탈주 중에서도 도박, 도둑질, 사기, 투기 행위에 초점을 맞추어 식민지자본주의화 과정을 적극 고려해서 논의하고자 한다. 김유정 소설에 드러난 화폐나 자본주의적 양상에 주

---

6   농민 인물에 초점을 맞춘 최근 논의로 유랑민의 생존 전략을 논의한 서준섭, 「몰락 농민」, 유인순 외, 『김유정과 동시대 문학 연구』, 소명출판, 2013, 11~31쪽. 땅으로부터 분리된 농민들의 삶의 궤적과 공동체 변화에 주목한 연구로 김형규, 「식민주의 질서와 농토의 상동성 혹은 거리」, 김유정학회 편, 『김유정의 문학광장』, 소명출판, 2016, 123~154쪽.

목한 연구가 축적되어 온 바[7] 이를 참조해서 본 연구를 진행하고자 한다.

필자는 작가가 1933년부터 1937년까지 발표한 단편소설 전편을 살폈으며 이 글에서 소설에 등장하는 하층민의 형상을 살피는 데 주로 다룰 작품은 다음과 같다. 이탈하는 소작농(「만무방」, 「금 따는 콩밭」, 「가을」), 광업 노동자(「금」), 품팔이 농업노동자와 유랑민(「소낙비」, 「만무방」), 걸인(「산골 나그네」), 도둑(「노다지」), 도시로 편입된 하층민(「생의 반려」)이 등장하는 소설이 그것이다.

2. 농민을 둘러싼 착취와 소외 양상

김유정 소설을 두고 "정상적인 농민 생활이 끝난 곳에서 시작되는 소설"이라고 한 서준섭의 지적은 의미가 있다. 정상적인 농민 생활이란 농민들의 이해관계에 따라 움직이는 생활로 땅에 대한 애착을 바탕으

---

7 홍정선, 「김유정 소설의 구조」, 전신재 편, 『김유정 문학의 전통성과 근대성』, 한림대 아시아문화연구소, 1997, 303~311쪽을 필두로 해서 김준현, 「김유정 단편의 "반半소유" 모티프와 1930년대 식민수탈 구조의 형상화」, 『현대소설연구』 28, 한국현대소설학회, 2005, 143~163쪽; 안미영, 「김유정 소설의 문명 비판 연구」, 『현대소설연구』 11, 한국현대소설학회, 1999, 143~161쪽; 김주리, 「김유정 소설에 나타난 파괴적 신체 고찰」, 『한국문예비평연구』 21, 한국현대문예비평학회, 2006, 377~395쪽; 김화경, 「김유정 문학의 근대 자본주의 경험과 재현 양상」, 김유정학회 편, 『김유정의 귀환』, 소명출판, 2012, 165~195쪽; 전봉관, 「김유정의 금광 체험과 금광 소설」, 김유정학회 편, 『김유정의 귀환』, 146~164쪽; 황태묵, 「김유정 소설에 나타난 '돈'」, 김유정학회 편, 『김유정과의 만남』, 소명출판, 2013, 224~256쪽. 특히 인물을 통해 근대적 경제인간에 대한 대항을 적극적으로 읽어낸 연구로 강심호, 「김유정 문학의 위반의식 연구」, 서울대 석사논문, 2001, 67쪽. 자본주의적 모순에 초점을 맞춘 연구로는 이경, 「자본주의보다 먼저 온 실패의 예후와 대안적 윤리」, 김유정학회 편, 『김유정과의 만남』, 소명출판, 2013, 164~198쪽.

로 열심히 씨 뿌리고 농사짓기, 소작쟁의가 있다면 싸우는 행위 등속을 가리킨다.[8] 김유정의 농촌소설에는 일반적 농민이라고 해봐야 영세농가의 한 부류로 소작농이 등장하지만 이들도 자신이 농사지은 농산물을 도둑질하는 모습이나(「만무방」의 응오) 수확철의 콩밭에서 금을 캐느라 밭에 구멍을 뚫는 모습으로 등장한다(「금 따는 콩밭」의 영식). 「가을」의 복만 부부는 빚가림도 못한 소작농으로 사기(아내 매매 사기)를 감행한다.

이들 소작농이 모범적이거나 착실한 농민들이었으나 그 말로가 엉뚱하게 제시되는 경우라 한다면 유랑민이나 걸인이 된 농민들의 모습도 독자의 기대를 벗어나있다. 「산골 나그네」의 거지 아내는 옷가지를 훔쳐가고, 「만무방」의 유랑민 응칠은 주재소를 들락거리는 전과사범으로 찍혀있다. 「소낙비」와 「아내」는 각각 유랑민 부부와 땔감 장수 부부 이야기를 담고 있는데 「소낙비」에는 도박과 폭행을 일삼는 남편과 성판매하는 아내가 등장하고 「아내」에는 아내를 구타하는 남편과 들병이(남편이 있는 시골의 이동 작부)로 나서겠다는 아내가 등장한다. 도박이나 도둑질, 사기, 나아가 아내 판매와 딸 판매를 일삼는 가부장과 부부의 모습은 생명력 있는 민중, 고통받는 민중의 전형적 형상과는 거리가 있다.

'농민은 농사를 짓는 사람'이라는 사전적 정의에서 벗어나서 불법적 행위를 저지르는 것으로 보이지만 이들의 일탈을 둘러싼 배경을 살필 필요가 있다. 농민들의 일탈은 노동 착취의 상황에서 비롯된다. 전자본주의 사회에서도 신분제도에 기반을 둔 노동 착취는 일반적이었으나 근대의 노동 착취 양상은 달라진다. 농촌의 수탈 양상은 농촌을 주변화하면서 세계적으로 자본주의가 확대되는 자본주의적 식민성과 함께 근

---

8 전신재 편, 『김유정 문학의 재조명』, 한림대 아시아문화연구소, 1997, 339쪽(종합토론).

대 한반도에서 전개된 식민지적 특성을 함께 고려해야 한다.

식민지 조선에서 전개된 자본주의의 특성을 보자면 일제 자본주의는 식민지지주제에 토대를 두고 있었다. 근대적 지주자본제로서의 식민지 지주제는 전근대의 지주와는 구분되는 '동태적 지주', '기업가적 지주'를 앞세워 미곡 상품화를 통한 대일 이출對日 移出에 박차를 가함으로써 식민지 권력관계에 봉사하는 형태를 띠었다. 식민지지주제 속에서 대다수의 영세 소작 농가는 고율의 소작료, 식민권력에 의한 조세, 유통 과정에서의 협상 가격 차이로 인해 만성적 적자와 빈곤에 시달렸다.[9]

소설이 발표된 1930년대의 상황을 짚어보자. 1920년대 지주제의 발전은 금융기관(동양척식주식회사, 조선식산은행)의 정비와 산미증식계획을 배경으로 하고 있는데 일본 자본주의 요구에 따라 미곡의 대일 이출을 목적으로 하는 증식 계획은 총독부와 지주의 결탁 강화, 농민 경제의 피폐로 이어진다는 게 통설이다. 따라서 1920년대 농정의 결과와 지주제의 모순 심화, 세계공황을 배경으로 해서 1930년대 농민은 전반적으로 몰락의 상태에 직면해있었다.

농가 경제의 사정은 딱했다. 일부 자작농과 자소작농을 제외하고 전체 농가는 농업 소득으로 가계비를 충당할 수 없었다. 1930년 농가수지 자료를 참고하면 평안남도의 자작과 자소작농을 제외하고는 농업 소득으로 가계비를 충당할 수 없었고 농업 이외의 소득을 합친 농가 총소득을 따져도 대부분의 농가가 수입 부족 상태에 있었다.[10] 초근목피의 보릿고개에 시달렸던 소작농의 비율은 증가일로에 있었으며 특히 경지

---

9 이송순, 「일제하 1930 · 40년대 농가경제의 추이와 농민생활」, 『역사문제연구』 8, 역사문제연구소, 2002, 81쪽.

10 송규진 · 변은진 · 김윤희 · 김승은, 『통계로 본 한국 근현대사』, 아연출판부, 2004, 133 · 142쪽.

없이 노동력을 팔아 생계를 유지하는 농업노동자의 경우는 사정이 더 딱했다.

소설 속에는 농민들이 벗어나고자 했던 생활이 드러나 있다. 「만무방」의 소작농 응오는 추수 날 "(벼를—인용자) 캄캄하도록 털고 나서 지주에게 도지를 제하고 장리쌀을 제하고 색초를 제하고 보니 남는 것은 등줄기를 흐르는 식은땀이 있을 따름"이다. 흉작이 겹친 때에는 "먹을 게 남지 않음은 물론이요, 빚도 다 못 가릴 모양"으로 "벼를 걷었다고 말만 나면 빚쟁이들은 우— 몰려들 거니깐" 응오는 벼를 수확하지 않는다.[11] 수확 날에 빈 지게로 돌아온다는 이야기, 빚도 제대로 못 갚는다는 응오의 이야기는 과장이 아니다. 생산량에 대한 소작료 비율을 따졌을 때 소작료는 평균 50%를 상회했고 소작료 말고도 지조地租와 공과금, 용수료用水料 및 수리조합비, 토지공사 및 수선, 마름의 보수를 비롯해서 농민들은 잡다한 부담을 지는 경우가 많았다.[12]

응오를 통해 드러난 소작농의 현실이 김유정의 소설 중에서 사회적 성격을 평가받는 예외적인 경우로 꼽히는 「만무방」에 국한된 이야기는 아니다. 「가을」의 소작농 화자도 딱한 사정을 토로한다. "기껏 한 해 동안 농사를 지었다는 것이 털어서 쪼기고 보니까 나의 몫으로 겨우 벼 두 말 가웃이 남았다. 물론 털어도 빚도 다 못 가린 복만이에게 대면 좀 나을는지 모르지만 이 길로 우리 식구가 한겨울을 날 생각을 하니 눈앞이 고대로 캄캄하다."[13]

---

11 「만무방」, 전신재 편, 『원본 김유정 전집』(개정판), 강, 2007, 102쪽. 이하 소설 제목과 인용 쪽수만 표기함.
12 그 밖에도 검견 수수료, 지주·마름·추수원의 향응접대비, 관혼상제 시 노동력 제공 등이 요구되었다. 송규진 외, 앞의 책, 144쪽.
13 「가을」, 193쪽.

벼농사 대신 밭농사를 짓는 소작농의 처지도 다르지 않다. 「금 따는 콩밭」의 영식은 "일 년 고생하고 끽 콩 몇 섬 얻어먹"을까 말까 한다. "스뿔르게 농사만 짓고 있다간 결국 비렁뱅이밖에는 더 못된다"는 영식의 말은 틀리지 않다.[14] 「소낙비」는 남편의 폭행과 아내의 성판매가 부각된 소설인데 이들 부부도 빚에 쫓겨난 딱한 농민들이다. "해를 이어 흉작에 농작물은 말못되고 따라 빚쟁이들의 위협과 악마구니는 날로 심하였다. 마침내 하릴없이 집, 세간을 그대로 내버리고 알몸으로 밤도주"를 해서 부부는 "이산저산을 넘어 표랑"했다가 어느 마을로 흘러들었으나 "쌀쌀한 불안과 굶주림"만이 기다리고 있다.[15]

따라서 농민들은 억압적 착취의 상황으로부터 벗어나기 위한 시도를 감행하며 이는 도박과 도둑질, 사기, 성매매와 인신매매로 이어진다. 농민들이 일삼는 각종 탈법적 행위는 변두리화되는 농촌의 절망적 삶으로부터 벗어나고자하는 시도라는 의미를 지닌다. 농민의 일탈은 "자본가에게 돌아갈 이윤을 만들어내고 그 자신을 피착취로 몰아붙일 뿐인 노동"[16]에서 벗어나기 위한 시도로서 시작되었다. 「만무방」의 모범 농민이었던 응오가 자기 벼를 몰래 도둑질하면서 남긴 말, "내 것 내가 먹는데 누가 뭐래?"라는 말은 의미심장한데 자기 것을 자신이 취하지 못하는 소외("내 걸 내가 훔쳐야할 그 운명")[17]를 경험하고 있기 때문이다.

응오의 소외는 생산 과정에서 경험하는 소외가 아니라 생산 결과물로부터의 소외다. 농업 노동은 산업화시대의 분업화된 공장 노동과 달

---

14 순서대로 「금 따는 콩밭」, 68 · 69쪽.
15 「소낙비」, 47쪽.
16 신제원, 「김유정 소설의 가부장적 질서와 폭력에 대한 연구」, 김유정학회 편, 『김유정의 문학산맥』, 소명출판, 2017, 149쪽.
17 「만무방」, 120쪽.

리 작업의 과정에서 비롯되는 소외가 발생하지 않는다. "한해동안 애를 조리며 홋자식 모양으로 알뜰히 가꾸던 그 벼를 걷어들임은 기쁨에 틀림없었다. 꼭두새벽부터 엣, 엣, 하며 괴로움을 모른다"[18]는 추수날의 응오 모습은 땀 흘려 일하는 농업노동의 수고와 보람을 전해준다.

응오처럼 토지에 결부된 농민은 생산 과정에서의 소외는 경험하지 않지만 생산결과물에서 소외되는 과정을 경험한다. 추수날에도 빈 지게를 덜렁거리며 귀가해야 하는 농민들, 흉작이라도 들라치면 먹을 것은커녕 빚가림도 못하는 처지의 농민들의 처지는 '내 것을 내가 먹지 못한다'는 「만무방」 응오의 항변에 집약되어 있다. 노동 과정의 결과에 대한 통제로부터 비롯되는 응오의 소외는 생산관계가 계급 착취와[19] 민족 착취를 기반으로 한다는 사실을 일러준다.

희망 없는 농촌은 "산구석에서 굶어죽을 맛", "진저리나는 이 산골"[20]로 표현되어 있다. 암담한 상황에서 "밭고랑에 웅크리고 앉아서 땀을 흘려가며 꾸벅꾸벅 일만 하였다"는 농민은 마침내 "스뿔르게 농사만 짓고 있다간 결국 비렁뱅이밖에는 더 못된다"고 각성하게 되며,[21] 「금」의 광산 노동자는 일본인 감독의 착취로부터 벗어나고자 도둑질을 감행한다.

서준섭은 정상적 농민 생활을 하지 않는 인물이 그려진 데는 작가의 현실관이 놓여 있고 작가가 현실을 몰락하고 파괴되어가고 있는 농촌으로 파악한다는 점을 지적한 바 있다.[22] 얼핏 보면 소설 속 이탈하는

---

18 「만무방」, 102쪽. 반면 서울로 가서 공장노동에 종사하는 「생의 반려」 속 누이는 생산과정에서부터 소외를 경험하며 착취당한다.

19 안소니 기든스, 박노영·임영일 역, 『자본주의와 현대사회 이론』, 한길사, 2008, 418쪽. 시장으로부터의 소외 참고.

20 「소낙비」, 47쪽.

21 순서대로 「금 따는 콩밭」, 67·69쪽.

22 전신재 편, 『김유정 문학의 재조명』, 339쪽(종합토론).

소작농과 유랑민, 걸인은 정처 없는 떠돌이, 뿌리 없는 사람들처럼 제시되고 그 속에서의 파편화된 인간관계가 집중 부각된 나머지 마치 현실과 유리된 것처럼 보이기 쉽다. 실제로 「형」, 「애기」, 「생의 반려」를 제외한 김유정의 대부분 작품에서는 단출한 부부 단위의 가족이 제시되고 있고 가족 내에서의 관계 양상이 전면적으로 부각되면서 사회로부터 고립된 인상을 주기도 한다.

하지만 등장인물의 대부분이 단출한 부부 단위의 가족이라는 점부터가 이농으로 인한 가구원 간의 분거 현상[23] 즉 고향 농촌을 떠나면서 가족이 분리되고 친족과 마을 공동체로부터 떨어져 나온 현상을 대변한다. 소설 속 단출한 가족은 사회 혼란 속에서 가족 단위 중심의 생존이 삶의 목표가 되고 친족 집단의 기능도 약화되었던 상황을 반영하며 토지를 잃고 농촌을 떠나는 많은 사람들의 존재를 반영하고 있다.[24] 따라서 소설에 줄기차게 등장하는 유랑민의 존재를 통해 당대의 현실적인 농민상을 충분히 읽어낼 필요가 있다.

당대의 작품을 떠올리자면 1930년대 소작농에 대한 지주의 수탈이 심화되고 소작쟁의도 많았던 상황 속에서 많은 작품은 수탈 양상을 핍진하고 처절하게 그려내거나 소작쟁의에 참여하는 각성된 민중 주체를 형상화했다. 그러나 김유정 소설의 주인공은 대부분 하층민이기는 하지만 각성한 계급적 주체나 민족적 주체로 제시되지 않는다. 이는 흔히

---

23 김혜경, 『식민지하 근대가족의 형성과 젠더』, 창비, 2006, 100쪽. 실제 평균 가족 규모는 1925 ~1944년의 통계를 보면 5명 안팎으로 많지 않았다(100~101쪽). 평균 수명이 짧고 자녀가 많았으므로 분가한 형태의 크지 않은 규모가 일반적이었다는 동시대 일본 핵가족에 대한 우에노의 해석도 참조. 우에노 치즈코, 이미지문화연구소 역, 『근대 가족의 성립과 종언』, 당대, 2009, 105쪽.

24 근대 초기 국가공동체의 존립이 흔들리는 상황에서 공적, 제도적 영역이 축소, 붕괴되면서 혈연 중심의 가족 단위의 생존이 목표가 되었으며 식민지 시기 국가의 붕괴와 더불어 이주, 이농, 도시화가 진행되었다. 조한혜정, 『한국의 여성과 남성』, 문학과지성사, 1988, 91쪽.

리얼리즘 소설에서 농촌의 궁핍을 적나라하게 제시하고 현실인식을 일깨우는 일종의 선각자(강경애의 「지하촌」의 다리 잃은 사내)가 제시된다든가, 더 나아가 계급적인 각성과 이상을 구현한 전위적 주체가 제시되는(최서해의 「탈출기」의 '박', 조명희의 「낙동강」의 '박성운') 경우와 대비된다.

김유정의 소설 중에서 절망적 현실에 저항하는 예외적인 주체를 꼽는다면 사회성을 살렸다는 평가를 받는 「만무방」의 주인공 응칠 정도다. 응칠이 보여주는 범법 행위와 반항, 유랑의 삶은 희망 없는 농민의 부러움을 사고 있다. 김유정 소설의 주요 인물군은 도박이나 일확천금을 기대하면서 무력하거나 무지하게 그려진 경우가 많으므로 응칠은 단연 개성적인 인물에 해당한다. 그가 다른 도박꾼이나 범법자와는 달리 야비하거나 비극적으로 그려져 있지 않다는 점, 자신의 일탈을 개선할 의지가 없다는 점, 그런 응칠을 농민들이 부러워한다는[25] 점은 그가 식민지근대의 권력에 의해 통제되거나 규율화되지 않은 독보적인 인물로 자리매김하게 만든다.

하지만 「만무방」의 응칠을 제외한다면 김유정의 소설에는 각성한 인물 유형도 등장하지 않을뿐더러 소설의 배경이 되는 가난한 현실 묘사가 핍진하지도 않다. 현실 자체는 충분히 처절하나 가난의 사실적 묘사에 초점이 맞춰져 있지 않다. 작가는 인상적 표현을 써서 "산골은 산신까지도 주렸으렷다"라든가 "가을이 오면 기쁨에 넘쳐야 될 시골이 점점 살기만 띠어 옴은 웬 일인고"라고 하면서[26] 추수철에 강도 살인 사건이 나는 마을로 가난의 현실을 전제할 뿐이다.

소설의 초점은 주어진 가난의 현실에서 생존을 모색하는 사람들이

---

25 "참 우리같은 농군에 대면 호강사리유!" 응칠을 두고 농민들이 하는 말이다. 「만무방」, 112쪽.
26 순서대로 「만무방」, 118 · 111쪽.

분투하는 모습에 있다. 가난의 원인이나 구조가 제대로 제시되어 있지 않다는 점은 작가의 총체적 현실인식이 부족했다는 사실을 반영하지만, 생존 모색의 과정이 일탈 행위로 가득 채워져 있다는 점은 일탈적 행위의 효과나 의미에 대해서 천착할 필요를 던져준다. 이어서 농민들의 일탈 행위를 구체적으로 살피겠다.

3. 일탈하는 농민과 예정된 패배

농민들이 벗어나고자 했던 대상은 자본주의화가 진행되는 식민지에서의 착취되는 삶이었다. 이것이 소설에는 부각되어 있지 않지만 끈질기게 등장하는 하층 계급의 농민 인물을 통해 읽어내야 할 바다. 그런데 토지로부터 떨어져나간 농민들의 모습은 '바람직하게' 제시되어 있지 않다. 농민들이 투기와 도박, 도둑질과 사기, 나아가 성매매와 인신매매와 같은 음성적 경제활동으로 나아가는 것을 어떻게 볼 것인가?

농민들의 일탈 행위를 살피기 전에 먼저 경제활동의 주체로서 토지로부터 떨어져나간 농민이라는 존재를 해석할 필요가 있다. 개인이 토지에 결합되어 있었던 사회에서는 토지를 대체할 만한 어떤 등가물도 없었으며 토지는 비교 불가능한 가치 자체였다. 토지에는 인간 삶의 터전으로서의 안정성과 자연의 이치와 섭리가 담겨 있었다. 토지는 노동과 분리되지 않으면서 여러 사회조직과 엮여있었으며 토지가 지닌 경제적 기능은 토지가 지닌 여러 기능 중 하나였다.[27]

따라서 토지와 유리된 농민이라는 존재는 경제활동의 토대를 잃었을 뿐만 아니라 친족 공동체와 마을 공동체로부터 떨어져 나와 개인화되거나 가족 단위의 개별적 생존을 모색할 수밖에 없다. 이들의 정체는 유랑민, 부랑자이며 이농해서 도시로 옮겨갈 경우 도시 하층민으로 편입될 사람들이었다. 농가 통계에 잡힌 화전민이나 농업노동자를 비롯해서 전체 농가의 절반 이상을 차지했던 궁핍한 소작농이 그 후보군들이었다. 특히 경지를 소유하거나 점유하지 않고 오로지 품팔이 농업노동만으로 생계를 유지하는 많은 농업노동자들은 가장 빨리 토지로부터 이탈하기 시작한 농민들의 부류에 속한다. 농촌 가정은 생산의 기능을 갖고 있으면서 현물경제에 토대를 두고 있지만 토지와 유리된 농민에게는 화폐에 대한 필요가 급증한다.

먼저 농촌을 떠나 도시의 하층민으로 편입된 사람들부터 살피면 이들에게는 화폐가 대한 필요가 압도적으로 높다. 농촌과 달리 도시의 가정은 생산 기능을 잃어버리고 소비 기능만 담당하게 되므로 '밖'에 나가 노동력과 화폐를 바꾸는 교환노동이 요구된다. 김유정의 소설 중 서울을 배경으로 한 작품에는 여급, 공장노동자, 행랑어멈, 동냥하는 거지와 같은 도시 하층민들이 등장하는데 이들은 화폐를 확보하기 위한 노동을 이어나간다.

도시민뿐만 아니라 농촌 거주민들에게도 화폐에 대한 요구는 높았다. 소설 「금」에는 농민이 아닌 광업노동자가 등장하는데, 그는 민족과 계급의 차별에 묶여 "항상 돼지 같은 몸뚱이"[28]로 착취되며 불온한 몸으로 묘사된다. 위험천만한 작업 현장에서 "사람 죽는 것은 도수장(의) 소

---

27 칼 폴라니, 홍기빈 역, 『거대한 전환』, 길, 2009, 461쪽.
28 「금」, 79쪽.

죽음에 진배없이 예사"다. 현장 감독은 "헤^ㅊ, 헤^ㅊ, 또 죽어했어?"[29]라는 말로 일본인임을 드러내는데 감독은 노동자들의 죽음에 "놀람보다 성가신 생각이 앞"선다. 광산노동자 덕순은 목숨을 내놓고 일해도 "쓰러져가는 납작한 작은 초가집, 고자리 쑤시듯 풍풍 뚫어진 방문"을 벗어나지 못하는 처지이므로 몸과 금을 바꾸는 극단적인 시도를 감행한다. 그는 "차마 못하고 차일피일 멈춰오던 그 계획"[30]을 마침내 감행하여 금을 도둑질하고 도둑질 행위를 숨기기 위해 끔찍한 자해 소동을 벌인다.

「금」의 광업 노동자처럼 토지와 분리된 사람들이나 도시인들만 화폐에 대한 요구가 높았던 것은 아니다. 농가 경제는 소작료나 비료를 현물로 지불하는 현물경제의 비중이 컸지만 화폐경제가 침투하면서 돈은 절대적인 존재가 되었다. 1930년대 후반의 농촌 풍경을 묘사한 글에는 "지금으로부터 10년 전만해도 그들은 아직 황금이란 놈에게 통째로 눈이 어두워버리지는 않았었다. (…중략…) 10년 후 오늘날(에) 와서는 농촌 인심이 도시 인심보다 더 야박하고 악착한 것같이 (…중략…) 모여 앉으면 돈타령이다"라고 했다. 농촌에도 돈타령이 높았지만 주변화되기 시작한 농촌은 도시와 달리 "영원한 불경기"요, "무전강산無錢江山"의 "만년기근萬年飢饉"에 시달리고 있었다. 화폐에 대한 필요가 높아지고 상품경제가 자극하는 욕망이 팽창했지만, 농촌 사람들은 추수가 지나서 겨울이나 되어야 돈을 한 번 만져볼까 말까 했고 "여름에 가서는 온 동리를 뒤져도 단돈 1원을 취할 수 없다"고 했다.[31]

만년기근의 농촌 상황에서 토지에 위태롭게 매달려있는 소작농이든,

---

29 「금」, 79쪽. 일본어 표기는 필자.
30 순서대로 「금」, 81·82쪽.
31 직접 인용한 부분은 이송순, 앞의 글, 105쪽 재인용(安炳珠, 「歸鄕片感, 十年間農村의 變遷」, 『批判』6-10, 1938.10).

품팔이 농업노동자든, 유랑민이든 간에 화폐에 대한 필요는 높아갔다. 시장이 확대되고 화폐경제가 확산되면서 사람들은 돈의 위력을 직접, 간접으로 경험할 수 있었다. 현물 상품과 달리 화폐는 그 쓰임이 구체화되지 않은 추상적인 매개자이자 단독자로서 절대적으로 우월한 지위를 점한다. 돈은 어떤 개별적 목적과도 관련되지 않음으로써 모든 목적과 관련을 맺는다. 돈은 수단 그 자체로 최대한의 가치를 획득하는 도구이다.[32] 사실을 따지자면 돈이 모든 것을 가능하게 하는 것이 아니라 돈의 위력을 작동하게 하는 정치경제적인 제도로서의 식민자본주의 권력이 작동하면서 돈에 대한 환상은 작동할 수 있었다.

하지만 화폐의 힘을 작동하게끔 하는 식민지의 정치경제적인 제도와는 별개로 "돈, 돈이 있으면 무엇이든지 할 수 있다"[33]는 실생활의 경험은 피부에 와 닿았다. 내남없이 가난했던 때 사람들은 뒷집 아낙이 "금점 덕택에 남편이 사다준 흰 고무신을 신고 나릿나릿 걷는 것"을 보았고, 사금을 캐면 "며칠 뒤에는 다비신에다 옥당목을 떨치고 히짜를 뽑는 것"[34]을 목격했다. 투기를 둘러싼 성공신화도 무성했다. 금점(금광)을 해서 "남들은 논을 사느니 밭을 사느니 떠"들었고[35] "어떤 사람은 이백 원을 가지고 빚놓이를 한 것이 이태도 못해 삼천 원짜리 집을 샀다는"[36] 소문이 돌았다. 크고 작은 성공신화에 대한 소문을 듣고서도 돈의 위력을 체감하지 못하고 돈에 대한 욕망을 느끼지 못하는 불감증의 바보는 없다.

32 게오르크 짐멜, 김덕영 역, 『돈의 철학』, 길, 2013, 335쪽.
33 채만식, 「레디메이드인생」(1934), 방민호 편, 『채만식 중·단편 대표소설선집』, 다빈치, 2000, 16쪽.
34 「금 따는 콩밭」, 69쪽.
35 「금 따는 콩밭」, 68쪽.
36 「생의 반려」, 273쪽.

따라서 가난한 인물들은 돈을 획득하기 위한 여러 가지 시도를 보여준다. 도시로 간 공장노동자 누이는 공장의 착취 노동 속에서 어렵게 판 돈을 마련해서 돈놀이를 꾀하고 있어 가장 투기자본화된 주체로서의 면모를 보여준다(「생의 반려」). 농촌의 농민들은 "호미를 내어던지고 강변으로 개울로 사금을 캐러"[37]가거나 일 년 사경을 판돈으로 걸고 도박을 벌인다(「만무방」). 그리고 추수철의 콩밭에 구멍을 뚫어 금을 찾으려 들며(「금 따는 콩밭」) 목숨을 걸고 금을 훔쳐내고자 한다(「금」, 「노다지」).

이 결과 농민들은 금을 차지하려는 과정에서 인간성을 내던지거나(「노다지」) 소작하는 밭에서 금을 좇느라 구멍을 뚫고 추수를 하지 않는 바람에 징역까지 감수해야 할 판이고(「금 따는 콩밭」) 금을 훔쳐내고자 자해한 나머지 다리를 못 쓰게 될 형편에 놓인다(「금」). 「생의 반려」 속 공장 노동자인 누이는 돈놀이를 위한 밑천을 마련하느라 "가뜩이나 골병든 몸이 날로 수척"[38]해지며 히스테리가 심해진다. 그래서 이 도박 같은 삶의 천태만상을 두고 "살기 위하야 먹는걸, 먹기 위하여 몸을 버리고 그리고 또 목숨까지 버린다"[39]는 작가의 촌평이 나온다.

하지만 이들을 두고 무지한 농민들, 돈의 탐욕에 비인간화된 하층민들이라고 간단히 치부할 수는 없다. '무전강산'의 농촌에서 벗어나려는 이들의 시도는 투기이자 투자의 성격을 지닌다. 계급에 관계없이 화폐가 촉발한 욕망은 동일하다. 부유한 자와 가난한 자에게 돈은 동일한 쓰임을 갖지 않지만 돈을 필요로 한다는 사실은 동일하며, 돈을 향한 욕망도 똑같이 무한 팽창한다. 계급적 상황에 따라서 누군가는 부수적인 투

---

37 「금 따는 콩밭」, 69쪽.
38 「생의 반려」, 273쪽.
39 「금」, 83쪽.

자 이익을 보려고 하고 누군가는 생존과 안정을 찾으려고 하는 것처럼 이들 하층 계급은 적빈한 삶을 벗어나고자 자본의 탐욕과 제각각 결합한다.

등장인물들이 추구하는 이익은 당면한 현재의 것이 아니라 미래의 것, 잠재된 것이다. 이익이 현재적이거나 현실적이지 않으므로 위험 자체가 가치화의 정도를 높이는 수단이 된다.[40] 고위험이 고가치와 고수익을 보장하면서 위험은 만연한다. 위험을 무릅쓰고 도박적 행위를 벌이는 농민들은 마치 위험이 일탈이거나 비일상적인 국면이 아니라 위험이 일상화되고 일상이 위험에 처하게 되는 오늘날 투기자본주의 속 일상인의 모습을 떠올리게 만든다. 따라서 소설의 농민들은 무지하고 어리석은 하층민으로 설명될 것이 아니라 어디까지나 식민지의 투기자본주의적 속성을 체화하고 자본주의적 정신의 발로를 보여주는 인물로 설명되어야 타당하다.

농민들의 투기가 실패로 돌아갈 확률이 높은 까닭은 계급적, 민족적으로 주변화된 인간들로서 화폐에 접근하는 데 실패할 가능성이 높아서 그런 것이지 하층민의 무지와 탐욕 때문이 아니다. 확실히 작가는 이들을 어리석게 보이도록 묘사하고 있는데 이 묘사는 오히려 자본주의의 비인간화된 생리와 투기의 본질을 낯설게 제시하는 효과를 거둔다. 「땡볕」에는 아픈 아내를 서울의 대학병원에 데리고 간 촌부가 나온다. 돈 몇 푼에 목숨을 넘기는 임상실험을 가리켜 '병도 고쳐주고 월급도 주는 거냐'고 묻는 촌부의 기대는 생명과 화폐가 교환되는 의료 대자본의 착취 시스템을 폭로한다.[41]

---

40 오늘날의 금융자본에 대한 설명을 참고했다. 조정환, 『인지자본주의』, 갈무리, 2011, 203쪽.
41 "생명을 교환가치화하는 의료자본의 실체를 낯설게 되비춘다"는 이경의 지적 참고. 이경, 앞

어리석게 묘사된 농민이 부당한 현실을 되비추는 사례는 또 있다. 추수 밭에 구멍을 뚫어대기 시작한, 원래는 땅밖에 몰랐던[42] 주인공의 변모는 투기와 도박이 성실을 압도하고 비웃는 현실을 일러주고, 부지런한 소작농이 거지꼴을 못 면하는 농촌의 착취 상황을 지시한다(「금 따는 콩밭」). 금을 훔쳐내고자 자해를 감행하는 덕순의 모습은 광산 노동에서의 일본인 대자본가의 착취와 폭압을 고발한다(「금」). 자해 행위는 비극으로 끝날 공산이 높지만 덕순의 행위는 억압적 착취 노동으로부터 벗어나고자 했던 시도라는 의미를 지닌다.[43]

농민들의 예정된 패배는 주변화된 인물들의 계급적 위치에 기인하는 것이며 이들의 몰락은 근대 자본주의화라는 식민화 과정과 식민지자본주의의 착취 구조를 정치경제적 배경으로 하고 있다. 따라서 소설의 인물들이 자본주의적 규율에 벗어난 대가로 징벌을 받는다는 흔한 분석은 맞지 않다. 이를테면 인물들이 근대 사회의 시공간 관리와 노동을 통한 축적의 공리를 배우지 않고 도박과 행운의 공리, 왜곡된 욕망과 조우하여 괴물화된다는 시각, 당대 자본주의 체제의 질서와 법으로부터 도주한 인물들이 징벌을 받는다는 시각이 그것이다.[44] 이 시각이 타당하지 않은 까닭은 도박하는 인물군이야말로 자본주의의 투기적 면모를 보여주고 있으며 이들이 비극을 맞이하는 과정은 자본주의 체제 속에서 주변화된 하층민의 말로를 보여주고 있으며 이는 자본주의에 내재

의 책, 176쪽.

42 「금 따는 콩밭」, 67쪽.

43 "성실한 시공간 관리나 노동을 통한 축적의 공리가 발을 내리쳐서 얻는 금보다 나을 게 없다는 감각은 덕순 개인의 무지함이나 일그러진 욕망이 아니라, 당대의 모순된 현실 그 자체를 반영한다"는 이진송의 지적도 참고. 이진송, 「김유정 소설의 장소 연구」, 이화여대 석사논문, 2015, 269쪽.

44 순서대로 김주리, 앞의 글, 383쪽; 신제원, 앞의 책, 153쪽.

한 비합리성에 기인하기 때문이다.[45]

단, 인물들의 시도는 생존을 모색하는 차원에서 이루어졌지만 필요 need와 욕망desire의 경계는 분명하지 않다는 점을 지적해 두어야겠다. 구체적 필요와 추상적 욕망의 경계는 엄밀하지 않다. 일반적으로 화폐에 대한 욕망은 일반적 욕망으로서의 구체적인 치부욕과 동일하지 않은데, 옷감이나 쌀, 귀금속과 달리 화폐를 축적하는 데는 한계가 없으므로 인간의 욕망도 무한대로 팽창해왔다.[46] 무한한 욕망을 향한 질주 속에서 인간다움에 대한 염치는 뒷전이 되기 십상이다. 소설 속 하층민의 욕망도 여느 인간 존재와 같이 비대하며 이 무한정의 욕망은 자연발로의 욕망이 아닌 화폐로부터 촉발된 욕망임을 지적해둔다.

4. 토지로부터 분리된 농민과 투기자본주의 주체 사이

김유정의 농촌소설에는 일반적인 농민이 등장하지 않는다는 데서 이 연구는 출발했다. 농사짓는 직분에 충실하고 토지에 얽힌 이해관계에 부합하는 인물 유형이 등장하지 않는다는 것인데 일반적인 농민상이라고 해봐야 영세 농가의 한 부류로 소작농이 등장하지만 이미 일반적이

---

45 작중인물의 허황된 꿈이 자본주의를 비추는 거울 역할을 한다는 이경의 문제의식도 참조. 이경, 앞의 책, 168쪽. 자기 보존을 포기하고 스스로를 탕진하는 모습을 근대 자본주의의 경제적 인간형에 대항하는 의미로 읽어낸 시각도 흥미롭다. 강심호, 앞의 글, 40 · 46쪽.

46 홍기빈, 『아리스토텔레스, 경제를 말하다』, 책세상, 2001, 26~28쪽; 고병권, 『화폐, 마법의 사중주』, 그린비, 2005, 225~229쪽.

지 않다. 이전에 모범적이었던 농민은 도둑질하고(「만무방」) 투기하는 모습으로 등장한다(「금 따는 콩밭」). 이탈하는 소작농보다 더 많이 등장하는 인물은 빚에 졸려 도주한 전직 농민으로서의 유랑민이나 걸인인데 이들은 도박이나 도둑질, 사기를 일삼고 아내 판매와 딸 판매를 일삼는 가부장과 부부의 모습으로 등장한다. 일탈하는 전·현직 농민들의 모습은 고통받는 민중, 생명력 넘치는 전형적인 민중의 형상과는 거리가 있다.

가난에 대한 핍진한 묘사가 드러나 있지 않은 데다 현실에 저항하는 주체의 면모도 거의 드러나 있지 않고, 주로 고립된 단촌 가족 내에서의 파편화된 인간관계가 집중 부각되어 있으므로 김유정 소설의 농민과 농촌은 탈사회화, 탈역사화되어 있다고 평가받기도 했다. 하지만 소설에 줄기차게 등장하는 유랑민의 존재에 주목하고 작가의 현실인식을 읽어낼 필요가 있다. 소설 속 단출한 가족은 사회 혼란 속에서 친족 집단의 기능이 약화되고 가족 단위 중심의 생존이 삶의 목표가 되었던 상황을 반영한다. 단출한 유랑민과 걸인 가족은 토지라는 물리적, 사회적 관계의 총체로부터 떨어져나간 농민들의 존재를 반영하고 있다.

토지와 유리된 농민들을 채운 것은 화폐에 대한 필요와 욕망이다. 토지와 유리된 사람들은 화폐에 대한 의존도가 높아지는데 화폐경제가 침투한 농가의 경우도 다르지 않다. 하지만 농촌은 만년기근과 무전공산의 상황이었으므로 전직 농민들은 여러 일탈적 행위를 감행한다. 도박(「만무방」, 「소낙비」), 도둑질(「산골 나그네」, 「금」, 「노다지」), 사기(「가을」), 돈놀이(「생의 반려」)가 그것이다. 소설에서 현실의 가난이 구조적으로 제시되지 않고 전제로 주어져있다는 점은 작가가 지닌 현실인식의 한계를 반영한 결과이지만, 가난 속에서 생존을 모색하는 과정이 일탈 행위로 채워져 있다는 점은 별도의 주목과 해석을 요한다.

결론부터 제시하면 농민들이 보여주는 일탈적 시도는 식민지자본주의에서 착취되는 노동으로부터의 탈피요, 이탈이라는 의미를 지닌다. 노동 착취의 양상은 세계적으로 자본주의가 확대되면서 농촌이 식민지화되는 과정과 함께 조선에서 전개되었던 식민지자본주의(식민지지주제)의 전개를 배경으로 하고 있다. 소설의 인물이 벗어나고자 했던 대상은 끝없는 가난과 몰락의 위협이 도사리는 현실이었으며 인물들의 일탈적 시도는 생산 결과물로부터 소외되는 경험에서 탈피하고자 했다는 의미를 지닌다. 사회적인 성격을 평가받는 예외적인 소설, 「만무방」에서 응오의 대사, "내 것 내가 먹는데 누가 뭐래"라는 말이 노동 소외의 양상을 단적으로 보여주고 있다.

토지로부터 떨어져나간 농민들이 도박과 도둑질, 사기와 같은 음성적 경제 행위를 감행하는 것은 식민지자본주의의 착취로부터의 탈피라는 의미를 갖는 동시에 위험이 더 이상 일탈이거나 비일상적인 국면이 아닌 투기자본주의의 일상적 상황임을 보여준다. 인물들의 탈주는 위험이 일상화되며 또한 일상이 위험에 처하게 되는 오늘날 투기자본주의 속 일상의 모습을 예견하고 있다. 인물들이 추구하는 이익은 현재적이거나 현실적이지 않으므로 위험 자체가 가치화의 정도를 높이는 수단이 된다. 인물들의 시도는 고가치와 고수익을 보장하는 고위험의 사회이자 투기자본주의적 일상을 떠올리게 만든다.

덧붙여 인물들의 비극적 말로에 대한 평가는 식민주의적인 시선이 작동하는 경우가 많으므로 경계를 요한다. 인물들의 탈주에서 민중의 건강한 생명력을 읽어내는 전통적 평가나, 이와 정반대로 무지한 농민이 돈에 대한 탐욕으로 타락해간다는 해석은 둘 다 하층 계급을 타자화,

식민지화하는 결과를 낳는다는 점에서 문제가 있다.

인물들의 예정된 패배는 하층 계급의 무지나 일탈, 비합리로 설명될 수 없다. 패배하는 농민상을 두고 자본주의적 생산과 노동, 소비의 윤리에 적응하지 못하고 규율화되지 못한 '비천한 신체'로 폄하하는 시각은 뿌리 깊은 자본주의 진화론적 시각을 반영한다. 인물들의 예견된 파국은 인물들의 주변화된 계급적, 민족적 위치에 기인하며 근대 자본주의화라는 식민화 과정과 식민지의 착취 구조를 역사적 배경으로 하고 있다. 소설 속 하층민들이 비극을 맞이하는 과정은 자본주의 체제에서의 주변인들의 말로를 보여주면서 자본주의의 비합리성을 폭로한다. 다만 하층민들의 일탈적 행위 가운데 도박이나 도둑질, 사기와는 성격이 다른 성매매와 인신매매의 행위는 젠더의 위계구조를 따져 살필 필요가 있어 별도의 논의를 요한다.[47]

---

[47] 농민들의 일탈 행위는 식민지 자본가의 착취로부터 탈피하고자 하는 시도에서 출발했지만, 일탈 과정에서 보이는 또 다른 착취 양상에서는 성(젠더)의 위계가 드러난다. 권창규, 「가부장 권력과 화폐 권력의 결탁과 경합」, 『여성문학연구』 42, 한국여성문학학회, 2017, 159~184쪽.

참고문헌

1. 기본자료

전신재 편, 『원본 김유정 전집』(개정판), 강, 2007.

2. 논문

강심호, 「김유정 문학의 위반의식 연구」, 서울대 석사논문, 2001.

권창규, 「가부장 권력과 화폐 권력의 결탁과 경합」, 『여성문학연구』 42, 한국여성문학학회, 2017.

김양선, 「1930년대 소설과 식민지 무의식의 한 양상」, 김유정문학촌 편, 『김유정 문학의 재조명』, 소명출판, 2008.

김주리, 「김유정 소설에 나타난 파괴적 신체 고찰」, 『한국문예비평연구』 21, 한국현대문예비평학회, 2006.

김준현, 「김유정 단편의 "반半소유" 모티프와 1930년대 식민수탈 구조의 형상」, 『현대소설연구』 28, 한국현대소설학회, 2005.

김화경, 「김유정 문학의 근대 자본주의 경험과 재현 양상」, 김유정학회 편, 『김유정의 귀환』, 소명출판, 2012.

김형규, 「식민주의 질서와 농토의 상동성 혹은 거리」, 김유정학회 편, 『김유정의 문학광장』, 소명출판, 2016.

서준섭, 「몰락 농민 - 유랑민의 삶의 애환과 통념을 넘어선 생존 전략 이야기」, 유인순 외, 『김유정과 동시대 문학 연구』, 소명출판, 2013.

신제원, 「김유정 소설의 가부장적 질서와 폭력에 대한 연구」, 김유정학회 편, 『김유정의 문학산맥』, 소명출판, 2017.

안미영, 「김유정 소설의 문명 비판 연구」, 『현대소설연구』 11, 한국현대소설학회, 1999.

이　경, 「자본주의보다 먼저 온 실패의 예후와 대안적 윤리」, 김유정학회 편, 『김유정과의 만남』, 소명출판, 2013.

이소영, 「김유정 소설 언어의 표상 연구」, 『문창어문논집』 50, 문창어문학회, 2013.

이송순, 「일제하 1930・40년대 농가경제의 추이와 농민생활」, 『역사문제연구』 8, 역사문제연구소, 2002.

이진송, 「김유정 소설의 장소 연구」, 이화여대 석사논문, 2015.

이현주, 「김유정 농촌소설에 나타난 "향토" 표상」, 『시학과 언어학』 31, 시학과언어학회, 2015.

전봉관, 「김유정의 금광 체험과 금광 소설」, 김유정학회 편, 『김유정의 귀환』, 소명출판, 2012.

황태묵, 「김유정 소설에 나타난 '돈'」, 김유정학회 편, 『김유정과의 만남』, 소명출판, 2013.

홍정선, 「김유정 소설의 구조」, 전신재 편, 『김유정 문학의 전통성과 근대성』, 한림대 아시아 문화연구소, 1997.

3. 단행본

고병권, 『화폐, 마법의 사중주』, 그린비, 2005.

김혜경, 『식민지하 근대가족의 형성과 젠더』, 창비, 2006.

박헌호, 『한국인의 애독작품』, 책세상, 2001.

방민호 편, 『채만식 중·단편 대표소설선집』, 다빈치, 2000.

송규진·변은진·김윤희·김승은, 『통계로 본 한국 근현대사』, 아연출판부, 2004.

이혜령, 『한국 근대 소설의 섹슈얼리티 연구』, 소명출판, 2007.

조정환, 『인지자본주의』, 갈무리, 2011.

조한혜정, 『한국의 여성과 남성』, 문학과지성사, 1988.

홍기빈, 『아리스토텔레스, 경제를 말하다』, 책세상, 2001.

게오르크 짐멜, 김덕영 역, 『돈의 철학』, 길, 2013.

안소니 기든스, 박노영·임영일 역, 『자본주의와 현대사회 이론』, 한길사, 2008.

우에노 치즈코, 이미지문화연구소 역, 『근대 가족의 성립과 종언』, 당대, 2009.

칼 폴라니, 홍기빈 역, 『거대한 전환』, 길, 2009.

지배적 비평 용어와 김유정 문학*

김동환

1. 출발점

김유정 문학에 대한 비평과 연구는 여러 가지 측면에서 그 범주도 나누고 분석을 할 수 있겠지만 이 논의에서는 대략적으로 다음과 같이 나누어 살펴보기로 한다. 그리고 그 범주들에 속하는 비평과 연구가 이루어지는 시기를 편의상 10년대로 나누어 보면 〈표 1〉과 같다. 이렇게 범주를 나누고 각 비평이나 연구가 이루어지는 시기를 설정한 것은 필자의 주관적인 판단이기에 다르게 볼 여지가 많지만 구체적인 비평이나 연구 자료들을 살피는 과정에서 나온 것이기에 나름대로의 타당성은 있지 않을까 생각한다.

---

* 이 글은 '2018 추계 학술대회'(2019.10.13)에서 발표한 내용을 수정 보완한 것이다. 원래의 제목은 '김유정 문학의 비평과 연구의 흐름'이었으나 논의의 초점을 분명히 하기 위해 축소한 것이다.

〈표 1〉

	1930~40년대	1950년대	1960년대	1970년대	1980년대	1990년대	2000년대	2010년대
문예지·문예면 비평	■	■	■	■	■	■	■	
문학사 비평				■	■	■		
저서 연구						■	■	■
학술지 연구		■	■	■	■	■	■	■
학위 연구				■	■	■	■	■
기획 연구							■	■
교육 비평				■	■	■	■	■

　　각 범주를 간단하게 설명하면 이렇다. 문예지·문예면 비평은 김유정이 창작 생활을 했던 당대나 그 이후 문예지나 신문의 문예면 기사들을 통해 이루어진 것들을 의미한다. 문학사 비평은 한국문학사나 소설사를 통해 김유정 문학에 대한 평가나 분석이 이루어진 경우이다. 저서 연구는 김유정 문학을 본격적으로 연구하는 학술서나 비평서를 의미한다. 학술지 연구는 국어국문학 관련 학회지를 통해 이루어진 연구물들을 통칭한다. 학위 연구는 이 논의에서 역점을 두고 살펴본 것으로 여러 대학원에서 석사 또는 박사논문을 통해 이루어진 연구들이다. 기획 연구는 연구자들의 모임이나 학회에서 집중적인 접근을 시도한 연구물을 뜻한다. 최근 김유정 학회에서 펴낸 일련의 연구물들이 대표적이다. 교육 비평은 중등학교나 대학교의 문학교육을 위해 편찬된 교양 교재나 교과서 등을 통해 이루어지는 일련의 비평들로, 필자가 임의로 이름면 명한 것이다. 이전에 필자는 '교과서 비평'이라는 용어를 사용한 바 있으나 여기서는 교과서 외의 출판물들을 통해서도 이루어지는 비평들도

아우르고자 하여 달리 지칭했다.

　김유정 문학 연구가 어떻게 이루어졌는가에 대해서는 김유정 학회의 초대 회장을 역임하신 유인순 교수께서 「김유정문학연구사」라는 논문을 통해 방대한 자료들을 체계적이고 심도있게 분석하여 선도적으로 제시하였다.[1] '역사주의적' '윤리·사회주의적' '형식주의적' '심리·원형적'이라는 방법적 틀을 설정하여 김유정 문학 연구의 사적 흐름을 보여 주었다. 이 연구사 정리 틀은 이후에도 매우 유효하게 활용될 것이며 필자도 많은 도움을 얻었다. 그 이후에 이루어진 연구사 검토의 대표적인 글로는 「김유정 문학의 비평적 수용 양상 연구」가 있다.[2] 이 글 역시 이 논의에 많은 도움이 되었다.

　이 글은 학술대회의 발표 주제였던 연구의 흐름보다는 다음 두 가지에 초점을 맞춰 논의를 진행하고자 하였다. 발표 준비과정에서 연구사의 흐름을 정리하는 일보다 좀 더 생산적인 논의를 해보기 위해서이다.

　첫째는 김유정 문학을 논할 때 거의 필수적으로 거론되는 용어들의 유래를 살펴보자는 것이다. 특히 '토속적', '해학'이라는 용어가 언제부터 김유정 문학을 설명하는데 쓰이기 시작했고 지배적인 용어로 자리 잡게 되었는지를 살펴보고자 하였다. 우리가 김유정 문학을 논하면서 선편을 쥐고 있던 논의와 거기에서 배태된 용어들에 대해 비판적인 검토를 가하지 않았기에 김유정 문학이 지닌 함량을 오히려 축소시킨 것은 아닌가 하는 판단이 들었기 때문이다. 특히 '토속적', '해학'이라는 용어가 강력하게 작용하고 있어 주체적이고 창의적인 향유를 방해하는

1　유인순, 「김유정문학연구사」, 『강원문화연구』 15, 강원대 강원문화연구소, 1996, 39~83쪽.
2　박근예, 「김유정 문학의 비평적 수용 양상 연구」, 김유정학회 편, 『김유정과의 향연』, 소명출판, 2015, 339~371쪽.

것은 아닌가 하는 의구심을 떨칠 수가 없었기 때문이다.

둘째는 이후에도 김유정 문학이 우리 문학사의 중요한 자산으로 더욱 공고한 위상을 유지하려면 김유정 문학의 연구자들이 지속적으로 배출되어야 한다는 생각에서 그간 제출된 학위논문들의 연구 양상을 살펴보고자 했다. 필자가 학술대회 발표를 준비하면서 태반의 시간을 들인 부분이다. 필자가 확인 가능했던 석사 및 박사논문들을 연대별, 핵심어별로 분류해 봄으로써 그간의 연구 경향이 드러날 수 있을 것이며, 이후 신진 연구자들이 학위논문을 쓰면서 참고를 할 수 있도록 하자는 의도였다. 필자가 리스트를 확보한 논문은 석사논문 269편, 박사논문 17편, 합 286편이었고 그중 본문 또는 제목, 목차 등을 통해 논문의 내용을 확인할 수 있었던 논문들은 265편으로, 약 20여 편은 도서관 등에 비치되지 않아 내용을 확인할 수 없어 핵심어 분석 과정에서 제외했다. 이 외에 문학사 비평이나 기획 연구, 교육비평에서 다시 살펴 볼만한 문제들은 간단히 언급하게 될 것이다.

2. 김유정 문학 비평과 연구의 흐름을 지배하는 용어의 등장과 전개

김유정 문학의 비평과 연구사를 살펴보면 어느 시점에선가 김유정 문학을 특징적으로 설명하는 지배적인 용어로 등장하는 것이 '토속적', '해학' 등이다.

뒤에서 살펴보겠지만 김유정 문학을 다룬 석사논문들의 핵심어를 분류해 보면 가장 빈도수가 높은 것이 '해학'이다. 뒤에 제시할 표에서는 수치상으로는 가장 빈도가 높은 것이 '문체 / 수사학 / 반어 등의 기법'이지만 거기에는 여러 용어가 혼합되어 있기에 단일 용어는 아니다. 단일 용어로는 '해학'(풍자 1건 포함)이 지배적이다. 석사논문들은 대체로 기존 연구들을 검토하면서 새로운 개념을 찾아내거나 기존의 개념들을 달리 해석하면서 의미를 부여하는 방식으로 핵심어를 설정하게 된다. 필자가 핵심어로 설정한 것은 논문의 전체를 통괄하는 개념이다. 그래서 '해학'을 김유정 문학 연구의 흐름을 지배하는 용어로 설정한 것이다.

'토속적'이라는 용어의 경우에는 거의 대부분의 논문 서론에서 필수적으로 사용하고 있다. 그만큼 김유정 작품의 토대를 이루는 요소로 볼 수 있다,

그렇다면 이 용어들이 어떤 비평가나 연구자에 의해, 어떤 의미로 사용하기 시작했는지를 살펴보는 일은 김유정 문학의 비평이나 연구의 흐름을 이해하는 데 중요할 것이다.

1) 토속적

먼저 '토속적'이라는 용어를 검토해 보고자 한다. 이 논의를 준비하면서 당대의 비평문들을 다시 꼼꼼히 훑어보면서 기존 연구물에서 놓친 부분이 있는지를 살펴보았다. 그 과정에서 지금까지 다루지 않았던 한 비평문을 찾을 수 있었다. 그 비평문은 엄홍섭의 창작평으로 엄홍섭은 이렇게 쓰고 있다.

김유정 씨의『정분』은 농촌에서 취재한 작품이다. 이 작가 역시 문장에 특색있는 작가였다. 이『정분』은 작자가 ○저에 너어두고 발표치 안튼 것을『조광』편집부에서 그의 요절을 애도하는 의미에서 게재했다는 註가 달렷기 때문에 비편을 피하는 것이 오히려 올홀는지도 모른다. 이 작가의 작품에 대하여 나는 연전에 수차 평필을 든 일을 기억하거니와 이 작가의 문장은 流麗○潔하기보다 土俗的傳統美를 일치안혼 비교적 多彩的인 感覺性이 풍부한 작가였다.[3] (○은 자료 상태 때문에 해독이 어려운 글자임 – 인용자)

여기서 엄흥섭은, 필자가 확인한 바로는 처음으로 '토속적'이라는 용어를 사용하여 김유정 작품 세계의 한 특징을 설명하고 있다. 물론 여기에 인용한 내용에 이어서는 '현실의 시대적 성격을 파악하지 못했다'는 취지로 부정적인 쪽에 가까운 평가를 내리고 있지만 '토속적'이라는 용어를 처음 사용했다는 점에서 연구사에서 중요한 의미를 지닌다. 아쉬운 점은 '토속적'이라는 용어가 어떤 의미를 내포하고 있는지에 대한 언급이 없다는 것이지만, 당대에 이 용어를 사용한 다른 글을 참조로 할 때[4] '조선[어떤 지역]에 고유한 습속과 기풍' 정도로 읽을 수 있을 것이다. 주로 민족주의 계열의 문화예술계에서 사용하고 있던 용어로 긍정적인 의미를 지니고 있었던 것으로 파악된다. 요즘의 사전적 의미는 '그 지방에만 특유한 풍속을 닮은 또는 그런 것'으로 되어 있다.

엄흥섭의 비평의 앞부분은 필자가 확인한 김유정 문학에 대한 최초

---

3 엄흥섭, 「5월창작평－夭逝한 두 작가의 작품」,『조선일보』, 1937.5.11.
4 고유섭, 「내 자랑과 보배(其 一) 우리 미술과 공예」,『동아일보』, 1934.10.10. 이 글의 다음 부분을 통해 그 의미를 유추해볼 수 있을 것이다. "그것은 종교적 신기가 아니고 토속적 신기이다. — 일종의 풍수적 의미를 갖은 것으로 고구려에 이미 牢固한 뿌리를 박고 이어 朝鮮土俗에 한 根脈을 이루게 된 — 이러한 장식과 이러한 신앙 속에 더욱이 자미있게 표현된 것은 고구려의 습속과 기풍이니".

의 언급이라 할 수 있는 김동인의 인색한 평가나 가장 부정적인 견해를 보인 한효의 평가에[5] 비해 김유정 문학에 대한 애정과 관심이 가장 높게 나타난 것으로 판단된다. 그런 측면에서도 김유정 문학의 한 토대로 자리잡은 '토속성'을 처음 제시한 엄흥섭의 비평문은 사적인 측면에서 의미가 크다고 할 것이다.

그런데 여기서 우리가 좀 더 들여다 보아야 할 부분이 있다. 그것은 '향토'라는 말과 '토속'이라는 말과의 접점이다. 필자가 파악한 대로라면 김유정 문학에서 '토속'이라는 용어를 두 번째로 사용한 안회남은 다음과 같이 표현하고 있다.[6]

> 생간건대 朝鮮의 鄕土色과 民俗을 제멋대로 가장 잘 表現한 作家가 그엿스며 이 땅의 言語와 文章이 가지는 固有한 傳統에다 제일 곱고 멋진 才操를 부려 完成한 文人이 裕貞입니다.[7]

여기서 안회남이 사용한 용어 중에서 '향토색과 민속'에 주목할 필요가 있다. 토속을 '향토색鄕土色'의 '토土'와 '민속民俗'의 '속俗'이 결합된 용어로 인식했을 개연성이 큰 대목이다. 그렇게 보는 이유는 '향토'라는 말이 지니는 문단적 의미 때문이다. '향토'라는 말은 1920년대 중반에 우

---

5 한효는 세 가지 측면에서 김유정 소설의 문제를 지적하고 있다.
  " — 급작스럽게 저널리즘의 '총애'를 받게 된 근본적 이유—
  첫째, 어느 신진의 형상보다도 가장 명료하게 저널리즘의 본질적 요청의 대상인, 桃色的 매력을 다분히 발산하고 있다.
  둘째, 막다른 골목에 있어서의 부르조아 예술의 가장 특징적 표상인 언어의 신비화가 이 작가의 형상 속에 새로이 화장되어 현현한 까닭이다.
  셋째, 극력으로 현실의 인간생활의 진실성과 배치된 허구 속에서 예술지상주의의 회색적 마술이 가장 농후하게 담겨있다." 한효, 「김유정론—신진작가론」, 『풍림』, 1937.1.
6 이 안회남의 글은 박근예의 앞의 글에서 언급된 바 있다.
7 안회남, 「작가유정론—그 일주기를 당하야」, 『조선일보』, 1938.3.31.

리 문단에 처음으로 도입되어 문인들의 주목을 받은 용어이다. '향토문예'가 구체적인 발현 용어이다. 이 용어에 대해서는 김기진이 선편을 쥐고 있다. 다음의 글이 필자가 확인한 바로는 이 용어를 구체적으로 쓰기 시작한 첫 경우로 판단된다.

> 大槪 鄕土藝術이라는 것은 今日의 都市 中心의 物質文明의 圈內에서 버서나서 그 온전한 自己의 生命을 바든 그리고 自己의 感情의 生育地인 土地와 田園의 아직 傷하지안은 純眞한 情操를 培養하고 讚美하고자 하는 現代의 都市人 文藝에 대한 反動으로 일어난 것이다.[8]

여기서 김기진이 표나게 강조하고 있는 '향토예술'은 19세기 말 독일 문단에서 큰 반향을 불러일으키고 있었던 경향으로 우리 문단에서도 무게있는 경향으로 자리잡을 가능성이 컸던 것으로 보인다. 그런데 이 향토라는 말은 다음과 같은 외적인 요인에 의해 그 사용이 제한되었을 것으로 보인다.

> '향토색'은 본래 '예술에 반영되는 지방색(地方色)'을 의미하지만 당시의 '향토색'은 일제 강점기를 배경으로 본래의 의미와는 다르게 전개되었다. 일본은 아시아에서 가장 먼저 근대화를 이루고 제국주의를 펼쳐 나가면서 자신들의 제국주의적 성격을 아시아주의라는 미명으로 포장하였고 그러한 흐름이 미술에서는 '향토색'으로 표현되었다. '향토색'은 양면적인 성격을 지니고 있었다. 일본 국내적으로는 국민들의 국내 문제에 대한 불만을 외부적으로

---

8 김기진, 「파인 시집 〈국경의 밤〉에 대하야」, 『동아일보』 1925.5.20.

해소하기 위해 이국적인 것을 강조하면서 식민지 국가를 '타자화'시켰다. 그런데 단순히 이국적인 성격이 아닌 낙후되고 미개함을 강조함으로써 '향토색'의 강조를 통해 식민지 국민들과 다른 자신들의 정체성을 확인한 것이었다. (…중략…) '향토색'은 조선미술전람회를 전개되었는데 이것은 전람회에서 입상하기 위해 작가들이 심사위원들의 향토색 요구를 충실히 따랐기 때문이다. 조선미술전람회의 심사위원들은 일관되게 内地(일본)와는 다른 조선인의 특유한 정서가 드러나야 함을 강조하였고, 그에 충실하게 부합하는 작품만을 수상작으로 선정했던 것이다. (…중략…) 결국 1030년대에 나타난 '향토색'의 추구는 미술사적인 가치를 지니기보다는 식민정책에 부합하여 조선미술전람회에서의 입선을 위해 유행된 시대적 산물이었다.[9]

식민지 시대 미술계에서는 1922년 식민지 문화정책의 일환으로 조선미술전람회가 탄생되어 1920년 중반이 되면 이 전람회 일본인 심사위원들에 의해 조선의 향토색을 그릴 것이 권장되어 '조선 향토색'은 아카데미즘으로 자리잡기 시작한다. '조선향토색'이 아카데미즘화한 배경은, 당시 일본에서 유행하였던 지방색, 동양풍의 유행과 일본인들의 이국취향, 그리고 한국의 농업과 농촌을 찬미하여 농업생산성을 높여서 자신의 침략 전쟁에 사용하기 위한 일제의 중농주의 정책, 그리고 일본을 중심으로 전 아시아가 하나 되어 서구와 대항하자는 아세아주의와도 관련된다.[10]

이러한 맥락을 고려할 때 김유정 문학을 설명하는 지배적 용어로 자

---

9 박석태, 「조선미술전람회를 통해 본 향토성 연구」, 『인천학연구』 3, 인천대 인천학연구원, 2004, 202쪽.

10 월간미술 홈페이지 Encyclopedia Archiv, '미술용어찾아보기'(http://monthlyart.com/encyclopedia/filter:%EC%A1%B0/).

리잡고 있는 '토속성'은 '향토성'의 대체 용어일 가능성이 매우 크다고 할 수 있다. 당시 문인들이나 비평가의 입장에서 이러한 상황에서 '향토적' '향토성'이라는 말을 사용하기에는 상당한 어려움이 있었을 것이기 때문이다. 앞서 살펴 본 김기진의 평문에서 드러나는 향토예술에 대한 기대와 시선은 미술계의 움직임으로 대변되는 당시의 문화적 상황에 의해 제한되었던 것으로 보이며 그에 따라 보다 일반적이고 포괄적인 미적 범주로 설정할 수 있는 '향토적'이라는 용어 대신에 미학적 함의가 상대적으로 부족한 '토속적'이라는 용어로 김유정의 문학을 설명하게 된 것으로 보는 것이 타당할 것이다.

2) 해학

다음으로 '해학'에 대해 살펴볼 차례이다. 앞서 언급한 박근예의 글에서도 지적했듯이 당대 비평에서는 김유정의 문학을 말하면서 해학이라는 용어를 사용하지는 않았다. 현재까지 필자가 확인한 바로는 김유정 문학을 언급하면서 '해학'이라는 용어를 처음 명시적으로 사용한 경우는 김영기의 글이 처음이 아닐까 싶다. 아래 구절이 그 내용이다.

> 직선적인 비평 정신의 풍자가 아니고 표면에 나타난 어리석음마저 내부에 숨기고 웃음만을 요구하는 비장된 것 — 그 해학을 받아들인 우리들 자신이 야유당하는 비약을 감지할 때 토속적 해학은 확장되었음을 알게 될 것이다.[11]

그런데 여기서 세심하게 살펴야 할 것은 '해학'이라는 용어를 사용하기 이전에 같은 맥락에서 김유정 문학을 논할 때 많이 썼던 용어가 '유머'라는 점이다. 광복 이후 문학사 서술과 관련해서 선편을 쥔 백철, 조연현, 임중빈 등의 글에서는 김유정의 문학적 특질의 하나로 '유머'라는 용어를 사용해 왔다. 이 '유머'라는 용어를 우리 문단에서 비평적 용어로 사용하기 시작한 시기는 얼추 1920년대 중반으로 판단된다. 필자가 확인할 수 있었던 범위에서 문예비평의 용어로는 다음 글이 처음이었다.

— 稻香이 근자에 이러한 향토적 재료를 취하는 경향이 잇슴은 벌서 누가 말한듯한데 가령 내가 기억하는 중으로 "나를 찾을 때" "봉화가 켜질 때" "물레방아" 등(제목이 분명히 기억아니되여 틀렷는지 모르겠다)이 그런 예이다. 이 방면에 잇서서 도향군이 독특한 지위를 점하는 것갓다. 좀 더 '유모어'가 가입되고 문장이 신선미가 잇스면한다. 그러나 조선인다운 성격과 사회상을 연구하는데 군의 특장이 잇는 것을 부인치 못할 것이다.[12]

당시 '외래어가 너무 범람한다'는 우려와 함께 편찬된 외래어사전에는 '유머', '유모어', '유모러스' 등이 표제어로 등재되어 있다. 그리고 그 뜻을 '골계', '해학(적)' 등으로 풀이하고 있다.[13]
나도향의 소설을 평하면서 '유모어'라는 용어를 사용하고 있는 평자는 주요한으로 판단되는데, 당시 문인들이나 문화계 인사들 사이에 새로운 용어로 유행하며 자주 쓰이고 있었다. 물론 김유정의 문학을 말하

---

11 김영기, 「김유정문학의 본질」, 김유정기념사업회 편, 『김유정전집』, 현대문학사, 1968, 432쪽.
12 요한, 「오월의 문단(3)」, 『동아일보』, 1926.5.9.
13 이종극, 『조선모던외래어사전』, 한성도서주식회사, 1936, 396~397쪽.

면서는 사용한 예가 없다. 그런데 광복 이후에 김유정 문학을 논할 때는 가장 빈번한 용어의 하나가 되었다. 광복 이후 좌익계열 문인들이 대거 월북하면서 생긴 문학사의 공백을 채워 넣는 과정에서 김유정이 주요한 관심의 대상이 되었고 광복 이전의 문단 풍토와 비평 용어에 익숙해 있던 평론가들이 '유머'라는 용어를 적용하기 시작한 것으로 판단된다. '풍자 아닌 풍자, 유머 아닌 유머를 드러내는 낙관적인 니힐리즘'[14]과 같은 구절들이 그 예이다. 이러한 맥락에서 사용한 '유머'가 '해학'으로 전이되어 이후 김유정 문학을 논하는 자리에서 굳건하게 지배적인 위치를 차지하게 되는 것으로 판단된다.

그렇다면 이 '유머'를 처음으로 김유정 문학을 평하는데 사용한 것은 누구인지를 살펴보자. 지금까지 김유정 문학 연구사를 검토하는 자리에서 중요하게 거론해 온 비평가로 백철을 들 수 있다. 그런데 선행 연구들은 백철이 김유정 문학을 중요하게 다루고 있는 광복 후 첫 문헌으로 이병기와 공동으로 저술한 『국문학전사』(신구문화사, 1957)나 『신문학사조사』(신구문화사, 1969)를 들고 있는데 이는 사적인 흐름을 살피는 데는 적절하지 않는 자료들이다.

백철이 김유정 문학에 대해 문학사적인 맥락에서 본격적인 비평을 시도한 첫 저작물은 앞의 두 책이 아니라 『조선신문학사조사―현대편』(백양당, 1947)이다. 이 책에서 백철은 김유정 문학에 대해 이렇게 평가를 하고 있다.

---

14 정태용, 「김유정론」, 『현대문학』, 1958.8, 169~176쪽. 김유정에 적용한 경우는 아니지만 일반적인 문학사 논의에서도 '해학' 이전에 '유머'를 사용하는 것이 보편적이었다. 그 대표적인 예로 다음을 들 수 있다. "생명의 분방한 정열의 謳歌도 없고, 그러면서도 비극의 위대함을 고양할 숭고의 미도 아닌 굴욕의 겸허 속에 익혀 온 가냘픈 「유모어」, 즉 한국적인 멋이 우리 문학을 지배하고 있는 본질적 요소가 아닌가 한다." 김동욱, 『국문학개설』, 민중서관, 1967.

— 그러나 유정의 문학이 조사법 하나에 멎어진 것은 아니다. 그 문학에서 소극적이나마 역시 하나의 인생파적 태도를 찾아볼 수 있다. — 청년시대가 불행했고 — 생활고는 극한데다가 — 우울이 성격화되었고 — 그 우울성은 일견 유머해 뵈는 그 작품 뒤에 애수를 숨겨 놓았던 것이다 — 작가는 (어리석고 무지한) 인물들을 작품무대 위에 올려 놓고 어리석은 희비극을 시키되 그 인생의 희비극에 대해서 연출자로서 주도적인 결정을 하지 않고 방관하는 태도를 취했던 것이다.[15]

이 대목에서 '유머해 뵈는' 이라는 구절이 필자가 확인한 바로는 김유정 문학에 대해 '유머'라는 용어를 처음 사용한 경우이다. 즉, 김유정 문학의 한 특성을 설명하는 중요 개념인 '해학'의 원초적인 용어에 해당하는 '유머'를 처음 사용한 비평가가 백철이 되는 것이다.

그렇다면 '해학'이라는 용어가 김유정 문학 비평 또는 연구에 지배적으로 작용하게 된 데는 백철—김영기로 이어지는 두 비평가 및 연구자가 중심적인 역할을 한 셈이고, 그 시기는 1949~1968년간이라고 할 수 있다.[16]

이와는 달리 교육계에서는 상당히 늦은 시기까지 '유머'라는 말을 사용해 왔다는 점에서 눈길을 끈다.

김유정이 교과서에 모습을 보이는 것은 3차 교육과정기 국어교과서에 실린 조연현의 평문에 의해서이다. 조연현은 3차 교육과정기『고등

---

15 백철,『조선신문학사조사—현대편』, 백양당, 1947, 311~312쪽.
16 '유머'가 '해학'으로 전환된 배경과 맥락에는 여러 가지 작용 요소가 있겠지만 1967년에 각급 학교를 중심으로 활발하게 전개된 국어순화운동도 한 몫을 했을 것으로 보인다. 앞서 살펴본 외래어사전에서도 그 풀이가 '해학'이나 '골계' 등으로 되어 있는 데서 확인할 수 있듯이 이미 존재하는 우리말이 있었기 때문에 새로운 말을 찾는 번거로움이 없이 자연스럽게 전환되었을 가능성이 크다.

국어』에 실린 「국문학의 발달」이라는 글에서 국어 교과서에서는 처음으로 김유정의 이름을 언급하고 있다. 이에 따른 참고서의 내용에서는 역시 처음으로 김유정의 작품 세계를 다음과 같이 압축적으로 정리하여 제시하고 있다.

주로 불우하고 부족한 사람들을 제재로 삼되, 관찰이 유우머스러운 데다 문장에 향토적 서정미가 농후하여 특이한 작풍을 이룬 작품들임.[17]

참고서가 아닌 교과서에서 직접 김유정의 작품 세계를 다룬 첫 사례는 5차 교육과정기 『고등국어』이다. 여기에는 다음과 같은 기술이 이루어지고 있다,

순수 문예 운동을 표방하는 구인회 회원. 토속적인 인간상을 잘 묘사했으며 유머 짙은 작품 경향을 보임.[18]

이와 같은 기술 내용에서 확인할 수 있듯이 향토─토속의 교차와 함께 '유머'라는 용어는 상당히 최근까지 사용되고 있다. 이를 통해서도 '해학'이 김유정 문학을 비평하고 연구해 온 입장에서 선뜻 동의할 수 있는 용어인지에 대한 검토가 필요하다는 판단을 할 수 있다.

---

17 세운문화사 편집부, 『일류 고등국어』, 세운문화사, 1976.
18 문교부, 『고등국어』, 1988.

3. 학위논문을 통해 살펴보는 김유정 문학 연구의 추이

앞서 설명했다시피 학위논문은 한 문인이나 작품에 대한 연구가 어떤 경향을 보여왔고 어떤 방향성으로 나아갈지를 가늠하게 해주는 통로라고 할 수 있다. 학위논문의 발상은 자유롭게 이뤄지더라도 그 주제는 연구사 검토를 통해 제한을 받거나 보완을 할 수 있기 때문이다. 그중에서도 석사논문이 양적으로나 제도적으로나 연구사의 제어를 받는 정도가 더 크다는 가정하에 분석을 시도했다.

먼저 필자가 2018년 2월 제출된 논문들을 포함해서 최대한 확보한 석사논문들을 편의상 10년 단위의 연대별로 분류해 보았다.[19]

〈표 2〉

학위	1960	1970	1980	1990	2000	2010	합	
석사	3	35	57	59	81	34	269	286
박사			3	5	6	3	17	

위 표에서 볼 수 있듯이 김유정 문학을 학위논문을 통해 연구한 사례는 1980년대에 급증하면서 2000년대(2001~2009)에 가장 활발한 양상을 보이게 된다. 국문과 및 국어교육과 대학원이 활성화되는 시기와 맞물렸기 때문인 것으로 볼 수 있을 것이다. 80년대에는 후반기에 보다 활발

---

19 이 통계가 전수 조사의 결과라고 하기는 어렵다. 통상 거의 모든 학위논문들은 국립중앙도서관이나 국회도서관에 납본하도록 되어 있으나 그런 제도가 있기 전에 제출된 논문이나 대학 또는 개인 사정으로 인해 납본을 하지 않은 경우, 검색이 되지 않는 경우 등이 있기 때문이다. 인터넷 검색만으로는 충분치 않아 두 도서관을 수차례 방문하여 직접 검색을 했지만 누락된 경우가 있을 것이다. 또한 여러 작가를 동시에 다루거나 부분적으로 작품을 다룬 경우들은 제외하기도 했기 때문이다.

〈표 3〉

핵심어	1960	1970	1980	1990	2000	2010	합
공간 / 배경			2	2		1	5
구조 / 구성 / 형식 / 모티프	1	2	4	4	5		16
서사 / 서술 / 시점		1	2	4	4	4	15
문체 / 수사학 / 반어 등 기법		5	8	9	7	2	31
빈궁 / 빈곤				1	2		3
여성상 / 여성인물 / 페미니즘		1		6	17		24
인물유형	2	10	8	4		1	25
해학 / 풍자	3	8	4	10		3	28
현실인식 / 현실대응		1	4	7	5	3	20
교육		1	2		3	4	10
비교문학					2	4	6
번역						3	3
자아 / 성장소설 / 자전소설			3	2	3	3	11
농민소설	1			2	2		5
욕망 / 성 / 매춘		1	1	2	4	1	9
사회상 / 시대상	2	3	1	3			9
토속성 / 향토성 / 자연			2	1	1		4
놀이 / 카니발				2	3	1	6
세계관 / 작가의식 / 주제의식 / 미의식			4	2	2		8
문학사 / 전통성	2	3			1	1	7
문화콘텐츠					1	2	3
							248

하게 연구가 이루어지는데 80년대 초반에 붐을 이뤘던 경향문학 등에 대한 관심이 점차 약해지면서 김유정과 같은 경향을 보이는 작가와 작품에 대한 관심이 증대된 결과로 볼 수도 있다. 또한 김유정의 소설이 국정 국어 교과서에 실리는 5차 교육과정기(1987~1992)를 거치면서 상승세가 지속된 것으로 보인다.

다음으로는 각 논문들의 핵심어를 중심으로 분류해 보았다.[20] 〈표 3〉

을 보면 가장 집중적인 조명을 받고 있는 범주는 '해학'이며 '인물'이 뒤를 잇고 있다. 물론 여성상 / 여성인물로 분류한 범주를 '인물'과 통합하면 가장 비중이 큰 범주가 '인물'이 되겠으나 여성인물을 핵심어로 삼은 논문들과 등장인물을 다룬 논문들의 문제의식에는 상당한 차이가 있기 때문에 서로 다른 범주로 설정하는 것이 연구의 경향이나 동향을 살피는데 유효할 것이라 보았다. 앞서 잠시 설명한 것처럼 '문체 / 수사학 / 반어 등 기법'의 범주는 단순 수치상으로는 첫 번째에 놓이나 여러 개념이 복합적으로 엮여 있기 때문에 가장 비중이 크다고 보기에는 어렵다.

'해학'과 '등장인물'의 빈도수가 높은 것은 예견된 것이기도 하다. 앞선 절에서 '토속성'과 함께 '해학'이라는 용어의 원천을 살핀 이유도 역으로 따지면 이 분류표의 양상을 반영한 것이기도 하다. 작품의 미학적인 측면과 함께 일반 독자들이 흥미를 느끼고 즐겨 읽을 수 있는 여지가 큰 것이 '해학적' 성격이라는 점에서 이런 결과가 나타난 것으로 보인다. 또한 소설의 중심 요소가 인물인데다가 김유정 소설의 인물들은 현저히 개성적인 쪽에 가깝다는 점에서도 그러하다. 석사논문의 저자들이 이전 단계에서 김유정 소설의 애독자 내지 관심 독자였을 가능성이 크다고 볼 수 있기에 독자들의 소구와 맞물리는 경향을 보인다고 할 수 있을 것이다.

이 분류표에서 가장 눈에 띠는 범주는 '여성상 / 여성인물 / 페미니즘'이다. 1990년대에 전면에 등장하자마자 비중있는 범주가 되었고, 2000년대에는 압도적인 비중을 차지했으나 이후 급격하게 퇴조하는 양상을

---

20 핵심어가 둘 이상으로 볼 수 있는 경우는 좀 더 무게중심에 가까운 쪽으로 분류하여 중복 산정은 피했으며, '교육'의 경우에는 전반적인 측면에서 교육 방법에 초점을 둔 경우로 한정했다. 예를 들어 해학을 중심으로 교육을 해야 한다는 취지의 논문은 '해학'으로 분류했다.

보이기 때문이다. 물론 석사논문에 국한해서 살핀 것이기에 연구 동향에서 이탈했다고는 보기 어렵지만 신진 연구자들의 관심사에서 비켜나 있다는 것은 사실이기에 주목할 만한 현상으로 보는 것이 타당할 것이다.

번역과 비교문학 범주에 속하는 연구물은 대부분 외국인 유학생에 의해 산출되고 있는데, 최근에 이르러 새롭게 형성된 영역이라 할 수 있다. 그 내용을 살펴보면 김유정 문학의 세계화라는 측면에서 깊이 들여다 볼 문제의식을 담고 있어서 앞으로 관심을 둘 여지가 많은 범주라 판단된다.

문화콘텐츠 범주에 속하는 연구들은 분류를 해보기 전까지는 상당한 정도가 될 것으로 예상되었는데 정작 결과는 빈약한 것으로 나타났다. 최근의 문학 독자들은 문학과 견주어 비교우위에 있을 법한 매체 텍스트들 속에서 성장하고 경험해 오고 있기에 문학의 경쟁력 확보를 위해서도 문화콘텐츠의 원천으로서의 문학 텍스트에 대한 연구가 절실하다는 판단을 해 왔던 터라 예상치와의 편차가 더욱 커보였다. 이 점 역시 앞으로의 연구에서 고려해 볼 경향이라고 생각한다.

마지막으로 평생 독자로서 성장해감으로써 문학의 존립 기반이 되어주기를 바라는 공교육 학습자들을 위한 문학교육적 연구물의 활성화도 기대해 본다. 다른 범주에 비해 빈약하다고는 할 수 없지만 해당 논문들을 들여다 보면서 좀 더 밀도있는 연구물들이 산출되어 교육현장에서 생산적으로 활용될 수 있다면 김유정 문학의 경쟁력과 함께 문학의 경쟁력도 상승할 수 있을 것이라 본다.

이 분류표에서 '해학' '토속성 / 향토성', '농민소설' 등의 일부 범주를 제외한다면 전체적인 범주 구성은 다른 작가의 경우와 크게 다르지 않을 것이다. 그런데 이 '크게 다르지 않음'은 약점이 될 수도 있다. 거의 모든 작품에서 보편적으로 드러나는 요소가 많은 작가의 경우 일정한 정도에 이르면 한계치에 따를 수 있을 것이기 때문이다. 그런 측면에서 김유정 학회에서 지속적으로 수행하고 있는 '기획 연구'는 매우 시의적절하고 유효한 시도라고 할 수 있다.

'김유정의 귀환'으로 시작해서 '만남', '산책', '향연', '동행', '문학산맥', '문학광장' 등으로 이어지는 일련의 연구서들은, 앞선 표를 예로 들어 설명하자면 핵심어의 범주들을 확장하는 데 큰 기여를 할 것이다. 나아가 2010년대 들어 다소 주춤해지고 있는 학문 후속 세대들을 다시 김유정 문학 앞으로 이끌어내는데도 큰 몫을 담당하리라 판단된다. 특히 재생산의 범주에 귀속될 수 있는 일련의 시도들은 신선하면서도 함량이 풍부한, 새로운 연구의 틀이 될 수 있을 것이다.

4. 맺음말

이 글은 그동안 김유정 문학을 설명해 온 지배적인 용어나 경향에 대한 점검을 목적으로 시작되었다. '토속'과 '해학'이라는 용어가 과연 가장 적절한 용어이며 김유정 문학을 설명하는 지배적 용어로서의 위상을 그대로 용인해도 무방할 것인가에 대한 문제제기인 셈이다. '토속'은 '향토'라는 용어가 시대적 상황으로 인해 내포적 의미가 변질된 데 따른 대체 용어일 가능성이 매우 크며, '해학'이라는 용어 또한 '유머'라는 용어 대신에 한 두 비평가에 의해 급작스럽게 대체된 것이기에 두 용어가 김유정 문학의 정체성을 충분히 드러낼 수 있는 지배적 용어로서 적절한 것인지에 대한 검토가 필요하다고 보았다. 이어 학위논문에서 드러나는 핵심어들을 놓고 볼 때 김유정 문학에 대한 좀 더 다변적이며 다층적인 연구가 필요하다는 점을 제안하고자 하였다.

김유정 소설에 나타난 '연민의 서사' 연구*

마사 누스바움의 '감정론'을 중심으로

오태호

1. 서론

이 글은 1930년대 김유정 소설이 지닌 '연민의 서사'에 대해 '들병이, 연정, 물욕, 궁핍' 등의 제재로 세분화하여 마사 누스바움의 '감정론'[1]을 활용하여 구체적으로 분석하고자 한다. '연민'을 핵심 키워드로 활용하는 누스바움의 '감정론'은 1930년대 김유정 소설 속에서 아이러니적 서

* 이 글은 『국어국문학』 184(국어국문학회, 2018.9)에 수록된 글을 부분 수정한 것이다.

1 누스바움에 따르면, '감정'은 세 가지 질문을 제기한다. 즉 첫째로 "우리가 무엇인가를 필요로 하며 자족성을 결여하고 있"으며, 둘째로 "나 자신의 목표에 초점을 맞추"고, 셋째로 "대상에 대한 애증병존적 태도"를 지니고 있다는 것이다. 이때 '연민'은 "우리의 상상을 타자들의 선(善)과 연결시키고 타자들을 우리의 집중적 배려 대상으로 만들기 위해 종종 의지하는 감정"이라면서 연민의 사회적 역할에 대한 철학적 논의를 전개한다(마사 누스바움, 조형준 역, 『감정의 격동』 1(인정과 욕망), 새물결, 2015, 45~48쪽). 이 글은 누스바움의 '감정론'을 중심으로 김유정 소설의 비극성을 '연민의 서사'로 규정하여 분석을 진행하고자 한다.

사와 열린 결말을 통해 동시대적 감성의 비애적 구조를 분석하기 위한 유용한 방법론에 해당한다. 특히 작품의 마지막 부분들에서 확인되는 아이러니적 상황과 열린 결말은 작가의 3인칭 관찰자적 시선과 함께 수용미학적 차원에서 독자에게 연민의 정서를 불러일으킨다는 점에서 주목을 요한다.

아리스토텔레스의 『수사학』에 의하면 '파토스'란 감성적인 측면에 호소하는 설득의 기술에 해당한다.[2] 설득의 기술에는 '에토스, 파토스, 로고스' 등이 있는데, 파토스란 기분에 호소하여 마음을 움직이고 변화시키며 영향력을 미치는 요소로서, '분노, 증오, 두려움, 수치심이나 동정심 등과 더불어 고통이나 쾌락' 등이 포함된다. 김유정 소설은 기대와 현실이 배반되는 아이러니적 서사를 내장함으로써 '동시대적 비극성'을 극대화하며, 이때 드러나는 '연민의 서사'[3]는 현실적 비애미를 압축하면서 김유정 문학의 1930년대적 특질을 해명하는 데에 핵심적인 개념어로 활용될 수 있다.

김유정 문학은 1930년대 한국문학의 보고寶庫에 해당한다. 1920년대의 리얼리즘적 지향과 1930년대 모더니즘의 새로움을 온전히 텍스트에 반영하면서 개성적인 언어로 풍자와 해학, 향토적 서정이 어우러지는 독특한 문학세계를 새로이 구축하고 있기 때문이다. 김유정 문학에 대한 1930년대의 당대적 평가는 김동인을 위시로 언어 표현의 적절성과

---

2 송인희, 「포스트모던 시대의 파토스」, 『수사학』 15, 한국수사학회, 2011.9, 189~213쪽.
3 정연희에 따르면 김유정의 소설은 '감정의 서사'이며 이 감정의 서사를 결정짓는 핵심적 요소가 우울과 아이러니라면서 김유정의 서사를 '멜랑콜리 미학'으로 규정한다(정연희, 「김유정 소설의 멜랑콜리 미학과 총체성의 저항」, 『우리문학연구』 56, 우리문학, 2017.10, 535~564쪽). 이 글은 '감정의 서사'라는 점에서는 정연희의 시각과 유사하지만, 누스바움의 감정론 중에서 '연민'을 핵심 키워드로 활용하여 '연민의 서사'로 예각화하여 구체적으로 분석을 진행한다는 점에서 다르다.

작품 내외적 리얼리티의 타당성을 중심으로 고평과 비판이 함께 존재한다.[4] 이렇듯 동시대적 평가는 개별 작품에 대한 촌평을 통해 독특한 언어구사와 함께 서사성과 묘사력의 수월성에 대한 양면적 해석이 두드러진다. 이후 1950년대에는 '해학성'을 중심으로 평가가 진행된다. 즉 정창범의 "슬픈 희화정신",[5] 이어령의 "세계의 총체성을 부정하는 웃음",[6] 정태용의 '능동성과 달관의 니힐리즘'[7] 등이 주목되면서 1950년대에 이르러 김유정 문학의 본령인 해학성과 비극성이 본격적으로 조명되고 있는 셈이다.

2000년대 이후 최근의 연구 경향은 크게 두 가지로 대별된다. 하나는 역사주의적 방법론을 바탕으로 식민지 조선과 작가의 현실 인식을 규명하는 것이고, 다른 하나는 구조주의적 서사이론을 바탕으로 구조, 시점, 화자, 문체 등의 서사미학을 분석하는 것이다.[8] 그중에서 이 글의 '연민의 서사'와 유사한 연구 경향으로는 김유정 소설에 대해 '욕망'이라는 키워드를 중심으로 접근한 연구와 '감정'이라는 키워드를 중심으로 분석한 연구로 다시 구분된다.

먼저 '욕망'을 키워드로 한 논문들을 간략히 살펴보면, '이성적 주체의 허구성 규명'(김혜영),[9] '근대적 괴물과 폭력'과 '가부장적 처벌의 욕망

4　김동인, 「삼월의 창작−촉망할 신진, 김유정씨 〈금따는 콩밭〉」, 『매일신보』, 1935.3.26; 김 남천, 「최근의 창작(2) 사회적 반영의 거부와 춘향전의 애화(哀話)적 재현−김유정 〈산골〉」, 『조선중앙일보』, 1935.7.23; 안함광, 「작금 문예진 총검(總檢)−금년 하반기를 주로」, 『비판』 3-6, 1935.12; 안함광, 「최근창작평」, 『조선문단』 4-4, 1935.8; 엄흥섭, 「문예시평−성격묘사의 부조화」, 『조선일보』, 1936.5.6; 김문집, 「병고작가원조운동의 변−김유정군의 관한」, 『조선문학』 3-1, 1937.1; 한효, 「신진작가론−그들의 작품상의 제 경향」, 『풍림』 2, 1937.1 등.
5　정창범, 「김유정론」, 『사상계』 3-11, 1955.11.
6　이어령, 「해학의 미적 범주」, 『사상계』, 1958.11.
7　정태용, 「김유정론−니힐리즘과 문학」, 『현대문학』, 1958.8.
8　김근호, 「김유정 농촌 소설에서 화자의 수사적 역능−인물에 대한 화자의 태도를 중심으로」, 『한국현대소설연구』 50, 한국현대소설학회, 2012.7, 35∼70쪽.

과 위장된 모성'(김주리),[10] '구체적인 욕망의 전이 양상'(김종호),[11] '폭력의 구체적 양상'(홍혜원),[12] '육체적이고 일차원적 인간의 특성'(김미영),[13] '폭력과 고립의 지배 기제'(신제원)[14] 등이 대표적이다.

이와 다르게 김유정의 소설에 대해 '감정'을 주요 키워드로 활용하고 있는 논문은 '김유정 개인의 우울증적 결핍'(유인순),[15] '슬픔의 보편성과 지속성'(임정연),[16] '사도마조히즘적 행동과 비판적 거리감'(오은엽),[17] '죽음충동과 에로스'(정주아),[18] '아내 팔기에 대한 혐오와 절망'(장수경),[19] '웃음과 슬픔의 위상학'(김예리),[20] '희망과 절망이 교차하는 불안'(김근호),[21] '윤리적 아포리아'와 '우울과 알레고리'(정연희),[22] '패배와 순응이

9 김혜영, 「김유정 소설에 나타난 욕망의 의미」, 『현대소설연구』 17, 한국현대소설학회, 2002.12, 159~181쪽.
10 김주리, 「김유정 소설에 나타난 파괴적 신체 고찰」, 『한국문예비평연구』, 한국현대문예비평학회, 2006, 377~395쪽; 김주리, 「매저키즘의 관점에서 본 김유정 소설의 의미」, 『한국현대문학연구』 20, 한국현대문학회, 2006, 295~323쪽.
11 김종호, 「'전이(轉移)'를 통한 소설 인물의 변모 양상-김유정론」, 『비평문학』, 한국비평문학회, 2007.4, 179~203쪽.
12 홍혜원, 「폭력의 구조와 소설적 진실-김유정 소설을 중심으로」, 『현대소설연구』 47, 한국현대소설학회, 2011.7, 391~417쪽.
13 김미영, 「병상(病床)의 문학, 김유정 소설에 형상화된 육체적 존재로서의 인간」, 『인문논총』 71-4, 서울대 인문학연구원, 2014, 45~79쪽.
14 신제원, 「김유정 소설의 가부장적 질서와 폭력에 대한 연구」, 『국어국문학』 175, 국어국문학회, 2016.6.30, 229~258쪽.
15 유인순, 「김유정의 우울증」, 『현대소설연구』 35, 한국현대소설학회, 2007, 121~138쪽.
16 임정연, 「김유정 자기서사의 말하기 방식과 슬픔의 윤리」, 『현대소설연구』 56, 한국현대소설학회, 2014.7, 469~496쪽.
17 오은엽, 「김유정 소설에 나타난 정념의 기호학적 연구-「금따는 콩밧」, 「금」, 「노다지」를 중심으로」, 『한중인문학연구』 47, 한중인문학회, 2015.5, 135~161쪽.
18 정주아, 「신경증의 기록과 염인증자의 연서쓰기-김유정 문학에 나타난 죽음충동과 에로스」, 『현대문학의연구』 57, 한국문학연구학회, 2015.9, 243~278쪽.
19 장수경, 「정념의 관점에서 본 김유정 소설의 미학-「봄·봄」, 「노다지」, 「소낙비」, 「가을」을 중심으로」, 『한민족문화연구』 55, 한민족문화학회, 2016, 237~270쪽.
20 김예리, 「김유정 문학의 웃음과 사랑」, 『한국예술연구』 14, 한국예술종합학교 한국예술연구소, 2016, 211~231쪽.
21 김근호, 「김유정 소설에서의 반전과 감정의 정치학」, 『한중인문학연구』 55, 한중인문학회, 2017.5, 1~25쪽.

교차하는 정동의 맥락'(김윤정)[23] 등이 대표적이다.

이처럼 욕망과 우울과 불안, 감정과 정동과 느낌 등은 서로 다르면서도 유사한 개념으로 활용될 수 있다. 특히 욕망과 다르게 감정은 개인적인 동시에 집합적인 개념이며, 느낌은 직접적으로 느끼는 생생한 경험이고, 정동은 신체 에너지와 강렬성, 힘, 역량 등을 함유하는 심적 에너지에 해당한다고 구분하지만, 논자에 따라서 서로 달리 대체될 수 있는 개념으로 파악된다.[24] 이 글에서 활용하는 감정에 대한 누스바움의 철학적 입장은 인지주의에 해당하며, 네 가지 특성을 내포하는데, 첫째, 감정은 대상을 가지며, 둘째, 감정의 대상은 감정 주체의 지향적 대상이고, 셋째, 감정은 대상에 관한 믿음을 체현하며, 넷째, 감정의 자각은 대상을 가치부여된 것으로 판단한다.[25]

김유정 소설의 주인공 역시 무지와 인지, 기대와 배반, 희망과 절망 등의 차이를 길항하는 아이러니적 서사와 열린 결말을 통해 인지주의적 감정을 드러내는 존재로 형상화된다. 누스바움은 아리스토텔레스의 『수사학』에서의 연민에 대한 정의를 바탕으로 세 가지 인지적 요소를 검토한다. 연민은 '다른 사람의 불행이나 고난을 향한 고통스런 감정'인데, 첫 번째 인지적 요소는 '심각성(크기)'이며, 두 번째 요소는 '부당함'이고, 세 번째 요소는 자신도 유사 가능성에 노출되어 있다는 '인간적 연

22 정연희, 「김유정 소설의 실재의 윤리와 윤리의 정치화」, 『현대문학이론연구』 60, 현대문학이론학회, 2015, 515~536쪽; 정연희, 「김유정의 자기서사에 나타나는 우울과 알레고리 연구 —「두꺼비」와 「생의 반려」를 중심으로」, 『국어문학』 65, 국어문학회, 2017.7, 75~98쪽.
23 김윤정, 「김유정 소설의 정동 연구」, 『현대문학이론연구』 71, 현대문학이론학회, 2017.12, 101~126쪽.
24 이명호, 「문화연구의 감정론적 전환을 위하여 —느낌의 구조와 정동경제론 검토」, 『비평과 이론』, 한국비평이론학회, 2015, 봄, 113~139쪽.
25 고현범, 「마사 누스바움의 연민론 —독서 토론에서 감정의 역할」, 『인간·환경·미래』, 인제대 인간환경미래연구원, 2015, 123~150쪽.

약함'의 인정이다. 누스바움은 이 세 가지 요소에 '행복주의적 요소', 즉 '불행인'이 자신의 인생 전망에 중요한 가치를 갖는다는 판단이 필요하다고 주장한다.[26]

이러한 누스바움의 '감정론'에 기대어 김유정 소설에 나타난 '비극성'을 분석하고자 한다. 김유정 역시 작중인물들이 식민지 시대의 궁핍한 현실을 감내해내는 실존의 현장을 형상화함으로써 아이러니적 서사 속에 현실적 비애미를 추적하면서 '연민'을 이끌어낸다. 이때의 연민은 등장인물의 어리석은 내면을 통해 드러나는 작가의 아이러니적 시선과 독자의 텍스트 수용 차원에서 발생한다. 특히 비극적 현실의 극대화 속에 놓인 결핍된 주체들이 어리석거나 우스꽝스러운 비인지적 움직임을 통해 역설적이게도 당대 현실과 조응하며 '연민의 서사'를 산출하고 있는 것이다. 따라서 이 글은 '연민의 서사'를 내장한 김유정 소설의 주요 제재를 '들병이, 연정, 물욕, 궁핍' 등으로 구분하여 비극성의 구체적 양상을 분석해보고자 한다.

2. 가족 구성의 기대와 좌절 – '들병이'

누스바움에 따르면 감정은 "슬픔, 두려움, 기쁨, 희망, 분노, 감사, 미움, 질투, 질시, 연민, 동정, 죄의식" 등을 종으로 삼는 유개념으로서 욕

---

26 이선, 「인공지능과 감정지능—누스바움의 감정론을 중심으로」, 『건지인문학』 19, 전북대 인문학연구소, 2017.6, 161~179쪽.

구, 기분, 분위기, 욕망 등과 구분되는데, 그중에서도 연민은 공감 능력을 의미한다.[27] 김유정 소설에서 연민의 서사가 발생되는 첫 번째 텍스트군은 '들병이' 소재의 작품들이다. 즉 「산골 나그네」, 「총각과 맹꽁이」 등에는 가난한 농촌 총각이 들병이 아내를 얻어 정상적 가족의 구성을 기대하는 내용이 등장한다. '부부 되기'는 농촌 사회 현실에서는 가족 구성을 통한 혈연 공동체의 확보도 있지만, 자식의 생산을 통한 노동력 확보의 물적 토대가 되기도 한다. 그러나 일제 강점하의 식민지적 궁핍은 생존을 위해 농토를 떠도는 유이민의 확산을 가져오면서, 농민들로 하여금 '가족 구성하기'의 난관에 봉착하게 만든다.[28]

등단작인 「산골 나그네」에서 농사꾼 덕돌이(29세)는 술집을 운영하는 홀어머니와 단둘이 산골짜기에서 지내는데, 어느 날 거렁뱅이 옷차림의 여자 나그네(19세)가 하룻밤만 묵어간다며 찾아온다. 그러다 '들병이' 역할을 하던 나그네와 덕돌이가 결혼에 이르지만, 나그네는 병든 남편

---

27 누스바움은 연민과 관련된 일상어 중에서 'pity, sympathy, empathy' 등을 언급하면서, '연민'을 'compassion'으로, '감정이입'을 'empathy'로 활용하면서 동정의 의미가 강한 'pity'를 사용하지 않겠다고 강조한다. 그리고 연민과 동정을 구분하면서, 연민이 "보다 강렬해 보이며, 고통당하는 사람 쪽뿐만 아니라 이 감정을 가진 사람 쪽 모두에서 연민이 더 큰 정도의 고통을 암시한다"면서, '동정'으로서의 'sympathy'는 '공감이나 감정이입'과 다르다면서, 행복주의적 판단을 결여한 감정이어서 "다른 사람의 고통이 나쁜 것이라는 판단을 포함"한 측은지심에 해당한다고 규정한다(마사 누스바움, 조형준 역, 『감정의 격동』 2(연민), 새물결, 2015, 552~556쪽). 이 글은 누스바움의 감정론 중에서 '연민'을 타자의 고통에 대한 '공감 능력'과 유사한 개념으로 활용하고자 한다.

28 1930년대 '농민의 빈궁화'는 식민지 수탈경제의 핵심에 자리한다. '토지조사사업', '산미증식계획', '농촌진흥운동', '공출제도' 등으로 이어지는 식민지 농업정책으로 조선 농민은 몰락 일로에 있었는데, 자작농 및 자소작농의 완전한 소작농화, 소작농의 세궁민화(細窮民化), 세궁민의 유리민(流離民) 및 걸인화(乞人化)로 이어진다. 1926년 조선총독부 통계에는 세궁민이 총인구의 약 11%인 215만 명이고 걸인이 1만 명이었으나, 1931년 통계에는 세궁민이 약 520만 명으로 총인구의 25%로 증가하고, 걸인의 수도 16만 명으로 급증했다. 소작농민의 75%가 부채가 있고 호당 평균 부채액이 65원이나 되었다(강만길, 「제3장 식민지 수탈경제의 실태」, 『한국현대사』, 창작과비평사, 1984, 88~134쪽). 김유정의 소설은 이러한 1920~1930년대 식민지 수탈 경제에서 농민의 빈궁화를 대표적으로 관통하는 텍스트라고 할 수 있다.

이 있는 유부녀임이 나중에 밝혀진다. 들병이인 나그네는 병든 전남편
의 생존을 위해 덕돌이와 위장결혼을 감행했던 것이다. 작품 말미에서
들병이는 전남편과 함께 덕돌이네 집에서 도망을 치는 것으로 형상화
되면서 작가는 타자의 고통의 심각성과 연약함을 확인하는 '연민의 서
사'를 완성한다.

> 게집은불이나게그를재촉한다. 그러고연해돌아다보길잇지안엇다.
> 　그들은 강ㅅ길로향한다. 개울을건너 불거저나린 산모롱이를 막 꼽뜨릴랴
> 할제다. 멀리뒤에서 사람욱이는소리가 끈힐듯날듯간신히 들려온다. 바람에
> 먹히어 말ㅅ저는모르겟스나 재업시덕돌이의 목성임은 넉히짐작할수잇다.
> 　"아 얼는좀 오게유"
> 　똥끗이마르는 듯이 게집은사내의손목을 겁겁히잡아끈다. 병들은몸이라
> 끌리는대로뒤툭어리며 거지도으슥한산저편으로가치사라진다. 수은ㅅ빗갓
> 흔물ㅅ방울을품으며 물ㅅ결은산벽에부다뜨린다. 어데선지 지정치못할녁
> 대소리는 이산저산서와글와글굴러나린다.[29]

　작품 마지막 부분인 인용문에서 와글와글 굴러나리는 "지정치못할
녁대소리"로 마무리되는 대목은 불안한 늑대 소리가 들려오는 산골짜
기 사이로 떠난 들병이 부부의 도피 행각이 녹록지 않을 것임을 예고한
다. 독자는 덕돌이가 '닭 쫓던 개' 신세가 되어 들병이 부부의 도망을 사
후적으로 확인하게 되는 모습에서 일차적으로 안타까움을 확인한다.
뿐만 아니라 들병이의 도망 역시 임시적 연명만 지속하게 될 뿐 유랑이

---

29 김유정, 「산ㅅ골나그내」, 전신재 편, 『원본 김유정 전집』(개정판), 강, 2007, 28쪽.

지속되기 때문에 들병이 생활을 통한 '부부의 생존'이라는 기대가 좌절될 가능성이 높게 느껴진다. 결국 작가가 결말에서 둘의 욕망이 서로 다르게 지향했던 가족 구성의 지난한 현실을 보여줌으로써 '욕망의 기대'가 비극적으로 좌절되는 것을 그려낼 때, 독자는 등장인물들에게 '연민'의 감정을 투사하게 된다. 그리하여 덕돌이와 들병이를 향한 '연민의 서사'는 아이러니적 결말로 인해 더욱 강한 비극성을 드러낸다.

「총각과 맹꽁이」에서도 우직스런 총각 덕만이(33세)의 기대가 좌절되면서 연민의 서사가 드러난다. 뭉태에게 들병이(22세)가 왔다는 소식을 전해들은 덕만은 노총각 신세를 면해보고자 자신이 술값을 낼테니 중개를 잘해달라고 부탁한다. 하지만, 저녁 술좌석에서 뭉태는 들병이를 혼자 독차지한다.

> 덕만이는 금시로 콩밧틀 튀여나왔다. 잿간여프로 달겨들며 큰 동맹이를 집어들엇다. 마는 눈을얼마감고잇는동안 단념하엿는지 골창으로 던저버렷다. 주먹으로 눈물을 비비고는
> "살재두 나는 인전 안살터이유 —" 하고 잿간을향하야 소리를 질럿다. 그리고 제집으로 설렁설렁언덕을나려간다.
> 그러나 맹꽁이는 여전히 소리를 끌어올린다. 골창에서 가장 비웃는 듯이 음충맞게 "맹 —" 던지면 "꽁 —" 하고 간드러지게 밧어넘긴다.[30]

작품 마지막 부분에서 덕만이는 들병이와의 관계를 포기한 채 귀가하는 것으로 그려진다. 결국 들병이를 향한 덕만이의 희망은 뭉태 등에

---

30 김유정, 「총각과 맹꽁이」, 전신재 편, 『원본 김유정 전집』(개정판), 강, 2007, 37쪽.

의해 좌절되고, 독자는 덕만이의 기대를 저버린 뭉태만이 이기적 셈속을 달성하는 모습을 보면서 안타까운 연민을 느끼게 된다. 특히 돌멩이를 골창에 집어던지고 눈물을 훔치면서 집으로 귀가하는 덕만이의 모습은 맹꽁이의 음충맞은 조소 속에서 실소를 낳지만 독자는 어리석은 덕만이의 행동을 보며 안타까운 연민의 감정을 드러내게 된다. 이렇듯 작가는 등장인물의 감정을 숨긴 채 오히려 어리석은 행동의 이면에 감춰진 '슬픈 웃음'을 형상화함으로써 독자를 향해 '연민의 서사'를 강조하게 된다.

총각인 덕돌이와 덕만이를 향했던 연민의 감정은 「솥」과 「아내」에 이르면 주인공이 아니라 아내에게로 옮겨간다. 「솥」에서는 기혼남인 근식이가 들병이인 계숙이와 함께 마을을 떠나기로 마음먹는 내용이 그려지면서 어리석음과 분노, 슬픔이 드러나는 '연민의 서사'가 확인된다. "들고나갈거라곤 인제 매함지와 키쪼각이 잇슬뿐이다"로 시작되는 「솥」은 '안해의 속곳'과 '맷돌짝'까지 술값으로 지불하는 데에 사용한 근식이의 집착을 추적한다. 들병이를 향한 근식이의 어리석은 집착은 독자에게 간접적 분노를 경험하게 한다. 아내 몰래 들병이인 계숙의 '흥겨운 낮'을 보기 위해 집을 나설 뿐만 아니라 아내가 "집안 망할 도적년"이라고 욕설을 퍼부어도, 계숙이를 따라다니며 빌어먹게 될 '새로운 생활'에 대한 기대감으로 계숙이와 함께 떠날 것을 다짐하는 모습으로 그려지기 때문이다.

안해는 분에 복바치어 고만 눈우에 털썩 주저안즈며 체면모르고 울음을 놋는다.

근식이는 구경군쪽으로 시선을 흘낏거리며 쓴 입맛만 다실 따름—종국에는 두 손으로 눈우의 안해를 잡아 일으키며 거반울상이되엇다.

"아니야 글세, 우리솟이 아니라니깐 그러네 참 —"[31]

인용문에서 드러나듯 독자는 근식이 들병이인 '게숙이'의 이기적 물
욕을 채워주고 아내의 행복의 매개체인 솥을 비롯한 가사 도구마저 술
값으로 내맡기는 등 가산을 탕진하는 모습에서 실망을 넘어 어처구니
없는 어리석은 행태를 비판하게 된다. 들병이인 게숙이 '젖먹이 아이'와
의 생계를 위해 들병이 생활을 하면서 생존을 이어가는 모습에서는 뻔
뻔함과 함께 유이민의 끈질긴 생존력의 표상을 씁쓸하게 확인한다. 그
리고 근식의 아내가 '들병이'를 향해 욕을 퍼부으며 근식이의 맹목적 행
동을 비판하며 우는 모습을 보면서는 어리석은 남편과 뻔뻔한 들병이
에 의해 궁지에 몰린 착한 아내의 안타까운 성정에 연민을 느끼게 된다.

작가는 표면적으로는 근식, 게숙, 근식의 아내 등이 펼쳐보이는 '욕망
의 삼각형'을 통해 서로 다른 지향이 파국을 양산하는 이야기를 그려내
지만, 근식의 어리석음, 게숙의 뻔뻔함, 근식 아내의 몸부림 등의 이면
에서는 이 우스꽝스러운 상황 전개가 식민지 시대 삶의 궁핍에서 비롯
된 비극적 현실임이 드러나면서 독자로 하여금 등장인물들을 향해 분
노와 슬픔, 연민의식을 갖게 한다. 이렇듯 등장인물의 말과 행동을 통
해 작품의 시대 상황에 공명하면서 아이러니적 서사에 공감하게 만드
는 것이 김유정식 '연민의 서사'의 핵심에 해당한다.

「아내」에서도 나뭇짐 장수인 '나'가 박색의 아내에게 손쉬운 돈벌이
를 위해 들병이를 시키려고 창가까지 배우게 하는 모습에서 어리석은

---

31 김유정, 「솟」, 전신재 편, 『원본 김유정 전집』(개정판), 강, 2007, 155쪽.

남편에 대한 비판과 함께 착한 아내를 향한 안타까움이 묻어나는 '연민의 서사'가 드러난다. 결국 뭉태가 '들병이가 될 아내'를 농락하는 모습을 보고 '나'가 생각을 단념하게 되는 것에서 알 수 있듯, 작가는 '들병이'가 농토를 잃고 떠도는 유이민들이 경제적 궁핍의 해소를 위한 돈벌이의 수단으로 선택할 수밖에 없었던 1930년대 비극적 현실의 알레고리임을 우화적으로 묘파한다.

> 년의 꼴봐하니 행실은 예전에 글렀다. 이년하고 들병이로 나갔다가는 넉넉히 나는 한옆에 재워놓고 딴서방차고 다라날 년이야. 너는 들병이로 돈 벌 생각도 말고 그저 집안에 가만히 앉었는것이 옳겠다. 구구루 주는 밥이나 얻어먹고 몸 성히있다가 연해 자식이나 쏟아라. 뭐많이도 말고 굴때같은 아들로만 한 열다섯이면 족하지. 가만있자, 한놈이 일년에 벼열섬씩만 번다면 열다썹이니까 일백오십섬. 한섬에 더도 말고 십원 한장식만 받는다면 죄다 일천 오백원이지. 일천오백원, 일천오백원, 사실 일천오백원이면 어이구 이건 참 너무 많구나. 그런줄 몰랐더니 이년이 배속에 일천오백원을 지니고 있으니까 아무렇게 따져도 나보담은 났지 않은가.[32]

작품 말미인 인용문에서 드러나듯 화자에 의하면 아내는 "딴서방차고 다라날 년"의 행실을 보일 것으로 짐작되다가 몸 성히 자식을 생산하는 객체로 대상화된다. 이때 독자는 아내의 들병이 노릇이 가정 경제를 일으켜 세울 매개로 상상되는 '나의 욕망'이, 결국 자식을 낳는 어머니로서의 역할이 들병이로 생계비용을 확보하는 것보다 크다는 허황된

---

32 김유정, 「안해」, 전신재 편, 『원본 김유정 전집』(개정판), 강, 2007, 179쪽.

상상으로 이어지는 모습을 보며 어리석고 안타까운 시대 현실을 체감하게 된다. 작가는 자식 1인당 1년에 10섬씩이고 1섬에 10원씩이라면, 15인의 자식이 1년에 150섬이자 1,500원에 해당하는 생산력을 감당하게 될 미래를 상상하는 '나'를 통해 모체가 지닌 놀라운 생산력을 아내의 존재감으로 환원하는 어리석음을 비판적으로 인식하게 한다. 결국 작가는 '나의 망상'의 허구성을 통해 욕망의 허상성을 비판하면서 동시에 착한 아내를 향해 연민의 시선을 보내게 한다. 그리고 그러한 허구적 상상의 어처구니 없음을 통해 독자는 이 부부의 삶을 둘러싼 현실을 향해 연민의 시선을 보내게 된다.

이렇듯 김유정 소설에 등장하는 '들병이'는 농촌 총각이나 유부남에게 연애와 결혼의 대상으로 구성되면서 등장인물들을 향한 '연민의 서사'를 강화한다. 특히 어리석은 언행으로 드러나는 남성 주인공들의 '들병이에 대한 욕망'이 항상 좌절되고, 착한 아내의 수동적 생존 본능이 도드라지는 서사적 위계의 역전 속에서 독자에게 연민의 서사를 제공한다. '들병이' 자체는 기혼 남성이든 미혼 남성이든 궁핍을 극복할 매개체이자 자유연애의 대상으로 기표화되지만, 들병이를 둘러싼 어리석은 남성의 기대와 좌절, 희망과 절망, 그리고 분노하고 슬퍼하며 대상화된 존재로 그려지는 착한 아내의 처절한 몸부림 등은 독자에게 식민지 시대를 가로지르는 농촌 하층민들의 삶을 상상하게 하면서 '연민의 서사'를 확인하게 하는 것이다.

3. 신분 차이와 연정(戀情)의 실현 (불)가능성 – 연정

　김유정 소설에서 두 번째 '연민'은 「동백꽃」과 「봄·봄」에서 드러난
다. 이 두 작품은 상대적으로 비극적 결말보다는 이성애를 향한 '기대의
실현 가능성'이 드러난다는 점에서 작가의 작품들 중 이질적인 작품군
에 속하지만, 과거와 현재의 연애사와 함께 미래의 연정이 녹록지 않을
것임을 예고하면서 주인공들의 서로를 향한 애틋한 타자성 속에 '연민
의 서사'를 보여준다.

　「동백꽃」은 나(17세)와 점순이(17세)의 연애 감정이 감자 사건과 닭싸
움 등을 매개로 오해와 갈등을 겪으면서 연민의 서사를 진행한다. 작품
초반부에 소극적인 성격의 '나'는 점순이의 적극적인 감정 표현을 오해
하는데, 둘 사이가 틀어지게 된 계기는 점순이가 관심의 표시로 전해준
'따뜻한 감자'를 내가 거부하면서부터이다. 감자 사건 이후 갈등과 화해
의 매개물이 되는 닭싸움이 시작되고, 결국 닭싸움은 내가 단매로 점순
네 수탉을 죽임으로써 종결된다. 그리고 "알싸한, 그리고 향긋한 그 내
음새"가 풍기는 노란 동백꽃밭에서 둘이 서로의 사랑을 확인하면서 작
품은 마무리된다.

> "너말말아?"
>
> "그래!"
>
> 조곰 있드니 아래서
>
> "점순아! 점순아! 이년이 바누질을 하다말구 어딜 갔어?" 하고 어딜갔다온
> 듯싶은 그 어머니가 역정이 대단히 났다.

점순이가 겁을 잔뜩 집어먹고 꽃밑을 살금살금 기어서 산알로 나려간 다음 나는 바위를 끼고 엉금엉금 기어서 산우로 치빼지 않을수 없었다.[33]

작품 마지막 부분에서 "너 말 말아?"라고 말하는 점순이의 욕망이 나에 의해 "그래!"라고 승인받음으로써 결과적으로 둘의 오해와 갈등은 해소된 것처럼 보인다. 하지만 독자는 작품 결말부에서 점순이가 산 아래로 내려간 뒤, '나'가 산 위로 올라가는 모습을 보며, 둘의 연애가 좌절될 가능성이 큰 현실을 연상하게 된다. 작품 내내 독자는 '나'가 현재 소작을 붙이고 있는 집과 땅이 떨어지지 않는다는 전제 조건하에서 둘의 관계를 수용하는 것이 어려움을 느끼고 있고, '점순이의 기대' 역시 '나'에 대한 동정에 기반한 감정을 드러내면서도 부모의 기대를 저버릴 수 없다는 점에서 긴장 관계를 형성했듯 마음과 현실이 다르게 전개되는 것에서 안타까운 연민의 서사를 확인한다. 결과적으로 작가는 '나'와 점순이의 오해와 갈등이 일시적으로는 봉합되지만 서로의 기대가 좌절될 가능성을 형상화함으로써, 독자에게 기대와 좌절이 연상되는 안쓰러움을 내장한 '연민의 서사'를 제공하는 것이다.

「봄·봄」에서는 장인의 탐욕과 데릴사위의 기대가 충돌하며, 점순이의 욕망 역시 상이하게 표면화되면서 '나'와 점순이를 향한 연정의 기대와 좌절이 드러나는 '연민의 서사'가 강조된다. 「봄·봄」에서 주인공 '나(26세)'는 데릴사위로 마름댁에 들어가지만 새경은 받지 못한 채 3년 7개월 동안 머슴살이를 한다. 그러다가 점순이(16세)의 성례 요구를 전제로 '나'가 장인을 붙잡고 늘어져 보지만 오히려 점순이와 장모는 장인

---

33 김유정, 「동백꽃」, 전신재 편, 『원본 김유정 전집』(개정판), 강, 2007, 226쪽.

편을 든다.

　　"에그머니! 이 망할게 아버지 죽이네!" 하고 내귀를 뒤로 잡어댕기며 마냥 우는것이 아니냐. 그만 여기에 기운이 탁 꺾이어 나는 얼빠진 등신이 되고말었다. 장모님도 덤벼들어 한쪽 귀마저 뒤로 잡아채면서 또 우는 것이다.

　　이렇게 꼼짝 못하게 해놓고 장인님은 지게막대기를 들어서 사뭇 나려조겼다. 그러나 나는 구태여 피할랴지도 않고 암만해도 그속알 수 없는 점순이의 얼굴만 멀거니 들여다보았다.

　　"이자식! 장인입에서 할아버지 소리가 나오도록해?"**34**

　　인용문에서 작가는 데릴사위인 '나'가 점순이의 부추김으로 장인 어른에게 매달려보지만, 결혼에 대한 기대가 "에그머니! 이 망할게 아버지 죽이네!"라고 외치며 '나'를 떼어놓는 점순이에 의해 거부되는 모습을 형상화함으로써 등장인물의 기대 수준과 현실적 양상이 배반되는 '연민의 서사'를 제공한다. 결과적으로 마름집 딸과 데릴사위라는 신분적 차이 속에서 결혼에 대한 기대가 좌절될 가능성이 높아지면서 독자는 '나'와 점순이의 결말에 대한 희망 섞인 기대와 현실적 좌절을 상상하게 된다.

　　'나'의 기대는 데릴사위로 들어온 이상 성례에 대한 요구를 내포하지만, 그 기대는 유예될 가능성이 높고, 점순이의 기대 역시 좌절될 가능성이 크다. 마름인 장인은 이미 10년 동안 첫째 딸의 남편을 데릴사위 삼아 부려먹었던 적이 있기 때문에 성례 요구가 또 다시 유예될 가능성

34　김유정, 「봄·봄」, 전신재 편, 『원본 김유정 전집』(개정판), 강, 2007, 167~168쪽.

이 높은 것이다. 작가는 데릴 사위와 딸, 장인 등 삼각 관계 속에서 계층적 갈등과 경제적 욕망, 성적 욕망의 기대와 좌절을 그려내면서 기대와 현실이 다른 배반의 서사를 우스꽝스럽게 포착하여 독자에게 '연정의 실현 (불)가능성'을 제시하는 '연민의 서사'를 제공하고 있는 것이다.

「동백꽃」과 「봄·봄」에서 작가는 '나'와 점순이의 기대와 배반, 희망과 절망, 무지와 인지 등의 아이러니적 서사가 열린 결말에 의해 집적되면서 '연정'의 갈등과 오해를 매개로 한 '연민의 서사'를 보여준다. 이 둘의 연정은 희망 어린 기대와 현실적인 좌절이 동시적으로 드러나지만, 독자에게는 둘의 기대가 실현되기를 바라는 공감의 응원이 되면서 작품 내내 애틋한 연민으로 작동하는 것이다.

4. 일확천금에의 욕망과 비애적 인식―물욕

김유정 소설의 세 번째 '연민의 서사'의 대상은 '물욕'이다. 1930년대 일제 강점하에 상당수 농민들은 농촌 수탈 정책으로 인해 자신들의 생활 터전을 잃어버린 채 유랑 생활을 하게 된다. 유랑민은 가난과 궁핍으로 인한 사회 구조적 모순의 한계를 보여주는 바로미터다. 이때 정상적인 경제력 확보가 원천적으로 봉쇄되어 있는 형국은 농민들에게 일확천금의 기대감을 품게 한다. 가난을 극복하기 위해 물질적 재부를 확보하려는 신분의 수직 상승에의 욕망은 금광에서 금덩이를 얻고자 하는 김유정의 일련의 작품에서 확인된다. 금전이나 재화에 대한 등장인물들의 욕망은 기대와 좌절이 드러나는 연민의 서사를 추동하는 기본적인 동력인 것이다.

「노다지」, 「금 따는 콩밭」, 「금」 등의 작품에서 주요 모티프로 활용된 '금광 캐기'는 농토를 잃고 떠도는 유랑민의 모습과 더불어 가난 극복을 향한 하층민들의 물질적 집착을 보여준다. 금광의 획득이라는 욕망의 성취와는 무관하게 하층민들은 현실적 비애감 속에 놓여 식민지 조선의 비극성을 극대화한다.[35]

먼저 「노다지」는 형제 같은 우정을 나누는 아우인 꽁보와 형인 더펄이의 '금광 캐기'를 통해 목숨과 의리보다 금덩이가 중요한 현실을 풍자한다. 예전에 감석을 나누다가 더펄이에게 목숨을 빚진 적이 있던 꽁보는 노다지를 눈앞에 두게 되자 더펄이가 변심한 것으로 판단한다. 그리하여 노다지를 캐다가 돌더미에 깔린 더펄이를 외면한 채 꽁보는 금덩이를 들고 도망을 친다. 하층민의 동류의식 속에 연대감을 나누던 이웃사촌이 일확천금에 대한 욕망으로 배신을 하게 되는 내용이 그려지는 것이다.

"이놈아!"

너머 기여올라 벼락가티 악을쓰는 호통이 들리엇다. 또연하야 우지끈뚝

---

35 누스바움은 존 스타인벡의 『분노의 포도』를 연민과 공적 삶과의 관계로 분석하면서, 작품 속에서는 '빈자들의 세계'가 "사랑과 우정, 그리고 영성이 풍부하다"면서 "정연한 규범과 상호부조의 규약이 포함되어 있"기 때문에 "돌봄과 사랑이라는 윤리적 가치들은 아무리 세상이 가혹하더라도 건재함을 보여준다"고 강조하지만, "보통 고통은 사람을 고상하게 만들지 않는다. 인격을 왜곡시키거나 불구로 만드는 일이 더 흔하다"라고 지적한다(마사 누스바움, 조형준 역, 『감정의 격동』2(연민), 새물결, 2015, 739~742쪽). 김유정의 금광 모티프는 일확천금을 강요하는 일제 강점기의 불구적 현실 속에서 동료 간에 발생하는 인격의 왜곡을 보여주면서, '기대와 좌절'이라는 배반의 서사를 통해 윤리적 가치의 중요성을 아이러니적으로 강조한다는 점에서 누스바움의 분석에 상응한다. 이 대목에 대해 익명의 심사위원이 꼼꼼하게 지적해준 수정 제기에 감사를 표한다.

딱, 하는 무서운 폭성이 들리엇다. 그것은 거의거의 동시의 일이엇다. 그리고는 좀와스스 하다가 잠잠하엿다.

그때는 벌써 두길이나 넘어 아우는 기여올랏다. 굿문까지 다 나왓슬제 그는 머리만 내밀어 사방을 두릿거리다 그림자가티 사라진다.

더펄이의 형체는 보이지안는다. 침침한 어둠속에 단지굴근 돌맹이만이 짝 허터젓다. 이면 마구리의 타다남은 화로불은 바야흐로 질듯질 듯 껌벅어린다. 그리고 된바람이 애, 하고는굿문께서 모래를 좌륵, 좌륵, 드려뿜는다.[36]

인용문에서 꽁보는 몸을 빼달라고 애원하는 더펄이를 외면한다. 더구나 무너지려는 동발을 보면서도 노다지만을 들고 물러선다. 꽁보의 욕망은 물욕에 대한 이기적 셈속을 보여주고, 더펄이의 욕망은 그 이기적 욕망의 실현 앞에서 좌절된다. 하지만 사실은 입장을 바꾸더라도 극빈의 현실에서 벗어나려는 물욕 앞에서의 이기적 인간의 욕심은 바뀌지 않을 것이다.

한때는 더펄이로 인해 목숨을 연명할 수 있었던 꽁보가 노다지를 확보하게 되자 더펄이를 외면해버리는 모습은 물질에 대한 탐욕을 드러내기도 하지만, 그러한 세태를 잉태한 궁핍된 현실의 모순을 더욱 주목하게 한다. 그렇기 때문에, 「노다지」는 물질적 성취가 오히려 정신적 가난으로 변화될 수 있다는 사실을 통해 비극적 현실이 강요하는 물질적 탐욕의 문제성을 강화한 작품이라고 볼 수 있다. 이때 더펄이의 호통을 외면한 채 꽁보가 사라진 뒤 된바람만 불어대는 마지막 부분은 '연민의 서사'를 강화한다. 물욕을 위해 인간적 의리를 배신한 모습을 통해

---

36 김유정, 「노다지」, 전신재 편, 『원본 김유정 전집』(개정판), 강, 2007, 62∼63쪽.

씁쓸한 인간의 본성을 보여주면서 윤리의식의 실종이라는 비극성을 강화하고 있는 것이다.

둘째로 「금 따는 콩밭」은 순박한 소작농인 영식이가 수재의 꼬임으로 자신의 콩밭에서 금을 캐기 위해 사력을 다하는 모습을 그린 풍자적 작품이다. 아무리 콩밭을 파도 금이 나오지 않자, 결국 수재는 영식이에게 거짓으로 금줄을 확인했다고 이야기하며, 밤 도망을 계획하게 된다. 자신이 소작하고 있는 밭을 엉망으로 만들어버린 영식이의 모습은 당대의 소작농들에게 금이 일확천금의 매력으로 작용함을 확인할 수 있다. 결국 '금을 딸 수 없는 콩밭'은 식민지 현실 속에서 정상적인 노력으로는 가난 극복이 어렵다는 사실을 역설적으로 보여준다.

"이리와 봐 이게 금이래"

이윽고 남편은 안해를 부른다. 그리고 내 뭐랫서 그러게 해보라구 그랫지 하고 설면설면 덤벼오는 안해가 항결 어여뻣다. 그는 엄지가락으로 안해의 눈물을 지워주고 그리고나서 껑충거리며 구뎅이로 들어간다.

"그흙속에 금이 있지요"

영식이 처가 너머 기뻐서 코다리에 고래등같은 집까지 연상할제

수재는 시원스러히

"네 한포대에 오십원식 나와유ㅡ" 하고 대답하고 오늘밤에는 꼭 정연코 꼭 다라나리라 생각하엿다. 거즛말이란 오래 못간다. 뽕이 나서 뼉따구도 못 추리기전에 훨훨 벗어나는게 상책이겟다.[37]

37 김유정, 「金따는 콩밧」, 전신재 편, 『원본 김유정 전집』(개정판), 강, 2007, 76쪽.

작품 말미인 인용문에서 영식은 아내에게 금이 나왔다고 말한다. 그러자 아내는 고래등 같은 집을 연상한다. 그때 수재는 추임새처럼 한 포대에 50원씩 나온다며 거짓말을 한다. 그리고는 달아날 궁리를 하면서 작품이 마무리된다. 수재의 욕망은 허세를 감추려는 거짓말의 욕망에 닿아 있지만, 영식의 욕망은 일확천금의 확보에 닿아 있고, 아내의 욕망 역시 가난 극복에 닿아 있다. 「금 따는 콩밭」은 콩밭을 엉망으로 만든 금점 캐기 작업을 통해 비애적 현실이 일확천금의 기대감을 강제하는 당대의 경제적 모순을 풍자하고 있는 작품인 것이다.

작품 말미에서 흙 속의 금을 말하는 영식, 눈물을 훔치며 기뻐하는 영식의 아내, 오늘밤 달아날 궁리는 하는 수재 등의 모습은 하나의 공간에 희망과 절망, 무지와 의지, 기대와 좌절이 교차하는 인물과 상황을 집약시킴으로써 타인의 불행에 대한 안타까움이라는 '연민의 서사'를 강화한다.

셋째로 「금」은 자신의 몸을 망가뜨려 감석을 훔쳐낼 수밖에 없는 가난한 광부의 비극적 모습을 형상화한 작품이다. 광부인 이덕순은 가난에서 벗어나기 위해 자신의 다리를 돌로 내려친 뒤, 동무와 함께 감석 세 개를 몰래 감추고 집으로 온다. 하지만, 동무가 감석을 팔아오겠다고 말하면서 떠나가자, 혹시 다 가져가 버리지는 않을까 하는 염려 속에서 참혹한 비명을 질러댄다.

"가지고 다라나진 않겠지?"
안해는 아무말도 대답지않는다. 고개를 수그린채 보기 흉악한 그발을 뚜러지게 쏘아만볼뿐. 그러나 감으잡잡한 야윈 얼굴에 불현듯 맑은 눈물이 솟아나린다. 망할것두 다많아 제발을 이래까지 하면서 돈을 버러오라진 않았건만. 대관절 인제 어떻게 할랴고 이러는지!

  얼마후 이마를 들자 목성을 돋으며

  "아프지않어?" 하고 뽀로지게 쏘아박는다.

  "아프긴 뭐아퍼, 인제 났겠지."

  바루 히떱게스리 허울좋은 대답이다. 마는 그래도 아픔은 참을 기력이 부치는 모양. 조금있드니 그 자리에 그대로 쓰러지며

  "아이구!"

  참혹한 비명이다.[38]

  인용문에서 확인되듯이 덕순이가 "살기 위하여 먹는 걸. 먹기 위하여 몸을 버리고, 그리고 또 목숨까지 버"릴 수밖에 없는 현실은 극한적인 궁핍에 저당잡힌 식민지 하층민들의 모습을 상징적으로 극명하게 보여준다. 덕순이의 기대는 자신 소유의 금을 빼앗길지도 모른다는 두려움 앞에서 불안에 젖어든다. 동무의 욕심은 금을 가지고 달아날 심산에 닿아 있다. 작가는 덕순이와 동무, 안해의 물욕에 대한 차이를 서사화함으로써 물욕이 인간의 비극적 본성에 해당함을 적시한다. 그리고 덕순이의 의심 어린 반문, 맑은 눈물을 흘리는 아내, 다시 참혹한 비명을 내지르는 덕순이의 모습 등은 생존을 저당잡힌 최하층민의 허황된 기대가 좌절될지도 모른다는 우려 속에 '연민의 서사'를 드러낸다.

  이상의 금에 대한 연민의 서사는 「노다지」에서는 친구에 대한 배신, 「금 따는 콩밭」에서는 거짓 금줄의 확인, 「금」에서는 몸의 망가뜨림이라는 부정적 결말로 종결된다.[39] '금광 캐기' 모티프는 현실적 가난을 극

---

38 김유정, 「금」, 전신재 편, 『원본 김유정 전집』(개정판), 강, 2007, 82~83쪽.
39 누스바움에 따르면 "인간들이 얼굴을 마주보고 맺는 (모든) 관계는 질투심과 소유욕에 의해

복해보고자 하는 하층민들의 몸부림을 보여주지만, 결국 그 결말은 허망할 뿐이다. 금광에 대한 욕망은 작중 인물들에게 당대 농촌의 가난한 현실을 극복하기 위한 하나의 선택 방안이 될 수밖에 없었다. 그러나 그러한 욕망은 성취되기보다는 좌절됨으로써, 당대 궁핍한 현실을 상징적으로 보여주면서 작품의 비애감을 더욱 핍진하게 드러낸다.

5. 타자애로 견디는 빈궁의 서사―궁핍

김유정 소설의 네 번째 서사는 타자애로 생을 견뎌내는 빈궁의 서사를 보여주는 '궁핍'이다.[40] 1930년대 농촌의 궁핍상을 극대화한 작품으로는 「소낙비」, 「만무방」, 「땡볕」 등을 들 수 있다. 먼저 「소낙비」에서는 노름꾼 남편인 춘호가 아내에게 노름판돈으로 2원을 해달라고 요구하자 춘호의 아내가 쇠돌 어멈에게 돈을 구하러 가면서 연민의 서사가 드러난다. 춘호의 아내가 쇠돌 어멈네로 가서 이주사에게 자신의 몸을

훼손"된다(마사 누스바움, 조형준 역, 『감정의 격동 3(사랑의 등정)』, 새물결, 2015, 943~944쪽). 이렇게 본다면 윤리적 연대의 유지보다는 이기적 욕망의 실현이 더 인간의 본성에 닿아 있는지도 모른다. 하지만 김유정의 '금광 캐기' 서사는 그러한 윤리적 연대조차도 꾀하기 힘든 극한의 궁핍이 우정과 연대를 회의하게 만드는 절대적 가난의 문제를 의미화함으로써 서사적 개연성을 확보하고 있다.

40 누스바움에 따르면 '연민'은 세 가지 인지적 요소를 갖고 있는데, "크기에 대한 판단(심각하게 나쁜 사건이 어떤 사람에게 일어났다), 그런 일을 당해서는 안된다는 판단(이 사람이 이 고통을 자초한 것이 아니다), 행복주의적 판단(이 사람 또는 생명체는 내가 세우고 있는 목표와 기획의 중요한 요소, 목적으로 그에게 좋은 일을 촉진해야 한다)"이 그것이다(마사 누스바움, 조형준 역, 『감정의 격동』 2(연민), 새물결, 2015, 587쪽). 5장에서 분석하는 세 작품의 저변에는 연민의 인지적 요소가 하층민의 동류애로 발현된다.

저당잡힘으로써 경제적 문제를 해결할 수 있게 되기 때문이다.

> 안해가 꼼지락어리는 것이 보기에 퍽으나 갑갑하엿다. 남편은 안해손에서
> 얼개빗을쑥뽑아들고는 시원스리 쭉쭉 나려빗긴다. 다 빗긴뒤 엽헤노힌 밥사
> 발의 물을 손바닥에 연실 칠해가며 머리에다 번지를하게발라노앗다. 그래노
> 코 위서부터머리칼을 재워가며 맵씨잇게 쪽을 딱 찔러주드니 오늘 아츰에한
> 사코 공을드려 삶아노앗든 집석이를 안해의발에 신기고 주먹으로 자근자근
> 골을 내주엇다.
> "인제 가봐!"
> 하다가
> "바루 곳와, 응?"
> 하고 남편은 그이원을고이밧고자 손색없도록 실패업도록안해를 모양내어
> 보냇다.⁴¹

작품 말미인 인용문을 살펴보면 남편의 욕망은 노름돈에 가 닿아 있
다. 표면적으로는 아내의 머리를 손질해 주는 등 애정을 표명하는 것 같
지만 결과적으로는 노름 판돈을 위한 치장에서 궁핍의 처세임이 드러
난다. 반면에 아내의 기대는 남편의 욕망을 충족시키기 위해 2원을 확
보하는 데에 가 닿아 있다. 아내는 끊임없는 윤리적 문제의식 속에서 자
신의 행동을 주저하지만, 결국 남편을 위해 윤리적 결단을 행동에 옮긴
다. 작가는 '육체의 대가'로 빈궁을 견뎌내는 가난한 부부의 비극적 현
실을 보여주면서 '연민의 서사'를 강화하고 있는 것이다.

---

41 김유정, 「소낙비」, 전신재 편, 『원본 김유정 전집』(개정판), 강, 2007, 50~51쪽.

하지만 아내의 치장에 신경을 쓰면서도 '갔다가 바로 오라'고 전하는 춘호의 모습은 노름돈 2원에 대한 기대감을 표면적 위선으로 드러내는 어리석고 애처로운 남편의 형상을 보여준다. 작가는 2원을 고이 받기 위해 손색없고 실패 없도록 아내를 모양내어 보내는 남편과, 육체적 관계에 대한 거부감을 보임에도 불구하고 남편의 기대 충족을 위해 부득이하게 고통스런 불행을 선택하는 아내의 희생을 통해 '연민의 서사'를 강화하고 있는 것이다. 물론 노름과 폭력에 찌든 춘호는 아내의 몸을 매개로 하여 물질적 궁핍을 잠시나마 벗어나는 위선적 인물에 해당하지만, 이렇듯 아내에게 기생하며 경제적 자립 능력을 확보하지 못한 춘호와 쇠돌 아범의 모습을 통해 당대 경제적 궁핍이 윤리의식의 마비를 가져온 타락한 현실을 보여준다는 점에서 '연민의 서사'가 작동된다.

둘째로 「만무방」에서는 응칠과 응오 형제 이야기를 통해 연민의 서사가 드러난다. 주인공 응칠은 가난 때문에 아내와 헤어진 백수건달인데, 동생 응오의 논에서 도둑이 벼를 훑어갔다는 소식을 전해듣고는 논에서 도둑을 잡기 위해 기다린다. 하지만, 도둑은 다름아닌 동생 응오였음이 드러나고, 자신이 소작한 논의 벼를 몰래 훔쳐낼 수밖에 없는 응오의 모습은 일제의 식민지 수탈 정책이 극에 달해 있음을 여실히 보여준다. 일년 농사를 거둬들인 뒤에 "남는 것은 등줄기를 흐르는 식은땀"이라는 응오의 독백은 식민지의 대다수 소작농의 절규라는 보편성을 띠면서 연민의 서사를 강화한다. 이러한 극한 현실 속에서 응오는 결국 자신의 벼를 훔쳐서 병든 아내를 먹일 수밖에 없었던 것이다.

대뜸 몽둥이는 들어가 그복기짝을 후려갈겼다. 아우는 모루 몸을 꺽드니 시납으로 찌그러진다. 대미처 압 정강이를 때렸다. 등을 팼다. 일지 못할만치 매는 나리엇다. 체면을 불구하고 땅에 엎드리어 엉엉울도록 매는 나리엇다.

홧김에 하긴햇으되 그꼴을보니 또한 마음이 편할수업다. 침을 퇴 배타던 지곤 팔짜드신놈이 그저 그러지 별수잇나. 쓰러진 아우를 일으키어 등에업고 일어섯다. 언제나 철이 날는지 딱한 일이엇다. 속썩는한숨을 후— 하고 내뿜는다. 그리고 어청어청 고개를 묵묵히나려온다.[42]

작품 말미에서 응칠은 아우를 도둑으로 오인했다가 눈물을 흘린 뒤에 아우에게 폭력을 행사한다. 일방적인 폭력 끝에 응칠은 불편한 마음으로 아우를 등에 업고 자신이 혹은 응오가 언제 철들지 알 수 없는 일이라고 생각하며 한숨을 내뱉으며 고개를 내려오는 것으로 마무리된다. 자신의 벼를 훑어서 생존을 연명할 수밖에 없는 응오의 삶은 응칠이 이전에 경험한 농민의 삶과 별반 다르지 않다. 응오의 욕망은 생존을 위한 먹을거리의 확보에 닿아 있고, 형인 응칠 역시 농토를 잃고 떠도는 유랑민의 초상을 보여주며, 노름꾼으로 전락한 농민의 전형을 보여준다. 작가는 이 둘의 유사성과 차이를 통해 소작농이 자신이 경작한 생산물로부터 소외된 비극적 현실을 그려냄으로써 1930년대 농촌의 궁핍이 지닌 비극성을 극대화하고 있는 것이다. 응칠과 응오 형제의 가난한 삶은 비극성을 극대화하면서 사도마조히즘적 폭력과 부조리한 슬픔을 견인하는 '연민의 서사'를 내장한다.

셋째로 「땡볕」에서는 아내의 죽음을 예비하는 가난의 현실이 체념적 정서로 나아가는 모습을 형상화하면서 연민의 서사가 드러난다. 덕순이는 땡볕이 내려쪼이는 여름낮에 배가 무거운 아내를 데리고 서울의

---

42 김유정, 「만무방」, 전신재 편, 『원본 김유정 전집』(개정판), 강, 2007, 120~121쪽.

대학 병원에 간다. 병원에서 이상한 병을 앓는 사람에게 월급도 주고, 먹이고 입히고 해준다는 말을 들었기 때문이다. 그러나, 뱃속에서 죽은 아이를 꺼내야만 살 수 있다는 간호사의 진단을 받았음에도 불구하고, 덕순이의 아내는 한사코 수술을 거부하고 마지막 유언을 남기면서 죽음을 순순히 받아들이려고 한다.

"저 사촌형님께 쌀두되 꿔다먹은거 부대 잊지 말구 갚우"
하고 부탁할제 이것이 필연 안해의 유언이리라고 깨닫고는
"그래 그건 염녀말아!"
"그러구 임자옷은 영근어머이더러 사정애길하구 좀빨아달래우"
하고 이야기를 곧잘 하다가 다시 입을 이그리고 훌쩍훌쩍 우는 것이다.
덕순이는 그 유언이 너머 처량하야 눈에 눈물이 핑돌아가지고는 지게를 도루 지고 일어슨다. 얼른 갓다 눕히고 죽이라도 한그릇 더얻어다 먹이는 것이 남편의 도릴게다.
때는 중복허리의 쇠뿔도 녹이려는 뜨거운 땡볕이었다.
덕순이는 빗발같이 나려붓는 얼골의 땀을 두손으로 번갈라 훔처가며 끙끙 나려올제, 안해는 지게우에서 그칠줄 모르는 그 수많은 유언을 차근차근 남기자, 울자, 하는 것이다.[43]

덕순이의 욕망은 생계 유지를 위한 물질적 재부의 확보에 닿아 있다. 그러므로 병원의 임상 실험에 선뜻 자원을 하지만 기대는 좌절된다. 이와 달리 아내의 욕망은 이웃에 대한 빚갚음에 닿아 있다. 얼음 냉수와

---

43 김유정, 「땡볕」, 전신재 편, 『원본 김유정 전집』(개정판), 강, 2007, 330~331쪽.

왜떡을 먹은 뒤 유언처럼 사촌 형님네 쌀 두 되 갚아달라는 말을 남기는 모습 등은 빈자의 도리이자 최소한의 윤리적 연대감을 보여준다.[44]

돈을 벌기 위해 서울로 올라온 덕순이 부부가 가난 때문에 뱃속에서 아이를 죽게 하고, 이제 수술을 거부한 아내마저 죽을 수밖에 없는 암담한 현실은, 땡볕의 혹심한 더위와 맞물려 극심한 가난의 비참한 조선 사회를 상징적으로 드러낸다. 작가는 아내의 사망으로 해체되기 직전의 가정을 포착하여 비극적 생의 질곡을 응시함으로써 궁핍의 비극성을 드러내면서 '연민의 서사'를 강화하고 있는 것이다.

「소낙비」, 「만무방」, 「땡볕」 등의 작품들은 식민지 조선의 궁핍한 현실 속에서 겨우 버텨내고 있는 농투성이들의 모습을 보여준다. 하지만 처참한 현실 속에서도 춘호 아내가 남편을 위해 자신의 몸을 저당잡히는 모습, 지주의 뺨을 때릴 정도로 동생을 위하는 응칠이의 응오에 대한 사랑, 집으로 돌아오는 길에 마지막으로 아내를 위해 자신의 담배 살 돈으로 얼음냉수와 '왜떡'을 사다먹이는 덕순이의 모습 등은 억압과 착취와 가난 속에서도, 인간에 대한 놓칠 수 없는 연민의 흔적을 보여준다. 김유정은 식민지 조선의 비참한 현실을 그려내면서도 그 밑바닥에 깔린 인간애의 원형을 작품 속에서 놓치지 않고 살려냄으로써, 비극적 세계를 애정과 연민의 버팀목으로 밑받침하고 있는 것이다.

---

44 누스바움에 따르면 '연민은 이타주의적'이며, "유사─윤리적 성취를 포함하고 있"는 개념이다(마사 누스바움, 조형준 역, 『감정의 격동』 2(연민), 새물결, 2015, 610~622쪽). 서로 다른 방식이긴 하지만 춘호 아내나 응칠이, 덕순의 아내에서 드러나듯 김유정 소설의 빈자들은 연민의 이타심을 여실히 보여주는 인물들로 형상화된다.

6. 결론

이 글은 1930년대 김유정 소설에 나타난 '연민의 서사'를 '들병이, 연정, 물욕, 궁핍' 등의 핵심어로 세분화하여 그 구체적 양상을 분석하였다. '연민의 서사'란 1930년대 김유정 소설의 동시대적 감수성을 내재한 무의식적 구조를 분석하기 위한 열쇠어에 해당한다. 1930년대 식민지 조선의 비극적 현실을 응시하면서 당대적 비애미를 강화하는 '설득의 기술'에 해당하는 '연민의 서사'를 통해 작가는 주인공들의 기대와 현실이 배반되는 아이러니적 서사를 내장함으로써 '비극적 욕망의 파노라마'를 산출한 것이다.

김유정 문학은 1930년대 한국문학의 보고寶庫에 해당한다. 1920년대의 리얼리즘적 지향과 1930년대 모더니즘의 새로움을 온전히 텍스트에 반영하면서 개성적인 언어로 풍자와 해학, 향토적 서정이 어우러지는 독특한 문학세계를 새로이 구축하고 있기 때문이다. 첫 번째로 '들병이'에서는 「산골 나그네」, 「총각과 맹꽁이」, 「솥」, 「아내」 등의 작품에서 가난한 농촌 사회에서 가족 구성의 기대가 좌절되는 양상을 통해 '연민의 서사'를 분석하였다. 두 번째로 '연정'에서는 「동백꽃」과 「봄·봄」을 통해 신분 차이와 연정戀情의 실현 (불)가능성을 주목함으로써 계급적 신분의 차이 속에서 피어나는 연정의 가능성과 비극적 결말의 현실성을 분석하였다. 세 번째로 '물욕'에서는 「노다지」, 「금 따는 콩밭」, 「금」 등을 통해 일확천금에의 욕망이 극빈의 가난으로부터 벗어나려는 몸부림임을 분석함으로써 비극적 비애미를 극대화하고 있음을 분석하였다. 네 번째로 '궁핍'에서는 「소낙비」, 「만무방」, 「땡볕」 등의 작품을 통해 타자애라는 연민으로 삶을 견뎌내는 빈궁의 서사를 분석하여 하층민의 동류의식을 주목하였다.

이 글에서 규명한 '연민의 서사'는 김유정 문학의 본령에 해당하는 '비극성'의 핵심으로서 아이러니적 서사와 열린 결말에서 인지되는 감정론의 귀결이다. 작가가 작중인물들이 궁핍한 현실을 감내해내는 실존의 현장을 형상화하여 '연민의 서사'가 강제하는 현실적 비애미를 내면화하고 있기 때문이다. 특히 작가는 비극적 현실의 극대화 속에 놓인 결핍된 주체들의 움직임을 통해 당대 현실과 조응하며 비극적 진정성을 산출하고 있다. 타자의 고통과 불행을 외면하는 것이 아니라 인간의 보편적 감정을 공유하고 함께하려는 것이 '연민의 서사'에 해당한다. 그리고 그러한 서사적 감수성을 1930년대 식민지 시대의 궁핍이라는 질곡을 통해 안타까이 비극적으로 형상화한 작가가 바로 김유정이다. 그리고 타인의 고통을 인지하고 더 나은 세상을 고민하는 공감 능력의 필요성이 제기되는 '연민의 서사'를 내장한 작품이 바로 김유정의 소설인 것이다.

참고문헌

1. 기초자료

김유정, 전신재 편, 『원본 김유정 전집』(개정판), 강, 2007.

2. 논문

고현범, 「마사 누스바움의 연민론—독서 토론에서 감정의 역할」, 『인간·환경·미래』, 인제대 인간환경미래연구원, 2015.

곽상순, 「알레아적 놀이 구조의 서사학—김유정론」, 『시학과 언어학』, 시학과 언어학회, 2005.

김근호, 「김유정 농촌 소설에서 화자의 수사적 역능—인물에 대한 화자의 태도를 중심으로」, 『한국현대소설연구』 50, 한국현대소설학회, 2012.

_____, 「김유정 소설에서의 반전과 감정의 정치학」, 『한중인문학연구』 55, 한중인문학회, 2017.

김남천, 「최근의 창작 (2) 사회적 반영의 거부와 춘향전의 哀話的 재현—김유정 「산골」」, 『조선중앙일보』, 1935.7.23.

김동인, 「삼월의 창작—촉망할 신진, 김유정씨 「금따는 콩밭」」, 『매일신보』, 1935.3.26.

김문집, 「병고작가원조운동의 변—김유정군의 관한」, 『조선문학』 3-1, 1937.

김미영, 「병상(病床)의 문학, 김유정 소설에 형상화된 육체적 존재로서의 인간」, 『인문논총』 71-4, 서울대 인문학연구원, 2014.

김예리, 「김유정 문학의 웃음과 사랑」, 『한국예술연구』 14, 한국예술종합학교 한국예술연구소, 2016.

김윤정, 「김유정 소설의 정동 연구」, 『현대문학이론연구』 71, 현대문학이론학회, 2017.

김종호, 「'전이(轉移)'를 통한 소설 인물의 변모 양상—김유정론」, 『비평문학』, 한국비평문학회, 2007.

김주리, 「김유정 소설에 나타난 파괴적 신체 고찰」, 『한국문예비평연구』, 한국현대문예비평학회, 2006.

_____, 「매저키즘의 관점에서 본 김유정 소설의 의미」, 『한국현대문학연구』 20, 한국현대

문학회, 2006.

김혜영, 「김유정 소설에 나타난 욕망의 의미」, 『현대소설연구』 17, 한국현대소설학회, 2002.

송인희, 「포스트모던 시대의 파토스」, 『수사학』 15, 한국수사학회, 2011.

신제원, 「김유정 소설의 가부장적 질서와 폭력에 대한 연구」, 『국어국문학』 175, 국어국문학회, 2016.6.

안함광, 「작금 문예진 總檢－금년 하반기를 주로」, 『비판』 3-6, 1935.

_____, 「최근창작평」, 『조선문단』 4-4, 1935.

엄흥섭, 「문예시평－성격묘사의 부조화」, 『조선일보』, 1936.5.6.

오은엽, 「김유정 소설에 나타난 정념의 기호학적 연구－「금따는 콩밧」, 「금」, 「노다지」를 중심으로」, 『한중인문학연구』 47, 한중인문학회, 2015.

유인순, 「김유정의 우울증」, 『현대소설연구』 35, 한국현대소설학회, 2007.

윤병로, 「김유정론」, 『현대문학』, 1960.

이명호, 「문화연구의 감정론적 전환을 위하여－느낌의 구조와 정동경제론 검토」, 『비평과 이론』, 한국비평이론학회, 2015. 봄.

이　선, 「인공지능과 감정지능－누스바움의 감정론을 중심으로」, 『건지인문학』 19, 전북대 인문학연구소, 2017.

이어령, 「해학의 미적 범주」, 『사상계』, 1958.

임정연, 「김유정 자기서사의 말하기 방식과 슬픔의 윤리」, 『현대소설연구』 56, 한국현대소설학회, 2014.

장수경, 「정념의 관점에서 본 김유정 소설의 미학－「봄·봄」, 「노다지」, 「소낙비」, 「가을」을 중심으로」, 『한민족문화연구』 55, 한민족문화학회, 2016.

정연희, 「김유정 소설의 실재의 윤리와 윤리의 정치화」, 『현대문학이론연구』 60, 현대문학이론학회, 2015.

_____, 「김유정의 자기서사에 나타나는 우울과 알레고리 연구－「두꺼비」와 「생의 반려」를 중심으로」, 『국어문학』 65, 국어문학회, 2017.

정연희, 「김유정 소설의 멜랑콜리 미학과 총체성의 저항」, 『우리문학연구』 56, 우리문학회, 2017.

정주아, 「신경증의 기록과 염인증자의 연서쓰기－김유정 문학에 나타난 죽음충동과 에로스」, 『현대문학의연구』 57, 한국문학연구학회, 2015.

정창범, 「김유정론」, 『사상계』 3-11, 1955.

정태용, 「김유정론-니힐리즘과 문학」, 『현대문학』, 1958.

한 효, 「신진작가론-그들의 작품상의 제 경향」, 『풍림』 2, 1937.

홍혜원, 「폭력의 구조와 소설적 진실-김유정 소설을 중심으로」, 『현대소설연구』 47, 한국
　　　현대소설학회, 2011.

3. 단행본

강만길, 『한국현대사』, 창작과비평사, 1984.

마사 누스바움, 조형준 역, 『감정의 격동』 1(인정과 욕망), 새물결, 2015.

　　　　　　　　　　, 『감정의 격동』 2(연민), 새물결, 2015.

　　　　　　　　　　, 『감정의 격동』 3(사랑의 등정), 새물결, 2015.

김유정 소설의 폭력의 기억과 서사적 재현[*]

천춘화

1. 시작하는 말

「봄·봄」(1935), 「동백꽃」(1936)의 작가로 알려져 있는 김유정(1908~
1937)은 한국의 대표적인 단편소설 작가이다. 해학, 풍자, 유머, 아이러
니는 오랫동안 그의 문학을 특징짓는 중요한 지표로 각인되어 왔고 그
는 위트가 넘치는 유쾌한 작가로 대중적으로 알려졌다. 그러나 그의 삶
은 유쾌와는 거리가 멀었다. 만석꾼 집안의 귀공자로 태어났지만 7세, 9
세라는 어린 나이에 연이어 양친을 잃었고, 청년기부터는 치질, 늑막염
에 시달리다 1933년에 당시에 있어서는 사형선고와도 같았던 폐결핵
진단을 받는다. 그가 글쓰기를 시작한 것은 그즈음부터였다.[1]

*   이 글은 『인문논총』 75(서울대 인문학연구원, 2018. 2)에 수록된 글을 재수록한 것이다.
1   김미영은 이와 같은 김유정의 문학 창작 시기에 주목하여 그의 문학을 '병상의 문학'이라고
    구명한 바 있다. 즉 '병상의 문학'으로서 김유정 문학이 복사(모사)하고자 한 진실은 인간은

1933년 등단하여서부터 1937년 별세하기까지 그의 창작 기간은 고작해야 4년 남짓하다. 그중에서도 집중적으로 작품을 발표한 시기는 1935년과 1936년 2년 동안이다. 이 짧은 기간에 그는 유고작을 포함한 총 30여 편의 소설을 비롯한 다수의 수필과 서간들을 남긴다. 작품 수가 많은 것은 아니지만 그 창작 기간을 감안하면 다작의 작가임에는 분명하다. 많지 않은 작품이지만 그의 문학은 그동안 수많은 연구자들에 의해 다양한 시각에서 다각적으로 접근되고 연구되었으며 지금까지 누적된 김유정 문학에 대한 연구는 그의 문학적 역량을 충분히 증명하고도 남는다.

이와 같은 그의 문학의 깊이는 평범하지 않았던 등단작에서부터 드러나고 있다. 1933년 그가 처음으로 문단에 들고 나온 「산ㅅ골나그내」(1933)와 「총각과 맹꽁이」(1933)는 '들병이 문학'[2]의 전범이기도 하다. '아내를 매춘 시킨다'는 충격적인 들병이 모티프를 해학적으로 풀어낸 작가가 바로 김유정이었던 것이다. 이와 같은 작품들은 그가 고향에서 직접 들병이들과 어울리면서 무절제한 생활을 하는 과정에서 얻은 소산이기도 하다. '들병이 철학'을 피력한 「조선의 집시」(『매일신보』, 1935. 10. 22~29)에서 보는 바와 같이 그는 들병이들에 대한 거부감이 없었고 오히려 그들을 '정당한 노동자'라고 두둔하는 면이 없지 않았다.

그다지 형이상학적 존재가 아니며, 먹고 마시고 섹스하며 그날그날 살아가는, 그야말로 동물과 별반 다르지 않은 '육체적 존재'에 불과하다는 것, 따라서 그의 문학은 육체적 존재로서의 인간이 가지는 한계와 비극성을 형상화한 것에 지나지 않는다고 밝힌 바 있다. 김미영, 「'병상(病床)의 문학, 김유정 소설에 형상화된 육체적 존재로서의 인간」, 『인문논총』 71-4, 서울대 인문학연구원, 2014.

2 김윤식은 김유정 문학의 출발점이 곧 들병이라고 지적하면서 '들병이 문학'이야말로 김유정 문학의 본령이라고 하였다(김윤식, 「들병이 사상과 알몸의 시학」, 『김윤식 선집』 5, 솔, 1996). 김유정의 소설들 대부분이 '들병이'를 소재로 하고 있는 것은 사실이다. 이런 작품들은 '들병이'를 아내로 맞이하려고 하거나 자신의 아내를 '들병이'로 내세우려고 하거나 또 그렇지 않으면 자원하여 '들병이'로 나섰음에도 남편을 버리지 못하는 여인네들의 이야기를 담고 있다.

또한 김유정이 박녹주와 박봉자, 두 여인에게 끊임없이 구애의 편지를 보냈다는 사실은 문단의 유명한 일화이다. 박녹주는 당시 이미 서른이 넘은 기생이었고, 박봉자는 김유정과 함께 후기 구인회동인으로 참여한 김환태의 연인이었다는 사실을 감안한다면 이 역시도 보편적인 현상은 아니다. 이뿐만 아니라 김유정은 개인적으로도 말더듬과 우울증을 비롯한 심각한 대인기피증 증세를 가지고 있었다.[3] 이런 신경증을 가진 작가가 작품 속에서는 그렇게 달변이고 그토록 위트가 넘쳤다는 사실은 또 하나의 아이러니가 아닐 수 없다. 이와 같은 아이러니와 비상식성의 조화를 어떻게 해석해야 할 것인가?

폭력적인 상황을 둘러싼 비정상적인 인물관계 역시도 이와 같은 보편적인 윤리기준이나 도덕적 준거로는 재단하기 어려운 이상 장면들을 연출하고 있다. 이와 같은 김유정 소설의 폭력에 대해서는 '매저키즘적 욕망'[4]의 관점에서, '모방 욕망'[5]의 관점에서, '가부장적 질서의 지배기

---

3 수필 「병상 영춘기」(『조선일보』, 1938.2.2)의 다음과 같은 기록은 그의 염인증의 정도를 가늠할 수 있게 한다. "다시 따저보면 나는 넉넉지 못한 조카에게 와 페를 끼치고 잇는 身勢엿다. 늘 그 恩惠를 感謝하여야 할 것이요 그 아페 溫順하여야 할 것이다. 허나 나는 요즘으로 사람이 더욱 실혀젓다. 형수도, 조카도, 아무도 보고 십지가 안타. 사람을 보면 發狂한 개와 가티, 그렇게 險惡한 性情을 갖게 되는 自身이 딱하엿다. 웃묵쪽으로 사람 하나 누을만침 터전을 남기고는 四方으로 뺑 돌리어 帳幕을 가려치고 말앗다."(김유정, 「病床迎春記」, 전신재 편, 『원본 김유정전집』(개정증보판), 강, 2012, 452쪽. 이하 『전집』으로 표기함). 김유정의 이와 같은 신경증을 확인할 수 있는 기록 자료는 많은 편이다. 유인순은 이와 같은 자료와 그의 텍스트들을 바탕으로 김유정의 우울증을 논의한 바 있다. 유인순, 「김유정과 우울증」, 김유정학회 편, 『김유정과의 동행』, 소명출판, 2014, 88~116쪽.
4 김주리는 김유정 문학 속에 등장하는 지배자 여성과 피지배자 남성 간의 구도는 폭력과 욕망의 긴밀한 결합 속에서 형성되는 것이며 이것이 바로 그의 문학을 관통하는 '매저키즘적 욕망'이라고 판단하였다. 김주리, 「매저키즘의 관점에서 본 김유정 소설의 의미」, 『한국현대문학연구』 20, 한국현대문학회, 2006.
5 홍혜원은 김유정 소설 속에 등장하는 폭력의 양상은 그의 모방욕망에서 오는 것이라고 보았다. 즉 김유정은 모방에 의한 반복적 폭력의 서사 속에 아이러니와 양가성의 장치를 삽입함으로써 일종의 소설적 진실 혹은 진정성의 발견이라는 '수직적 초월'을 시도하고 있다고 평가할 수 있다. 홍혜원, 「폭력의 구조와 소설적 진실—김유정 소설을 중심으로」, 『현대소설연구』 47, 한국현대소설학회, 2011.

제'[6]로 해석되고 접근되었다.[7] 선행 연구들은 김유정의 소설에 등장하는 폭력에 대한 새로운 해석과 함께 그의 소설들을 새로운 방식으로 읽어내는 데에 큰 기여를 하고 있다. 하지만 김유정의 소설에서 폭력이 주목되는 이유는 폭력 이면의 욕망보다는 폭력에 접근하는 독특한 시선 때문이다. 작품 속에서 서술자는 폭력의 가해자, 피해자, 관찰자에 대해서 다각적으로 접근하고 있음과 동시에 그 입장들을 리얼하게 재현해내고 있다. 그런데, 이와 같은 폭력에 대한 다각적인 이해가 우연은 아니며 그의 트라우마 기억[8]과 긴밀하게 연관되어 있다는 것이 이 글의 주장이다. 트라우마, 즉 외상은 어떤 식이로든 고통을 동반하고 그 고통은 기억에서 발생하는데, 고통을 해결할 수 있는 계기는 외상 기억을 재기억으로 현전화現前化할 때 비로소 치유가 가능해진다.[9] 다시 말하자

6　신제원은 김유정 소설에서 가부장제하의 인물들이 겪는 폭력에 주목하고 있다. 그에 따르면 김유정 소설에 등장하는 폭력과 고립은 가부장이 행사하는 처벌이자 가부장적 질서의 통제와 구속을 강화하는 지배기제이다. 이로써 김유정 소설은 가부장적 질서의 전복 불가능성, 그 질서에 도전하는 것의 비극성, 그 질서에 적응하는 것의 일상성을 보여준 것이라고 보았다. 신제원, 「김유정 소설의 가부장적 질서와 폭력에 대한 연구」, 『국어국문학』 175, 국어국문학회, 2016.

7　이 외에도 개별적인 작품의 폭력적인 요소에 주목한 논문들로는 송기섭, 「김유정 소설과 만무방」, 『현대문학이론연구』 33, 현대문학이론학회, 2008; 김승환, 「김유정의 「만무방」에 나타난 폭력성」, 『김유정과의 만남』, 김유정학회 편, 소명출판, 2016 등이 있다.

8　인간의 기억은 단기 기억과 장기 기억으로 나뉘는데 장기 기억은 다시 서술 기억과 비서술 기억으로 나뉜다. 서술 기억은 언어로 표현 가능한 기억을 말하는 것이고 비서술 기억은 언어로 설명하기 어려운, 몸에 각인되어 있는 기억을 말한다. 트라우마 기억은 흔히 비서술 기억으로 저장되는 경우가 많다. 언어를 상실할 정도로 압도적인 사건을 경험할 때 인간은 기억을 이야기 형식으로 정확히 기록하거나 설명할 수 없게 된다. 단어가 없으면 어떤 사건의 기억에 온전히 접근하기가 어렵게 되고 경험의 파편은 사라지고 무의식의 일부로 남는다(마크 윌린, 정지인 역, 『트라우마는 어떻게 유전 되는가』, 푸른숲, 2016, 97∼98쪽). 그러나 모든 트라우마 기억이 언어로 서술되지 않는 것은 아니다. 비서술 기억의 경우는 사건에 대한 명확한 기억이 없이 강렬한 정서만을 남기는 경우이고, 서술 기억의 경우는 강렬한 정서 없이 사건만을 세밀하게 기억하는 경우이다. 주디스 허먼, 최현정 역, 『트라우마─가정폭력에서 정치적 테러까지』, 열린책들, 2017, 9쪽.

9　인간이 무언가를 기억한다고 할 때 기억의 대상은 과거에 지각된 것이지만 대상을 떠올리는 기억함은 지금 현재의 의식작용이다. 여기서 지각은 지금 현재하는 것을 파악하지만 기억은 이미 지나간 것을 파악한다. 이런 면에서 기억은 이전에 지각된 소리와 형태를 직관적으로

면 김유정 소설 속에 반복적으로 등장하는 폭력의 양상들은 과거 기억의 재기억인 셈이며 이와 같은 폭력의 반복적인 되새김은 치유의 한 과정이 되는 것이다.

이 글은 이와 같은 시각에 기반 하여 우선 김유정의 소설에서 폭력을 독특하게 재현해 내고 있는 「떡」, 「소낙비」, 「안해」, 「봄과 따라지」, 「연기」 등과 같은 작품들에 주목할 것이다. 이와 같은 작품들은 트라우마로서의 폭력이 인간의 내면을 어떻게 변형시키고 있는지를 잘 표현하고 있음과 동시에 트라우마 치유의 과정도 잘 보여주고 있어 주목된다. 다음 김유정의 자전적 소설들을 통해 이와 같은 트라우마 기억의 재현, 즉 현전화가 상처 치유의 시작이었음을 밝히고 나아가 이와 같은 김유정의 글쓰기가 마지막 날의 그에게 어떤 존재였는지도 함께 짚어볼 것이다.[10]

떠올리는 것이다. 하여 후설은 기억은 이전 지각의 현전화(現前化)라고 하였다. 그런데 지각과 기억 사이에 존재하는 거리를 망각하면 기억을 지각으로 착각할 수 있는데 이것이 환영적 지각이라는 것이다. 외상 후 스트레스 장애를 겪는 사람들의 기억이 지니는 공통점이기도 하다. 그들은 갑자기 그 기억이 떠오르면 지나간 그때로 되돌아가서 마치 지금 충격적인 외상을 경험하는 착각을 일으킨다. 즉 기억을 환영적 지각으로 느끼면서 고통을 받는 것이다. 이러한 환영적 지각이 떠올랐을 때 그것이 환영이라는 것, 다시 말하면 그것은 지나간 과거이고 나는 지금 그 과거를 떠올리고 있다는 것을 의식하는 순간 그 기억은 재기억이 되는 것이다. 외상 후 스트레스 장애를 겪는 사람들은 이 능동적인 재기억을 통해서 비로소 치유의 가능성을 획득하는 것이다(김재철·김동욱, 「정신치료적 관점에서 조망한 후설의 기억이론」, 『철학과 현상학 연구』 65, 한국현상학회, 2015, 37~38쪽).

10 김유정은 자신의 글쓰기에 대해 다음과 같이 고백한 바 있다. "나의 머리에는 천품으로 뿌리깊은 고질(痼疾)이 백여 있습니다. 그것은 사람을 대할적마다 우울하야지는 그래 사람을 피할려는 염인증(厭人症)입니다. 그 고질을 손수 고쳐보고저 펜을 걸고 나슨 것이 곧 현재의 나의 생활이요, 또는 허황된 금점에서 문학으로 길을 바꾼것도 그 이유가 여기에 있을것입니다. 내가 문학을 함은 내가 밥을 먹고, 산뽀를 하고, 하는 그 일용생활과 같은 동기요, 같은 행동입니다. 말을 바꾸 어보면 나에게 있어서 문학이란 나의 생활의 한 과정입니다."(김유정, 「병상의 생각」, 『전집』, 471~472쪽) 서신의 형식으로 쓰여진 이 글은 두 가지 사실을 해명하고 있다. 하나는 그에게 있어서 연서쓰기는 창작과 동일한 것으로 인식해야 하는 글쓰기 행위의 하나일 뿐이라는 것, 그래서 그것은 연서가 아니라는 것, 그리고 두 번째는 그가 문학의 길에 들어선 것은 자신의 염인증을 치유하고자 한 하나의 시도라는 점이다. 즉 그에게 있어서 글쓰기는 소통의 한 방식이었고 스스로의 신경증을 치유하기 위한 하나의 시도였다는 점

2. 깊은 증오, 폭력에 대한 발화

1933년 「산ㅅ골나그내」(『제일선』, 1933.3)와 「총각과 맹꽁이」(『신여성』, 1933.9)로 문단에 등단한 김유정은 다음해인 1934년을 공백으로 지낸다. 그리고 1935년 벽두에 단편 「소낙비」(1935.1.29~2.4)를 『조선일보』에 발표함과 동시에 곧 이어 금 3부작(「金따는 콩밧」(1935.3), 「노다지」(1935.3), 「금」(1935.3))을 단숨에 쏟아낸다. 그리고 내놓은 작품이 「떡」이다. 이 작품은 작은 시골 마을 어린 소녀 옥이의 일화를 담담하게 전달하고 있는 평범한 단편으로서 김유정의 여타의 소설들에 비해 크게 주목을 받지는 못했다. 얼핏 보면 시골 마을에서 있을 법한 이야기를 사실적으로 전달하는 것처럼 보이지만 작품을 자세히 읽어가노라면 행간에 넘치는 증오와 그 폭력성에 소름이 돋는다.[11]

"원래는 사람이 떡을 먹는다. 이것은 떡이 사람을 먹은 이야기다. 다시 말하면 사람이 즉 떡에게 먹힌 이야기렷다"(84쪽)로 시작되는 이 작품은 아마도 김유정의 소설 중에서 가장 섬뜩한 폭력성을 드러낸 작품일 것이다. '나'가 전해들은 이야기를 다시 전달하는 형식을 취하고 있는 이 작품은 가난한 집안의 어린 소녀 옥이가 부잣집에서 과식하여 거의

에서 일반적인 작가들의 문학적 행위와는 구별된다고 본다. 이 글은 이와 같은 그의 치유로서의 글쓰기 행위에 주목하고자 한다.

11 「떡」의 폭력성에 주목한 연구로는 정주아의 논문이 있다. 그는 「떡」을 현실적 조건이 어떻게 일상적 폭력과 결합되는가를 보여준 작품으로 파악하면서 김유정이 폭력에 접근하는 태도에 주목하고 있다. 그에 따르면 김유정에게 있어서 폭력은 고발해야 한다거나 일소해야 할 대상이 아니다. 김유정의 탁월함은 폭력은 악하다고 단죄하기에 앞서, 폭력의 발생 및 그 기능을 일상을 배경 삼아 섬세하게 추적해 들어간다는 데에 있다. 이 지점에서 김유정의 소설은 논리적으로 설명할 수 없는 무의식과 충동으로 점철된 인간 내면의 모순성에 성큼 다가서게 된다. 정주아, 「신경증의 기록과 염인증자(厭人症者)의 연서쓰기─김유정 문학에 나타난 죽음충동과 에로스」, 『현대문학의 연구』 57, 한국문학연구학회, 2015, 76쪽.

목숨을 잃을 뻔한다는 이야기를 축으로 이와 같은 옥이의 과식 과정을 순차적으로 서술하면서 옥이를 둘러싼 주위 인물들을 '나'라는 일인칭 서술자 시선에서 포착하고 있다.

일곱 살 난 옥이는 또래들과 별로 어울리지도 않고 그저 혼자 있는 것을 좋아하는 아이이다. 그런 그에게는 유달리 발달된 면이 있었으니 바로 식탐이었다. 웬만한 어른의 식사량으로는 쉬이 만족하지 못하는 옥이였기에 동네에서는 그를 "밥주머니"라고도 불렀다. 이렇고 보니 가장의 입장에서는 없는 살림에 식탐이 많은 딸아이가 반가울리 없었다. 애비인 덕히에게 옥이는 눈엣가시였고, 그는 아이를 "죽으라고 모질게 쥐여 박아서는 울려 놓"고는 "그러다 울음이 정말 된통 터지면 이번에는 칼을 들고 울어봐라 이년 죽일 터이니 하고 썻은 듯이 울음을 걷어 놓"곤 하였다. 또 공공연히 "그놈의 게집 애나 죽어버렷스면!"이라고 악담을 서슴지 않는다. 이와 같은 덕히의 태도에서 알 수 있듯이 옥이를 향한 그의 구박은 단순한 구박의 수위를 넘어서고 있다.

「떡」에는 이런 옥이가 과식을 하게 되는 과정이 자세하게 서술되고 있다. 그날도 여느 날과 다를 것 없이 배고픔을 견딜 수 없었던 옥이는 마을에 잔치가 있다는 소리를 듣고는 그 집으로 향한다. 옥이가 부잣집 주방에 들어서자 동네 아낙들은 "조런 여호년. 밥주머니 왔니. 냄새는 잘두 맡는다. 이렇케들 제각각 욕 한마디씩"(90쪽)하고 "게집들은 깔깔거리고 소군거리고 하(엿다)"(90쪽)면서 노골적인 기시감을 드러낸다. 이런 와중에 옥이의 손을 이끈 이가 있었으니 바로 그 댁의 작은 아씨였다. 처음에 그는 옥이에게 어른이 먹고도 남을 남은 양의 고깃국에 밥을 말아 주었다. 옥이가 그것을 먹어버리는 데에는 불과 칠팔 분이 채 걸리지 않았다. 이어서 옥이는 "손벽만한 시루팥떡", "팥떡", "밤 대추가 여기

저기 삐져나온 백설기", "공기만한 떡덩이"를 연해 먹어버린다. 결과 아이는 너무 많이 먹은 탓에 움직일 수조차 없는 지경에까지 이른다. 배가 풋볼처럼 부풀어 오른 것으로도 모자라 옆으로 퍼질 때까지 사람들은 아이에게 음식을 제공한 것이다.

> 아 참 고년 되우 먹습니다. 그 밥한그릇을 다먹구그래 떡을 또 먹어유. 그게 배때기지유. 주왁먹을제 나는 인제 죽나부다 그랬슈. 물 한목음 안 처먹고 꼬기꼬기 씹어서 꿀딱 삼키는데 아 눈을 요러캐 됩쓰고 꿀딱 삼킵디다. 온 이에 사람이야 나는 간이 콩알만 햇지유 꼭 죽는줄 알고. 추어서 달달 떨고섯는 꼴하고 참 깜찍해서 내가 다 소름이 쪼옥 끼칩디다. 이걸 가만히 듣다가 그럼 왜 말리진 못햇느냐고 탄하니까 제가 일부러 먹이기도 할텐데 그렇케는 못하나마 배고파먹는걸 무슨 혐의로 못먹게 하겟느냐고 되례 성을 발끈 내인다. 그러나 요건 빨간 거즛말이다. 저도 다른 게집 마찬가지로 마루끝에 서서 잘먹는다잘먹는다 이렇케 여러번 칭찬하고 깔깔대고 햇섯슴에 틀림없을게다.[12]

아이가 그 지경이 되도록 음식을 먹고 있을 때 아낙네들은 손에 땀을 쥐고 주시하고 있었다. 저것이 저리 먹다가는 필히 죽어 넘어가리라는 확신을 가진 채 말이다. 동네 아낙의 발화를 통해 전달되고 있는 이 장면은 가난한 어린 아이에 대한 동네 사람들의 서늘한 인심을 그대로 보여주고 있다. 그들은 마루 끝에 앉아서 잘 먹는다고 아이를 부추겼을 것이고 아이는 자기가 죽어가는 줄도 모른 채 꾸역꾸역 음식을 넘겼을 것

---

12 김유정, 「떡」, 『전집』, 92쪽.

이다. 사람들은 아이의 죽음을 조장하고 있었고 그를 간접 살해하고 있는 중이었다. 아무도 그것을 저지하지 않았고, 저지하기는커녕 오히려 낄낄거리면서 스릴 넘치는 상황을 즐기고 있었다. 구경꾼들은 아이가 먹다가 죽을 것 같아서 "소름이 쪼옥" 끼쳤지만 이 장면을 읽는 독자들은 사람들의 잔인함에 소름이 끼친다. 무력이나 힘으로 상대를 제압하는 것만이 폭력은 아니다. 「떡」은 방관과 묵인조차도 때로는 더없이 큰 사회적 폭력이 될 수 있음을 잘 보여준다.

'나'는 이와 같은 그들에게 왜 말리지 않았느냐고 추궁하지만 '나'의 이 추궁은 추궁을 위한 추궁이 아니라 그저 '나'의 작은 불만(원망)을 토로하기 위한 한 발산일 뿐이다. 무엇보다도 배고파 먹는 걸 어찌 말리느냐는 말에는 답할 말이 없는 것이다. 이 말이야말로 그들의 암묵적인 폭력을 정당화하는 무책임하고 고약한 항변인 것이다. '나'는 옥이에게 끊임없이 음식을 먹인 '작은 아씨'에게도 불만이나 원망을 토로하지 않는다. 그 역시도 동네 아낙들과 동류의 인물이기 때문이다. 오히려 '나'의 증오는 옥이의 아버지, 덕히에게로 향하고 있다.

손바닥으로 뒤통수를 딱 때리드니 이건 죽지도 않고 말성이야 하모 썩 마뜩지않게 뚜덜거린다. 어머니를 향하얀 저년 아무것도 먹이지 말고 오늘 종일 굶기라고 부탁이다. 드럿는지 못드럿는지 어머니는 눈을 꼭 감고 잠잣고 있다. 아마 아버지가 두려워서 아무 대꾸도 못하는 모양, 딱 때리고 우니까 다시 딱 때리고, 그럴쩍마다 조꼬만 옥이는 마치 오뚝이 시늉으로 모루 쓰러젓다가는 다시 이러나 울고 울고 한다. 죽은 안주고 때리기만 한다. 망할새끼 저만 처먹을랴고 얼른 죽어버려라 염병을 할자식. 모진 욕이 이렇게 입끝까지 제법 나왓스나 그러나 그러나 뚝 부르뜬 그눈. 감히 얼굴도 못처다보고 이마를 두

손으로 바처들고는 으악 으악 울뿐이다. 암만 울어도 소용은 없지만.[13] (강조
는 인용자)

옥이와 덕히의 관계는 정상적인 부모 자식 관계라고하기에는 석연찮
다. 아침마다 옥이는 견딜 수 없는 배고픔 속에서 눈을 뜬다. 그러나 그
는 아버지가 무서워 자리에서 일어나지를 못한다. 아이는 아버지가 아
침 식사를 마치고 나뭇짐을 지고 집에서 멀어진 후에야 자리에서 일어
나 허겁지겁 죽 그릇을 끌어다 입으로 부어 넣는다. 그런데 그날은 도저
히 배고픔을 참을 수 없어 아버지가 식사를 하는 도중에 그만 자리를 차
고 일어난 것이다. 그리고 옥이는 일찍 일어난 대가를 치러야 했다. 덕
히는 아이가 일찍 일어났다고 때리고, 배가 고프다고 했다고 때리고, 운
다고 때렸다. 옥이에 대한 그의 구박은 딱히 이유가 있어 보이지는 않는
다. 옥이는 이런 아버지를 향하여 "망할새깨 저만 처먹을랴고 얼른 죽
어버려라 염병을 할자식"이라고 저주한다. 이 지점에서 우리는 참을 수
없는 작가적 서술자의 무의식적인 개입을 볼 수 있다. 「떡」은 1인칭 서
술자가 등장하지만 '나'가 들은 이야기를 다시 전달해주는 과정에서는 3
인칭 전지적 서술자 시점이 되기도 한다. 작품 전편을 통틀어 꼭 한번
강하게 어필되고 있는 덕히를 향한 '나'의 증오는 짧지만 강한 여운을
남긴다.

덕히는 옥이가 구사일생으로 살아나는 것을 보고 딸을 향해 욕설을
퍼붓는다. 그러나 덕히의 이 노여움은 생사를 오가는 딸을 보면서 애간
장을 태우게 한 것에 대한, 그런 불효에 대한 노여움이라기보다는 그 귀

---

13 김유정, 「떡」, 『전집』, 87쪽.

한 음식으로 배를 채우면서도 식구들 생각은 눈곱만큼도 하지 않은 딸에 대한 원망이었다. 이런 덕히의 심리를 읽으면서 '나'는 그를 다시 한번 쳐다보는 데에서 소설은 막을 내린다. 다시 회생한 옥이를 향한 덕히의 욕설은, 어쩌면 애증의 표현일지도 모른다. 그러나 서술자 '나'는 덕히를 딸아이의 생사 앞에서도 여전히 아이가 먹었던, 하지만 자기는 맛볼 기회조차 없었던 진수성찬에 연연하는 비인간적이고 파렴치한 인간으로 몰아간다. 이와 같은 덕히의 인물형상 창조는 그에 대한 '나'의 증오를 한층 더 강화시킨다.

「떡」은 얼핏 보기에는 '나'가 전해들은 이야기를 다시 전달하는 평범한 이야기처럼 보인다. 그러나 실질적으로 이 작품은 어쩌면 촌에서는 있을 법한 그런 이야기를 과장해서 재현함으로써 섬뜩한 폭력성을 다각적으로 조망하고 있는 소설이다. 어린 옥이에 대한 주변 인물들의 방관과 묵인, 침묵은 그대로 아동학대임을 여지없이 보여주고 있다. 하지만 이와 같은 참극을 빚어낸 가장 근본적인 원인은 덕히에게 있었다. '나'의 화살은 아이가 죽을 지경이 될 때까지 음식을 먹인 사람이나 그런 상황을 구경만하면서 방관했던 동네 아낙네들에게로 향하지 않고 이와 같은 사건의 발생에 근본적인 원인을 제공한 덕히의 폭력성에 제동을 걸고 있다. 동시에 그것은 아동학대에 대한 참을 수 없는 분노이기도 했다.

3. 폭력의 공포와 '복수 환상'

「떡」이 보여주는 덕희를 향한 증오심은 어느 정도 독자들의 불편한 마음을 달래주기는 하지만 스스로의 식욕을 억제하지 못하고 자신이 죽어가는 줄도 모른 채 꾸역꾸역 음식을 우겨넣는 옥이의 모습은 안타까움을 자아낸다. 아동기 학대를 경험한 아이들은 이상異狀 상태의 의식을 발달시키게 되는데 옥이의 경우는 그것이 식탐으로 나타난 것이다. 그리고 그들에게서 공통적으로 존재하는 한 측면이 바로 '이중 사고'[14] 이다. '이중 사고'는 곧 '이중 자기'를 만들어내는데 김유정의 「소낙비」 에서 「안해」로의 발전은 이와 같은 과정을 잘 보여준다.

「소낙비」에서 춘호는 돈 2원을 구하기 위해 며칠째 아내를 들볶는 중이다. 그는 돈 2원을 도박 밑천으로 삼아 부부가 상경할 자금을 마련하겠다는 허황된 타산을 세우고 있다. 그러나 춘호의 아내는 남편의 말은 들을 염도 하지 않고 차일피일 미루면서 자리를 피한다. 결국 춘호는 그런 아내에게 무서운 매를 들게 됨으로써 아내가 돈을 얻어오게 하는 데에 성공한다. 남편의 폭력 앞에 질겁한 춘호 처는 결국 돈 2원을 마련하기 위해 몸을 판다. 그녀는 이 주사가 자기에게 관심이 있다는 것을 알

---

14 이와 같은 논리는 의식의 변형을 통해 완성된다. "속박 속에서 살았던 사람들은 의식의 변형에 있어서 숙련가가 된다. 해리의 실행, 자의적인 사고 억제, 사고 축소, 그리고 때로는 완전한 부정을 통해 그들은 견딜 수 없는 현실을 변형시키는 방법을 학습하였다. 일반적인 심리학 언어는 의식적이기도 하고 무의식적이기도 한 이러한 정신적 책략의 복잡한 배치를 위한 이름을 가지고 있지 않다. 아마도 이를 위한 가장 좋은 이름은 '이중 사고'일 것인데, 오웰의 정의를 따르면 '이중 사고'는 두 가지 모순되는 신념을 하나의 정신에 동시에 담아 두고, 이 둘을 모두 받아들이는 힘을 의미한다. 그는 자신의 기억이 어느 방향으로 변형되어야 할지를 알고 있다. 따라서 자신이 현실에게 속임수를 쓰고 있다는 것을 안다. 그러나 '이중 사고'를 통하여 또한 현실이 침해되지 않는다고 스스로를 안심시킨다." Herman Judith, 최현정 역, 앞의 책, 155~156쪽.

고 있고 또 돈을 마련하려면 반드시 그의 청을 들어주어야 한다는 것도 잘 알고 있다. 남편의 매를 맞아가며 그동안 버텼던 것은 그 마음의 결정을 하지 못했기 때문이었다. 하지만 결국에 그녀는 남편의 폭력 앞에서 항복하고 만다.

이 주사와의 관계를 춘호 처는 "그런 모욕과 수치는 난생 처음 당하는 봉변"이고 "지랄 중에서도 그런 몹쓸 지랄이 없다"고 표현한다. 하지만 그럼에도 불구하고 그녀는 이 관계를 "복을 받으려면 반듯이 고생이 따르는법이니 이까짓거야 골백번 당한대도 남편에게 매나 안 맞고 의좋게 살수만 잇다면 그는 사양치 안흘 것이다"(46쪽)고 생각한다. 즉 남편에게 매를 맞지 않고 의좋게 살 수만 있다면 그런 부정 관계쯤은 아무 것도 아니라는 말이다. 결과적으로는 그녀는 결국 매를 맞지 않기 위해 매춘을 한 셈이 된다.

그러나 이와 같은 폭력에 대한 공포는 「안해」에 오면 사라진다. 「안해」는 아내를 들병이로 내세워 걱정 없이 살아보겠다는 어느 남편의 야무진 꿈이 수포로 돌아가는 과정을 남편인 '나'의 시선에서 그려내고 있는 소설이다. 들병이로 나서려면 인물부터 받쳐주어야겠지만 '나'의 아내는 영 인물이 없다. 얼굴이 못생겼을 뿐만 아니라 들병이라면 가장 먼저 갖추어야 할 노래 실력도 없다. 그래도 남편은 아내를 들병이로 키워 보겠다는 일념으로 틈틈이 노래를 가르치기 시작한다. 그랬더니 아내 편에서 더 열을 올린다. 몰래 담배를 배우기도 하고 야학에 나가 유행가를 배워 와서는 흥얼거리기도 한다. 그러던 어느 날 장에 나가 나무를 팔고 집으로 돌아오던 길에 '나'는 아내가 마을의 뭉태란 놈과 함께 주막에서 술을 먹고 있는 장면을 발견하고는 술에 취한 아내를 끌고 집으로 돌아오면서 들병이의 꿈을 깨끗이 접게 된다는 이야기이다. 이와 같은 이야기 전개 속에서 눈길을 끄는 것은 이들 부부의 소통방식이다.

　다른 사람들은 밤에 만나면

"마누라 밥 먹었수?"

"아니요. 당신 오면 가치 먹을랴구 —"하고 일어나 반색을 하곗지만 우리는 안 그러기다. 누가 그렇게 괭이 소리로 달라붙느냐. 방에 떡들어스는길로 우선 넓적한 년의 궁뎅이를 발길로 퍽 드려질른다.

"이년아! 일어나서 밥차려 —"

"나무 판 돈 뭐했어, 또 술처먹었지?" 이렇게 제법 탕탕 호령하였다. 사실이지 우리는 이래야 정이 보째 쏟아지고 또한 계집을 데리고 사는 멋이있다. 손자새끼 낯을 해가지고 마누라 어쩌구 하고 어리광으로 덤비는건 보기만 해도 눈허리가 시질 않겠니. 게집 좋다는건 욕하고 치고 차고, 다 이러는 멋에 그렇게 치고보면 혹 궁한 살림에 쪼들리어 악에 받인 놈의 말일지는 모른다. 마는 누구나 다 일반이곗지, 가다가 속이 맥맥하고 부하가 끓어오를 적이 있지 않냐. 농사는 지어도 남는 것이 없고 빚네는 몰리고, 게다가 집에 들어스면 자식놈 킹킹거려, 년은 옷이 없으니 떨고 있어 이러한 때 그냥 백일수야 있느냐. 트죽태죽 꼬집어 가지고 년의 비녀쪽을 턱 잡고는 한비탕 흘두들겨대는구나. 한참 그 지랄을 하고나면 등줄기에 땀이 뿍 흐르고 한숨까지 혹, 돈다면 웬만치 속이 가라앉을 때였다. 담에는 년을 도로 밀처버리고 담배 한 대만 피어물면 된다.

　이멋에 게집이 고마운 물건이라 하는 것이고 내가 또 년을 못 잊어하는 까닭이 거기 있지않냐. 그렇지 않다면이야 저를 게집이라고 등을 뚜덕여주고 그 못난 코를 좋아보인다고 가끔 추어줄 맛이 뭐야. 허지만 년이 홀쩍어리고 앉어서 우는 걸 보면 이건 좀 재미적다. 제가 주먹심으로든 입심으로든 나에게 덤빌랴면 어림도 없다. 쌈의 시초는 누가 먼저 걸었던간 은제던지 경을 팠다발같이 치

고 나앉는 것은 년의 차리렷다.[15](강조는 인용자)

이들 부부에게 있어서 폭력은 일상이다. 그것은 그저 단조롭고 갑갑한 생활의 일부일 뿐이다. 똑같은 구타장면이지만 「소낙비」에서 그려졌던 폭행 장면처럼 그렇게 살풍경하게 다가오지는 않는다. 「소낙비」에서 춘호 처는 생명의 위협을 느껴 결국에는 탈출하는 방법으로 폭력을 피하지만 「안해」에서 아내는 남편의 구타에 대해 무감각인 것으로 보인다. 그들에게 있어서 이 전쟁은 "땀이 뿍 흐르고 한숨까지 훅" 돌게 함으로써 한순간이나마 삶의 무게와 답답한 현실에서 오는 스트레스를 해소하는 하나의 방식일 뿐이다.

「안해」의 논리에 따르면 남편이 아내에게 폭력을 휘두르는 것은 스테레스 해소를 위한 하나의 방편이고, 또 그 폭력을 감내해야 하는 것은 곧 아내 된 이의 직분이기도 하다. 따라서 남편의 폭력은 가장이라는 이름으로 정당화되는 행위이고 그것은 심지어 부부의 정을 "찰떡같이 끈끈하게" 이어주는 삶의 활력소 같은 것이기도 하다. 가난이 남편의 죄는 아니다. 그렇다고 아내의 죄는 더욱 아니다. 그럼에도 남편은 가족을 넉넉히 부양하지 못하는 울분을 아내를 향한 폭력으로 해소한다. 아내는 그런 남편이 안쓰러워 그의 폭력을 묵묵히 감내한다는 것이 「안해」의 전제된 이해이다. 이 소설에서의 폭력이 거부감 없이 다가오는 것은 이와 같은 '서로에 대한 이해'를 전제로 하고 있기 때문이다. 그렇지만 다시 생각해보자. 아무리 이해한다고 하더라도 매일같이 이어지는 매타작을 어느 아내인들 감내할 수 있을까? 따라서 이 작품에서 주

---

15 김유정, 「안해」, 『전집』, 171~172쪽.

목되는 부분은 남편의 심리가 아니라 남편의 폭력에 대한 아내의 대응인 것이다.

「소낙비」에서 아내는 남편의 폭력 앞에서 질겁하지만 「안해」에 오면 그런 공포는 더 이상 보이지 않는다. 춘호 처는 남편의 매가 무서워 결국에는 이 주사에게 몸을 허하지만 그녀가 이런 결심을 하게 되는 것은 아무 소득 없이 집으로 돌아갔다가는 꼼짝 없이 남편에게 맞아죽을 것을 알기 때문이다. 춘호 처는 돈 2원을 장만할 방도를 마련하고서야 집으로 돌아갈 수 있게 된다. 「안해」에 오면 아내는 더 이상 폭력을 휘두르는 남편을 두려워하지도 않고 그 구타가 심각하게 느껴지지도 않는다. 따라서 탈출 같은 것은 생각할 필요도 없다. 남편의 폭력이 더 이상 폭력으로 받아들여지지 않고 있음을 말해준다. 이는 폭력의 강도가 점점 강해질수록 피해자는 완전히 가해자에게 굴복하게 되고, 굴복하는 순간 피해자는 가해자의 소유물로 전락하면서 더 이상 스스로를 하나의 인격체로 생각하지 않게 된다는 논리를 보여준다. 따라서 그들은 고분고분한 아내가 되고 심지어 남편의 폭력을 남편의 입장에서 해석하는 경향을 보인다. 이 과정에서 폭력은 더 이상 폭력으로 받아들여지지 않고 부정되거나 망각되고 심지어 사랑으로 착각되기까지 한다. 폭력과 사랑이 등가에 놓이면서 폭력이 곧 사랑으로 받아들여지는 기이한 현상을 목격하게 된다.[16] 그런데 이와 같은 폭력이 일상적으로 매일매일 반복될 때 그들은 가끔은 통쾌한 복수를 꿈꾸기도 한다.

---

16 이는 학대받는 피해자의 심리적 방어 기제의 하나이다. 현실 속의 학대에 대해 이 자기 방어 기제는 학대는 실제 일어나지 않았던 것처럼 의식적 자각과 기억에서 단절되거나 어떤 일이 일어났던 지간에 그것이 실은 학대가 아니었다고 축소되고, 합리화되고, 면죄된다. 있는 그대로의 견딜 수 없는 현실에서 탈출할 수도 현실을 변형시킬 수도 없는 까닭에 정신을 변형시키는 것이다. Herman Judith, 최현정 역, 앞의 책, 178쪽.

「봄과 따라지」에서 '나'는 오늘도 구걸을 한다. 하지만 사람들은 구걸하는 이에게 먹을거리나 돈을 희사하기는커녕 매로 돌려주곤 했다. 그럼에도 불구하고 구걸을 안 할 수는 없는 상황이고, 그들은 거리를 누비면서 누구에게나 "한 푼 줍쇼"를 외치며 행인들을 가로 막는다. 그러다 운이 좋으면 떡이나 밥덩이가 얻어걸리기도 하지만 때로는 따라오라고 해서 집까지 유인해 데리고 와서는 실컷 폭행하는 몰인정한 인간들도 있다. 「봄과 따라지」에는 그런 몰인정한 사람들에게 무안을 줌으로써 복수하는 장면이 통쾌하게 재현되기도 한다. 그는 매일같이 반복되는 폭행에 대해서 "이제는 하도 여러 번 겪고 난 몸이라 두려움보다 오히려 실없는 우정까지 느끼게 된다"(190쪽)고 야유하기까지 한다. 또한 그는 가끔 작정하고 행인의 심기를 건드려서는 일부러 매를 자초하기도 한다. 그리고 매를 맞으면서 그는 통증을 느끼기에 앞서 그 상황을 즐기는 편이다. 폭행을 당하는 와중에 영화의 한 장면을 연상하면서 현재의 자신과 영화의 주인공을 비교하는 이 설정, 이와 같은 통쾌한 수단을 통해 복수를 실행하고 있는 것이다.

그러나 이러한 복수는 그저 환상에 그칠 뿐이다. 「연기」는 꿈의 한 장면을 연출하고 있다. 우연히 황금덩이를 얻은 '나'는 누이에게 이 집을 당장 떠나겠노라 선포하고, 금덩이를 본 누이는 나가지 말라고 다리를 부여잡으면서 여태까지 모든 일은 본인이 잘못했으니 제발 용서해 달라고 사정한다. 그런 누이를 야멸차게 뿌리치고 나오다가 목이 졸리어 잠이 깬다는 이 설정은 진심으로 복수하고 싶은 김유정의 깊은 내면을 실감 있게 잘 전달하고 있다. 하지만 꿈이 깸과 동시에 복수의 불가능을 깨우치는 것이 그의 현실이기도 하다.

외상 장애의 회복은 '안전의 확립', '기억과 애도', '일상과의 다시 연결'이라는 세 단계를 거치게 되는데 '복수 환상'은 두 번째 단계에서 흔히 나타는 증상이다. '복수 환상'은 외상 기억에 대한 거울상 같은 것으로, 이 속에서 가해자와 피해자는 역할이 전도되어 있다. 복수라는 욕망은 완전히 무력했던 과거 경험에서 솟아나, 이 모욕과 분노 속에서 힘을 회복시켜 주는 유일한 방편이 된다. 복수는 가해자가 과연 어떠한 해악을 저질렀는지를 그에게 인식시키기 위한 유일한 방법이 된다.[17] 그런데 중요한 것은 이런 '복수 환상'이 현실적으로 불가능하다는 것을 깨우치는 것이다. 「연기」는 이와 같은 복수가 실제적으로 실현 불가능하다는 것을 인식하고 있음을 보여준다는 점에서 중요하다.

이처럼 김유정의 소설들은 만성적인 폭력적 상황에서 공포를 느끼던 피해자가 공포에 무감각해지고 점차 '이중 자아'를 형성하여 가는 뒤틀린 내면세계를 사실대로 잘 전달하고 있다. 그렇다면 이와 같은 폭력에 대한 섬세한 접근과 정확한 이해는 어디에서 기원하는 것일까?

4. 폭력의 기원과 트라우마 기억

기억에 대한 인간의 기억은 그 경험의 정서적 중요성에 직접 비례하는 경향이 있다.[18] 김유정에게 있어서 그것은 공포의 기억이었던 것으로 보인다. 어린 나이에 아버지와 형의 불화 장면을 직접 목격하면서 그

---

17 '복수 환상'에 관해서는 Herman Judith, 최현정 역, 앞의 책, 314~315 참조.
18 James L. Mcgaugh, 박소현 · 김문수 역, 『기억과 감정』, 시그마프레스, 2013, 10쪽.

는 처음으로 죽음의 공포를 체험한다.

아버지가 형님에게 칼을 던진 것이 정통을 때렸으면 그 자리에 엎떠질 것을 요행뜻밖
에 몸을비켜서 땅에떨어질제 나는 다르르떨었다. 이것이 십오성상을 지난 묵은 기
억이다. 마는 그 인상은 언제나 나의 가슴에 새로웠다. 내가 슬플때, 고적할때,
눈물이 흐를때, 혹은 내가 자라난 그가정을 저주할때, 제일처름 나의 몸을 쏘아드는 화
살이 이것이다. 이제로는 과거의 일이나 열살이 채못된 어린몸으로 목도하였
을제 나는 그 얼마나 간담을 조렸든가. 말뚝같이 그옆에 서있든 나는 이내 울
음을 터치고 말았다. 극도의 놀냄과아울러 애원을 표현하기에 나의 재조는
거기에 넘지 못하였든 까닭이다.[19](강조는 인용자)

김유정의 유고작 「兄」의 첫 시작 부분이다. 이 작품은 김유정 사후인
1939년 11월 『광업조선』에 처음으로 발표되었다. 인용문은 아버지가
형에게 칼을 던지는 장면이 김유정에게 얼마나 큰 충격으로 다가왔는
지를 잘 보여준다. 간략하지만 강렬한 인상을 남기는 장면묘사에서 알
수 있듯이 그때의 기억이 어린 김유정에게는 하나의 화면으로 각인되
었고 15년이나 지났음에도 여전히 그때의 모습이 생생하게 재생되고
있음을 알 수 있다.

기억이 몸의 문자라면 트라우마는 지속성을 띤 몸의 문자이다.[20] 즉
트라우마는 고통을 동반한 채 그 기억을 지속적으로 떠올린다는 데에
있다. 15년 전 그때의 기분과 감정은 공포에 질린 어린 아이의 "다르르
떨었"던 몸짓에 속박되었지만 15년이 지난 후에 그것은 시시각각 '나'의

19 김유정, 「형」, 『전집』, 376쪽.
20 Aleida Assmann, 변학수·채연숙 역, 『기억의 공간』, 그린비, 2011, 335쪽.

기분과 정서에 영향을 미치는 그림자 같은 존재가 되어 있었다. 말로 표현하지 못했던 "다르르 떨었"던 '나'의 몸에 각인되었던 그 기억은 당시에는 울음으로 터져 나왔지만, 성인이 되어서는 '슬픔', '고독', '눈물', '원망', '저주'라는 복잡한 감정으로 뒤엉켜 '나'를 고통과 우울 속에 빠뜨렸다. '슬픔', '고독', '원망'과 '저주'의 감정들이 항상 그 기억과 연동되어 생성되고 작용한다는 것은 과거의 기억이 현재의 감정에 영향을 미치고 있음을 말해준다. 그러나 "그때"라는 표현에서 알 수 있듯이 그 기억을 떠올리는 현재는 이미 당시의 시공간과의 분리에는 성공하고 있다.

트라우마 기억에 대해서 서술하는 것을 진술이라고 하는데 정서가 수반되지 않은 진술은 치료 효과가 없다.[21] 이런 점을 감안할 때 김유정의 상기의 서술은 치료 효과를 기대할 수 있음을 말해준다. 그는 공포의 감정을 잘 서술하고 있으며 그런 최초의 감정이 성인이 되어서도 여러 감정들을 지배하고 있음을 스스로 인지하고 있다. 그런데 문제는 이것은 그저 최초의 기억일 뿐이고 이와 같은 기억이 그 이후로도 장기간 반복적으로 지속되었다는 데에 있다. 아버지와 형의 불화는 아버지의 사망으로 끝이 났지만 끔찍한 폭력의 행사는 형에 의해 계승되고 반복되었다. 그리고 어린 유정은 그 폭력을 또다시 지속적으로 감내해야만 했다.

그는 술을 마시면 집안세간을 부시고 도끼를 들고 기둥을 패었다. 그리고 가족들을 일일이 잡아 가지고 폭행을 하였다. 비녀쪽을 두손으로 잡고 그 모가지를 밟고 서서는 머리를 뽑았다. 또는 식칼을 들고는, 피해다라나는 가족들을 죽인다고 쫓아서 행길까지 맨발로 나오기도 하였다. 젖먹이는 마당으로 내팽

---

21 Herman Judith, 최현정 역, 앞의 책, 296쪽.

게처서 소동을 이르켰다. 혹은 아이를 우물속으로 집어던저서 까무러친 송장이 병원엘 갔다.

　이렇게 가정에는 매일같이 아우성과 아울러 피가흘렀다. 가족을 치다치다이내 물리면 때로는 제 팔까지 이로 물어뜯어서 피를 흘렸다.

　이러길 일년이 열두달이면 열한달은 계속되었다.

　가장이 술이 취하야 들어오면 가족들은 얼골이 잿빛이 되어 떨고 있었다. 왜냐면 언제 그손에 죽을지 그것도 모르거니와 우선 아픔을 이길수 없는 까닭이었다. 그들은 순전히 잔인무도한 이 주정군의 주정받이로 태여난 일종의 작난감들이었다. 그리고 그 가장에는 따뜻한 애정도 취미도 의리도 아무 것도 없었다. 다만 술과 음행, 그리고 비명이 있을 따름이었다.[22](강조는 인용자)

「형」과 함께 김유정의 대표적인 자전소설 중 하나인 「생의 반려」에서 형이 난동을 부리는 부분이다. 집안의 물건을 부수는 것은 기본이고 어른과 아이 구분 없이 식구들을 폭행하고 심지어 자해까지를 서슴지 않았다. 형이 술이 과해서 이런 난동을 부리는 동안 '나'가 할 수 있었던 일은 오직 "뻔질나게 마룻구녕 속으로 몸을 숨기"고 "이를 덜덜덜덜 떨어가며 가슴을 죄(였다)"(259쪽)이는 것뿐이었다. 가족 중에는 형의 무지막지한 폭력에 저항할 만한 이도 또 그것을 제지할 만한 이도 아무도 없었다. 이 장면은 사실 김유정 소설에 등장하는 거의 모든 유형의 폭력 양상들을 압축해 놓은 형국이다.[23] 다시 말하면 김유정 소설 속의 모든

22　김유정, 「생의 반려」, 『전집』, 259쪽.
23　「금따는 콩밭」에서 수재와 영식의 싸움 장면은 아버지와 형의 싸움 장면을 연상시킨다. "비녀쪽을 두 손으로 잡고 그 모가지를 밟고 서서는 머리를 뽑았다." 이와 같은 자세로 남편이 아내를 폭행하는 장면은 김유정 소설의 여타 작품 속에도 빈번하게 등장한다. 「안해」에는 남

폭력들은 원형을 가지고 있다는 말이기도 하다. 김유정의 유년기는 이와 같은 폭력에 노출되어 있었고 어느 정도 성장해서는 어쩌면 물리적 폭력보다 더 가혹한 누이의 언어적 폭력에 시달려야 했다.

가산을 탕진한 형은 솔가하여 낙향하면서 동생을 서울에 있는 누이 동생에게 맡긴다. 아직 학생인 동생은 누이와 함께 기거하게 되는데 이 누이란 사람 역시 성격을 종잡을 없는 여인으로서 그의 히스테리는 상상 이상이었다. 그는 절대로 직접적으로 동생을 괴롭히지는 않았다. 항상 빗대놓고 비아냥거리거나 무시하는 방법으로 사람을 괴롭혔다. 이런 누이 밑에서 눈칫밥을 먹으면서 동생은 모든 것을 감내해야 했다. 누이의 히스테리에 동생은 그저 묵묵부답으로 응대할 뿐이고 이런 그는 날로 무기력해 가기만 했다. 이와 같은 김유정의 개인사는 「생의 반려」를 비롯하여 「따라지」, 「두꺼비」 등 여러 작품에 자주 등장하고 있다.

이런 점들을 감안할 때 김유정의 소설 속에 난무하는 폭력의 양상들은 이제 더 이상 낯설지도 어색하지도 않다. 그는 항상 폭력적인 환경에 노출되어 있었고 항상 피해자의 입장에 있었다. 그리고 그는 자신의 소설 속에 이와 같은 폭력적인 양상들을 삽입하거나 그대로 옮겨 적었다. 그가 소설 속에 등장하는 병적인 주인공들의 내면을 그토록 리얼하게 재현해낼 수 있었던 것은 이와 같은 그의 개인사와 불가분의 관계를 가진다. 「떡」을 비롯한 앞선 작품들이 보여주는 폭력에 대한 증오와 폭력적 상황하에서 피해자들의 병적인 대처는 만성적인 학대 상황하에서 뒤틀려져 가는 인간의 내면을 그대로 전달한 것이 된다. 따라서 「형」을

편이 아내의 비녀를 잡아채고 술에 취한 아내를 눈 속에다 뭉개는 장면이 등장한다. 「금」에는 금광에서 발견한 금덩이를 밖으로 가지고 나오기 위해 자해하는 장면이 등장한다. 「금따는 콩밧」에는 부부싸움 끝에 등에 업었던 아이를 남편을 향해 내팽개치는 장면이 등장한다. 「슬픈 이야기」에는 밤마다 아내를 구타하는 남편이 등장한다.

비롯한 「생의 반려」 등에 이르러 그 폭력적 기억을 작품화한 것은 그 치유의 시작이라고 할 수 있다. 왜냐하면 트라우마 치유에서 가장 중요한 것은 트라우마 기억을 재기억하고 현전화함으로써 그 과거를 서술할 수 있게 되는 것이기 때문이다. 하지만 똑같은 개인사를 바탕으로 하고 있으면서도 「형」은 「생의 반려」보다는 조금 더 안정적이고 차분한 분위기이다. 유고작 「형」에서는 형에 대해서는 이해하고자 하는 자세를 취하고 있다. 이는 조금은 더 안정된 김유정의 내면세계를 대변하는 것이기도 하다.

5. 맺는 말

지금까지 살펴본 것처럼 김유정의 소설에서 폭력은 빈번하게 등장하는 중요한 모티프 중의 하나였고 이 폭력은 그의 트라우마 기억과 긴밀하게 연관되어 있는 부분이었다. 자전소설을 비롯한 일련의 작품들을 통해 그에게 있어서 폭력, 특히 가정폭력은 하나의 트라우마였음을 알수 있었고 그의 이 트라우마는 어린 시절부터 만성적으로 형성되어온 고질이기도 했다. 김유정의 소설들은 이와 같은 트라우마를 경험한 주인공들이 겪는 뒤틀린 내면과 '이중 자아' 그리고 '복수 환상' 등과 같은 특징들을 리얼하게 재현해 내고 있었다. 그가 특히 병적인 인물의 내면 묘사에 탁월했던 것은 이와 같은 그의 개인적인 이력과도 불가분의 관계를 가진다.

트라우마 기억을 재현한다는 것은 지금의 시점에서 그때의 감정을 되새기게 되는 과정이며 이와 같은 돌아보기는 필시 재구성의 과정을 거치게 된다. 「떡」이 보여주는 증오는 바로 이런 재구성의 결과라고 할 수 있다. 하지만 김유정의 트라우마를 증명하고자 하는 것이 이 글의 최종 목표는 아니다. 무엇보다도 강조하고 싶은 것은, 김유정에게 트라우마가 있었다는 사실보다는 김유정의 문학은 감당하기 어려운 정서적 고통 위에 세워진 상처의 보루였다는 사실이다.

참고문헌

1. 기본자료

김유정, 전신재 편, 『원본 김유정전집』(개정증보판), 강, 2012.

2. 논문

김미영, 「병상(病床)의 문학, 김유정 소설에 형상화된 육체적 존재로서의 인간」, 『인문논총』 71-4, 서울대 인문학연구원, 2014.

김윤식, 「들병이 사상과 알몸의 시학」, 『김윤식 선집』 5, 솔, 1996.

김재철·김동욱, 「정신치료적 관점에서 조망한 후설의 기억이론」, 『철학과 현상학 연구』 65, 한국현상학회, 2015.

김주리, 「매저키즘의 관점에서 본 김유정 소설의 의미」, 『한국현대문학연구』 20, 한국현대문학회, 2006.

김화경, 「말더듬이 김유정의 문학과 상상력」, 『현대소설연구』 32, 한국현대소설학회, 2006.

노지승, 「맹목과 위장, 김유정 소설에 나타난 자기(self)의 텍스트화 양상-〈두꺼비〉와 〈생의 반려〉를 중심으로」, 『현대소설연구』 54, 한국현대소설학회, 2013.

성영채, 「텍스트의 귀환-『무정』, 『금색야차』, 『적과 흑』을 통해 본 텍스트 생산 주체와 연구의 윤리」, 『한국현대문학연구』 22, 한국현대문학회, 2011.

송기섭, 「김유정 소설과 만무방」, 『현대문학이론연구』 33, 한국현대문학이론학회, 2008.

임정연, 「김유정 자기서사의 말하기 방식과 슬픔의 윤리」, 『현대소설연구』 56, 한국현대소설학회, 2014.

정연희, 「김유정의 〈생의 반려〉에 나타난 자기 반영적 서술과 아이러니 연구」, 『우리문학연구』 43, 우리문학회, 2014.

정주아, 「신경증의 기록과 염인증자(厭人症者)의 연서쓰기-김유정문학에 나타난 죽음충동과 에로스」, 『한국문학의 연구』 57, 한국문학연구학회, 2015.

홍순애, 「김유정 소설의 半가족주의와 '家' 형성·존속의 이데올로기」, 『서강인문논총』 43,

서강대 인문과학연구소, 2015.

홍혜원, 「폭력의 구조와 소설적 진실―김유정 소설을 중심으로」, 『현대소설연구』 47, 한국 현대소설학회, 2011.

3. 단행본

김유정학회 편, 『김유정과의 동행』, 소명출판, 2014.

이정호, 『텍스트의 욕망』, 서울대 출판부, 2011.

岡眞理, 김병구 역, 『기억·서사』, 소명출판, 2004.

Aleida Assmann, 변학수·채연숙 역, 『기억의 공간―문화적 기억의 형식과 변천』, 그린비, 2011.

F.K.Stanzel, 김정신 역, 『소설의 이론』, 문학과비평사, 1990.

Herman Judith, 최현정 역, 『트라우마―가정폭력에서 정치적 테러까지』, 열린책들, 2017.

James L. Mcgaugh, 박소현·김문수 역, 『기억과 감정』, 시그마프레스, 2013.

Mark Wolynn, 정지인 역, 『트라우마는 어떻게 유전되는가』, 푸른숲, 2016.

Marthe Robert, 김치수·이윤옥 역, 『소설의 기원, 기원의 소설』, 문학과지성사, 2001.

제 2 부 / 김유정 문학의 확장

1930년대 후반 작고 작가 애도문의 서술 양상과 그 의미*

김유정과 이상의 죽음에 제출된 애도문을 중심으로

석형락

1. 들어가며

이 글의 목적은 1930년대 후반 작고 작가를 대상으로 작성된, 애도의 내용을 담은 조사弔詞, 강연, 회고록, 시, 소설 등을 폭넓게 애도문으로 규정하고, 애도문의 서술 양상과 그 의미를 밝히는 데 있다. 1920년대 남궁벽, 나도향, 김우진, 이장희의 안타까운 죽음이 있었고, 이러한 죽음은 1930년대에도 이어졌다. 1931년에 방정환, 1932년에 최서해, 1934년에 김소월, 1936년에 심훈, 1937년에 김유정과 이상, 1938년에 박용철

---

* 이 글은『현대소설연구』71(한국현대소설학회, 2018.9)에 게재된 논문을 재수록한 것이다.

이 작고했다. 근대문단 형성기 작고 작가의 죽음을 슬퍼하는 첫 애도문이 염상섭에 의해 작성된[1] 이후, 나도향의 죽음에 동료작가들이 집단적인 애도문을 제출한 바 있다. 이들의 애도문은 동료작가의 문학적 생애를 기록하고 정리하는 자료의 역할을 담당했다. 1932년 최서해의 죽음에 바쳐진 애도문은 작가의 죽음을 슬퍼하는 동시에 그의 삶과 문학적 성과를 평가하는 작가론의 역할을 담당했다.[2] 1930년대 후반 작고 작가 애도문의 서술 양상과 그 의미를 밝히려는 이 글은 김유정과 이상의 죽음에 제출된 애도문을 대상으로 삼는다. 두 작가의 죽음에 제출된 애도문이 다른 작가의 그것에 비해 양적으로 풍부하고 1930년대 후반 애도문의 성격을 잘 드러내고 있기 때문이다. 여기에는 김유정과 이상이 구인회 동인으로 활동하며 동료작가들과 인적인 교류가 활발했다는 것,[3] 이들의 작품이 동료작가들에게서 높은 평가를 받았다는 것, 이들의 외모 또는 행적이 동료작가의 흥미를 끌기에 충분했다는 것 등이 작용한 것으로 짐작된다.

김유정은 1937년 3월 29일 경기도 광주 다섯째 누이 집에서 폐결핵으로 사망했고, 이상은 동년 4월 17일 동경제대부속병원에서 김유정과 같은 병으로 사망했다. 동년 5월 15일 부민관 소집회실에서 김유정과 이상의 합동추도식이 거행되었다. 이 추도식의 발기인으로 이광수, 이은상, 주요한을 비롯하여 최재서, 안회남, 정지용, 이태준, 박태원, 김문집 등 25명이 이름을 올렸다.[4] 문인 합동추도식 자체가 우리 문단사에서

---

1   염상섭, 「남궁벽 군의 사(死)를 압헤 노코」, 『개벽』, 1921.12.
2   석형락, 「근대문단 형성기 작고 작가 애도문 연구─한국근대작가론의 형성 과정과 관련하여」, 『현대소설연구』 64, 한국현대소설학회, 2016.12, 205~249쪽 참고.
3   조용만, 「이상과 김유정의 문학과 우정」, 『신동아』, 1987.5, 554~565쪽 참고.
4   다음은 『조선일보』 기사 내용이다. "우리 문단에서 이채 잇는 신진 작가로서 그 압날이 매우 촉망되는 김유정 리상 양씨가 한 달을 전후해서 요서(夭逝)한 것은 기보한 바어니와 이 두 분

최초에 해당되거니와 두 작가의 죽음을 이광수, 이은상을 비롯한 문단 중견과 이원조, 엄흥섭, 이기영 등의 카프 계열 작가, 정지용, 이태준, 박태원 등의 구인회 멤버 등 세대와 이념, 문학관을 넘어 문단 전체가 애도하였다는 것은 특기할 만하다. 『조광』과 『백광』은 각각 1937년 5월호에 김유정 추도 특집을 기획했다. 『조광』은 김문집, 채만식, 박태원, 이석훈, 강노향, 모윤숙의 애도문과 유고소설 「정분」[5]을 수록했고, 『백광』은 안회남, 채만식, 박태원, 이석훈의 애도문을 수록했다. 『조광』 6월호에는 구인회 멤버인 박태원, 김기림이 애도문을 제출하여 이상의 죽음을 슬퍼했고, 이상의 유고수필 「슬픈 이야기」가 수록되었다. 두 작가를 오랫동안, 또는 가까이에서 지켜봐온 다수의 동료작가들이 애도문을 제출하였기에, 이들의 애도문에는 고인의 생전 삶이 생생하게 묘사되어 있다. 작고 작가의 연보 작성, 평전 작업 등에 필요한 자료의 정리, 작가적 개성과 문학사적 의의에 대한 평가 등도 애도문의 중요한 가치에 해당된다.

1930년대 후반이 정치적, 문화적으로 작가들에게 억압적인 상황이었음은 주지의 사실이다. 1931년 만주사변을 거쳐 두 작가가 작고한 1937년은 중일전쟁이 일어난 해다. 1931년, 1934년 카프는 두 차례의 검거 사건을 통해 1935년 해체하기에 이르고, 1937년 6월부터 이듬해 3월까지 일제는 수양동우회 관련 지식인 180여 명을 검거했다. 이에 이 시기 작가들의 대사회적 발언은 위축될 수밖에 없었다. 일제의 교육 정책 변

의 영면을 애석해하는 문단인 제씨들이 좌기시일 장소에서 그 추도회를 열게 되어스므로 일반의 만히 참가하기를 바란다고 한다." 「김유정 이상 양 씨 추도회 래 십오일 거행」, 『조선일보』, 1937.5.11. 이하 인용할 때 한자는 한글로 바꾸고, 필요할 경우 괄호 안에 한자를 병기했다. 의미 전달을 위해 띄어쓰기를 했다.

5   『조광』은 「정분」을 유고소설로 수록했는데, 이 작품은 1935년 『매일신보』에 발표된 「솟」의 초고이다. 전신재 편, 『원본 김유정 전집』(개정판), 강, 2007, 336쪽.

화에 따라 문화적으로도 위기의 연속이었다.[6] 1911년 8월에 발포된 제1차 교육령 이후 십여 차례의 교육령 개정을 거치는 동안 조선어 교육은 갈수록 위축되었다.[7] 조선어 교육은 일본인화 교육에서 제2외국어로 다루어졌고, 그 내용은 일제의 식민 지배 이데올로기를 반영하는 것으로 구성되었다.[8] 이에 더해 언어예술로서의 문학을 기조로 실험적 문학을 추구했던 모더니즘 작가들은 일반 독자들의 이해를 구하지 못했다. 『조선중앙일보』에 연재되던 이상의 「오감도」(1934.7.24~8.8, 15회)가 독자들의 거센 항의와 비난으로 인해 계획된 30편 중 15편만 발표된 채 연재가 중단되었고,[9] 박태원의 장편 『청춘송』(1935.2.27~5.18, 78회) 연재 역시 독자들의 항의로 인해 끝을 맺지 못했다. 이러한 시기에 재능 있고 촉망받던 두 명의 작가가 이른, 그것도 가난과 병고를 견디다 못해 죽음을 맞았다. 때문에 작고 작가 애도문의 서술 양상과 그 의미를 읽어내기 위해서는 이 시기 작가들이 처한 시대적인 상황에 대한 이해가 우선적으로 필요하다.

우리 근대문학사에서 작고 작가 애도문이 본격적인 연구의 대상이 된 적은 거의 없다.[10] "작품 창작의 원천으로서의 작가를 대상으로 한다

---

6 일제의 식민지 통치의 본질은 '동화주의'로서 피지배 민족의 민족성 말살이 그 전제이다. 그리고 일제 동화정책의 가장 중요한 수단이 '일본어 교육'이었다. 조영복, 『문인기자 김기림과 1930년대 '활자-도서관'의 꿈』, 살림, 2007, 63쪽.
7 허재영, 『조선 교육령과 교육 정책 변화 자료』, 경진, 2011, 9쪽.
8 허재영, 「'국어' 교과서 정책과 이데올로기 변천」, 강진호 외, 『국어 교과서와 국가 이데올로기』, 글누림, 2007, 37쪽.
9 당시 상황을 김기림은 다음과 같이 회고한 바 있다. "그(이상-인용자)의 「오감도」가 신문 『중앙일보』 학예면에 며칠 계속해 실릴 적에 사람들은 가끔 나에게 향해서 마치 공범자나 연루자나 붙잡은 듯이 자못 괘씸한 말씨로 "그게 대체 어쩌자는 시냐"고 힐난하곤 했다. 대체 '조감도(鳥瞰圖)'를 일부러 '오감도(烏瞰圖)'라고 오자를 낸다는 것부터가 알 수 없는 노릇이 아니냐고, 신문사 교정부와 공장에서부터 말썽이었다." 김기림, 「이상의 모습과 예술」, 『이상 선집』, 백양당, 1949.3.15(여기서는 김유중 편, 『그리운 그 이름, 이상』, 지식산업사, 2004, 33쪽).

는 점, 고인의 전기적 생애를 돌아보고 그 문학적 성과에 대해 평가한다는 점, 애도 대상을 형상화하거나 애도 주체의 슬픔을 표현하는 방식이 문학적 의장意匠을 취하고 있다는 점"[11] 등을 차치하더라도 1930년대 후반 애도문이 어떻게 작성되었고, 그것이 의미하는 바가 무엇인지 살펴보는 것은 이 시기 작가들과 그들의 삶을 이해하는 데 반드시 필요하다고 여겨진다. 이 글은 1930년대 후반 작고 작가 애도문이 이 시기 작가들에게 동료작가의 죽음을 슬퍼하고, 그들을 기억하고, 그들의 삶과 작품을 평가하는 것을 넘어서 사회적 발언 창구가 되었다는 것, 더불어 애도 작업을 통해 또 다른 글쓰기의 계기가 되었다는 것을 가정한다. 이 가정의 진위 여부를 구체적인 근거를 들어 논증하고자 한다. 이러한 작업이 1930년대 후반 작고 작가 애도문의 성격과 기능을 해명하고, 이 시기 작가들의 삶과 문학을 이해하는 데 또 다른 시각을 제공하리라 기대한다.

---

10 박세현은 「김유정의 예술과 그의 인간비밀」, 「김유정—소설체로 쓴 김유정론」, 「겸허—김유정 전」 등을 전기(傳記)의 시각에서 다룬 바 있다. 박세현, 「김유정 전기의 몇 가지 표정」, 김유정문학촌 편, 『김유정 문학의 재조명』, 소명출판, 2008, 9~43쪽 참고. 유인순은 실명소설의 시각에서 「김유정—소설체로 쓴 김유정론」, 「실화」, 「겸허—김유정 전」 등을 다루었다. 유인순, 「김유정 실명소설 연구」, 『김유정을 찾아가는 길』, 솔과학, 2003, 255~292쪽 참고. 이종호는 이상 문학에 대한 지속적인 소비와 향유를 가능케 하는 내적 시스템의 작동 원리에 접근하는 목적으로 애도문, 회고담, 소설 등을 살펴보았다. 이종호, 「죽은 자를 기억하기—이상 회고담에 나타난 재현 방식을 중심으로」, 『한국문학연구』 38, 동국대 한국문학연구소, 2010.6, 293~325쪽 참고. 하지만 1930년대 작고 작가 애도문의 서술 양상과 그 의미에 대한 본격적인 논의는 아직까지 진행된 바 없다.
11 석형락, 앞의 책, 211쪽.

2. 김유정의 죽음 — 기억, 반성, 비평, 고백, 콘텐츠 생산

"일직이 본보에 「소낙비」라는 작품으로 일등 당선이 된 작가 김유정 씨는 그동안 폐환으로 신음하면서도 연해 력작을 만히 내여 일반의 기대와 촉망이 멋든 바 지난 이십구일 오전 팔시에 료양하려 가잇는 광주군 중부면 상산곡리에서 요절하야 즉일 다비에 부첫는 바 향년은 삼십이라고 한다."[12] 김유정의 작고 이튼날 『조선일보』에 게재된 기사다. 김유정은 22세 때인 1930년에 늑막염이 발병했고, 1933년에 폐결핵 진단을 받았다. 김유정의 조카 김영수의 회고에 의하면 어린 김유정이 수시로 횟배를 앓았고, 이에 아버지가 아들에게 담배를 가르쳤다고 한다.[13] 안회남은 김유정이 게을러서 책, 신문지, 담뱃갑, 재떨이 등으로 방이 늘 지저분했고, 들창을 막아 햇볕이 들어오지 않아서 방안이 어두침침했다고 쓴 바 있다.[14] 어린 시절부터 이어온 오랜 흡연과 청결하지 못한 생활습관이 발병의 일차적 원인이었음을 짐작할 수 있다. 김유정은 1936년 정릉에서 요양하던 중 병세가 악화되어 경기도 광주에 있는 다섯째 누이 집으로 거처를 옮기지만 결국 사망하고 만다. 누이 부부, 조카 영수와 진수가 임종을 지켰고, 유해는 서울로 옮겨져 화장된 뒤 한강에 뿌려졌다. 비평가 김문집은 김유정의 심각한 병세와 어려운 형편

---

12 「김유정 씨 장서」, 『조선일보』, 1937. 3. 31.
13 김영수, 「김유정의 생애」, 『김유정전집』, 현대문학사, 1968, 391쪽. 해당 내용을 옮겨오면 다음과 같다. "허나 막내동이는 횟배를 앓기 시작했읍니다. 세 살박이 '멱설이'는 배가 아프다고 하루에도 몇 번씩 자반뒤집기를 하였읍니다. (…중략…) 이에 아버지는 어린 아들에게 담배를 가르쳤읍니다. 아버지가 대에 엽초를 담으면 '멱설이'는 칼표(당시에는 좋은 담배였음) 궐련을 손가락 사이에 끼우고 어른이 성냥불을 대어줄 때를 기다리는 것이었읍니다. 이래서 '멱설이'는 아무 앞에서나 담배를 피우되 피우는 품이 어른과 같이 익숙했던 것입니다."
14 안회남, 「겸허 — 김유정 전」, 『문장』, 1939. 10, 46~47쪽.

을 알리고 문단 차원의 도움을 바라는 운동을 벌였지만 그다지 돈은 모이지 않았다.[15] 김유정이 작고한 뒤 『조광』, 『백광』이 애도 특집을 기획하였고 동료작가들이 집단적으로 애도문을 제출했다. 특히 휘문고보 동창으로 오랫동안 김유정과 교우관계를 맺어온 안회남은 작고 일주기를 맞아 작가론 「작가 유정론—그 일주기를 당하여」(이하 「작가 유정론」)와 회고록 「악동—회우수필」(이하 「악동」)을, 2년 뒤에는 전傳 「겸허—김유정 전」(이하 「겸허」)을 썼다. 이석훈 역시 「유정의 면모편편」을 통해 고인이 된 동료작가를 기억했다. 엄흥섭은 「5월 창작평(3)—요절한 두 작가의 작품」을 통해 김유정과 이상의 죽음을 슬퍼하며 그 문학적 성과를 정리했고, 이태준은 「누구를 위해 쓸 것인가」에서 두 작가의 죽음을 슬퍼하는 동시에 자신의 문학관을 피력했다. 이처럼 김유정의 죽음은 개인적 차원을 넘어 동료작가들에게 하나의 사건으로서 각인되었고, 또 다른 글쓰기의 계기로 작용했다. 그렇다면 어찌하여 김유정의 죽음은 동료작가들에게서 지속적으로 애도되었던 것일까.

1935년 김유정은 『조선일보』 신춘문예 현상모집에서 「소낙비」가 1등 당선, 『조선중앙일보』 현상모집에서 「노다지」가 가작 입선된다. 조용만에 따르면 문단에서 "유명한 작가가 나타났다고 한바탕 떠들썩"[16] 했다고 한다. 김유정은 당선 축하 자리에서 이상과 만나게 되는데, 두 사람은 의기투합하여 급속도로 친밀한 사이가 된다. 이 인연을 계기로 김유정은 '구인회' 후기 동인에 가입한다. 특히 김유정의 「두꺼비」가 구인회 기관지 『시와 소설』에 발표되었는데, 이상은 이 소설이 걸작이라

---

15 조용만, 앞의 글, 562쪽. 김문집은 1936년 10월 18일부터 20일간 모금운동을 벌였다고 밝힌 바 있다. 김문집, 「병고작가 원조운동의 변—김유정 군의 관한」, 『조선문학』, 1937.1, 참고.
16 조용만, 앞의 글, 558쪽.

고 떠들고 다녔다.[17] 이상과 김유정은 거의 날마다 어울렸는데, 이상의 눈에 비친 김유정의 모습은 「김유정 — 소설체로 쓴 김유정론」(이하 「김유정」)[18]에 잘 형상화되어 있다.[19] 이 글은 소설의 형식을 빌린 김유정의 작가론에 해당된다. 이상은 구인회 멤버들을 대상으로 '비교교우학'을 여실히 하기 위해 김기림, 박태원, 정지용, 김유정을 주인공으로 하는 네 편의 소설을 쓰겠다고 밝히고 있다. 흥미로운 것은 그 첫 번째 대상이 김유정이라는 사실이다. 이 글을 보면 마치 김기림, 박태원, 정지용의 성격 서술이 김유정의 성격을 드러내기 위해 제시된 것처럼 보이기도 한다. 다시 말해, 타인의 무례에 대해 성 안내는 김기림, 속으로만 업신여기는 박태원, 성만 내는 정지용의 성격은 주먹질과 발길질을 하는 희유의 투사 김유정의 성격을 드러내기 위해 봉사한다. 이상은 네 사람을 "시인 가운데 쌍벽과 소설가 중 쌍벽"[20]이라고 지칭하는데, 여기서 신인 작가 김유정이 구인회 멤버들과 동일한 위상에 서 있음을 확인할 수 있다. 이 글은 새벽 한 시, 이상과 김유정, B군과 S군이 술에 취한 상태에서 춘원의 문학적 가치에 대해 논쟁하다가 싸우고, 이에 출동한 경관에 의해 싸움을 멈춘다는 내용을 담고 있다. 박태원은 이 이야기를 듣고 "요코미쓰 리이치의 기계 같소 그려"[21]라고 논평한다. 김유정이 문학 같은 삶을 살았고, 박태원이 그 삶을 문학으로 보았고, 이상이 그 삶

---

17 위의 책, 562쪽.
18 이상, 「김유정 — 소설체로 쓴 김유정론」, 『청색지』, 1939.5. 이 글은 이상 사후에 유고로 발표되었다. 그러나 김유정이 정릉으로 요양간 것이 1936년 7월이고, 이상이 동경으로 떠난 것이 동년 10월이므로 그 사이에 작성된 것으로 보인다.
19 손정수는 모더니즘의 시각에서 「김유정」을 논의한 바 있다. 손정수는 이 작품에서 보이는 현실과 텍스트 사이의 전도가 실제와 허구 사이의 관념적 경계를 해체하고자 했던 모더니스트들의 전략에 부합한다고 보았다. 이와 관련하여 손정수, 「모더니즘의 시선으로 이상의 「김유정」 읽기」, 『구보학보』 16, 구보학회, 2017.6, 159~183쪽 참고.
20 위의 책, 89쪽.
21 위의 책, 94쪽.

을 문학으로 형상화했음을 알 수 있다. 때문에 김유정의 죽음이 이들에게 단순히 동료작가의 죽음이 아니라 문학의 죽음으로 비춰졌을 가능성을 배제할 수 없다.

김유정의 문학을 높게 평가한 사람 중에서 병든 김유정을 돕기 위해 모금운동을 벌였던 비평가 김문집을 빼놓을 수 없다. 김문집이 쓴 「병고작가 원조운동의 변－김유정 군의 관한」(이하 「병고작가 원조운동의 변」)을 보면 김유정과 그의 문학에 대한 김문집의 평가를 확인할 수 있다. 이 글에는 김유정의 첫 인상, 김유정의 작품을 알게 된 계기, 서로가 친구가 된 과정, 병들어 누워있는 김유정에게서 편지를 받고 문병을 간 일, 문병을 마치고 20일간 모금운동을 벌인 과정 등이 상세하게 기록되어 있다. 이 글 모두에서 김문집은 조선문학에서 가장 눈에 띤 작품이 「안해」이고 자신을 갖고 추천할 수 있는 유일한 신진 작가가 김유정이라고 밝힌다. 김유정이 문학적 교양이나 작가적 수양이 축적되어 있지는 않으나 조선문학에서 가장 부족한 '모찌미'(지미－체취 또는 개체향)를"[22] 갖고 있기 때문이라는 것이 그 이유다. 김문집은 '모찌미'를 "전통적 조선 어휘의 풍부와 언어 구사의 개인적 묘미"[23]로 부연한다. 정리하자면 김유정이 문학기법 상의 우수성을 보여주고 있지는 못하지만, 현재 조선의 작가 중에서 가장 개성 있는 작품을 쓴다는 것이 김문집의 평가다. 이 글에서 특히 주목할 점은 다음과 같은 질문이다. "조선 작가는 웨 이처럼 빈궁한가?", "이 땅 문인들은 웨 이처럼 보수가 없는가?", "문학인을 구조하는 기관이 웨 이처럼 없는가?", "문단 내부에서의 상호부조의 정신까지도 과연 이 땅 서울바닥에는 없는가?"[24] 이 질문들에는

---

22 김문집, 앞의 책, 56쪽.
23 위의 책, 56쪽.

조선 작가의 빈궁, 구조 기관의 부재, 문단의 상호부조 정신 망각 등에 대한 김문집의 비판의식이 내재되어 있다. 김문집은 병고작가를 돕는 것이 김유정 개인의 문제가 아니라 조선문단 전체의 문제라고 보았다. 또한 병문안을 가서 김유정에게 한 말("김 형!, 안심하게, 만약 자네가 내 인간을 믿거든 자네를 위안해 줄 사회가 조선에도 있을 것을 믿어주게")[25]에서 문단의 기능과 역할에 대한 김문집의 인식과 기대를 확인할 수 있다. 다시 말해 문단의 자율성과 지속성, 작가의 복리 문제에 대한 김문집의 고민과 문제제기가 병들어 누워있는 김유정을 계기로 발현된 것이다. 때문에 김유정의 죽음이 이 시기 작가들로 하여금 자신들이 처한 열악한 현실을 새롭게 인식하는 계기가 되었다고 볼 수 있다.

　김유정의 죽음에 제출된 애도문들은 서술 양상에 따라 크게 네 가지로 분류할 수 있다. 첫째, 고인의 생전 모습을 기억하며 인간됨이나 심리상태를 서술한 애도문들이 있다. 채만식의 「유정과 나」,[26] 박태원의 「유정과 나」[27]와 「유정 군과 엽서」, 안회남의 「성서와 단장」이 여기에 해당된다. 둘째, 애도를 계기로 사회적 차원의 문제를 제기하는 애도문들이 있다. 강노향의 「유정과 나」,[28] 이석훈의 「유정과 나」,[29] 채만식의 「밥이 사람을 먹다—유정의 굳김을 놓고」(이하 「밥이 사람을 먹다」)가 여기에 해당된다. 셋째, 애도를 계기로 애도 주체의 개인적 시각과 가치관을 드러낸 애도문들이 있다. 작가론의 성격을 띤 김문집의 「고 김유정 군의 예술과 그의 인간비밀」, 고백록의 성격을 띤 이석훈의 「유정의 영

---

24 위의 책, 61쪽.
25 위의 책, 58~59쪽.
26 목차의 제목은 「김유정을 조(弔)함」이다.
27 목차의 제목은 「김유정과의 우의(友誼)」이다.
28 목차의 제목은 「김유정의 정(情)」이다.
29 목차의 제목은 「김유정과 나」이다.

전에 바치는 최후의 고백」이 여기에 해당된다. 넷째, 애도문의 다시 쓰기를 통해 문학 콘텐츠의 생산으로 이어진 애도문들이 있다. 안회남의 「작가 유정론」, 「악동」, 「겸허」가 여기에 해당된다. 차례대로 해당 애도문들을 인용하고 서술 양상과 그 의미에 대해 논의하고자 한다.

①

나는 유정의 작품들을 존경은 아니했어도 사랑은 했었다. (그것이 도리어 내게는 기쁜 일이었었다) 그러나 인간 유정은 더 사랑했다. (…중략…) 유정은 아깝게 그리고 붕상하게 굳졌다. 나 같은 명색 없는 문단꾼이면 여나문 갖다주고 도루 물리오고 싶다.[30]

②

이를테면 그러한 것에도 유정의 성격은 그대로 들어나 있었다. 그는 그 만큼이나 남에게 대하야 어려워하고 조심스러워 하였다. 그것은 그리나 그의 타고나온 품성만으로가 아닌 듯싶다. 그는 불행에 익숙하였고 늘 몸에 돈을 지니지 못하였으므로 그래 어느 틈엔가 남에 대하야 스스로 떳떳하지 못한 사람이 되었든 것인지도 몰은다.[31]

인용문 ①은 채만식의 「유정과 나」, ②는 박태원의 「유정과 나」의 일부분이다. 두 글은 모두 김유정을 만나게 된 계기, 김유정의 첫인상 등을 언급하며 고인을 기억하고 있다는 점에서 공통점이 있다. 두 글은 주로 김유정의 인물됨을 서술하고 있는데, 채만식이 진실함을, 박태원이

---

30 채만식, 「유정과 나」, 『조광』, 1937.5, 105쪽.
31 박태원, 「유정과 나」, 위의 책, 102쪽.

배려심을 중심으로 서술하고 있다는 점에서 애도 주체의 서로 다른 시각을 확인할 수 있다. 채만식은 김유정의 공손함과 다정함, 교만하지 않음을 고인의 작품 「따라지」에 나오는 인물 '톨스토이'와 동일시하여 서술한다. 이를 통해 작품을 통해 작가를 이해할 수 있다는 채만식의 작가론적 시각을 확인할 수 있다. 특히 채만식은 작품보다 사람 자체를 사랑했음을 고백하며, 자기 자신을 희생해서라도 고인의 죽음을 물리고 싶다고 애도한다. 이에 비해 박태원은 김유정의 성격을 그의 가난과 연결하여 해석한다. 김유정의 배려심이 그의 타고난 품성이라기보다 불행에 익숙하고 늘 가난한, 환경에 기인한다는 것이 박태원의 생각이다. 이러한 해석은 애도 대상에게 모든 에너지를 집중하여 슬픔을 토로하는 일반적인 애도문에 비해 애도 주체의 개성적 목소리를 드러낸다. 고인의 죽음 앞에 자기 반성적 태도를 보여주고 있는 것도 두 글에서 확인할 수 있는 공통점이다. 채만식은 병든 김유정을 방문한 일을 떠올리며 자신의 무정함을 반성하고, 박태원은 돈 때문에 건강을 해치며 글을 써야 했던 김유정에게 자신이 좋은 벗이 아니었음을 반성한다. 두 사람의 반성은 고인의 진실함과 배려심을 더욱 돋보이도록 만든다. 때문에 애도 주체의 반성은 애도의 또 다른 표현이 된다.

③
내가 유정의 부고를 받았을 때 먼저 머리에 떠올은 것은 이때의 일이다.

만만하게 거처할 곳도 없이 늘 빈곤에 쪼들리며 눈을 들어 앞길을 바랄 때 오즉 '어둠'만을 보았을 유정—

한 편의 작품을 낼 때마다 작가적 명성을 더하여 가고 온 문단의 촉망을 한 몸에 받고 있었을 그였으나 그러한 것으로 그는 마음에 '밝음'을 갖일 수 있었을까.

더구나 그가 병든 자리에서 신음하면서도 작가적 충동에서보다는 좀 더 현실적 욕구로 하여 잡지사의 요구하는 대로 창작을 수필을 잡문을 써온 것을 생각하면 우리의 마음은 어둡다.[32]

④

단장을 나는 애인이라고 생각하였다. 가난하여서 더러운 의복과 떠러진 신발은 신고 다니면서도 나는 꼴에 걸맞이 않는 단장을 항상 손에서 놓지 못하고 끌며 다녓든 것이다.[33]

인용문 ③은 박태원이 쓴 「유정 군과 엽서」의 일부분이다. 이 글은 1936년 5월 무렵 김유정이 박태원에게 보내는 서신 내용을 싣고 있어 자료적 가치가 크다. 하지만 이 글에서 확인되는 애도의 핵심은 박태원이 김유정의 부고를 듣고 나서 반성하는 내용에 있다. 박태원의 반성은 개인적 차원과 문단적 차원으로 구분된다. 박태원은 1936년 5월 하순경 조선일보사 앞에서 안회남과 김유정을 우연히 만나게 된다. 그리고 며칠 뒤 김유정에게서 서신을 받는다. 서신에서 김유정은 박태원에게 안부를 물은 뒤 재질, 명망, 전도, 그리고 건강이 있는 박태원이 우울할 필요가 없다고 위로한다. 이에 박태원은 자신의 작은 우울이 가난과 병고로 고통받는 김유정의 마음을 애달프게 한 것에 죄책감을 느낀다. 여기까지는 개인적 차원의 반성에 해당된다. 박태원은 이 반성을 문단적 차원으로 확대한다. 거처할 곳도 없이 늘 빈곤에 쪼들리는 한 작가가 건강

---

32 박태원, 「유정 군과 엽서」, 『백광』, 1937.5, 159~160쪽.
33 안회남, 「성서와 단장」, 위의 책, 87쪽.

을 해쳐가면서까지 창작, 수필, 잡문을 써야 했고, 그것을 알면서도 돕지 못한 문단 구성원 모두가 마음이 무겁다는 것이다. 여기에는 동료작가로서의 책임감, 즉 문단적 차원의 반성이 자리한다. 문단은 자율성과 지속성을 전제로 성립하고, 작가의 승인, 작품 활동의 보장, 죽은 작가에 대한 애도 등은 문단에 소속된 작가들의 권리이자 의무이다. 때문에 작가적 명성을 더하고 문단의 촉망을 받는 김유정이 가난 때문에 건강을 해치며 글을 써야 했다는 사실 자체가 이 시기 문단의 위기를 방증한다. 박태원이 느낀 마음의 어두움은 박태원 개인의 마음을 넘어 문단적 차원의 반성을 함의한다. ④는 안회남이 쓴 「성서와 단장」의 일부분이다. 이 글은 경기도 광주로 떠나던 때의 김유정의 모습을 서술하고 있다. 이 글에서 안회남은 자신과 김유정을 대칭적으로 위치시킨다. 광주로 떠나기 전날 밤 김유정이 구약전서를 읽고 싶어 했다는 것에서 깨끗함을 추구하는 고인의 심리상태를 서술하고, 이어 사랑하는 사람을 떠나보낸 자신의 처지를 단장에 비유하여 고독과 슬픔을 서술한다. 즉 김유정, 성서, 깨끗함과 안회남, 단장, 더러움이 구조적으로 대비되고 있다. 하지만 안회남은 실연하고서 단장을 짚어본 자신이 병실에 누워 성서를 읽으려는 동무의 심정을 이해할 수 있다고 생각한다. 서로 대비되는 두 사람의 상황과 심정이 부재하는 무언가를 얻고자 갈망하는 지점에서 통합에 이르게 되는데, 여기가 이 글의 애도가 겨냥하는 지점이 된다. 이 글은 광주로 떠나던 때의 유정의 모습을 생생하게 묘사하고 있고, 무엇보다 그때의 심리상태를 구체적인 비유를 통해 표현하고 있어 문학적으로 높게 평가할 만하다. 채만식, 박태원, 안회남의 애도문에 비해 지금 살펴볼 강노향, 이석훈, 채만식의 애도문은 작고 작가의 죽음을 계기로 사회적 차원의 문제를 제기하고 있어 주목할 만하다.

⑤

아무 때 가도 필경은 한번 가고야 말 그 길이기마는 우리 유정은 너무나 일
즉 가고 말았다.

이제 봄빛을 앞에 두고 그와 유명을 달리하는 오늘의 심정은—애도의 정을
넘어 우리 조선 문인의 비참한 생활을 뼈저리게 느끼는 바이다. 무엇보다도
위선 '돈'이 필요하였다. 돈만 있었던들 유정도 지금쯤은 완쾌한 몸이 되었을
것이다.[34]

⑥

동경이나 구미문단 같으면 그만한 신진 작가면 당당히 생활의 유족을 꾀할
수 있을 것인데 불행히 이 땅에서는 다못 빈궁과 냉시만이 초연히 존재할 뿐
이었다. 이것이 유정 한 사람의 일 같지 않아서 더 한층 뼈저린 비애를 금치
못하며 암연해지는 것이다.

유정의 죽음은 값있고 귀중한 죽음이다![35]

⑦

유정은 단지 원고료의 수입 때문에 소설을 쓰고 수필을 쓰고 했든 것이다.
원고료! 사백 자 한 장에 대돈 50전야라를 받는 원고료를 바라고 그는 피 섞인
침을 뱉어가면서도 아니 쓰지를 못했든 것이다. 이렇게 해서 쓴 원고의 원고
료를 받어가지고 그는 밥을 먹었다. 그러다가 유정은 죽었다.

그러나 이것이 어데 사람이 밥을 먹은 것이냐? 버럿하게 밥이 사람을 잡어
먹은 것이지![36]

---

34 강노향, 「유정과 나」, 『조광』, 1937.5, 106쪽.
35 이석훈, 「유정과 나」, 위의 책, 101쪽.

인용문 ⑤는 강노향의 「유정과 나」, ⑥은 이석훈의 「유정과 나」의 일부분이다. 강노향은 1935년 『개벽』사 편집국에서 안회남의 소개로 김유정을 처음 만난다. 당시 그는 속간된 『개벽』의 편집일을 맡았는데, 그때 김유정에게 소설 한 편을 청탁하게 된다. 원래 원고료는 십 원이었으나 회사 사정으로 인해 김유정에게 삼 원만 주었고, 이후 김유정이 그 돈으로 의사의 진료를 받고 폐결핵 선고를 받았다는 사실을 듣게 된다. 강노향의 글에서 눈에 띄는 점은 김유정 개인의 죽음을 조선 작가 전체의 문제로 확대하고 있다는 데 있다. 강노향은 치료비가 없어 고통 속에 죽어간 동료작가의 죽음 앞에 모든 조선 작가가 자신들이 처한 '비참한 생활'을 인식해야 함을 강조한다. 이러한 인식은 이석훈의 글에서도 확인할 수 있다. 이석훈은 김유정의 어려운 형편을 잘 알고 있었고, 이에 용처벌이 삼아 김유정에게 '하모니카' 방송을 권하기도 하고, 어린이 시간에 이야기 방송을 시키기도 했다.[37] 이석훈에 의하면, 김유정과 같은 재능 있는 작가가 생활의 풍요를 당당히 꾀하지 못하고 빈궁과 냉시 속에 살아야 했던 것은 조선이 동경이나 유럽의 문단이 아니기 때문이다. 즉 이석훈의 글에서 가난과 병고라는 김유정 개인의 결여는 조선 사회 전체의 결여를 드러낸다. 조선 작가에 속한 사회가 가난의 근본적인 원인이며, 사회는 그 결여를 해결할 생각이 없고, 나아가 해결할 능력도 없다는 것이다. 김유정의 죽음 앞에서 조선 작가들은 참혹한 현실과의 대면을 피할 수 없게 된다. 이러한 의미에서 김유정은 다른 누구보다 초라하고 비참하게 죽었지만, 그 죽음은 값지고 귀중한 의의를 보상받게 된다. ⑦은 채만식이 쓴 「밥이 사람을 먹다」의 일부분이다. 채만식은

---

36 채만식, 「밥이 사람을 먹다―유정의 굳김을 놓고」, 『백광』, 1937.5, 157쪽.
37 이석훈, 「유정의 면모편편」, 『조광』, 1939.12, 참고.

김유정의 병세 악화를 그가 가난한 탓으로 본다. 폐결핵 3기의 김유정이 소설을 쓰지 않을 수 없었던 것은 창작욕도 아니고 자포자기도 아닌단지 원고료 때문이며, 때문에 김유정이 원고료로 밥을 먹은 것이 아니라 밥이 김유정을 먹었다는 것이 채만식의 생각이다. 병고와 가난을 고인의 창작욕으로 미화하려는 섣부른 태도를 버리고, 현실의 비참함을드러내고자 한 애도 주체의 의도를 읽을 수 있다. 이어 채만식은 조선의문화적 특색을 드러내는 것이 문학임을 내세우며 가난하다 못해 피를토하며 죽어가는 작가의 현실을 비판한다. "제2의 유정은 누구며 제3의유정은 누구뇨?"[38] 특단의 조치가 없다면 제2, 제3의 김유정이 나타날수밖에 없다는 것이 채만식의 주장이다. 이처럼 채만식은 동료작가의죽음을 계기로 자국어 문학의 중요성을 강조[39]하고, 비참하게 죽어가는 작가의 현실에 대해 문제를 제기한다.[40] 고인의 죽음을 슬퍼하는 데집중하는 일반적인 애도문에 비해, 지금 살펴볼 김문집과 이석훈의 애도문은 애도 행위를 통해 자신의 개성적인 시각과 가치관을 드러내고

---

38 채만식, 앞의 글, 157쪽.
39 김유정이 등단할 무렵인 1934, 5년경은 '조선학 운동'이 제기된 시기이다. 다수의 조선어학학자들이 일제의 학적 지배에 대한 위기감과 봉쇄된 정치 운동을 조선학 학술 운동에서 찾고자 했다. 채만식의 애도문에는 이러한 시대 상황이 직접적으로 언급되고 있지는 않다. 그러나 조선어 문학의 아름다움을 구체화한 김유정의 죽음이 시대적 맥락에서 애도되고 있음은부인할 수 없다. 이와 관련하여 조영복, 앞의 책, 50~52쪽 참고. 박진숙은 김유정 작품에 나타난 조선어에 대해 적극적인 의의를 부여한 바 있다. "김유정이 구현했던 구연체로서의 조선어야말로 조선적 내면을 드러내는 정확한 언어였다고 할 수 있을 것이다." 박진숙, 「김유정과 이태준—자생적 민족지와 보편적 근대 구축으로서의 조선어문학」, 『상허학보』 43, 상허학회, 2015.2, 185쪽.
40 강헌국은 김유정 소설이 돈을 부정할 수 없는 삶의 조건으로 수락한 상태에서 전개되고 있음에도 불구하고, 그 탐색의 과정에서 매춘과 도박, 금광과 같은 비합리적인 방법이 선택되고있음을 논증한 바 있다. 근대 자본주의에 대한 김유정의 이중적 태도를, 식민지 근대 자본주의의 왜곡된 현실을 비판한 것으로 읽을 수 있다는 것이다. 강헌국, 「김유정, 돈을 위해」, 『비평문학』 64, 한국비평문학회, 2017.6, 29~51쪽 참고. 이 논의에 동의한다면, 비참하게 죽어가는 작가의 현실에 대해 문제를 제기하는 채만식의 애도는 고인의 뜻을 잇고 있는 것으로볼 수 있다.

있어 눈에 띈다.

⑧

그를 폐병으로 모라간 것은 그의 술의 탓이요 우리의 선량한 유정으로 하여금 그만큼 술을 요구케 한 것은 그의 청춘의 특권이였다. 청춘의 특권? 비꼬인 김군의 특권은 그의 일대의 실연이였다. (…중략…)

군의 사랑의 대상이 약혼했든 모군과 신혼생활을 전개한 지 벌서 일 개월이나— 아니 꼭 한 달쯤 되는 바로 그 때의 일이였다. 그 얼마나 괴로웠을 것인가!

이같이 파혼(破魂)의 김군은 폭주로써 제 자신에게 도전했다.[41]

⑨

그의 죽음은 진실로 진실로 아름답도다! 적빈과 병마와 실연과 고독…….그의 삶이 슬푸면 슬풀수록 그의 죽음은 아름다웁고 그의 죽음이 아름다우면 아름다울수록 그의 예술은 고전화한다. 현대조선문학에서 고전을 찾는다면 나는 확실한 견해 아래서 군의 작품집을 솔선해서 출판할 것이다. 그 견해는 다음 장 예술편에서 구경하겠지마는 만약 그와 동종의 운명자인 나도향의 예술을 유정에 대치한다면 도향은 스스로 다섯 보를 뒷거럼치는 겸허를 유정에게 보일 것이다. 그러나 물론 그 당시의 나도향의 문단지위는 금일의 김유정의 문단지위에 비(比)는 아니다. 이 논리의 타당성은 그만큼 금일의 조선문학은 전체적으로 성장했다는 소식을 전하는 데서 찾을 수 있다.[42]

---

41 김문집, 「고 김유정 군의 예술과 그의 인간비밀」, 『조광』, 1937.5, 101~102쪽.
42 위의 글, 105~106쪽.

⑩

이 비논리적인 논리에 사실인즉 김군의 천분이 있는 동시에 그의 위기가 내위되어 있기는 하다. 젊은 작가에게 있기 쉬운 '무라'가 전연 없는 그의 문장에는 또한 농후한 개성과 전통미가 홍수를 이루고 있을뿐더러 일종 '수집은 고전미'(이런 형용을 허락하라?)까지 느낀다 함은 나의 과찬일가.

내가 만약 대학의 조선어 강좌를 맡게 되면 먼저 이 작품(「산골」-인용자)을 교과의 하나로 선택할 것이다.[43]

⑪

유정에게 대해서 꼭 한 번 섭섭하게 생각한 일이 있다. 군이 평소 나에게 진심을 허했고, 나 역 군을 위하야 진심껏 애쓰던 터에 '구인회'에 가입할 때 나더러 일언반구의 이야기도 없었다. 우리는 별우(別偶)의 ○임을 갖이자는 이야기가 있던 차다. 더군다나 군은 '구인회'의 누구누구를 인간적으로나 ○○에 있어서까지 공격하기를 주저치 않았었든 것이다.

첫재로 나는 군에게서 우정의 배반을 당하는 것 같해서 섭섭햇고, 둘재로는 군의 행위가 위선적으로 보이어 불쾌를 느꼈다.[44] (○는 판독불가-인용자)

인용문 ⑧, ⑨, ⑩은 김문집이 쓴 「고 김유정 군의 예술과 그의 인간비밀」의 일부분이다. 이 글은 애도문이면서 작가론에 해당된다. 김문집은 자신과 김유정 사이의 관계, 김유정의 인성, 조선일보 등단 당시 김유정의 생활 및 가정환경, 김유정의 연애 실패와 우울, 김유정 문학의 특징과 그에 대한 평가 등을 폭넓게 서술한다. 이 글은 여타 애도문에

---

43 위의 글, 108~109쪽.
44 이석훈, 「유정의 영전에 바치는 최후의 고백」, 『백광』, 1937.5, 154~155쪽.

비해 애도 주체의 목소리가 전면에 드러나 있는데, 왜냐하면 김문집의 시각에서 김유정의 삶이 독특하게 해석되고, 그의 작품이 매우 주관적으로 평가되고 있기 때문이다. 이 글은 내용상 김유정의 비밀과 그의 작품에 대한 평가, 두 부분으로 구성되어 있다. ⑧은 비밀과 관련된 내용이다. 김문집은 김유정의 폐병을 술의 탓으로 돌리고, 김유정이 술을 요구한 원인이 실연에 있다고 본다. 다시 말해 실연이 우울로, 우울이 폭주로, 폭주가 폐병으로 이어졌다는 것이 김문집의 해석이다. 김유정이 잦은 배앓이로 어릴 때부터 담배를 피워왔다는 것은 주지의 사실이다. 즉 폐병을 그의 실연과 연결하여 해석한 것은 김문집의 독특한 시각을 보여준다. 김문집이 글에서 직접 이름을 밝히지는 않았지만 '군의 사랑의 대상'은 시인 박용철의 동생 박봉자를, '약혼했든 모군'은 비평가 김환태를 가리킨다. 김유정은 『여성』 1936년 5월호에 「어떠한 부인을 마지할까」,[45]라는 짧은 글을 발표한 적이 있는데, 바로 옆쪽에 박봉자의 글이 함께 실렸다. 이것을 인연으로 생각한 김유정이 박봉자에게 구애했으나 무언의 거절을 당했다.[46] 김문집은 박봉자가 '베아트리체'가 되기에는 김유정의 예술이 순결했음을 주장한다. 독특하게도 김문집은 고인에게 실연의 아픔을 준 여성을 폄하함으로써 고인을 애도하는 방식을 취한다.[47] ⑨에서 김문집은 김유정의 죽음을 미화한다. 그 이유는

---

45 김유정, 「어떠한 부인을 마지할까」, 『여성』, 1936.5.

46 전신재가 엮은 『원본 김유정 전집』(개정판)(강, 2007)에서는 박봉자에 대한 김유정의 구애와 관련해서 김문집의 글 「김유정의 비련을 공개 비판함」(『여성』, 1939.8)을 소개하고 있다. 하지만 이 일화가 가장 먼저 언급된 글은 「고 김유정 군의 예술과 그의 인간비밀」이다.

47 김문집은 「김유정의 비련을 공개 비판함」에서 박봉자를 더욱 강하게 비판한다. 이 글은 김유정의 작고 2년 뒤에 발표된 애도문이면서 공개장이다. 김문집은 김유정의 숨은 사랑을 공개하여 만천하 여성에게 교훈적인 비판을 해달라는 『여성』사의 청탁을 받고 이 글을 썼다. 이 글에서 김문집은 박봉자가 김유정의 구애에 응답하지 않아 김유정이 죽었다고 주장한다. 특히 김유정이 실제로 박봉자의 얼굴을 봤다면 그 자리에서 환멸을 느꼈을 것이라고 단언하는 부분은 거의 인신공격에 가깝다. 물론 이러한 비합리적 공격은 모두 박봉자를 향한 김유

적빈과 병마, 실연과 고독이다. 병마와 가난으로 고통스런 삶을 살다간 김유정의 죽음을 아름답다고 말하려면 그에 합당한 근거가 필요하다. 근거를 마련하기 위해 김문집은 김유정 문학의 고전화, 즉 정전화의 욕망을 드러낸다. 이어 김유정을 나도향에 비교하는데, 김유정 문학이 조선 문학의 성장에 기여했기 때문이라는 것이 그 이유다. 「병고작가 원조운동의 변」에서 김유정 문학의 개성을 "전통적 조선 어휘의 풍부와 언어 구사"[48]에서 찾았던 김문집은 이 글에서도 김유정을 근대 조선문학 수립 이래 드물게 조선 언어의 아름다움을 살린 작가로 평가한다. 같은 맥락에서 ⑩은 김유정의 작품을 대학의 조선어 강좌의 교재로 선택하고 싶다는 김문집의 바람을 보여준다. 김문집은 김유정의 문장에 농후한 개성과 전통미, 수줍은 고전미가 있다는 것을 이유로 든다. 정리하자면, 이 글에서 확인되는 것은 김유정의 연애와 관련된 비밀과 그의 작품에 대한 평가를 바라보는 애도 주체 김문집의 개인적 시각이다. 김문집은 김유정의 죽음을 계기로 작가의 죽음과 사랑, 작품에 대한 자신의 가치관을 가감 없이 드러냈다. ⑪은 이석훈이 쓴 「유정의 영전에 바치는 최후의 고백」의 일부분이다. 이 글은 애도문이면서 고백록이다. 이 글에는 김유정과의 만남과 첫인상, 이태준에 대한 김유정의 평가와 관심, 원고발표 및 구직에서 계속하여 실패하는 김유정의 모습, 김유정에게 섭섭했던 일에 대한 고백이 담겨 있다. 이석훈은 안회남의 소개로 김유정을 처음 만나게 된다. 당시 이석훈은 채만식, 안회남과 함께 개벽사에서 『제일선』의 편집일을 보고 있었는데, 이때 김유정의 단편 「산

정의 성스러운 구애 행위를 강조하기 위해서다. 이 글에서 김유정의 편지쓰기는 마치 종교적 행위처럼 그려져 있다.

48 김문집, 「병고작가 원조운동의 변─김유정 군의 관한」, 앞의 책, 56쪽.

골 나그네」를 읽게 되고 그의 문학적 소질에 반하게 된다. 이 글에서 이석훈은 자신이 「산골 나그네」에서 보이는 고운 시정과 풍부한 어휘, 비범한 인간적 통찰, 득묘한 수법 등에 탄복했음을 숨기지 않는다. 특히 이 글은 이태준에 대한 김유정의 생각을 읽을 수 있다는 점에서 자료적 가치가 있다. 이석훈에 따르면, 이태준이 「가마귀」를 발표하고 호평을 받자, 김유정이 흥분한 어사로 「가마귀」가 고대소설적 현실성은 있지만 '금일의 문학'이 요구하는 현대성이 없다는 이유로 비판했다고 한다. 그런데 비평이 대개 이태준에 한했다는 것을 볼 때, 김유정이 이태준에게 큰 관심을 둔 것으로 보인다는 이석훈의 언급은 매우 흥미롭게 여겨진다.[49] ⑪은 이석훈이 개인적으로 고인에게 섭섭했던 마음을 고백하는 부분이다. 통상적으로 애도문에서는 고인에 대한 부정적인 내용을 언급하지 않는다. 그럼에도 불구하고 이석훈은 김유정의 '구인회' 가입과 관련하여 많이 섭섭했던 모양이다. 김유정의 구인회 '가입'이 이석훈을 불편하게 했는지, 아니면 자기에게 '말도 없이' 가입한 것이 섭섭했던 것인지 명확치 않다. 하지만 거짓 없는 고백, 늦어버린 고백을 함으로써 고인의 죽음을 애도하고 있어, 애도 주체의 고백이라는 애도문의 성격을 잘 보여주는 글이라고 평가할 수 있다.[50]

마지막으로 안회남의 애도문 「작가 유정론」과 「악동」, 그리고 김유

---

49 조용만에 의하면, 김유정이 구인회에 입회하려 했을 때 여러 사람이 반대했는데 이상이 우격다짐으로 이태준을 설복시켰다고 한다. 조용만, 앞의 글, 561쪽. 구인회는 네 차례 이상의 회원 변동이 있었는데, 김유정은 3차 회원 변동 때 구입회에 가입한다. 현순영, 『구인회의 안과 밖』, 소명출판, 2017, 166쪽. 김유정의 구인회 가입과 이태준과의 관계에 대해서는 연구가 더 필요해 보인다.
50 이 글의 마지막에서 이석훈은 다음과 같이 언급한다. "이 땅 가난하고 냉혹한 문단은 너무나 무자비하게도 문학지사를 쉬히 죽이는고나!" 이석훈, 「유정의 영전에 바치는 최후의 고백」, 앞의 책, 155쪽. 문단이 김유정을 죽였다는 언급은 과한 면이 있지만, 이석훈 역시 김유정의 죽음을 개인적 차원이 아닌 문단적 차원에서 인식하고 있음을 확인할 수 있다.

정의 작고 2년 뒤에 발표된 「겸허」를 살펴보고자 한다. 이 세 개의 글은 모두 연속선상에 있다. 「작가 유정론」은 애도문이면서 작가론에 해당되고, 「악동」은 애도문이면서 회고록이며, 「겸허」는 애도문이면서 전傳이다. 즉 안회남은 동무이면서 동료작가였던 김유정의 죽음을 슬퍼하면서 일종의 문학적 실험을 시도한 셈이다. 그리고 이러한 실험은 1930년대 후반 작고 작가 애도문의 외연 확장을 보여주는 구체적인 근거에 해당된다. 주지하다시피 안회남은 김유정과 휘문고보 동창으로 오랫동안 김유정을 가까이에서 지켜봐왔다. 때문에 고인의 생전 모습을 기억하고 서술하는 애도문의 작성에서 가장 유리한 위치에 있다고 해도 과언이 아니다. 그런 그가 오랜 동무이면서 문단의 재능 있는 작가의 죽음을 기억하고 애도하기 위해 다년간에 걸쳐 다양한 글쓰기를 시도했음을 짐작하기란 어렵지 않다.

⑫

　사랑의 보수(報酬)는 사랑한다는 마음과 태도 그 자체라고 누가 말하였지만, 유정의 생애가 이것을 실증하고 잘 교훈하고 있는 것입니다. 시인 '테니슨'은 연애하다가 실패하는 것은 당초부터 연애하지 않는 것보다 훨씬 훌륭한 것이라고 하였으며 어떠한 사람은 실연은 오히려 연애에 성공하는 것보다도 나은 것이라고 극언하였습니다.

　이 말의 정곡(正鵠)은 여기서 따질 바 아니나 여하간 유정은 불행한 연애 속에서 늘 그것을 헛되이 하지 않고 거룩하며 신비한 자양으로 섭취하여 스스로 연애의 고귀한 보수를 받아서는 그것을 오로지 문학의 세계에 흡수한 것입니다.[51]

⑬

처녀작 「산골 나그네」나 당선작 「소낙비」나 금번 『현대조선문학전집』속에 수록된 「봄·봄」, 「총각과 맹꽁이」 등등 어느 것을 잡아보나 크고 당당하고 야성적입니다. 생각건대 조선의 향토색과 민속을 제멋대로 가장 잘 표현한 작가가 그였으며 이 땅의 언어와 문장이 가지는 고유한 전통에다 제일 곱고 멋진 재조를 부려 완성한 문인이 유정입니다.[52]

안회남이 김유정의 작고 일주기에 쓴 「작가 유정론」은 내용상 두 부분으로 구분되는데, 앞부분에서 김유정의 '연애'를 중심으로 서술하고 있는 것이 특징이다. 때문에 앞부분만 보자면, 이 글은 김유정의 실연을 통해 고찰한 '사랑론'이라고도 할 만하다. 안회남은 생전에 김유정이 남긴 말, "인류의 역사는 애愛의 투쟁"[53]을 언급하며 사랑을 중심으로 김유정의 삶을 회고한다. 김유정이 가난과 텅 빈 생활로 인해 평생 연애하는 대상이 없었는데, 제3자인 자신의 입장에서 보자면 딱하지만 김유정 본인은 투쟁이자 피 흘리는 싸움이었다는 것이다. 사랑에는 성공하지 못하였으나 투쟁에는 이겼다는 것이 안회남의 판단인데, 김유정이 실연할 때마나 "사람의 가슴을 치고 감격시키는 비장한 실연의 걸작품이 창작"[54]되었기 때문이라는 것이 그 이유다. 인용문 ⑫는 사랑이 실패할 것인 줄 알면서도 실행한 김유정이 사랑한다는 마음과 태도 그 자체를

---

51 안회남, 「작가 유정론―그 일주기를 당하여」, 『조선일보』, 1938.3.29·31(여기서는 『월간조선』, 2016.1, 427쪽).
52 위의 책, 428쪽.
53 위의 책, 426쪽. 이 말에 착안하여 방민호는 김유정과 크로포트킨 사상과의 관련성에 대해 논의한 바 있다. 김유정이 말하는 사랑이 크로포트킨과 마르크스가 주장하는 어떤 원리 위에 구축되어야 하는 것임을 알 수 있다는 것이 방민호의 생각이다. 방민호, 「김유정, 이상, 크로포트킨」, 『한국현대문학연구』 44, 한국현대문학회, 2014.12, 298쪽.
54 안회남, 「작가 유정론―그 일주기를 당하여」, 앞의 책, 428쪽.

보수로 받았고, 김유정의 생애가 그것을 실증하고 있다고 언급한 부분이다. 여타 애도문들이 김유정의 불운했던 삶에 슬퍼하고 그 원인을 한결같이 가난에서 찾는 것에 비해, 이 글은 김유정의 실연에 적극적인 의의를 부여하려는 안회남의 서술 의도가 두드러지게 눈에 띤다. 이 글의 뒷부분은 김유정 문학에 대한 안회남의 평가를 중심으로 서술되어 있다. 안회남은 김유정을 인간 김유정과 작가 김유정으로 구분한 뒤, 인간 김유정은 '센티멘탈'하고 '로맨틱'하지만 작가 김유정은 '와일드'하다고 대비시킨다. 이어 ⑬에서 보듯이, 김유정을 "조선의 향토색과 민속을 제멋대로 가장 잘 표현한 작가", "이 땅의 언어와 문장이 가지는 고유한 전통에다 제일 곱고 멋진 재조를 부려 완성한" 작가로 평가한다. 이 글은 김유정이 작고하고 일 년이 지난 시점, 즉 애도 대상과의 시간적 거리가 확보된 상태에서 발표되었다. 무엇보다 앞부분에서 김유정의 실연을 중심으로 글을 시작하고, 뒷부분에서 마치 해설을 하듯 문학적인 의미를 부여하고 평가하는 것은 독자의 관심과 흥미를 고려한 것으로 짐작된다. 김유정의 작고 당시에 제출된 다수의 애도문들이 당장의 슬픔을 표현한 것에 비해, 안회남에게 일 년은 고인을 기억하고 널리 알리는 서술 방법을 모색하는 시간이 되었다.

「작가 유정론」에서 김유정에 대한 일단의 평가를 마친 안회남은 김유정의 삶을 재구성하는 데 착수한다. 「악동」은 「작가 유정론」의 발표 두 달여가 지나 쓴 글인데, 이 글에서 서술된 내용은 이듬해 발표한 「겸허」에서 상당 부분 다시 언급된다. 때문에 「겸허」가 「악동」을 토대로 다시 작성된 것으로 짐작된다. 다만 「악동」이 회고록의 성격에 걸맞게 가급적 사실을 전달하는 데 중점을 두고 있는 데 비해, 「겸허」에 와서는 서술자 안회남의 해설에 가까운 해석이 이야기를 주도하게 된다. 두 글

사이의 서술 양상의 차이를 구체적인 예를 들어 살펴본다.

⑭

이를테면 등교할 때만 우리는 같이 가는 것이 아니라 집으로 돌아올 때에
도 으레 동행이었다. 우선 두 학생이 우리 집으로 와서는 오늘 학교를 메어
따리고 딴 데서 땅재주를 넘으며 재미있게 놀고 왔는데도 불구하고 내가 부
모님께 꾸중을 안 듣고 외려 칭찬을 듣는 것을 보고서야 그는 자기 집으로 갔
다. 그러면 이번에는 나의 차례였다. 동무를 바래다준다고 나는 유정 군과 그
의 집에까지 함께 가서 그가 무사한 것을 본 후에야 돌아오는 것이었다.[55]

⑮

유정은 우리 집에 와서 항용 궁둥이가 무거웠다. 그때 유정의 가정은 몰락
해가면서도 근 삼십 간이나 되는 집에 들어있었는데, 습하고 음침한 냉기가
도는 그의 집을 나는 우선 외양부터 좋아하지 않았지만, 유정은 그것뿐만 아
니라, 내면적으로 더욱 우울한 사정이 있었던 모양이다.

"밥 먹구 가거라."

하면 유정은 우리 집 안식구들을 꺼려서 그랬든지 질색을 하며 펄쩍 일어
나 나갔다. 그러나 지금 생각하면 그는 분명히 그때 자기 집엘 돌아가기 싫어
하였다. 속으로는 권하는데도 그냥 우리 집에 앉아서 얼마나 평화스럽게 가
치 저녁을 먹고 싶어 했었으랴—.[56]

인용문 ⑭는 「악동」, ⑮는 「겸허」의 일부분이다. 「악동」에서 안회남

---

55 안회남, 「악동─회우수필」, 『조선일보』, 1938.6.8~9(여기서는 『월간조선』, 2016.1, 431쪽).
56 안회남, 「겸허─김유정 전」, 앞의 책, 39쪽.

은 김유정과 함께 학교를 지각하거나 결석하던 일, 학교에서 돌아와 서로 간의 집을 방문하던 일을 회상한다. 안회남은 김유정이 학교를 결석하거나 품행이 방정하지 못한 것을 불화한 가정환경에 말미암은 것으로 이해한다. 하지만 이 글은 가급적 안회남이 김유정의 옆에서 보고 들은 것을 전달하는 차원에서 서술되고 있다. 그런데 「겸허」에 오면 안회남의 해석이 글을 전체적으로 주도하게 된다. 「겸허」에서 서술자 안회남은 관찰자이면서 주석자로서 기능하는데, 자료를 조사하고 확인, 분석, 정리하는 연구자라기보다는 독자의 올바른 이해를 위해 인물을 설명하는 해설자에 가깝다. 이러한 서술자의 기능은 「겸허」의 서술 양상과 긴밀하게 관계한다. 「겸허–김유정 전」은 제목에서 짐작할 수 있듯이 김유정의 '전(傳)'[57]을 표방하고 있다. 인물의 생애에서 특정 일화를 나열하여 제시하고 있는 점, 사실에 근거하여 서술하고 있는 점 등에서 「겸허」는 일반적인 전의 성격을 드러낸다. 하지만 추인하고자 하는 규범적 가치를 강조하는 고전적 전과는 성격이 조금 다른데, 왜냐하면 「겸허」에

---

[57] 박희병, 「한국한문학에 있어 '전'과 '소설'의 관계양상」, 『한국한문학연구』 12, 한국한문학회, 1989, 33쪽. 박희병의 논의를 옮기면 다음과 같다. 전(傳)은 '거사직서(據事直書)'의 원칙 위에서 특정한 인간의 삶을 서술하는, 정통 한문학의 한 양식이다. 전은 사실의 중시를 양식적 본령으로 삼고, 그 서술방식은 '서사'이며, 특정 인간의 삶에서 규범적 가치를 끌어내는 것을 그 핵심적 목표로 삼는다. 전의 특징적 서술원리인 '일화의 나열적 제시'는 전의 목표에 기인한다. 전의 서술자는 입전하려는 인물의 생애 중 규범적 가치를 잘 드러내 보여준다고 판단되는 몇 가지 일화들을 선택적으로 나열하여 작품을 구성한다. 때문에 전에서 입전인물의 선택은 당대의 가치규범을 모범적으로 체현하고 있다고 판단되는 인물에 한정된다. 가치에 접근하는 방식에서 전은 사건의 인과적 전개 가운데서 빚어지는 갈등 속에서 가치를 찾아나가는 소설과 차이가 있다. 전은 가치추인적 장르로서 완결적인 회로를 갖고 있고, 소설은 가치모색적 장르로서 열린 회로를 갖고 있다. 그럼에도 불구하고 전과 소설은 인간의 삶을 서술하고 있다는 점에서 공통점이 있고, 특히 전이 실용성보다는 문예성이 강조된 장르이기에 허구(소설)로 나아갈 수 있는 소지를 자체 내에 품고 있다고 말할 수 있다. 박희병은 조선 후기의 전을 ① 전으로서 안정된 작품, ② 소설화 경향을 보이면서 전과 소설 사이에서 불안정하게 운동하고 있는 작품, ③ 소설로서 안정된 작품으로 구분하고, ②를 다시 전에 근접한 작품과 소설에 근접한 작품으로 구분한다.

서 서술되고 있는 것은 대부분 김유정의 일탈 행위이기 때문이다.

⑯

우선 학교를 빠지는 것만 해도 베어때린다는 사실은 동일하나, 나는 그래도 어느 정도의 자유가 있어 결석하는 것이었고, 유정은 반대로 너무 속박을 받아, 말하자면 조금이라도 자유를 얻어보려는 행동이 거기까지에 미친것이라고 볼 수 있는 것이다.[58]

⑰

남이 손가락질하며 비웃을 만치 그가 그렇게 많이 비참한 외쪽 사랑의 슬픔을 겪으면서도 겉으로 태연자약했던 것은 어머님을 존경하는 마음, 어머님을 예쁘다고 하는 생각, 어머님을 그리워하는 정성, 이것이 그대로 자기가 연모하는 상대편 여자에게까지 연장하여 그저 꿇어 엎드리고, 그저 미화하고, 그저 모든 것을 바치려는 태도를 취하게 된 것이리라 믿는다.[59]

「겸허」에는 김유정의 학창 시절 모습이 상당히 구체적으로 서술되어 있다. 그런데 인용문에서 확인할 수 있듯이, 「겸허」에서 서술된 김유정의 학창 시절은 대체로 일탈 행위에 집중되어 있다.[60] 안회남과 함께 학교에 지각을 하거나 결석을 한다든지, 수학여행을 가지 않고 빈 학교에서 뛰어논다든지, 하교 무렵 바로 집에 들어가지 않고 '포스터' 구경을

---

58 안회남, 「겸허-김유정 전」, 앞의 책, 39쪽.
59 위의 책, 41~42쪽.
60 오성록과 심상욱은 자연주의 기법의 측면에서 「겸허」를 살펴본 바 있다. 오성록·심상욱, 「「김유정」과 「겸허-김유정 전」 비교 연구」, 『동서비교문학저널』 32, 한국동서비교문학회, 2015.4, 137~155쪽. 그러나 「겸허」에 나타난 서술자의 의도, 서술 양상과 그 의미에 대해서는 논의된 바 없다.

하거나 책사에 들러 책을 뒤적거리는 행위가 그러하다. ⑯은 김유정의 일탈 행위에 대한 안회남의 해석을 보여준다. 안회남은 김유정의 일탈 행위가 집안의 속박에 기인하고, 자유를 얻으려는 행동이라고 설명한다. 김유정의 일탈 행위는 연애에서도 이어진다. 안회남은 김유정의 첫 연애 대상이 유명한 기생이었고, 당시 김유정이 점잖은 집안의 처녀를 경멸하고 싫어했다고 기억한다. 그리고 김유정이 나이 많은 기생을 짝사랑한 것에 대해 ⑰에서처럼 이유를 설명한다. 즉 조실부모하여 사랑을 맛보지 못한 김유정의 마음이, 즉 어머니를 존경하고, 예쁘다고 생각하고, 그리워하는 마음이 상대 여자에게까지 이어졌기 때문이라는 것이다. 서술의 핵심은 서술자 안회남의 해설로 인해 김유정의 일탈 행위가 정당성을 확보하게 되고, 독자는 인물의 행위에 공감하게 된다는 점이다. 다시 말해, 안회남은 김유정의 일탈 행위를 중심으로 이야기를 전개하여 독자의 흥미를 유발하고, 그 행위에 친절하게 이유를 부연함으로써 독자에게 인간 김유정의 서사에 몰입하고 공감하게 만든다. 「겸허」는 김유정의 작가적 위치나 작품의 문학적 성과 등을 검토하고 있지 않기에 작가론이라고 말하기 어렵고, 김유정의 생애의 일부를 나열하여 제시하고 있기에 본격적인 평전이라고 말하기도 어렵다. 그럼에도 불구하고 「겸허」는 전의 양식을 빌려 김유정을 개성 있게 형상화한 소설이면서, 오랜 고민과 시도에서 나온 최종적인 애도의 결과물이라고 평가할 수 있다. 안회남은 인간 김유정을 재료로 흥미 있는 문학 콘텐츠[61]

---

61 이상진은 김유정이 지속적으로 기억되고 읽히는 이유를 다음과 같이 언급한다. "김유정이라는 작가의 굴곡진 생애 자체, 이상·박태원·안회남 등 1930년대의 화려한 문우들과의 관계, 당대 판소리 명창인 박녹주에 대한 지독한 짝사랑 등의 스토리가 그러하며, 작품에 나타난 실레마을(소재의 작품이 13편)이라는 실제 공간, 금광, 들병이 등의 흥미로운 모티프(motif), 소설의 모델이 된 실존인물의 존재, 민담적 요소와 강원지역 방언의 구사 등에서 나타나는 향토성이 바로 그것이다." 이상진, 「문화콘텐츠 '김유정', 다시 이야기하기─캐릭터성과 스

를 생산했고, 이를 통해 김유정을 지속적으로 기억하고 애도하는 기초를 마련했다.

3. 이상의 죽음 - 기억, 소개, 비평, 헌정, 자기 치유

"작가 이상 씨는 문학적 수업을 하기 위해서 동경으로 건너갓든 바 숙아宿痾인 폐환이 더처서 매우 신음하든 중 지난 십칠일 오후 본향구 이정목 제대부속병원에서 영면하엿다. 유해는 방금 그 부인이 수습 중에 잇는데 근일 다비에 부친다고 한다."[62] 1937년 4월 21일 자 『조선일보』 기사 내용이다. 같은 날 박상엽은 「箱아 箱아」에서 「오감도」와 「날개」의 작가, "혼자서 불행을 짊어진 사나히"[63] 이상의 죽음을 애도했다. 이상은 1936년 10월경 동경으로 가서 이듬해 4월 17일에 폐결핵[64]으로 사망했다. 동경 시절 이상과 함께 어울렸던 '동경학생예술좌' 동인들이 이상의 유골을 화장하고 뒤치다꺼리를 도왔다.[65] 미망인 변동림이 이상의 유골을 수습하여 경성역에 도착한 것은 1937년 5월 1일 오후 세 시다.[66] 동료작가들이 죽어서 돌아온 이상을 슬픔으로 맞이했다. 이상의

토리텔링을 중심으로」, 『현대소설연구』 48, 한국현대소설학회, 2011.12, 431쪽.

62 「작가 이상 씨 동경서 서거」, 『조선일보』, 1937.4.21.

63 박상엽, 「箱아 箱아」, 『매일신보』, 1937.4.21.

64 이상은 1931년 스물한 살에 폐결핵에 감염되었다. 이상의 시 「1931년」(『현대문학』, 1960.11, 164~167쪽)의 첫 구절은 다음과 같다. "나의 폐가 맹장염을 앓다." 폐결핵 감염 이후 이상의 시는 물리학적 관점에서 병리학적 관점으로 전환된다. 이와 관련하여 김인환, 「이상 시의 문학사적 위상」, 『형식의 심연』, 문학과지성사, 2018, 189~211쪽 참고.

65 이진순, 「동경 시절의 이상」, 『신동아』, 1973.1(여기서는 『문학사상』, 2010.4, 84쪽).

유해는 한 달 뒤 미아리 공동묘지에 묻혔는데, 이후 그 자리에 집이 들어서면서 무덤의 자취마저 사라졌다.[67] 이상이 작고하고 닷새 뒤 박태원이 「이상 애사哀詞」를 발표하여 죽음을 애도했다. 5월 15일에는 김유정과 이상의 합동추도식이 부민관 소집회실에서 거행되었고, 이 자리에서 평론가 최재서가 강연한 애도문 「고 이상의 예술」이 『조선문학』 6월호에 게재되었다. 『조광』 6월호에는 구인회 멤버인 박태원의 「이상의 편모」와 김기림의 「고 이상의 추억」이 게재되었다. 연말에는 임화가 「방황하는 문학정신―정축문단의 회고」에서 김유정과 이상의 문학을 정리하였다. 박태원은 이듬해 단편 「염천」을 죽은 이상에게 바쳤고, 2년 뒤에는 소설 「이상의 비련」을 발표하여 이상을 애도했다. 정인택은 이상의 작고 2년 뒤 「불상한 이상」을 발표하였고, 뒤이어 「꿈」, 「축방― 사월 십칠일이 바로 이상이 죽은 지 이 년 되는 날입니다.」(이하 「축방」), 「고독」, 「신록잡기」 등의 회고록과 「여수」, 「우울증」 등의 이상 소재 소설들을 통해 이상을 기억했다. 그렇다면 어찌하여 이상의 죽음은 동료 작가들에게서 지속적으로 애도되었던 것일까.

총독부 기관지 『조선』에 장편 『12월 12일』을, 『조선과 건축』에 다수의 일어 시를 발표한 바 있는 이상이 자신의 이름을 문단에 알리기 시작한 것은 정지용의 알선으로 『카톨릭청년』 7월호에 「꽃나무」 등의 세 편과 10월호에 「거울」을 발표하고 나서이다.[68] 25세이던 1934년에 구인회에 가입한 이상은 박태원, 김기림, 김유정 등 다수의 작가들과 교류한

---

66 「고 이상 씨 유골 귀향―문단 제씨 역에 적영」, 『조선일보』, 1937.5.1. 김옥희의 회고에 의하면 유해가 돌아온 것은 5월 4일이라고 한다. 김옥희, 「오빠 이상」, 『신동아』, 1964.12(여기서는 『문학사상』, 2010.4, 109쪽). 이 글에서는 『조선일보』 기사 내용을 따른다.
67 위의 책, 109쪽.
68 이보영, 『이상평전』, 전북대 출판문화원, 2016, 290쪽.

다. 자신들이 추구하는 새로운 문학에 대한 독자 일반의 이해가 부족할 때 이들은 서로에게 힘이 되었고, 나아가 창작의 일부가 되기도 했다. 「애욕」, 「제비」, 「보고」, 「방란장주인」, 「이상의 비련」 등 이상을 소재로 한 박태원의 일련의 소설들, 「김유정」,[69] 「실화」[70] 등 김유정이 등장하는 이상의 소설들이 그 예에 해당된다. 조영복은 1930년대 문단의 핵심이 이상의 출현에 있었고, 이상을 중심으로 문단의 일화가 끊임없이 재생산되었음을 언급한 바 있다.[71] 특히 언어 실험의 첨단에 있었던 이상의 문학[72]은 이 시기 작가들이 꿈꾸었던 문학 예술의 20세기적인 방향성을 구체적으로 제시했다.[73] 때문에 이상의 죽음에 대해 김기림과 박태원이 근원적 상실감을 느꼈음은 충분히 수긍할 수 있는 일이다.[74] 특히 이상의 동료이자 후원자이기도 했던 김기림은 이상의 시를 시대의 상처에 인한 신음소리로 읽었고, 그의 죽음을 시대적 비극으로 인식했다.[75]

『조광』 1936년 9월호에 발표된 「날개」가 최재서의 호평을 받으면서, 이상은 작가적 대우를 받기 시작한다.[76] 최재서는 「「천변풍경」과 「날

---

69 홍경표는 안회남이 쓴 「겸허」와 이상이 쓴 「김유정」을 거론하며, 전기 내지 소설적 형태로 작가들의 삶이 확대 재생산된 전례가 거의 없다는 점에서 두 작품이 소중한 선례에 해당된다고 평가했다. 홍경표, 「「김유정의 전기소설」의 두 텍스트 – 안회남과 이상의 작품을 중심으로」, 『한국말글학』 19, 한국말글학회, 2002, 273쪽.

70 이 소설은 전체 아홉 개의 장으로 구성되어 있는데, 김유정은 일곱 번째 장에 등장한다. 폐결핵과 치질로 쇠약해진, 유령과 같은 유정의 모습이 그려져 있다. 유인순, 앞의 책, 264쪽.

71 조영복, 앞의 책, 216쪽.

72 "요새 조선일보 학예란에 근작시 「위독(危篤)」 연재 중이오. 기능어(機能語), 조직어(組織語), 구성어(構成語), 사색어(思索語)로 된 한글 문자 추구 시험이오." 이상이 김기림에게 보내는 편지, 권영민 편, 『이상 전집』 4(수필), 뿔, 2009, 170쪽.

73 조영복, 앞의 책, 214쪽.

74 장석주, 『이상과 모던 뽀이들』, 현암사, 2011, 280쪽.

75 김기림, 「고 이상의 추억」, 『조광』, 1937.6, 312쪽.

76 "그 뒤로 그는 또 수편의 시와 산문을 발표하였으나 평판은 역시 좋지 못하였든 것으로 문단적으로도 그가 일개 작가로 대우를 받게 된 것은 작년 9월호 조광에 실렸든 「날개」에서부터

개」에 관하야—리아리즘의 확대와 심화」에서 박태원의 「천변풍경」와 이상의 「날개」를 리얼리즘의 시각에서 자세하게 서술했다. 최재서는 현대 세계문학의 경향을 리얼리즘의 확대와 심화로 인식하고, 객관적 태도로 대상을 관찰하는 데에서 예술의 리얼리티가 생겨난다고 주장한다. 그는 리얼리티의 핵심을 재료가 아니라 그것을 보는 눈에 있다고 보고, 자기 자신의 내부를 예술가의 입장에서 관찰하고 분석한 「날개」를 병적이면서도 인간의 예지가 도달한 최고봉이라고 평가한다. 특히 「날개」의 인물 '나'를 구체적으로 분석하여, 「날개」가 "풍자 윗트 야유 기소 諧笑 과장 패라독스 자조 기타 모든 지적 수단을 갖이고 가족생활과 금전과 성과 상식과 안일에 대한 모독을 감행"[77]하였음을 설명한다. 최재서는 좌파 문인들이 독점한 리얼리즘의 개념을 흔들고 새롭게 등장하는 작품들에 문단 차원의 위상을 부여하려 의도했고,[78] 이상의 「날개」는 최재서에게 그 구체적인 근거를 마련해 주었다.

이상의 죽음에 제출된 애도문들은 서술 양상에 따라 크게 네 가지로 분류할 수 있다. 첫째, 생전에 이해받지 못했던 고인을 일반 독자에게 소개하는 애도문들이 있다. 박태원의 「이상 애사」와 「이상의 편모」, 김기림의 「고 이상의 추억」이 여기에 해당된다. 둘째, 애도를 계기로 애도 주체의 문학론을 펼치는 애도문들이 있다. 최재서의 「고 이상의 예술」, 이태준의 「누구를 위해 쓸 것인가」가 여기에 해당된다. 셋째, 애도의 목적에서 헌정된 소설들이 있다. 박태원의 「염천」과 「이상의 비련」

가 아닌가 한다." 박태원, 「이상의 편모」, 『조광』, 1937.6, 304쪽.
77 최재서, 「「천변풍경」과 「날개」에 관하야—리아리즘의 확대와 심화」, 『조선일보』, 1936.10.31 ~11.7(여기서는 최재서, 『원문 최재서평론집—문학과지성』, 다운샘, 1988, 401쪽).
78 박상준, 「최재서의 1930년대 중기 문단 재구성 기획의 실제와 파장—「리아리즘의 확대와 심화—「천변풍경」과 「날개」에 관하야」를 중심으로」, 『어문론총』 69, 한국문학언어학회, 2016.9, 127~178쪽 참고.

이 여기에 해당된다. 넷째, 애도를 계기로 자기 치유의 서사로 이어진 일련의 애도문들이 있다. 정인택의 「꿈」, 「불상한 이상」, 「축방」, 「고독」이 여기에 해당된다. 차례대로 해당 애도문들을 인용하고 서술 양상과 그 의미에 대해 논의하고자 한다.

①

여보, 상—

이미 지하로 도라간 당신은 이제 참 마음의 문을 열어, 내게 일러주지 안흐려오? 당신은 참말 무엇을 위하야, 무엇을 구하야 내 집, 내 서울을 버리고 멀리 동경으로 달어갓든 것이요?

모든 어려움을 다 물리치고 모든 벗들의 극진한 만류도 귀박게 흘리고 마땅히 하여야 할 만흔 일을 이곳에 남겨둔 채 마치 도망군이처럼 서울을 떠낫든 당신의 참뜻을 나는 이제 잇서도 풀어낼 수 업구료.[79]

②

그의 「오감도」는 나의 「소설가 구보씨의 일일」과 거의 동시에 중앙일보지상에 발표되였다. 나의 소설의 삽화도 '하융'이란 이름 아래 이상의 붓으로 그리여졌다. 그러나 예기(豫期)하였든 바와 같이 「오감도」의 평판은 좋지 못하였다. 나의 소설도 일반 대중에게는 난해하다는 비난을 받았든 것이나 그의 시에 대한 세평은 결코 그러한 정도의 것이 아니다. 신문사에는 매일같이 투서가 들어왔다. 그들은 오감도를 정신이상자의 잠꼬대라 하고 그것을 게재하는 신문사를 욕하였다. 그러나 일반 독자뿐이 아니다. 비난은 오히려 사내

---

79 박태원, 「이상 애사」, 『조선일보』, 1937.4.22.

에서도 커서 그것을 물리치고 감연히 나가려는 상허의 태도가 내게는 퍽으나 민망스러웠다. 원래 약 일 개월을 두고 연재할 예정이였으나 그러한 까닭으로 하야 이상은 나와 상의한 뒤 오직 십수 편을 발표하였을 뿐으로 단념하여 버리지 않으면 안 되였다.[80]

③

그렇기로 말하면 그에게는 변태적(變態的)인 곳이 적지 아니 있었다. 그것은 그의 취미에 있어서나 성행에 있어서만이 아니라 그의 인생관, 도덕관, 결혼관, 그러한 것에 있어서도 우리는 보통 상식인과의 사이에 적지 않은 현격(懸隔)을 깨닫지 않으면 안 된다.

그러나 그의 사상을 명백하게 안다고 나설 사람은 그의 많은 지우 중에도 혹은 누구 하나라 없을 것이다. 그의 참마음을 그대로 그의 표정이나 언동 우에서 우리는 포착하기가 힘든다.[81]

인용문 ①은 박태원이 쓴 「이상 애사」의 일부분이다. 이 글은 조사弔詞이면서 편지글이다. 이 글이 편지글의 형식을 취한 것은 박태원과 이상이 가까운 사이였기 때문이기도 하지만, 무엇보다도 일반 독자들에게 고인을 친근하게 소개하기 위한 박태원의 의도 때문이다. 박태원은 우선 애도 대상인 이상을 호명한 뒤, 고인의 생전 모습을 기억하고 자신의 심정을 풀어낸다. 이 글은 대상의 죽음에 대한 부정, 대상의 부재에 대한 확인과 대상과 관계하는 자기 자신의 상실감, 고인의 죽음에 대한 책임감, 애도의 말조차도 부질없다는 애도 불가능성에 대한 인식 등 애도

---

80 박태원, 「이상의 편모」, 앞의 책, 303쪽.
81 위의 책, 305~306쪽.

주체의 인식과 슬픔의 모든 것을 보여준다. 때문에 애도 대상을 향한 부치지 못할 편지라는, 애도문의 본질적 성격을 잘 보여주는 글이라고 평가할 수 있다. 이 글에서 박태원은 이상에게 모든 벗들의 극진한 만류에도 불구하고 동경으로 떠난 이유를 묻는다. 물론 질문에 대한 답은 들을 수 없다. 그리고 이 들을 수 없는 말이 애도 대상의 부재를 더욱 뚜렷하게 드러낸다. 산 자는 들을 수 없는 말을 듣지 못하는 슬픔과 아픔을 견뎌내야 한다. 이것이 박태원의 애도 방식이고, 또한 그의 애도가 진실한 이유이기도 하다. 박태원에 이르러 1930년대 후반 애도문은 가장 아름다운 애도의 형식을 획득하게 된다. ②와 ③은 박태원이 쓴 「이상의 편모」의 일부분으로, 제목에서 짐작할 수 있듯이 이상의 단편적인 모습을 기억하고 서술한 글이다. 이 글에서 흥미로운 점은 박태원이 이상의 변태적인 면모, 즉 상식적으로 이해하기 어려운 점을 중심으로 서술하고 있다는 데 있다. 박태원은 이상과의 첫 만남, 이상에게 느낀 편견, 편견을 극복한 이해의 순서로 서술한다. 이러한 서술 양상은 일반 독자들에게 죽은 이상을 소개하고 이해시키기 위한 의도에 기인한다. 이상은 일반 독자에게서도 이해받지 못했을 뿐만 아니라 동료작가를 비롯한 지식인들에게도 이해받지 못했다. 그들에게 이상은 난해한 사람이었다.[82] ②는 그러한 상황을 잘 보여준다. 이상이 『조선중앙일보』에 「오감도」 연작을 발표하기 시작한 것은 1934년 7월 24일이다. 하지만 「오감도」는 난해하다는 독자들의 항의와 비난을 받다가 결국 8월 8일에 연재를 중단하게 된다. 박태원의 글은 이상이 일반 독자뿐만 아니라 신문사 내에

---

82 이와 관련하여 이진순의 회고를 참고할 수 있다. "그(이상—인용자)는 그날 무척 말을 많이 하는 듯 보였다. 때때로 그의 화술은 그의 작품같이 알 수 없는 소리를 할 때가 있었다. 그럴 때 우리(동경학술예술좌 동인—인용자)는 그 뜻을 안다고 해야 좋을지 모른다고 해야 좋을지 어리둥절한 때도 있었다." 이진순, 「동경 시절의 이상」, 앞의 책, 83쪽.

서도 이해받지 못했고, 그러한 비난을 상허가 막아주었다는 사실을 기록하고 있다. 이처럼 독자와 지식인 모두에게서 이해받지 못한 이상을 소개하기 위해, 박태원은 이상의 위인과 생활을 다음과 같이 서술한다. 괴팍한 사람이라는 것이 이상의 첫인상이다. 이상은 빈궁한데 이유는 게으름에 기인한다. 허약한 체질임에도 불구하고 절제 없는 생활을 해서 건강하지 못한 사람이다. 다점 옥호를 '69'로 한 것은 그의 악취미를 보여준다. 상당한 외입장이로 그러한 방면에 놀라운 지식을 가지고 있다. 박태원의 이러한 의도적인 서술로 인해 이상은 '난해한 사람'에서 어느 순간 '재미있는 사람'으로 독자에게 제시된다. ③에서 보듯이, 박태원은 이상에게 변태적인 곳이 적지 않아 그의 지우 중에도 그에 대해 명백하게 안다고 나설 사람은 없다고 설명한다. 구체적인 이유를 일일이 나열함으로써 박태원은 독자들에게 마치 한 명의 재미있고 개성 있는 사람을 소개하는 식으로 이상을 제시한다.

④

흐르고 어지럽고 겨으른 시단의 낡은 풍류에 극도의 증오를 품고 파괴와 부정에서 시작한 그의 시는 드디여 시대의 깊은 상처에 부대처서 참담한 신음소리를 토했다. 그도 또한 세기의 암야(暗夜)속에서 불타다가 꺼지고만 한 줄기 첨예한 양심이었다. 그는 그러한 불안 동요 속에서 '동(動)하는 정신'을 재건하려고 해서 새 출발을 계획한 것이다. 이 방대한 설계의 어구(於口)에서 그는 그만 불행히 자빠졋다. 상의 죽음은 한 개인의 생리의 비극이 아니다. 축쇄된 한 시대의 비극이다.[83]

---

83 김기림, 「고 이상의 추억」, 앞의 책, 312쪽.

⑤

그를 바라보는 내 얼골의 어두운 표정이 가뜩이나 병들어 약해진 벗의 마음을 상해올가 보아서 나는 애써 명랑을 주미면서

"여보, 당신 얼골이 아주 피디아쓰의 제우쓰 신상 같구려."

하고 웃었드니 상도 예의 정열 빠진 우슴을 껄껄 우섯다. 사실은 나는 '듀비에'의 '골고다'의 예수의 얼골을 연상했든 것이다. 오늘 와서 생각하면 상은 실로 현대라는 커—다란 모함에 빠저서 십자가를 걸머지고 간 '골고다'의 시인이었다.[84]

⑥

이제 우리들 몇몇 남은 벗들이 상에게 바칠 의무는 상의 피 엉킨 유고를 모아서 상이 그처럼 앨써 친하려고 하든 새 시대에 선물하는 일이다. 허무 속에서 감을 줄 모르고 뜨고 있을 두 안공(眼孔)과 영구히 잠들지 못할 상의 괴로운 정신을 위해서 한 암담하나마 그윽한 침실로서 그 유고집을 맨드러 올리는 일이다.

나는 믿는다. 상은 갓지만 그가 남긴 예술은 오늘도 내일도 새 시대와 함께 동행하리라고.[85]

인용문은 김기림이 쓴 「고 이상의 추억」의 일부분이다. 이 글은 이상의 죽음을 시대사적 맥락에서 인식하고 있다는 점, 죽어가는 이상을 십자가를 걸머진 예수에 비유하는 등 신격화하고 있는 점에서 눈에 띈다. 여타 애도문들이 이상의 기이함과 그의 시의 난해함을 독자에게 애써

설명하려 노력한 것에 비해, 이 글은 도리어 이상의 천재성을 강조한다. 김기림은 우선 이상이 죽음에게 진 것이 아니라 스스로 육체를 없애고 사라진 것이라고 운을 뗀다. 즉 죽음이라는 절대적 피동성을 능동성으로 인식한 것인데, 이러한 시각은 이상의 죽음을 자살로 본 박태원의 시각과 유사하다. 이어 다방에 앉아 담배연기에 취해 있는 이상의 얼굴에서 '현대의 비극'을, 해학과 야유와 독설이 섞인 이상의 잡담에서 문명의 깨어진 '메커니즘'을 읽어낸다. 이럴 때 이상은 현대 문명의 부조리를 반영하는 문제적 개인으로 위상이 정립되고, 그의 죽음은 현대 문명의 비극으로 인식된다. 같은 맥락에서 울지 않는 이상의 행위는 비행위의 행위로서 세속에의 반항과 문명의 비판이라는 의미를 얻게 된다. ④에서 김기림은 이상의 시가 파괴와 부정에서 시작했고 시대의 상처에 부딪혀서 신음소리를 토했다고 본다. 이상의 시는 시대의 고통에 반응하는 언어적 울림이 되고 이상의 죽음은 곧 파괴와 부정의 실패로 귀결된다. 때문에 김기림에게 이상의 죽음은 "축쇄된 한 시대의 비극"으로 인식된다. 이상의 죽음을 시대사적 맥락에서 의미화한 후, 김기림은 이상의 신격화를 시도한다. 1937년 3월, 센다이(仙臺)에 있던 김기림은 이상이 동경에 왔다는 편지를 받고 그의 숙소를 방문한다. 김기림의 눈에 비친 이상은 상아보다도 창백하고 검은 수염은 참혹하게 무성하다. 이에 ⑤에서 보듯이, 김기림은 이상에게 얼굴이 피디아스의 제우스 신상 같다고 말을 건넨 뒤 골고다의 예수의 얼굴을 연상한다. 이러한 신격화 작업을 통해 이상의 죽음을 현대 문명을 구원하려는 희생으로 의미화한다.[86] 즉 김기림은 난해한 이상에게 시대사적 의미를 부여한 뒤, 그 의

---

86 이상의 신격화는 애도시 「쥬피타 추방—이상의 영전에 바침」(김기림, 『바다와 나비』, 신문화연구소, 1946, 93~98쪽)에 이어진다. 이러한 시각은 이후 연구자들에게 지속적인 영향을

미를 독자에게 설명하는 방법으로 이상을 소개한다. ⑥은 김기림이 생각하는 애도 작업의 구체적 행위가 유고의 발간임을 보여준다. 이것은 죽은 자가 미처 마치지 못한 일을 산 자가 이어서 하는 일이면서 동시에 산 자의 자리 안에 죽은 자의 자리를 마련하는 일이다. 이럴 때 이상이 남긴 예술은 영원히 산 자와 동거하게 된다. 즉 이상의 신화화는 김기림의 애도 작업의 본질에, 유고 발간은 그 구체적 행위에 해당된다. 박태원과 김기림의 애도문이 난해한 이상에게 재미있는 사람의 이미지를 씌우거나 신격화하는 방식을 통해 이상을 소개하는 글이라면, 지금 살펴볼 최재서와 이태준의 애도문은 애도를 계기로 애도 주체의 문학론을 펼치는 비평적 글이다.

⑦

결국 이상이 실험적인 테크니크로써 기괴한 인물을 그린다는 것은 단순한 지적 유희거나 불순한 인기책이 아니라 그의 고도로 발달된 지적 생활에서 소사나는 필지(必至)의 소산이었다는 것. 딸아서 그의 예술적 실험은 그의 기맥힌 생활이 가추고 나설 표현형식을 탐구하는 노력의 결과라는 것을 나는 안심하고 결론할 수 있었읍니다.[87]

⑧

이상의 예술은 미완성입니다. 이 미완성이라는 데는 두 가지 의미가 있읍니다. 즉 그의 예술은 성질 그 자체부터 미완성적이라는 의미와 또 그는 일을

미친다. "이상은 세상을 떠난 후에 김기림이 붙여 준 '주피터'라는 또 하나의 이름으로 이제 우리 문학사의 별이 된다." 권영민, 『이상 문학의 비밀』 13, 민음사, 2012, 61쪽.
87 최재서, 「고 이상의 예술」, 『조선문학』, 1937.6, 128쪽.

중(中)만 들고 이 세상을 떠나버렸다는 두 가지 의미가 있습니다. (…중략…)

그나마도 그는 그 실험을 더 발전시키지 못하고 또 외부의 충분한 비판을 받은 일이 없이 이 세상을 떠나고 말았읍니다. 그의 예술이 미완성이라는 것은 어느 점으로보나 피치 못할 운명이라 하겠읍니다.[88]

⑨

우리는 며칠 전에 김유정, 이상 두 고우(故友)를 위해 추도회를 열었다. 세속적인 모든 것을 비웃던 그들이라 그런 의식을 갖기 도리어 미안스러웠으나 스노비즘을 벗지 못한 이 남은 친구들은 하루 저녁의 그런 형식이나마 밟지 않고는 너무 섭섭해서였다. (…중략…)

이제 그들을 보내고 그들이 남긴 작품만을 음미할 때 같은 길을 걷는 이 벗의 가슴에 저윽 자극됨이 한두 가지가 아니다.[89]

인용문 ⑦과 ⑧은 최재서의 애도문 「고 이상의 예술」의 일부분이다. 이 글은 1937년 5월 15일 부민관 소집회실에서 거행된 김유정과 이상의 합동추도식에서 최재서가 강연한 내용을 그대로 글로 옮긴 것이다. 이 글은 내용상 애도문이면서 작가론에 해당된다. 최재서는 동료작가와 일반 대중 모두를 대상으로 강연했는데, 대체로 이상 소설의 난해성을 해설하는 데 집중했다. 이 글은 고인이 남긴 작품의 진의를 해명하는 것이 산 자가 할 일이며, 그것이 애도의 방법임을 보여준다. 특히 작품의 진의를 해명하기 위해 작가에 대한 이해가 선행되어야 한다는 시각을

---

88 위의 책, 130쪽.
89 이태준, 「누구를 위해 쓸 것인가」, 『무서록』, 박문서관, 1941(여기서는 이태준, 『무서록』, 깊은샘, 1994, 49쪽).

보여주고 있어 작가론 서술 방법에 대한 최재서의 입장을 확인할 수 있다. 이 글은 질문에서 작가에 대한 이해로, 다시 작품에 대한 이해로 연결하는 서술 구성을 보여준다. 최재서의 질문은 다음과 같다. 괴상한 테크닉을 쓰지 않고는 자기의 내부생활을 표현할 수 없는가, 그렇게 해야 할 절실한 필연성이 있는가, 독자의 호기심을 끌기 위한 단순한 손장난이 아닌가. 이에 대한 답을 구하기 위해 최재서는 이상과의 첫 만남을 회상하고 그에 대한 이해를 시도한다. 김기림의 『기상도』 출판기념회에서의 첫 만남, 맥주를 나누던 유쾌한 기억을 떠올린 뒤, 보헤미안 타입의 풍모와 시니컬한 웃음, 기지가 활발한 스피치를 언급하며 이상의 포즈가 인위적인 것이 아님을 느낀다. 이어 이상이 상식에 싫증이 났고, 문학적 에스프리를 잃지 않았음을 떠올린다. 그리고 작가에 대한 이해를 작품에 대한 이해로 연결한다. ⑦에서 보듯이, 이상이 기괴한 인물을 그리는 것은 고도로 발달된 지적 생활에서 나온 것이라는 것, 예술적 실험이 기막힌 생활에서 표현형식을 탐구하는 노력의 결과라는 것이 최재서의 판단이다. 최재서는 「날개」를 근거로 판단을 뒷받침한다. 이상의 소설에는 전통적 요소, 즉 성격묘사와 플롯이 없다는 것, 주관과 객관, 꿈과 현실의 구분이 명확하지 않다는 것, 「날개」는 금전, 상식, 도덕을 풍자하는 정신이 모티프이고 이것을 고려하지 않으면 어린애의 말장난이나 미친 사람의 헛소리로 들린다는 것, 이상의 소설은 시와 결합되어 있어 실험적이라는 것 등이 근거로 제시된다. 이처럼 이 글에서 확인되는 서술 양상, 즉 질문, 작가 이해, 작품 이해로 이어지는 서술 구성과 이상 소설의 반전통성과 실험성을 구체적인 작품을 들어 설명하는 서술 의도는 다분히 생전에 독자에게 이해받지 못하고 생을 마감한 고인의 삶과 문학을 소개함과 동시에 그 죽음을 애도하기 위해서라고 볼 수 있다. 그런데 이 애도문의 진정한 가치는 최재서가 이상 예술의 미완성을 설명하는 부분에 있다. 최재서는 이상의 예술이 미완성인 이유를 두 가지로 설명한다. 첫째는 현대문명에서 파양된 개성의 파편을 추리어 리얼리티를 주려는 실험 때문이고, 둘째는 그 실험을 완성시키지 못한 채 외부의 충분한 비판 없이 세상을 떠났기 때문이다. 특히 둘째 이유는 이상의 작품이 제대로 읽히고 비판되었어야 했음에도 불구하고 그렇지 못했다는 것을 간접적으로 지시한다. 즉 첫째 이유는 작가 이상에 기인하지만 둘째 이유는 작품을 제대로 읽지 않은 독자에 기인한다. 때문에 진짜 미완성은 이상 작품의 형식적 미완도, 그의 이른 죽음도 아니라 그의 작품이 정당하게 읽히지 못했다는 데 있다는 것이 최재서의 생각이다. 이 글은 산 자가 죽은 자에게 보내는 진정한 슬픔은 그의 작품을 읽음으로써 작품의 완성에 함께 참여하는 것이라는 것, 때문에 이상의 예술은 끊임없이 읽혀야 하고 그것이야말로 진짜 애도라는 것을 보여준다. ⑨는 이태준의 수필집『무서록』에 수록되어 있는「누구를 위해 쓸 것인가」의 일부분이다. 이 글은 김유정과 이상의 합동추도식이 끝나고 며칠 뒤에 작성된 글로 애도문이면서 문학론에 해당된다. 이태준은 합동추도식을 떠올리며 남은 자의 슬픔을 토로하고, 스노비즘을 벗지 못한 자신과 동료작가들을 반성한다. 중요한 것은 이태준이 김유정과 이상의 부재에 슬퍼하면서도 그들의 죽음이 남은 작가들에게 자극이 되었음을 밝히고 있다는 데 있다. 김유정과 이상의 작품에서 공통적으로 느낄 수 있는 것이 '자신自信'이라는 것, 그들이 사회나 대중의 요구에 노예가 되지 않고 자기 체질에 맞는 문학을 창작했다는 것이 이태준의 생각이다. 고인의 부재를 그들이 남긴 작품으로 연결하고, 산 자의 역할이 그 작품의 음미에 있으며, 산 자는 이것에 자극을 받아 죽은 자가 가려 했던 길을 이어서 걸어야 한다는 것, 이것이 이태준의 애도문에서 읽을 수 있는 애도의 방식이다.

「염천」은 『요양촌』 1938년 10월호에 발표된 단편으로, 박태원이 죽은 이상에게 바치는 소설이다. 이 단편의 끝부분에는 '작자후기'가 부기되어 있는데, 이에 따르면 박태원은 이미 4년 전쯤 다방 '낙랑'에 앉아 이상에게 「염천」의 줄거리를 들려줬다고 한다.[90] 때문에 「염천」은 이상 생전에 이미 구상되어 있었고, 본문에도 이상의 죽음을 슬퍼하는 내용이 없어 애도문으로 보기는 어렵다. 하지만 이 작품이 죽은 이상에게 바치는, 애도의 목적에서 발표되었기 때문에 본문 분석을 통해 애도 주체의 의도를 읽어낼 필요가 있다. 「염천」의 내용은 다음과 같다. 중복을 며칠 앞둔 무더운 여름, 찻집을 내고 싶은 남수가 종로경찰서를 찾는다. 그러나 경관은 세 차례에 걸쳐 허가를 내주지 않는다. 지붕이 얕아서도 안 되고, 전찻길이어서도 안 되고, 생철 지붕이어서도 안 된다는 것이 그 이유다. 이에 남수는 더위와 피로를 느끼며 어디에 가야할지 몰라 거리 위에서 망연히 서 있을 뿐이다. 마치 프란츠 카프카의 「법 앞에서」를 연상시키는 이 소설은 경관의 거듭된 불허 앞에 어쩌지 못하는, 한 인물의 방향감각의 상실을 보여준다.

"소꼬모 다메다요."
이번까지 도합 세 번을 그는 남수에게 같은 선고를 하였다.

---

90 "작자후기 — 그것도 이래저래 한 사 년 되나 보다. 낙랑(樂浪), 구석진 탁자를 끼고 차를 마시며, 나는 그냥 머리에 떠오르는 대로 이 얘기 줄거리를 이상에게 들려준 일이 있었다. 이번에 이 소품을 초(草)하며 문득 그때 일이 생각난다. 신통치 않은 소품이나마, 이러한 의미에서, 나는 이것을 죽은 이상에게 주고 싶다." 박태원, 「염천」, 『요양촌』, 1938.10(여기서는 박태원, 『이상의 비련』, 깊은샘, 1991, 170쪽).

(…중략…)

"그, 토요일이든가? 이 사람 말구, 또 딴 사람이 바루 그 장전 아랫집을 보구
와서 말을 허게, 생철 지붕이라 안 된다구 했었는데, 이 사람두 같은 집을 보
구 왔군 그래……"

(…중략…)

"생철 지붕두 안 되구…… 지붕이 얕아두 안 되구…… 전찻길가두 안 되
구……"

(…중략…)

남수는, 요 며칠 동안에 더위와 또 피로를 갑자기 전신에 느끼며,

"이제 또 어딜 가 보누?……"

그는 얼마 동안을 그렇게 거리 위에가 망연히 서 있었다……[91]

인용문은 「염천」의 마지막 부분이다. 사흘에 걸쳐 남수는 종로경찰
서를 찾아가 찻집 허가를 요청하지만 번번히 거절당한다. 두 번의 '소꼬
와 다메다'와 한 번의 '소꼬모 다메다'는 남수의 삶의 길을 가로막는다.
이유가 있어서 막히는 것이 아니라 오직 막기 위해 이유가 있는 것처럼
보인다. 이 알 수 없는, 또 앞으로도 알 수 없을 이유 앞에서 남수는 '더
위와 피로'를 전신에 느낄 수밖에 없다. 「애욕」, 「제비」, 「방란장주인」
등 이상을 소재로 한 박태원의 일련의 소설에 속하는 이 작품은 찻집 허
가를 받기 위해 동분서주하는 이상의 모습을 형상화하고 있지만, 이 소
설이 우회적으로 겨냥하는 바는 방향감각 상실의 원인인 종로경찰서,
즉 일제의 억압적 권력이다. 하여 생전 고인의 모습을 기억한다는 점에

---

91 위의 책, 169~170쪽.

서, 그의 방향감각 상실과 고통의 근저에 억압적 사회가 있다는 점을 비판하고 있다는 점[92]에서, 애도 주체의 의도를 감지할 수 있다.

「이상의 비련」은 『여성』 1939년 5월호에 발표된 단편으로, 이상의 작고 이주기에 죽은 벗의 비밀을 이야기하려는 의도에서 작성되었다. 이 작품은 전체 네 부분으로 구성되어 있는데, 주로 연애를 중심으로 이상의 생전 모습이 그려져 있다. 각 부분은 「애욕」에 나오는 하웅이 이상이면서 박태원이고 구보는 박태원이면서 이상이라고 주장하는 내용, 이상이 찻집을 그만두고 창문사에서 일하고 있을 때의 연애 이야기를 다루는 내용, 다방 '금강산'에서 이상이 구애하는 여인에게서 모멸의 시선을 받았다는 내용, 이상이 청루 여자와의 정사情死를 생각했다는 내용을 다루고 있다.

> 죽은 벗의 비밀을 이야기하려다, 내 자신의 구악이 드러나는 것은 나로서 매우 처지가 거북한 노릇이지만, 진실을 위하여서는 또한 어찌하는 수가 없을 것이다.[93]

> 우리는 서로 껄껄 웃고 다시 가까운 곳에 빠—— 을 찾았던 것이나, 술을 먹으면서도 나는 난데없는 '신문기사'를 눈앞에 그려 보고 얼마 동안 불길한 생각을 떨어 버릴 수 없어 마음이 부정(不定)하였다.

> 인생에 피로한 이상은, 단 한 번 보았을 뿐인, 그러한 곳의 계집과도, 생사

---

92 김종회는 「염천」이 "서민의 생존권을 철저하게 농락하는 식민지 경찰 행정의 폐단과 고압적인 전횡을 폭염이라는 상징적 배경과 함께 객관적으로 그려내고" 있다고 설명한 바 있다. 김종회, 「박태원의 〈구인회〉 활동과 이상과의 관계」, 『구보학보』 1, 구보학회, 2006.11, 67쪽.
93 박태원, 「이상의 비련」, 『여성』, 1939.5(여기서는 박태원, 『이상의 비련』, 깊은샘, 1991, 172~173쪽).

를 같이 하려면 같이 할 수도 있는 사람인 듯이 내게는 느껴졌던 까닭이다.[94]

이 글에서 이상의 비밀은 다음과 같은 네 가지다. 오입쟁이 이상도 소년과 같이 수줍고 애탔다는 것, 이상에게 염서艶書를 보낸 여인이 있었다는 것, 이상이 구애하는 여성에게서 모멸의 눈초리를 받았다는 것, 이상이 청루의 창녀와 함께 정사하는 것을 생각했다는 것이 그것이다. 박태원은 이 글에서 죽은 이상에 대한 네 가지 비밀을 서술하고 있는데, 문제는 이상의 비밀을 알고 나니 자신의 마음이 '부정不定'하였다는 데 있다. 모순되게도 박태원은 이상의 비밀을 알고 나니 도리어 이상을 알지 못하고 있었음을 깨닫게 되고, 때문에 이상에 대한 불길한 생각을 떨쳐버릴 수 없게 된다. 즉 앎과 알지 못함 사이의 긴장이 이 글의 마지막 부분에서 도드라진다. 이상에 대해서 잘 알고 있는 자신이 남들이 모르는 비밀을 하나씩 서술하다 보니 결국 이상에 대해서 알지 못하는 자기 자신으로 돌아올 수밖에 없었다는 것이 이 글의 핵심이다. 그리고 이러한 순환적 구조가 박태원이 이 소설에서 말하고자 한 애도의 형식이다. 박태원은 자신의 무지를 드러냄으로써 고인에 대한 슬픔을 정직하게 표현한다.

"이상이가 하다 남긴 일, 제가 기어코 일우겠읍니다."[95] 정인택이 「꿈」과 「불상한 이상」에서 거듭 언급한 다짐이다. 청량리 자택에서 화단을 가꾸다가 이상의 부고를 받은[96] 정인택은 미망인인 변동림에게 죽은 이상이 못다 이룬 일을 자신이 이루겠다는 내용의 편지를 보냈다.

---

94 위의 책, 177쪽.
95 정인택, 「불상한 이상」, 『조광』 1939. 12, 306쪽.
96 정인택, 「신록잡기」, 『춘추』, 1942. 5, 126쪽.

김옥희는 이상이 죽은 후 변동림이 이상의 방에서 장서와 원고 뭉치, 그림 등을 손수레에 하나 가득 싣고 나갔는데 그 행방이 묘연하다고 말한 바 있고,[97] 정인택은 「여수」의 '작자의 말'에서 유족에게서 이상의 유고, 즉 장편과 단편 이십여 편, 시가 사백 자 원고지로 삼사백 매, 그 외 일기, 수필, 감상 나부랭이 등 부지기수의 유고를 넘겨받았다고 썼다.[98] 정인택에게 이상의 죽음을 애도하는 방법은 그가 남긴 유고를 세상에 다시 내놓는 일이었음을 짐작할 수 있다. 정인택은 1934년 매일신보사에 입사한 뒤, 박태원의 소개로 다방 '제비'에서 이상을 처음 만난다. 특히 이상이 경영하던 카페 '쓰루'의 여급 권순옥을 사랑하여 자살 소동을 벌인 바 있다. 이상은 죽어가던 정인택을 걸머지고 종로거리를 헤매었고, 정인택과 권순옥의 결혼식 사회를 보기도 했다.[99]

이영아는 정인택의 문학 활동에서 이상의 존재는 절대적이었으며, 정인택이 이상의 그늘 밑을 벗어나지 못했다고 평가했다.[100] 「준동」, 「미로」, 「연련기」, 「업고」, 「우울증」 등의 작품들이 무기력하고 외로운 인텔리가 하층계급 여성들의 모성애적 사랑에 의존하며 살아가는 내용을 반복하고 있는데, 이것이 이상의 작품들과 많은 부분 유사하다는 것이 그 근거이다.[101] 정인택이 죽은 이상을 오랫동안 의식하고 있었음은

---

97 김옥희, 앞의 책, 109쪽.
98 정인택, 「여수」, 『문장』, 1941. 1, 4쪽. 이와 관련하여 김주현은 정인택이 이상의 유고, 특히 「여수」의 작품의 대상이 된 일기를 갖고 있지 않은 것으로 결론 내린 바 있다. 즉 「여수」의 '작가의 말'은 허구일 뿐이고, 정인택이 의도적으로 내용을 이상과 결부시키고자 제시했다는 것이다. 김주현, 「이상 문학의 텍스트 확정을 위한 고찰—정인택의 이상 관련 작품을 중심으로」, 『안동어문학』 4, 안동어문학회, 1999. 11, 221쪽. 이에 비해 정철훈은 정인택이 변동림에게서 유고를 건네받았을 가능성에 무게를 두고 있다. 정철훈, 「정인택의 사소설과 이상의 유고」, 『오빠 이상, 누이 옥희』, 푸른역사, 2018, 272~278쪽 참고.
99 이혜진, 「총력전 체제하의 정인택 문학의 좌표」, 이혜진 편, 『정인택 작품집』, 현대문학, 2010, 439쪽.
100 이영아, 「정인택의 삶과 문학 재조명—이상 콤플렉스 극복과정을 중심으로」, 『현대소설연구』 35, 한국현대소설학회, 2007. 9, 184쪽.

부정할 수 없는 사실이다. 특히 정인택은 여러 글에서 "네 까짓게 여자를 사랑할 줄 아느냐",[102] "자네는 분粪일세"[103] 등 생전 이상이 자신에게 남긴 모진 말을 거듭 되새겼다. 정인택이 남긴 애도문이나 애도의 내용을 담은 회고록에서 죽은 이상과의 동일시와 비동일시의 모순된 충동을 확인하는 것은 어렵지 않다. 정인택은 이상이 작고한 2년 뒤에 애도문 「불상한 이상」,[104]을 발표하였고, 「꿈」, 「축방」, 「고독」, 「신록잡기」 등의 회고록, 「여수」, 「우울증」 등의 이상 소재 소설들을 통해 지속적으로 이상을 기억했다. 여기서는 애도문과 회고록을 중심으로 논의를 전개한다.

⑩

─이상이가 하다 남긴 일, 제가 기어코 일우겠읍니다. 지난 봄 이상이 그 야윈 어깨에 명재경각(命在頃刻)의 저를 걸머지고 밤 깊은 종로거리를 헤매이든 일, 제가 어찌 잊겠읍니까.

그때 이상이 아니었드면 지금의 나도 없고, 내 안해도 없고, 올봄에 죽었지만 그때 안해 옆에 누어 있든 낳은 지 이십여 일 밖에 안 되는 태혁이도 없을 것이다 생각할 제 다시 이상이를 대할 수 없다는 슬픔은 이틀이 지나도 사흘이 지나도 ─ 아니 지금까지도 가슴속에 사모처 가시지를 않는다.[105]

---

101 위의 책, 188쪽.
102 위의 책, 311쪽.
103 정인택, 「꿈」, 『박문』, 1938. 11, 6쪽.
104 『조광』 1939년 12월호에는 '요절한 그들의 면영'이라는 기획 아래 5개의 애도문이 수록되었다. 애도문의 제목은 다음과 같다. 「서해를 추억함」(방인근), 「도향의 회고」(안석주), 「불상한 이상」(정인택), 「유정의 면모편편」(이석훈), 「인간 박용철」(김영랑).
105 정인택, 「불상한 이상」, 앞의 책, 306~307쪽.

⑪

그런 고로 「지주회시」, 「날개」, 「동해」 기타 이상의 작품에 나타나는 이상과 그의 안해들을 나타난 그대로 받어 드려서는 인간 이상을 정당하게 이해할 수 없다. 공개된 석상에선 결코 진실을 고백치 않는 것이 이상의 '엑센트리크'한 성질이기 때문이다. 작품에 나타난 이상 자신은 모다가 인간 이상의 껍질이 아니면 거림자에 불과하다.[106]

인용문은 「불상한 이상」의 일부분이다. 제목에서 짐작할 수 있듯이 이 글은 이상의 삶이 암담의 연속이었기에 '불쌍하다'는 시각에서 작성되었다. 정인택은 이상이 죽기 전 자신에게 보내온 마지막 엽서의 내용을 소개한 뒤 미망인에게 ⑩에서 인용한 다짐을 편지로 써서 부쳤다. 정인택은 자신의 목숨, 아내 권순옥과 아들 태혁이의 존재가 이상과의 인연에 빚지고 있음을 환기하고 고인에게 고마움을 표한다. 이어 자신의 은인이자 친구인 이상의 죽음을 애도하기 위해 그가 못다 이룬 일을 자신이 이어서 이루겠다고 다짐한다. 여기까지는 여타 애도문의 서술 양상과 크게 차이점이 없다. 그런데 이 글은 여타 애도문들이 이상을 '성격파탄자 다다이스트'로 보는 시각을 비판하고 이상이 누구보다도 상식가였음을 주장한다. 일반 독자들에게 고인을 알리려는 서술 의도는 동일하나 그 시각이 다르다. 다만 이상이 어떤 면에서 상식가인지에 대한 구체적인 근거를 제시하지 않고, 오히려 이상의 동경행이 천재가 아니면 택할 수 없는 일임을 부각하고 있어 주장에 모순을 보인다. 이 모순은 애도 주체 정인택의 정신적 동요의 증상으로 이해될 만하다. ⑪은

---

[106] 위의 책, 310쪽.

작품 속에 나타나는 이상을 근거로 인간 이상을 정당하게 이해할 수 없음을 주장하는 부분이다. 이상은 작품처럼 남들에게 보여주는 것에는 자기 자신의 진실을 드러내지 않는다는 것이다. 여타 애도문들이 이상을 이해하지 못했음을 고백하는 것에 비해, 정인택의 이 글은 이상을 잘 알고 있음을 전제로 작성되어 있는 점, 달리 말해 애도 대상인 이상과의 심리적 거리감이 거의 없는 상태에서 서술되고 있는 점이 특이하다. 이상이 동경에 가기를 바란 것이 이상의 부인과 자기 자신밖에 없었을 것이라고 단정하는 부분, 퇴폐적인 태도를 인식하고 자기 생활을 진심으로 긍정하려 했다고 이상의 내면을 서술하는 부분이 여기에 해당된다. 문제적인 지점은 정인택이 이상에 대해서 말할 때는 이상과의 심리적 거리감이 없는데 비해, 이상을 떠올리는 자기 자신에 대해서 말할 때는 상당한 거리감을 느낀다는 데 있다. 특이하게도 정인택은 자신에게 정신적으로 문제가 있을 때마다 죽은 이상을 떠올린다. 때문에 「꿈」, 「축방」, 「고독」 등 이상의 죽음을 슬퍼하는 애도문이나 이상을 기억하는 회고록은 이상의 영향권에서 벗어나려는 일련의 자기 치유의 서사로 읽힌다.

⑫

　길 가는 사람마다 모두 한 번씩은 발을 멈추고 히한하다는 듯이 고개를 기우리며 나를 바라본 후 혹은 웃고, 혹은 멸시하고 ― 그러나 나는 그런 것에는 조금도 개심(介心)치 않고 태연하게 한없이 쌀구루마 뒤를 따라가며 한 알씩 두 알씩 쌀섬에서 흐르는 쌀알을 주어 주머니에 넣고 넣고 ― 밤새도록 그런 꿈만 꾸다가 새벽녘에 잠을 깨이니 머리가 땡하고 죽은 이상이가 몹시 그립다.[107]

⑬

내 딴엔 그 속에다 커다란 격려를 얽어담은 모양이나 말투는 의외에도 빈정
거리는 것 같지 들렸든지 그의 튼튼치 못한 심장에는 난데없는 물결이 구비치
듯 그 고동이 내 귀에까지 쟁쟁 울리는 듯하여 나까지 그 속에 휩쓸려 드러갈
까 겁하며 어서 국으루 낮잠이나 더 자게 억제로 등을 미러 쫓어 내었지만[108]

⑭

이런 시기(時期)를 나는 정신적 '파니크'라고 몰래 혼자서 불르고 있다.

질식할 듯하나 꾹 참으면 어느새 꿈결같이 그 시기가 지난다.

(…중략…)

그러나 외로움이 질거울 적도 없는 것은 아니다. 외로움 속에 몰입할 수 있
을 때다. 그때가 내게는 제일 행복스럽다.

말하자면 해탈의 경지이다.

그런 때 나는 늘 이런 것을 생각한다. 외로운 사람은 죽어서 좋은 데 가리라
고.[109]

인용문 ⑫는 「꿈」의 시작 부분이다. 정인택은 자신이 꾼, 기이한 꿈
을 이야기하며 죽은 이상이 몹시 그립다고 글을 시작한다. 이 꿈은 정인
택에게 '궁상스럽고 빌어먹을 꿈'인데, 왜냐하면 이상이 꾸기에 가장 적
당한 꿈이라고 생각하기 때문이다. 정인택은 이상이 꿀 만한 꿈을 자기
가 꿈으로써 이상과 동일화된다. 하지만 그 꿈을 궁상스럽고 빌어먹을

---

107 정인택, 「꿈」, 앞의 책, 5~6쪽.
108 정인택, 「축방—사월 십칠일이 바로 이상이 죽은 지 이 년 되는 날입니다」, 『청색지』, 1939.5,
101쪽.
109 정인택, 「고독」, 『인문평론』, 1940.11, 172쪽.

꿈이라고 언급하면서 비동일화의 의지를 드러낸다. 프로이트에 의하면, 애도는 주체에게 대상이 죽었음을 선언하고 대상의 포기를 강요하는데, 이런 과정을 거치면서 주체는 대상에 대한 리비도를 조금씩 거둬들이게 된다.[110] 즉 프로이트적 애도 작업의 핵심은 애도 대상과의 분리에 있는데, 「꿈」은 정인택이 죽은 이상에게서 분리되지 못하고 있음을 보여준다. 때문에 정인택은 죽은 이상을 자기 기억 속에 고착화시키려 안간힘을 쓴다. 머리는 길고, 수염은 자라고, 옷은 남루하고, 정신상태는 '압노-말'해야 이상이지, 새 옷을 입고 닦은 구두를 신은 이상은 이상이 아니라고 언급하는 부분이 여기에 해당된다. 정인택에게 죽은 이상은 자기가 알고 있는 이상으로만 존재해야 한다. 죽은 이상과의 비동일화를 시도하는 정인택의 심리상태는 「축방」에 오면 흡수에의 공포로 나타난다. ⑬은 「축방」의 일부분으로, 정인택이 이상 작고 이주기에 쓴 애도문이다.[111] 이 글은 이백 자 원고지 5장 정도의 짧은 글인데, 글 시작과 끝이 말줄임표로 되어 있고, 전체가 한 문장으로 되어 있어 애도문 중에서는 매우 실험적이라고 평가할 수 있다. 이 글에는 동경행을 결심하고 정인택을 찾아온 이상의 모습과 이상이 병에 고통스러워하며 정인택에게 보낸 편지의 내용이 담겨 있다. ⑬에서 정인택은 이상이 자신을 찾아와 동경에 가겠다고 말하고 소리 없이 우는 것만 같아서 자신도 덩달아 울고 싶은 것을 참으며 이제 겨우 아침이 왔다고 말을 돌린다. 하지만 이상의 심장에서 나는, 물결이 구비치는 듯한 고동소리가 자신

---

110 지그문트 프로이트, 윤희기 · 박찬부 역, 「슬픔과 우울증」, 『정신분석학의 근본 개념』, 열린책들, 2003, 264쪽.
111 참고로 김주현은 「축방」을 애도문이 아니라 '허구'로 보았다. 「축방」에서 정인택이 이상의 죽음을 몰랐다고 언급한 부분은 사실이 아니며, 이상의 죽음을 인정하고 싶지 않은 정인택의 감정 때문이라는 것이 그 이유다. 김주현, 앞의 책, 28~29쪽.

의 귀에까지 쟁쟁 울리는 듯하여, 정인택은 그 소리에 휩쓸려 들어갈까 봐 겁이나 이상을 집에서 쫓아낸다. 이러한 심리상태는 이상에게 흡수되는 것에 대한 정인택의 공포를 드러내는 것으로 보인다. 「꿈」에서와 마찬가지로 이 글에서도 정인택은 '칠칠치도 못한 이 폐병환자', '이 어리석은 폐병환자' 등으로 이상을 지칭함으로써 이상과의 심리적 거리감을 유지하기 위해 안간힘을 쓴다. 이럴 때 제목 '축방'은 정인택에게 쫓겨난 생전의 이상을 의미하기도 하고, 죽은 이상에게서 벗어나고 싶은 정인택의 욕망을 의미하기도 한다. ⑭는 「고독」의 일부분이다. 정인택은 자신이 어려서부터 내향적인 성격에다 주변머리마저 없어 고독하게 지냈다는 사실을 언급한다. 이어 고집쟁이인 자신의 천성이 정신병인지도 모르고, 요 며칠 동안 이 증세가 도져서 죽은 이상이 생각난다고 말한다. 이상은 자기보다 몇 갑절 우울하고 외로운 사람이고 그를 생각하면 고독이 정신병이라는 확신을 가진다는 것이다. 이어 이상이 이 병을 자기에게 옮겨주고 갔다고 원망한다. ⑭는 이상에게서 전염된 정신병을 극복하려는 정인택의 모습을 보여주는 부분이다. 고독할 때 정신적 패닉 상태에 빠지지만 꾹 참으면 낫는다는 것이다. 이어 외로운 사람은 죽어서 좋은 곳에 간다고 생각하면서 정신적 안정을 찾는다. 물론 정인택이 보여주는 이러한 합리화는 그가 이상의 그늘에서 벗어나지 못했음을 보여주는 방증이다. 이상에서 살펴본 것처럼, 정인택은 애도문과 회고록을 통해 이상과의 동일화에 공포를 느끼고 비동일화를 시도한다. 하지만 이와 같은 거듭된 기억과 애도는 정인택의 노력이 번번히 실패했음을 의미할 뿐이다. 달리 말하자면, 정인택의 애도 작업은 실패를 통해 지속되는데, 역설적이게도 이러한 실패의 연속이 죽은 이상을 향한 성공적 애도가 된다.

4. 나오며

지금까지 김유정과 이상의 죽음에 제출된 애도문을 중심으로, 1930년대 후반 작고 작가 애도문의 서술 양상과 그 의미를 살펴보았다. 김유정과 이상의 잇따른 죽음은 그 자체로 1930년대 후반 우리 문학사에서 하나의 사건이었다. 동료작가들은 김유정과 이상의 죽음을 슬퍼하면서 그들의 죽음이 헛되지 않도록 해야 했다. 그 방법을 고민하고 실행하는 것은 오롯이 남은 자가 해야 할 일이었다. 생전에 이해받지 못한 고인의 존재를 널리 알리는 일, 고인이 미처 마무리 짓지 못한 유고를 세상에 내놓는 일, 고인의 작품을 다시 읽음으로써 그 의미를 되새기는 일, 나아가 고인의 죽음을 계기로 또 다른 글쓰기로 나아가는 일 등이 애도의 구체적 방식으로 나타났다. 이들이 제출한 애도문은 정치적, 문화적으로 억압적인 사회에서 사회적 발언의 창구 역할을 담당했다. 애도문은 고인의 죽음을 슬퍼하는 동시에 애도 주체의 생각과 의지를 고스란히 담아냈다. 애도 주체의 의지와 애도문의 서술 양상에 따라 애도문은 작가론이 되었고, 문학론이 되었으며, 회고록, 반성문, 고백록, 편지글, 공개장, 전傳, 소설이 되기도 했다. 이러한 글쓰기는 고인의 삶과 문학을 일반에 알리려는 애도 주체의 의지를 반영하면서, 결과적으로 애도문이라는 글쓰기의 장르적 확장성을 보여주었다. 그 구체적인 근거를 간략하게 정리하면 다음과 같다.

김유정의 죽음에 강노향, 이석훈, 김문집, 채만식, 박태원, 안회남 등이 애도문을 제출했다. 이들이 제출한 애도문들을 서술 양상에 따라 고인의 생전 모습을 기억하며 인간됨이나 심리상태를 서술한 애도문, 애도를 계기로 사회적 차원의 문제를 제기하는 애도문, 애도를 계기로 애도 주체의 개인적 시각과 가치관을 드러낸 애도문, 애도문의 다시 쓰기를 통해 문학 콘텐츠의 생산으로 이어진 애도문으로 분류했다. 박태원은 김유정에 대한 개인적 반성과 더불어 동료작가로서의 책임감, 즉 문단적 차원의 반성을 보여주었다. 이석훈은 가난과 병고라는 김유정 개인의 결여를 드러냄으로써 조선 사회 전체의 결여를 드러냈다. 채만식은 김유정의 죽음을 계기로 자국어 문학의 중요성을 강조하고, 비참하게 죽어가는 작가의 현실에 대해 문제를 제기했다. 안회남은 김유정의 죽음을 슬퍼하는 일련의 애도문을 작성하여 애도문의 외연 확장을 보여주었다. 특히 「겸허」는 김유정의 일탈 행위를 중심으로 이야기를 전개하여 독자의 흥미를 유발하고, 그 행위에 친절하게 이유를 부연함으로써 독자들에게 인간 김유정의 서사에 몰입하고 공감하게 만들었다.

이상의 죽음에 박태원, 최재서, 이태준, 김기림, 정인택 등이 애도문을 제출했다. 이들이 제출한 애도문들을 서술 양상에 따라 생전에 이해받지 못했던 고인을 일반 독자에게 소개하는 애도문, 애도를 계기로 애도 주체의 문학론을 펼치는 애도문, 애도의 목적에서 헌정된 소설, 애도를 계기로 자기 치유의 서사로 이어진 애도문으로 분류했다. 박태원은 난해한 이상에게 재미있는 사람의 이미지를 씌우고, 김기림은 이상을 신격화하여 독자에게 소개했다. 최재서는 산 자가 죽은 자에게 보내는 진정한 애도가 그의 작품을 읽음으로써 작품의 완성에 참여하는 것임을 보여줬고, 이태준은 산 자의 역할이 죽은 자의 작품을 음미하고, 이것에 자극을 받아 죽은 자가 가려 했던 길을 이어서 걸어가는 것임을 보여줬다. 박태원은 이상에게 헌정하는 소설에서 억압적 사회를 비판함으로써 그의 죽음을 애도했고, 이상에 대한 무지를 드러냄으로써 슬픔을 정직하게 표현했다. 정인택은 죽은 이상과의 동일시와 비동시의 모순된 충동을 보여줬다. 특히 일련의 애도문을 통해, 정인택이 죽은 이상에게서 분리되지 못하고 흡수되는 것에 공포를 느끼다가 결국 합리화를 통해 안정을 찾는, 자기 치유의 서사를 썼음을 확인했다.

이 글은 김유정과 이상의 죽음에 제출된 애도문을 중심으로 논의를 전개했다. 하지만 방정환, 김소월, 심훈, 박용철 등 이 시기 작고한 여타 작가들의 죽음에 제출된 애도문은 여전히 연구가 진행되지 못한 채 남아 있다. 특히 남궁벽, 나도향 등 1920년대에 작고한 작가들은 1930년대에도 지속적으로 애도되었다. 이들의 죽음에 제출된 애도문을 논의의 통일성을 위해 연구 대상에서 제외한 것이 아쉽다. 이 글에서 다루지 못한 애도문은 후속 연구의 과제로 남긴다.

참고문헌

1. 기본자료

『매일신보』, 『문학사상』, 『월간조선』, 『조선문학』, 『조선일보』, 『조광』, 『현대문학』.

강노향, 「유정과 나」, 『조광』, 1937.5.

김기림, 「고 이상의 추억」, 『조광』, 1937.6.

김문집, 「병고작가 원조운동의 변 ─ 김유정 군의 관한」, 『조선문학』, 1937.1.

_____, 「고 김유정 군의 예술과 그의 인간비밀」, 『조광』, 1937.5.

_____, 「김유정의 비련을 공개 비판함」, 『여성』, 1939.8.

김영수, 「김유정의 생애」, 『김유정전집』, 현대문학사, 1968.

김옥희, 「오빠 이상」, 『신동아』, 1964.12.

김유정, 「어떠한 부인을 마지할까」, 『여성』, 1936.5.

박상엽, 「箱아 箱아」, 『매일신보』, 1937.4.21.

박태원, 「이상 애사」, 『조선일보』, 1937.4.22.

_____, 「유정과 나」, 『조광』, 1937.5.

_____, 「유정 군과 엽서」, 『백광』, 1937.5.

_____, 「이상의 편모」, 『조광』, 1937.6.

_____, 「염천」, 『요양촌』, 1938.10.

_____, 「이상의 비련」, 『여성』, 1939.5.

안회남, 「성서와 단장」, 『백광』, 1937.5.

_____, 「작가 유정론 ─ 그 일주기를 당하여」, 『조선일보』, 1938.3.29·31.

_____, 「악동 ─ 회우수필」, 『조선일보』, 1938.6.8~9.

_____, 「겸허 ─ 김유정 전」, 『문장』, 1939.10.

염상섭, 「남궁벽 군의 사(死)를 압헤 노코」, 『개벽』, 1921.12.

이석훈, 「유정과 나」, 『조광』, 1937.5.

_____, 「유정의 영전에 바치는 최후의 고백」, 『백광』, 1937.5.

_____, 「유정의 면모편편」, 『조광』, 1939.12.

이 상, 「김유정 ─ 소설체로 쓴 김유정론」, 『청색지』, 1939.5.

이진순, 「동경 시절의 이상」, 『신동아』, 1973.1.

이태준, 「누구를 위해 쓸 것인가」, 『무서록』, 박문서관, 1941.

정인택, 「꿈」, 『박문』, 1938.11.

_____, 「축방―사월 십칠일이 바로 이상이 죽은 지 이 년 되는 날입니다」, 『청색지』, 1939.5.

_____, 「불상한 이상」, 『조광』, 1939.12.

_____, 「고독」, 『인문평론』, 1940.11.

_____, 「여수」, 『문장』, 1941.1.

_____, 「신록잡기」, 『춘추』, 1942.5.

조용만, 「이상과 김유정의 문학과 우정」, 『신동아』, 1987.5.

채만식, 「유정과 나」, 『조광』, 1937.5.

_____, 「밥이 사람을 먹다―유정의 굳김을 놓고」, 『백광』, 1937.5.

_____, 「「천변풍경」과 「날개」에 관하야―리아리즘의 확대와 심화」, 『조선일보』, 1936.10.31~11.7.

최재서, 「고 이상의 예술」, 『조선문학』, 1937.6.

2. 논문

강헌국, 「김유정, 돈을 위해」, 『비평문학』 64, 한국비평문학회, 2017.

김종회, 「박태원의 〈구인회〉 활동과 이상과의 관계」, 『구보학보』 1, 구보학회, 2006.

김주현, 「이상 문학의 텍스트 확정을 위한 고찰―정인택의 이상 관련 작품을 중심으로」, 『안동어문학』 4, 안동어문학회, 1999.

박상준, 「최재서의 1930년대 중기 문단 재구성 기획의 실제와 파장―「리아리즘의 확대와 심화―「천변풍경」과 「날개」에 관하야」를 중심으로」, 『어문론총』 69, 한국문학언어학회, 2016.

박세현, 「김유정 전기의 몇 가지 표정」, 김유정문학촌 편, 『김유정 문학의 재조명』, 소명출판, 2008.

박진숙, 「김유정과 이태준―자생적 민족지와 보편적 근대 구축으로서의 조선어문학」, 『상허학보』 43, 상허학회, 2015.

박희병, 「한국한문학에 있어 '전'과 '소설'의 관계양상」, 『한국한문학연구』 12, 한국한문학회, 1989.

방민호, 「김유정, 이상, 크로포트킨」, 『한국현대문학연구』 44, 한국현대문학회, 2014.

손정수, 「모더니즘의 시선으로 이상의 「김유정」 읽기」, 『구보학보』 16, 구보학회, 2017.

석형락, 「근대문단 형성기 작고 작가 애도문 연구－한국근대작가론의 형성 과정과 관련하여」, 『현대소설연구』 64, 한국현대소설학회, 2016.

오성록・심상욱, 「「김유정」과 「겸허－김유정 전」 비교 연구」, 『동서비교문학저널』 32, 한국동서비교문학학회, 2015.

이상진, 「문화콘텐츠 '김유정', 다시 이야기하기－캐릭터성과 스토리텔링을 중심으로」, 『현대소설연구』 48, 한국현대소설학회, 2011.

이영아, 「정인택의 삶과 문학 재조명－이상 콤플렉스 극복과정을 중심으로」, 『현대소설연구』 35, 한국현대소설학회, 2007.

이종호, 「죽은 자를 기억하기－이상 회고담에 나타난 재현 방식을 중심으로」, 『한국문학연구』 38, 동국대 한국문학연구소, 2010.

홍경표, 「「김유정의 전기소설」의 두 텍스트－안회남과 이상의 작품을 중심으로」, 『한국말글학』 19, 한국말글학회, 2002.

3. 단행본

강진호 외, 『국어 교과서와 국가 이데올로기』, 글누림, 2007.

권영민 편, 『이상 전집』 2(단편소설), 뿔, 2009.

_____, 『이상 전집』 4(수필), 뿔, 2009.

권영민, 『이상 문학의 비밀』 13, 민음사, 2012.

김기림, 『바다와 나비』, 신문화연구소, 1946.

김유중 편, 『그리운 그 이름, 이상』, 지식산업사, 2004.

김인환, 『형식의 심연』, 문학과지성사, 2018.

박태원, 『이상의 비련』, 깊은샘, 1991.

유인순, 『김유정을 찾아가는 길』, 솔과학, 2003.

이보영, 『이상평전』, 전북대 출판문화원, 2016.

이태준, 『무서록』, 깊은샘, 1994.

이혜진 편, 『정인택 작품집』, 현대문학, 2010.

장석주, 『이상과 모던 뽀이들』, 현암사, 2011.

전신재 편, 『원본 김유정 전집』(개정판), 강, 2007.

정철훈, 『오빠 이상, 누이 옥희』, 푸른역사, 2018.

조영복, 『문인기자 김기림과 1930년대 '활자~도서관'의 꿈』, 살림, 2007.

최재서, 『원문 최재서평론집―문학과지성』, 다운샘, 1988.
허재영, 『조선 교육령과 교육 정책 변화 자료』, 경진, 2011.
현순영, 『구인회의 안과 밖』, 소명출판, 2017.

지그문트 프로이트, 윤희기·박찬부 역, 『정신분석학의 근본 개념』, 열린책들, 2003.

「봄·봄」의 OSMU와 스토리텔링 양상 연구[*]

엄미옥

1. 「봄·봄」의 OSMU와 스토리텔링

이 연구는 김유정의 「봄·봄」(『조광』, 1935.12)을 대상으로 작품이 하나의 원소스이자 원형콘텐츠로서 OSMU(One Source Multi Use)되어 온 과정을 살피고, 각 장르와 매체 전환 시 이루어지는 스토리텔링의 전략을 규명하고자 한다.

김유정은 불과 5년 남짓한 짧은 창작 기간(1933~1937) 동안 31편에 이르는 단편소설, 12편의 수필 그리고 3편의 서간문 등을 남겼다.[1] 그의 작품은 드라마, 영화, 애니메이션, 오페라, 연극, 테마파크 등 이른바 문화산업시대에 다양한 문화콘텐츠로서 제작되어 대중들에게 널리 향유

* 이 글은 『우리말글』 79(우리말글학회, 2018.12)에 실린 글을 수정한 것이다.
1 전신재 편, 『원본 김유정 전집』, 강, 1997, 674~675쪽. 이 글에서는 앞으로 「봄·봄」의 인용도 여기서 하기로 한다.

되고 있다. 그중에서도 특히 「봄·봄」은 '바보사위 설화'[2]를 원형으로 한 점에서 구술성의 성격을 지니고 있으며, 바보형 인물이 빚어내는 해학성과 카타르시스를 통해 보편성과 대중성을 획득한 원형콘텐츠로서 평가되고 있다. 이런 이유로 「봄·봄」은 매체를 달리하여 재매개 되면서 OSMU의 대상이 되어왔다.

그동안 「봄·봄」을 포함하여 김유정 작품의 OSMU 양상에 주목한 연구는 다음과 같다. 먼저 유인순은 OSMU로서 「봄·봄」 만큼 부가가치가 높은 작품은 없음을 지적하고, 희곡, 영화, TV문학관, 오페라, 판소리, 패로디 소설 등 장르에 따른 변이양상을 살펴 그 의미를 밝힌다. 특히 「봄·봄」이 원소스로서 스토리텔러의 관심을 끌어 모으는 요소로 ① 수수께끼 같은 작품제목, ② 민담 바보사위 모티브와 삼 세 번에 걸치는 서사구조, ③ 1930년대 춘천지역의 토속어 사용 ④ 희극적이고 어리숙한 인물을 통한 연민과 자기반성을 통해 마음의 고향을 느끼게 한 점[3]을 들고 있다. 이 연구는 여러 매체를 대상으로 소설 「봄·봄」의 변이 양상에 주목했지만, 각 매체의 표현 방식의 차이와 그 미적효과에 대한 설명이 생략되어 있다. 즉 줄거리 위주의 비교 분석에 그치고 있어 구체적인 스토리텔링의 양상이 드러나지 못한 한계를 지닌다. 한명희

---

2 「봄·봄」은 '바보사위' 설화 모티프의 변형이다. 따라서 구비문학으로서의 '바보사위' 이야기는 「봄·봄」의 원형이자 원천소스라고 할 수 있으며, 이후 생산된 다양한 콘텐츠도 '바보사위' 이야기 원형을 토대로 한다고 볼 수 있다. '바보사위'와 「봄·봄」의 유사점은 사위가 그 처가 가르치는 대로 말하는 것이다. 「봄·봄」에서 '나'는 점순의 말대로 성례시켜 달라고 조르거나, 장인의 수염을 잡아채기도 한다. 하지만 차이점은 '바보사위'에서 딸이 남편에게 가르치는 내용은 장인의 마음에 드는 행동을 하는 것이다. 장인이 부과하는 시험에 합격하기 위해서이다. 그러나 「봄·봄」에서 점순이 데릴사위에게 가르치는 내용은 장인의 마음에 드는 행동이 아니라 장인이 싫어하는 행동이다. 이처럼 「봄·봄」은 '바보사위' 설화와 인물과 사건 설정이 비슷하면서도 작품 정신을 전혀 다르게 설정한다. 전신재, 「김유정 소설의 설화적 성격」, 김유정학회 편, 『김유정의 귀환』, 소명출판, 2012, 222쪽.

3 유인순, 「김유정 〈봄·봄〉의 아바타 연구」, 『현대소설연구』 50, 한국현대소설학회, 2012, 321~354쪽.

또한 김유정의 소설과 그의 삶 자체가 높은 스토리벨류를 지닌다고 강조하면서 구체적으로 김유정의 생애와 김유정 문학의 OSMU 현황을 ① 텍스트콘텐츠(소설) ② 영상콘텐츠(영화와 드라마) ③ 공연콘텐츠(연극과 오페라) ④ 체험콘텐츠('김유정문학촌'과 '김유정역', '김유정문학제')[4]로 구분하여 분석하지만 이를 개괄적으로 소개하는데 그치고 있다.

이상진은 그동안에 수행된 문화콘텐츠로서 김유정의 전달방식과 내용에 대한 검토와 문제제기를 통해 김유정 스토리텔링을 위한 전략으로서 캐릭터 목록화를 시도한다. 구체적으로 김유정 소설의 인물유형에 주목하여 인물의 계층과 성격, 사건과 행동유형이 포함된 인물유형 목록을 작성한다. 그 결과 우직하고 소박한 인간형, 현실적이며 타산지향적인 건달형, 탐욕과 아집의 인간형, 희생적이고 순박한 한국여인상, 의지가 있는 외향성의 여인들, 수다스럽고 약삭빠른 아부형·요부형으로 인물유형을 구분하고 캐릭터를 범주화함으로써 이야기의 융합과 재창조의 가능성을 제시하고 있다.[5] 이 연구는 다양한 거점콘텐츠의 개발을 위한 바탕이 되도록 캐릭터에 주목하여 그것을 목록화함으로써 문

---

4 한명희는 김유정 소설이 높은 스토리벨류를 지니는 근거를 "첫째, 소설 속 배경인 실레마을이 현존하는 공간이라는 점에서 문학촌이나 문학관 등을 건설할 때 현장성을 살림. 둘째, 소설 속 인물 상당수가 실존했던 인물이라는 점에서 인물이 살았던 공간을 그대로 재현한다면 체험콘텐츠로 활용되기에 높은 스토리벨류를 지님. 셋째, 민담을 차용한 경우가 많아 김유정 소설이 시대를 초월해 향유자들의 관심을 받을 수 있는 가능성이 높음. 넷째, 유머 감각, 언어 감각, 향토성, 토속성이 뛰어남. 다섯째, 아내 매춘 모티프를 비롯하여 남녀 간의 애정 모티프와 가난의 모티프는 보편성을 지닌 이야기의 원형이 됨"이라고 밝힌다. 한명희, 「김유정 문학의 OSMU와 스토리텔링」, 『한국문예비평연구』 27, 한국현대문예비평학회, 2008, 451~479쪽.

5 이상진, 「문화콘텐츠 '김유정', 다시 이야기하기―캐릭터성과 스토리텔링을 중심으로」, 『현대소설연구』 48, 한국현대소설학회, 2011, 429~458쪽, 이밖에 김유정 문학의 문화콘텐츠에 대한 거시적인 연구로 다음과 같은 것이 있다. 곽효환, 「김유정, 문화콘텐츠로의 확장」, 『한국문예창작』 6-2(통권 12호), 한국문예창작학회, 2007, 205~225쪽; 김종회, 「김유정 소설의 문화산업적 활용 방안 고찰」, 『비평문학』 62, 한국비평문학회, 2016, 59~76쪽.

화콘텐츠로서의 외연을 확대할 전략을 직접 마련한 점에서 시사하는 바가 크다. 이밖에 「봄·봄」의 매체전환 과정에 주목한 기존 논의로는 소설과 드라마의 서사변용연구,[6] 소설의 영화화 양상 연구[7]가 수행되었다. 이러한 논의들은 비교적 매체가 가진 고유한 특성에 주목했지만 서사구조에 대한 분석에 치중하여 담론이나 스토리텔링의 변화 양상을 간과하였다.

이 글은 「봄·봄」이 장르와 매체전환 시 이루어지는 스토리텔링의 변화양상과 그 전략에 주목하고자 한다. 이를 위해 여기서는 소설 「봄·봄」(1935)이 영화(1969)와 드라마 TV문학관(1983)과 HDTV문학관(2008)으로 매체가 전환되는 과정에서 이루어지는 OSMU와 스토리텔링 변화에 대해 고찰할 것이다.

문화산업의 측면에서 OSMU는 "하나의 원형 콘텐츠를 활용해 영화, 게임, 음반, 애니메이션, 캐릭터 상품, 장난감, 출판 등 다양한 장르로 변용하여 판매해 부가가치를 극대화하는 기본전략"[8]으로 정의된다. OSMU에서 중요한 것은 원소스의 재연이 아닌 원소스를 이용하여 어떻게 콘텐츠를 제작하는가의 문제라고 할 수 있다. 이때 선택한 원소스를 변환하여 콘텐츠로 생산하고 전달하는 과정에서 필요한 것이 스토리텔링이다.[9]

스토리텔링이란 어떤 매체와 형식으로 사건을 서술하여 스토리가 있

---

6 이금란, 「김유정의 〈봄·봄〉과 HDTV 〈봄, 봄봄〉의 서사변용 연구」, 『한국문학과 예술』 17, 숭실대 한국문학과예술연구소, 2015, 133~166쪽.
7 이대범, 「김유정 원작소설의 영화화 양상 연구-영화 〈봄·봄〉과 〈땡볕〉을 중심으로」, 『어문론집』 54, 중앙어문학회, 2013, 405~431쪽.
8 김평수, 『문화산업의 기초이론』, 커뮤니케이션북스, 2014, 36쪽.
9 강민정, 「OSMU를 활용한 스토리텔링 창작방법 연구-〈논개〉 문화콘텐츠를 중심으로」, 『한국문화기술』 4, 단국대 한국문화기술연구소, 2007, 252쪽.

는 것(이야기, 서사물, 작품, 텍스트, 담화 등)을 짓고 만듦으로써 무엇을 표현, 전달하고 체험시키는 활동 즉 사건의 서술을 통한 스토리 형성하기를 말한다. 그리고 스토리텔링은 디지털과 IT기술의 발달로 인한 문화콘텐츠산업과 밀접한 관련을 맺는다. 따라서 전통적인 이야기 행위에서 나아가 매체를 복합적으로 활용하는 문화산업 시대의 이야기 활동 전반 즉 아이디어의 발상과 기획에서 창작, 제작 등을 거쳐 이야기물이 산출되기까지를 포함하며 경우에 따라 이것의 사용 혹은 소비과정 까지를 포함한다.[10]

요컨대 스토리텔링은 문화산업의 성장과 디지털 기술의 발전 아래 문화콘텐츠 산업의 핵심적인 창작기술이자 전략[11]을 지칭하는 개념으로 정의된다. 박기수는 "스토리텔링은 향유자의 체험을 창조적으로 조작하는 전략적 구성과 그 실천"이라는 점에서 "참여중심, 체험중심, 과정중심의 향유적 담화양식"[12]임을 강조한다. 나아가 그에 따르면 장르 전환 또한 스토리텔링 전환을 전제로 한다. 장르에서 장르로의 전환은 개개의 장르별 변별성에 바탕을 두고 전개되는데, 장르별 변별성은 구현목적, 구현매체, 구현기술, 장르별 문법, 중심타깃, 중심수익창구, OSMU 전개순서, 전개효과 등의 차이를 통합적으로 구현하는 스토리텔링 전환전략을 기반으로 탐구되어야 하며, 그것은 스토리텔링의 정체와 긴밀하게 연동될 수밖에 없다.[13]

---

10 최시한, 『스토리텔링, 어떻게 할 것인가』, 문학과지성사, 2015, 64~67쪽.
11 박기수 · 안숭범 · 이동은 · 한혜원, 「문화콘텐츠 스토리텔링의 현황과 전망」, 『인문콘텐츠』 27, 인문콘텐츠학회, 2012, 10쪽.
12 박기수는 "스토리텔링은 서사, 장르, 매체, 구현기술 등의 텍스트 중심논의와 향유자의 소구 및 활성화 양상 등 방안에 대한 향유중심 논의 그리고 구현목적에 따르는 스토리텔링의 성격에 대한 논의(수익, 유통, 비즈니스 등의 성과에 대한 기대와 효과)를 포함해야 한다"라고 강조한다. 박기수, 「One Source Multi Use 활성화를 위한 문화콘텐츠 스토리텔링 전환 연구」, 『한국언어문화』 44, 한국언어문학회, 2011, 165~167쪽.

결국 OSMU를 활용한 문화콘텐츠를 제작할 때, 문화콘텐츠의 생산자는 선택한 요소를 변환하여 콘텐츠로 생산하고 전달하는 과정을 거쳐야 하는데, 이러한 과정에서 필요한 전략을 스토리텔링이라고 할 수 있다. 따라서 경쟁력 있는 문화콘텐츠를 제작하기 위해 필요한 것은 스토리텔링에 대한 연구이다. 하지만 그동안 OSMU에 관한 연구에서는 각 매체 간의 형식적인 특수성을 무시한 채 원소스가 다양한 방식으로 활용되면서 얼마나 많은 부가가치를 창출했는지에 주목하고 또 그러한 산업적인 가치를 창출할 수 있는 원소스의 개발이 시급함을 역설하는 데 치중한다. 이러한 방식의 OSMU에서는 이야기가 부가가치를 창출하는 콘텐츠로서만 기능하면서, 매체와 장르를 막론하고 모든 서사물들은 언제든 몸을 바꿀 수 있는 무정형의 유동체, 고부가 가치를 지닌 멀티콘텐츠로 변환한다.[14] 하나의 소스가 형태를 달리하여 수없이 자신의 몸을 복제해 낼 때 남는 것은 이야기들 사이의 개별적 차이가 아니라 차이를 소거시킬 수 있는 이야기들 간의 등질적 구조, 즉 호환성일 뿐이다.[15] 이야기가 다양한 콘텐츠로 변환할 때 매체들 사이에 가로놓인 간과할 수 없는 차이와 매체 전환과정에서 필연적으로 발생하는 단절과 변이의 양상들은 고려되지 않는다는 것이다.

OSMU에서 고려해야 할 것은 매체 전환 과정에서 개별 텍스트의 이야기가 어떻게 다른 방식으로 전달되고, 변형되는가를 살피는 일이다. 이때 바탕이 되는 것은 스토리가 전달되는 스토리텔링의 과정, 즉 이야기 행위에 주목하는 일이다. 매체의 전환 시 각 매체가 지닌 특성에 따

---

13 위의 글, 157~158쪽.
14 박진, 「디지털 콘텐츠 시대의 매체적 정체성」, 『작가세계』 21-1, 작가세계, 2009, 228쪽.
15 박훈하, 「정보양식과 문학의 위상―문학자산의 산업화와 그 환상」, 『어문논총』 45, 한국문학언어학회, 2006, 531쪽.

라 스토리텔링의 양상이 달라지고 전달되는 이야기 또한 변화를 겪게 된다는 점에 초점을 맞추어야 한다. 따라서 원소스로서의 이야기와 매체를 통해 재매개되면서 전환된 이야기 사이의 공통점과 차이점, 반복성과 개별성에 주목해야 할 것이다.

이 글은 오랫동안 향유되면서 대중의 사랑을 받고 있는 원소스이자 원형콘텐츠인 「봄·봄」이 매체와 장르가 전환되면서 어떠한 새로운 의미와 서술을 창출하는지 그리고 수용자(향유자)와의 상호작용은 어떻게 이루어지는지 스토리텔링의 양상을 통해 살펴보고자 한다. 이를 위해 이 글에서 분석의 대상으로 삼는 텍스트는 소설 「봄·봄」(1935), 영화 〈봄봄〉(1969년), TV문학관 〈봄봄〉(1983년), HDTV문학관 〈봄, 봄봄〉(2008년)이다. 이들은 공통적으로 서사를 토대로 하지만 언어매체인 소설과 영상매체인 영화와 드라마라는 점에서 장르적 차이를 지닌다. 또한 제작년도에 있어서도 시간적인 편차를 보인다. 따라서 다양한 문화콘텐츠들이 소설 「봄·봄」이란 원소스에 시대와 장르적 변이에 따른 매체 기법이나 구현기술, 미학적 가치, 수용자와의 상호작용, 사회·문화적 맥락과 경제적 논리에 따른 이야기의 변형 등을 포함하고 있음을 알 수 있다. 이 글은 이러한 점에 주목하여 「봄·봄」이 다양한 문화콘텐츠로 제작될 때 이루어지는 스토리텔링 전략을 규명하고자 한다. 이를 통해 다양한 콘텐츠의 장르별 특성과 이에 따른 스토리텔링 전략 그리고 향유방식에 있어서 공통점과 차이점이 드러나리라 기대한다.

2. 소설「봄·봄」 − 신빙성 없는 서술과 독자의 연민 유발

「봄·봄」의 '나'는 3년 7개월 동안 데릴사위로 지내면서 점순이와의 결혼을 꿈꾸지만 장인은 점순이의 키가 덜 자랐다는 이유만으로 자꾸만 결혼을 미룬다. 따라서 '나'의 결혼에 대한 욕망과 장인의 결혼을 미루려는 욕망이 대립하면서 갈등을 낳고 사건이 전개된다. 서사구조 차원에서「봄·봄」의 스토리 양상을 살피면 다음과 같다.

그저께 　① 나는 처음부터 장인의 계약이 잘못되었음을 알게 된다.
　　　　② 점순이가 장인에게 결혼을 재촉할 것을 은근히 강요한다.
어제 아침 ③ 내가 배가 아프다고 태업을 하자 장인이 뺨을 때린다.
어제 낮 　④ 나는 장인과 함께 구장에게 가서 호소하나 별 소득이 없이
　　　　　돌아온다.
어제 밤 　⑤ 나는 뭉태로부터 내가 세 번째 사위라는 말을 듣는다.
오늘 아침 ⑥ 점순이가 결혼을 재촉할 것을 부추긴다.
　　　　⑦ 나는 꾀병을 부려 태업을 한다.
　　　　⑧ 나는 장인과 싸운다.
　　　　⑨ 나는 점순이의 태도가 돌변한 영문을 모른다.

'나'는 점순과 약속대로 혼례를 시켜줄 것을 장인에게 요구한다. 그런데 장인이 자꾸 결혼을 미루자 꾀병을 부려서 태업하기도 하고(③, ⑦) 구장에게 담판을 요청하거나 장인과 싸운다(④, ⑧). 점순이도 나에게 결혼 재촉을 은근히 부추기지만(②, ⑥) 나중에 장인의 편이 되어버리자 '나'는

영문을 몰라 한다(⑨). 장인과의 싸움에서 점순이의 요구대로 장인의 수염을 잡아채지만 오히려 점순이로부터 비난을 받게 되자 당황해 하는 것이다. '나'의 점순과의 결혼은 실현되지 않고 사건은 미해결로 끝나버린다.[16] 이러한 「봄·봄」의 스토리는 플롯차원에서 오늘 아침 이후ー어제 아침ー어제 낮ー그저께ー어제 밤ー오늘 아침으로 사건이 역순행적으로 재배열된다. 사건의 시간이 서술 속에서 과거와 현재를 자유롭게 넘나드는 것은 보여주기showing보다 말하기telling 방식이 우세한 소설이 지닌 스토리텔링의 특징 때문이다. 이러한 특징은 문자매체인 소설이 시간을 쉽게 요약해서 서술하기에 용이하다는 것을 보여준다. 반면에 드라마나 영화매체에 비해 공간을 표현하는 데는 한계가 있다.[17]

「봄·봄」은 일인칭 서술상황[18]으로 되어 있다. 일인칭 서술상황은 서술자의 세계와 등장인물의 세계가 한 사람의 자아 속에서 즉 일인칭 서술자의 의식과 회상 속에서 직접 마주 대하고 있으므로 체험하던 그 당시와 지금 현재의 서술행위 사이에 놓여있는 시간적 간격이 경험자아와 서술자아 사이의 긴장을 부각시키며 이 긴장이 소설의 의미구조를 결정하게 된다.[19] 여기서 경험자아의 시점과 서술자아의 시점은 상이한 의식내용을 포함하게 되고 서술자아는 경험자아의 행동이나 의식에 대해 어떤 식의 평가를 내리게 된다. 그러나 「봄·봄」에서는 사건을 경험한 경험자아와 이틀 전부터 오늘 아침까지의 사건을 서술하는 서

---

16 엄미옥, 「김유정 소설의 욕망과 서술상황 연구」, 숙명여대 석사논문, 1997, 35~36쪽.
17 주창윤, 「텔레비전 드라마와 소설분석의 차이」, 『한국언어문화』 26, 한국언어문화학회, 2004, 4쪽.
18 일인칭 서술상황은 서술자가 허구세계의 등장인물로 존재하는 서술상황이다. 일인칭 서술자의 경우 서술동기는 존재론적인 것으로 그것은 그의 실체험과 그가 경험하는 기쁨과 슬픔, 그의 기분과 욕구 등과 바로 연결된다. 슈탄젤, 김정신 역, 『소설의 이론』, 탑출판사, 1994, 145쪽.
19 위의 책, 61~63쪽.

술자아의 시·공간적 거리가 거의 느껴지지 않고 무화되어 있다. 이야기를 서술하는 지금, 현재의 서술자아가 전경화되어 수용자가 마치 '나'의 내적독백을 듣는 것과 같은 환상을 불러일으킨다.[20] 요컨대 「봄·봄」은 인물에게 직접 이야기를 듣는 듯한 생생한 현장감을 느끼게 만드는 스토리텔링 전략을 통해 독자와의 상호작용이 이루어지고 있다.

한편 「봄·봄」에서는 서술하는 현재와 경험하는 과거의 시공간적 거리가 거의 느껴지지 않으면서도 간혹 서술하는 '나'가 주석과 판단을 통해 그 존재를 노출한다. 서술자아는 이야기에 틈틈이 개입하여 지금의 위치에서 과거의 사건이나 행동, 심리에 대해 판단과 평가를 보이는 것이다. 그러나 이 과정에서 서술자아와 경험자아는 인식상의 차이나 심리적 변화를 거의 보이지 않는다.

① 그래 내 어쩌께 싸운 것이지 결코 장인님이 밉다든가 해서가 아니다.
② 그러나 내 사실 참 장인님이 미워서 그런것이 아니다.
③ 뭉태의 말은 구장님이 장인님에게 땅 두마지기 얻어부치니까 그래쮀였다구 하지만 난 그렇게 생각 안는다.
④ 뭉태는 땅을 얻어부치다가 떨어진 뒤로는 장인님만보면 공연히 못 먹어서 으릉거린다. 그것두 장인님이 저 달라구 할 적에 제 집에서 위한다는 그 감투(예전에 원님이 쓰든 것이라나 옆구리에 뽕뽕 좀목은 걸레)를 선뜻주었으면 그럴리도 없었든걸.

---

20 전신재에 의하면 이러한 서술적 특징은 「봄·봄」은 물론 김유정 문학이 지닌 구술성에서 기인한다. "김유정 소설은 일인칭 소설이든 삼인칭 소설이든 마을의 이야기판에서 청중들을 휘어잡고 신나게 이야기하는 사람의 목소리를 그대로 녹음해놓은 구술록과 같다. 그중에서도 「봄·봄」은 현재 자기가 당하고 있는 억울함을 호소하는 이야기이며 그의 작품은 읽기위한 소설이라기보다 들려주기 위한 이야기라고 할 수 있다." 전신재, 「김유정 소설의 설화적 성격」, 김유정학회 편, 『김유정의 귀환』, 소명출판, 2012, 200~201쪽.

⑤ 그러나 여기가 또한 우리 장인님이 유달리 착한 곳이다. 어느 사람이면 사경을 주어서라도 당장 내쫓앗지 터진 머리를 불솜으로 손수 짖어주고 히연 한 봉을 넣어주고 그리고 "올갈엔 성례를 꼭 시켜주마, 암말말구 가서 뒷골의 콩밭이나 얼른 갈아라"하고 등을 뚜덕여줄 사람이누구냐. 나는 장인님이 고마워서 어느듯 눈물까지 낫다.

①, ②는 서술자아가 점순과의 결혼을 재촉하자 이를 거절하는 장인과 싸우고 난 사건에 대해 변명하고 있다. ③, ④에서 서술자아는 뭉태의 충고를 무시하고 오히려 장인을 두둔하고 있다. ⑤는 점순과 결혼시켜 달라고 대들다가 머리가 터지도록 매를 맞고도 금방 장인의 회유책에 말려들어가 오히려 장인을 감싸고도는 것으로 서술자아의 바보스럽고 순진한 모습을 보여준다. 위 인용문으로 보아 서술자아는 사건이 완결된 이후에도 경험자아와 마찬가지로 아직도 장인의 진의를 제대로 파악하지 못하고 있음을 알 수 있다. 한편 경험자아가 점순이의 말을 곧이곧대로 믿는 것에서도 그의 어리숙함을 엿볼 수 있다.

① 아픈 것을 눈을 꽉 감고 넌 해라 난 재미난 듯이 잇엇으나 볼기짝을 후려 갈길적에는 나도 모르는결에 벌떡 일어나서 그수염을 잡아챗다마는 내 골이 난 것이 아니라 정말은 아까부터 벽 뒤 울타리 구멍으로 점순이가 우리들의 꼴을 몰래 엿보고 있엇기 때문이다. 가뜩이나 말한마디 톡톡히 못한다고 바보라는데 매까지 맞는걸 보면 짜정 바보로 알게 아닌가. 또 점순이도 미워하는 이까진 놈의 장인님 나곤 아무것도 안되니까 막 때려도 좋지만 사정보아서 수염만 채고(제 원대로 햇으니까 이때 점순이는 퍽 기뻣겟지)

② 나의 생각에 장모님은 제남편이니까 역정을 할지도 모른다. 그러나 점
　　순이는 내편을 들어서 속으로 고수해서 하겠지 ─ 대체 이게 웬속인지
　　(지금까지도 난 영문을 모른다)

　①은 경험자아가 수염을 잡아채라는 점순이의 말대로 장인의 수염을
잡아당기면서 점순이가 기뻐할 것이라고 생각하는 장면이다. ②는 점
순이 장인과 싸우는 나에게 버럭 화를 내자 시키는 대로 했는데 왜 그런
지 영문을 몰라하는 '나'의 내면을 제시한 것이다. 이처럼 경험자아는
자기가 좋아하는 점순의 말이라면 그대로 믿는 어리숙하고 인식수준이
낮은 모습을 보인다. 또한 앞에서 언급했듯이 서술하는 나가 장인을 우
호적으로 서술함으로써 서술자는 신빙성을 잃고 있다. 독자는 이러한
신빙성 없는 서술을 통해 점순이와의 결혼에 대한 욕망이 성취되기 어
려우리라고 예상한다. 작가는 이러한 바보스럽고 미숙한 '나'의 시점으
로 허구세계를 전달하면서 수용자로 하여금 그의 시점으로 허구세계를
지각하게 하지만 서술자아가 모르는 부분을 독자가 눈치 채도록 하여
아이러니를 유발[21]한다. 이때 서술자의 서술행위를 통해 작가(내포작가)
와 독자는 은밀히 소통하면서 서술자의 인물됨을 평가하게 된다. 작가
와 독자는 공모관계를 통해 신빙성 없는 서술자보다 더 많은 지식을 알
고 있다는 우월함을 느끼고 그것을 모르는 서술자에 대한 조소를 보낸

21　웨인 부스는 서술자가 그 작품의 규범(함축된 작가)을 대변하거나 거기 따라서 행동할 경우
　　신빙성 있는 서술자이고 그렇지 않을 경우 신빙성 없는 서술자라고 말한다. 신빙성 없는 서
　　술자를 사용하는 이유는 작가와 독자 사이의 아이러니적인 충돌에 의해 그 효과가 드러난다
　　고 하면서 비신빙성의 주요한 근거로 ① 서술자의 제한된 지식, ② 개인적 연루관계, ③ 문제
　　성 있는 가치기준, ④ 서술자가 소유한 특이한 정신상태를 들고 있다. 서술자의 서술이 신빙
　　성을 잃고 믿을 수 없는 서술이 될 때 독자는 스토리의 제시와 논평에 대해 의혹을 갖게 되고
　　내포작가와 은밀히 교감하게 되며 서술자는 아이러닉하게 된다. 시모어 채트먼, 한용환 역,
　　『이야기와 담론』, 고려원, 1990, 282쪽.

다. 독자는 그러한 서술자에 대해 거리를 두고 바라보게 되지만 한편으로는 따뜻한 웃음을 짓고 연민을 갖게 된다.

소설 「봄·봄」은 이러한 신빙성없는 서술의 스토리텔링 전략으로 서술자이자 인물로서 '나'를 바보스럽고 어리숙한 인물로 만드는 동시에 수용자로 하여금 연민의 감정을 불러일으키게 만드는 효과를 낳고 있다.

3. 영화 〈봄봄〉 – 삼각관계의 전경화와 환상적 장면의 삽입

영화 〈봄봄〉(1969)[22]은 1960년대에 본격화된 문예영화의 일환으로 제작된다. 한국영화의 진흥과 보호를 위해 정부는 1958년 '국산 영화 제작 장려 및 영화오락 순화를 위한 보상특혜조치'를 발표하고 우수한 한국영화 제작을 유도하기 위한 정책적 방안으로 외국영화 수입권을 활용한다. 우수국산 영화의 기준은 문학적인 가치가 높다고 판단되거나 반공의식 고취에 도움이 될 수 있는 문예영화나 반공영화들이었다. 이에 따라 한국영화 중에서 문학적 지명도를 영화의 평가로 활용하려는 시도가 꾸준하게 나타나는데, 김유정 작품 중 문학성을 앞세우며 본격적인 제작에 착수한 경우는 〈봄봄〉이었다.[23] 먼저 총 91개의 장면scene

---

22 영화 〈봄봄〉(1969), 신봉승(각본), 김수용(감독), 태창흥업주식회사(제작사), 한국영상자료원.
23 문학작품을 원작으로 삼은 영화들의 경향이나 의도는 크게 두 가지로 나눌 수 있는데, 하나는 소설의 인기와 지명도를 영화 흥행에 적극적으로 반영하려는 경우이고 다른 하나는 문학적 평가를 영화의 작품성으로 흡수하려는 경향이었다. 조희문, 「김유정의 소설과 영화제작에 관한 연구」, 『영화교육연구』 10, 한국영화교육학회, 2008, 11~12쪽.

으로 되어 있는 영화의 시나리오를 바탕으로 플롯을 구성하면 다음과
같다.

(1~22) 발단 : 늦겨울에서 봄으로 가는 계절적 배경과 아담한 농촌마
을 전경이 제시된다. 새끼를 낳은 돼지에게 뜬 물을 부어주는 춘삼과 그
를 머슴으로 부려먹을 수 있어 내심 흡족해하는 봉필 영감이 등장한다.
구장의 올 가을에는 성례를 시켜주라는 말에 봉필은 아직 점순이가 어
리다며 핑계를 대면서 뒷돈을 몰래 구장에게 건넨다. 점순이는 밤낮 우
직하게 일만 하는 춘삼을 원망한다.

(23~42) 전개 : 뭉태가 춘삼에게 점순이 신랑감이 되려고 머슴 산 사
람이 셋이나 있다는 사실과 큰딸이 머슴 산 놈과 달아났다는 사실을 폭
로한다. 봉필 영감 집에서 데릴사위를 한 경험이 있는 뭉태는 점순이에
게 자기가 사경을 받거든 같이 달아나자고 하면서 끈질기게 구애를 한
다. 춘삼이가 자신을 머슴으로만 취급하는 봉필에게 반항하자 봉필 영
감이 달려와 작대기로 때린다. 춘삼이가 성례를 안 시켜주면 고향으로
돌아가겠다고 하자 봉필이 점순이 키가 아직 모자란다고 우긴다. 구장
어른께 가서 따져보자는 춘삼의 요구에 따라 구장을 찾아가지만 결론
이 나지 않는다.

(43~67) 위기 : 범표와 달아났던 점순의 큰언니가 트럭을 타고 돌아
온다. 봉필 영감은 보약까지 해온 그들이 크게 성공한 줄 알고 화해한
다. 이를 본 마을사람들이 춘삼이만 불쌍하다고 수근대기 시작한다. 점
순이도 소극적인 춘삼이에게 자기를 데리고 달아나기라도 하라고 불만
을 제기한다. 뭉태가 울고 있는 점순을 달래는 광경을 본 춘삼이는 화가
나서 뭉태와 몸싸움 까지 벌인다.

(68~88) 절정 : 뭉태가 점순에게 치마 저고리감을 주며 함께 달아나자고 한다. 쌀 스무 가마니를 싣고 떠났던 장순이 범표에게 버림받고 다시 돌아온다. 화가 난 봉필 영감은 춘삼에게 돼지를 팔아 노자돈을 마련해오라고 시키고 뭉태를 불러 쌀을 찾아올 것을 부탁한다. 뭉태가 쌀을 찾아오면 점순이를 자신에게 달라고 요구하자 봉필 영감은 이를 받아들인다. 점순이가 춘삼이에게 그 사실을 알리자 크게 놀란다.

(89~91) 결말 : 춘삼이가 봉필 영감과 몸싸움을 벌이다가 구장이 일러준 대로 그의 물건을 움켜잡고 협박을 해서 결혼승낙을 받아 낸다. 춘삼과 점순이의 결혼식이 진행되고 마을사람들이 축하하는 가운데 봉필은 한숨을 짓는다.

영화 〈봄봄〉의 스토리와 플롯은 원소스인 소설 「봄·봄」과 비교해 볼 때 머슴으로 부릴 속셈으로 점순과의 성례를 미루고자 하는 봉필과 점순이와의 혼인을 욕망하는 춘삼의 갈등을 그린 점에서는 유사하다. 하지만 영화는 이러한 갈등을 매개하는 서브플롯을 적극적으로 활용하거나 부수적 인물의 역할을 크게 부각시킨 점에서 차이가 있다.

영화에서는 시작과 더불어 춘삼이가 돼지 교미를 부치는 장면이 등장한다. 돼지머리가 클로우즈업 쇼트된 다음 풀쇼트로 화면가득 돼지의 등이 위 아래로 숨가쁘게 움직이는 모습을 보여준다. 그리고 춘삼의 웃는 얼굴이 클로즈업되고 그가 돼지를 끌고 집으로 돌아가는 장면을 보여준다. 여기서 돼지 교미 장면은 점순이와의 혼례를 바라는 춘삼이의 욕망과 유사한 계열의 사건에 해당한다.

또한 소설에서는 부수적인 인물로만 처리되었던 뭉태의 역할이 영화에서는 큰 비중을 차지한다. 뭉태는 춘삼이를 "머슴도 데릴사위도 아닌

게 일만 할 것이냐'라며 놀리는가 하면 점순이에 대한 미련을 버리지 못해 그녀에게 같이 달아나자고 하는 등 끈질긴 구애를 한다. 사실 뭉태 또한 봉필 영감의 집에서 데릴사위를 한 경험이 있다. 하지만 제풀에 지쳐 봉필의 집을 뛰쳐나왔음에도 불구하고 점순이에 대한 욕망을 포기 못해 춘삼과 점순이를 갈라놓는 방해자가 된다. 춘삼은 이러한 뭉태를 의식한 나머지 환상 속에서 점순과 뭉태의 사이를 의심하는가 하면 울고 있는 점순을 달래는 뭉태와 몸싸움까지 벌인다. 뭉태는 영화에서 단순이 부수적인 인물이 아니라, 춘삼이의 연적으로서 삼각관계를 형성하면서 사건과 갈등을 심화시키는 데 중요한 역할을 하는 것이다. 그런가 하면 구장은 봉필 영감이 젊은 시절 결혼 허락을 위해 그의 장인에게 써먹던 방법을 춘삼에게 몰래 알려주어 춘삼이가 봉필 영감의 물건을 잡고 늘어지면서 결혼 허락을 받아 내는 데에 조력자 역할을 하는 것이 소설과 다른 점이다.

한편 영화 〈봄봄〉에서 삼각관계의 플롯뿐만 아니라 또 하나의 중요한 서브플롯으로 기능하는 것은 야반도주했던 큰 딸 장순과 범표가 다시 돌아와 봉필 영감의 쌀 스무 가마를 싣고 달아나는 사건이다. 장순과 범표는 한대의 트럭을 타고 돌아와 마을사람들의 부러움을 사고 봉필 영감과 화해한다. 나아가 과거의 두 사람의 도주는 아름다운 애정행위로 미화되고 미련스럽게 일만하고 적극적이지 못한 춘삼이를 더욱 불쌍하게 만든다. 점순이도 언니를 보면서 춘삼의 태도가 더욱 못마땅해진다. 그러나 범표가 장순이를 버리고 쌀만 싣고 도망감으로써 사건은 반전된다. 봉필 영감이 믿었던 큰 사위에게 사기를 당하는 입장이 된 것이다. 범표의 이와 같은 행동은 우직한 춘삼의 성격과 행동이 오히려 수용자에게 긍정적으로 부각되도록 만든다. 무엇보다 스토리 차원에서 영화와 소설의 가장 큰 차이점은 마지막 결혼식 장면이다. 소설이 신빙성 없는 서술로써 독자로 하여금 결혼이 계속 지연되리라 예상하게 만드는데 비해, 영화는 마을사람들의 축하를 받으며 점순과 춘삼이 혼례를 치르면서 해피엔딩으로 끝난다.

요컨대 영화 〈봄봄〉에서 점순이를 향한 춘삼이와 뭉태의 삼각관계의 플롯은 수용자에게 통속적인 멜로드라마적 요소를 강화시켜 흥미를 돋우고 긴장감을 끌어내기 위한 장치로 보인다. 그리고 마지막 혼인식 장면은 교활한 뭉태와 범표에 비해 바보스럽고 우직한 춘삼이가 행복해지는 결말로서 수용자에게 착한 사람이 행복을 얻는다는 안도감과 대리만족을 제공하고, 욕심쟁이 봉필 영감과의 대결에서 춘삼이가 승리하는 모습을 통해 카타르시스를 느끼게 만든다.

소설과 영화는 스토리를 지닌 서사매체이지만 언어와 영상이라는 매체의 차이로 인해 스토리텔링 방식에 차이가 생기고 그 생산과 수용과정이 달라진다. 스토리텔링의 측면에서 소설과 영화의 가장 큰 차이는 매체의 특수성으로 인한 서술자의 목소리와 초점화 양상과 관련되어 있다. 영상매체인 영화에서 서술자는 영상으로 이야기를 전달하는 익명적 존재(스토리 바깥의 서술자)로서 스크린 밖에서 울리는 부분적인 내레이션(보이스오버 내레이션)을 제외하면 가청적인 목소리를 지니지 않는다. 영상매체는 인물들을 밖에서 초점화 하는 외적 초점화 방식이 지배적이다. 영상물로의 매체 전환과정에서 이야기의 질적 변화를 초래하는 변수도 바로 이 같은 서술자와 초점화 문제라고 할 수 있다.[24] 영화는 소설에 비해 시점의 이동이 비교적 자유롭다.[25] 하지만 영화로 표현

---

24 박진, 앞의 글, 238쪽.
25 소설에서 화자의 목소리에 해당하는 영화적 기법은 카메라의 눈으로서 이 차이는 중요하다.

되기 어려운 시점의 소설도 있는데, 일인칭 서술상황 중에서도 고백적 성격이 강한 소설과 삼인칭 작가적 서술상황 중에서도 서술자의 중개성이 강한 소설들이다. 영화에서는 서술자의 주석, 논평, 해설과 같이 서술자가 서사를 지배하는 상황 혹은 내면의 고백과 같은 목소리가 직접 전달되지 못하고 인물의 행동이나 표정, 미장센, 쇼트의 연결 등 영화매체의 표현방식을 활용해서 직접 보여줘야 하기 때문에 어려움을 겪는다.

소설 「봄·봄」은 일인칭 서술상황으로, 서술자아인 '나'가 경험자아로서 겪은 사건에 대해 서술하면서 사건에 대한 주석과 평가를 내린다. 하지만 두 자아는 심리적으로나 인식적으로 차이가 없으며 허구세계의 진상을 제대로 파악하지 못하는 낮은 인식의 소유자이다. 이러한 신빙성 없는 일인칭 서술 대신 영화에서는 자유롭게 인물과 공간을 넘나드는 카메라의 시점을 통해 이야기를 재현한다. 구체적으로 관객은 춘삼이의 행동이나 표정 또는 그의 시점과 다른 인물의 시점쇼트로 편집된 장면으로 인물의 심리를 파악하고 스토리를 이해한다.

먼저 춘삼이의 성격은 점순이의 키를 수시로 지게막대기로 재어 마당의 나무기둥에 대어보면서 실망하는 장면이라든가 보리밭에서 우직

영화에서 관객은 렌즈와 자기 자신을 동일시하며 영화의 화자와 자신을 결국 동일시하게 되는 것이다. 영화에서 일인칭 화자를 만들기 위하여 카메라는 모든 행동을 한 인물의 시야를 통해서 기록해야만 할 것이며 그것은 결국 관객을 주인공으로 만들게 될 것이다. (…중략…) 전지적 서술은 영화에서는 거의 불가피한 것이다. 문학에서 일인칭 서술과 전지적 서술은 상호배타적이다. 만약 어떤 인물이 우리에게 자기의 생각을 직접 말한다고 해도, 그가 타인의 생각마저 정확하게 우리에게 말해 줄 수는 없기 때문이다. 그러나 영화에서 일인칭 서술과 전지적 서술의 결합은 흔하다. 감독이 카메라를 움직일 때마다 ─ 한 쇼트 내에서 움직이거나 혹은 쇼트와 쇼트 간에 움직이거나 ─ 우리는 새로운 시점을 제공받는 셈이며, 그 새로운 시점에서 씬을 평가하게 될 것이다. 영화감독은 주관적인 시점 쇼트(일인칭)에서 여러 가지 객관적 쇼트로 쉽게 커트하여 전환할 수 있다. 루이스 자네티, 박만준·진기행 역, 『영화의 이해』, K-books, 2008, 395~396쪽.

하게 일하는 장면을 부각시키거나 진달래꽃을 꺾어 마을 어귀에 있는 천하지하天下地下 대장군 앞에 바치면서 "우리 점순이 키 좀 빨리 크게 해주세요"라며 기도하는 모습 등으로 드러난다. 이와 같은 행위는 수용자에게 웃음을 유발한다. 더욱이 뭉태가 그를 놀리거나 "점순이와 장가가려고 머슴 살던 사람이 셋이나 더 있었다"는 충격적인 사실을 폭로하는 장면에서 춘삼은 항상 뭉태보다 아래에서 그를 올려다보는 시점쇼트(로우 앵글쇼트)로 편집되어 수용자에게 춘삼이가 뭉태와의 위계 속에서 항상 열등하게 보이도록 만들면서 연민을 자아낸다. 그러나 춘삼은 뭉태의 방해와 봉필의 악행에도 불구하고 구장의 도움으로 점순이와 혼례를 치를 수 있게 됨으로써, 소설보다는 덜 미숙한 인물로 그려진다.

시간의 이동과 요약이 비교적 자유롭지만 공간을 표현하는 데 한계를 지니는 소설에 비해 영화는 보여주기의 스토리텔링으로 공간이나 배경의 재현에 더욱 유리하다. 영화 〈봄봄〉은 오십여 호의 아담한 마을과 마을 뒷산에 아직 녹지 못한 눈이 희끗희끗 쌓여있는 풍경을 롱쇼트로 보여주기 시작하여 돼지우리, 봉필의 집, 개울가, 보리밭, 논둑길, 마을길, 주막, 구장집 등 사건이 발생하는 스토리 공간이 제시된다. 그런가하면 벚꽃과 진달래 등 만발한 꽃들이 풀 쇼트로 삽입되어 봄의 계절을 시각화하고 장면 전환을 위한 분위기를 조성하는 역할을 한다. 이는 소설 「봄·봄」에서 수용자가 이미지로만 상상했던 공간과 배경을 시각적으로 재현한 것으로, 수용자로 하여금 보다 생생한 이미지를 느낄 수 있게 한다.

한편 영화 〈봄봄〉의 스토리텔링의 특징으로는 환상적 장면의 삽입을 들 수 있다. 이는 대부분 춘삼의 의식 속에서 이루어진다. 첫째 돼지를 몰고 오던 춘삼이가 지나가는 혼인 행렬을 넋을 잃고 바라보다가 말위에 탄 신랑이 자신이 되어 싱글벙글하는 장면으로 바뀜, 둘째 뭉태가 점순에게 옷감을 내놓자 점순이가 좋아하고 서로 얼굴을 부비는 광경을 상상하고 점순을 향해 뛰는 장면, 셋째 돼지우리 속에 섞여 있는 춘삼을 때리다가 오히려 춘삼에게 매를 맞는 봉필 영감의 꿈 장면이 그것이다. 첫 번째 환상장면은 춘삼이의 점순과의 결혼에 대한 욕망을 함축하고 결말 부분을 암시한다면 두 번째 환상은 점순이의 마음을 뭉태에게 뺏길까봐 계속해서 그를 경계하는 모습을 보여준다. 세 번째 봉필의 꿈 장면은 이후 *그가* 범표에게 사기를 당하는 사건에 대한 복선이다. 이러한 장면의 삽입은 환상적인 쇼트로서 사건의 진행 중간에 삽입되어 수용자로 하여금 앞으로 진행될 사건을 예상하게 만들고, 영화의 재미를 한 층 더해준다. 또 영화에는 에로틱한 애정신이 다소 포함되어 있어 영화가 소설보다 대중성과 상업성을 고려하는 매체임을 알 수 있다. 먼저 범표와 장순이 달아나기 전 봉필 영감 몰래 물레방앗간 옆에서 서로 안고 딩구는 장면, 점순과 춘삼이 봉필 영감의 눈을 피해 점순의 방에서 애정행각을 벌이는 장면이 앞에 서술한 뭉태와 점순의 애정신과 함께 삽입되어 수용자의 관음증과 시각적 쾌락을 충족시키는 역할을 한다.

데릴사위와 장인의 갈등이 전면화되었던 소설과 달리 영화는 삼각관계의 러브스토리[26]와 환상적인 장면, 애정신의 삽입으로 통속적인 멜로영화로서의 성격이 강화되었다. 이러한 스토리텔링은 생산자의 경제적 창출요구와 더불어 수용자의 즉흥적인 쾌락과 흥미를 충족하기 위

---

26 이대범은 김수용이 각색한 영화 〈봄봄〉이 리얼리즘적인 측면에서 다루어지지 않고 토속적인 러브스토리로 해석되었다고 말한다. 그리고 이로 인해 영화가 소설 원작과 마찬가지로 춘삼이와 점순이의 사랑을 봉필 영감을 통해 사회적 차원의 문제(마름－소작농, 노동착취로서 데릴사위제)로서 접근하고 있음에도 불구하고 후반부로 갈수록 원작에 담긴 사회구조와 관련된 문제는 은폐되고 결혼이라는 결말로 마무리되었다고 하면서 영화의 내용이 사회구조적인 문제에서 출발해 개인적인 문제로 해결한 것은 문학성 측면에서 큰 손실이 아닐 수 없다고 지적한다. 이대범, 「김유정 원작소설의 영화화 양상 연구－영화 〈봄봄〉과 〈땡볕〉을 중심으로」, 『어문론집』 54, 중앙어문학회, 2013, 422~425쪽.

한 전략으로 파악된다.

4. HDTV문학관 〈봄, 봄봄〉—서프라이즈 기법과 미장센의 미학

소설 「봄·봄」은 1983년 TV문학관으로 처음 제작되었고, 이후 2008년에 HDTV문학관으로 다시 제작된다.[27] TV문학관은 "한국의 명작소설, 오리지널 드라마를 TV드라마화하여 방송함으로써 영상을 통한 우리 문학의 소개 및 TV드라마의 새로운 영역을 보여준다"는 취지로 1980년부터 1987년까지 만 8년 동안 총 266편이 제작 방영된 KBS 단막극 프로그램이다. 프로그램의 제작 후에도 TV문학관은 '新TV 문학관', 'HDTV 문학관' 등의 제명으로 수차례 제작되기도 했다.[28] TV문학관은 1980년대 제5공화국 시기에 미디어 정치의 일환으로 TV프로그램을 교양교육 매체로 활용하고자 한 의도가 반영된 드라마 양식이기도 했지만 이 시기 텔레비전이 보편화되어 영상물 제작지원이 TV드라마에 집중되면서 TV드라마의 스펙터클에 대한 대중의 기대도 높았다. 영화와 같은 화면과 볼거리를 즐길 수 있는 스펙터클에 대한 대중의 소구가 형성되고 대규모 제작비, 야외 로케이션 그리고 컬러로 제작되는 TV드라마는 극장에 가서 입장료를 내고 봐야했던 영화를 안방에서 저렴한 시

---

27 박지수 극본, 이건준 연출, HDTV문학관 〈봄, 봄봄〉, 2008.3.3 방영. 이 드라마는 김유정 탄생 100주년을 기념하여 제작되었다.
28 박유희, 「1980년대 문예 드라마 〈TV문학관 연구〉」, 『한국극예술 연구』 57, 한국극예술학회, 2017, 108쪽.

청료로 관람한다는 것을 의미했다. 요컨대 TV문학관은 공영방송의 기치 아래 컬러화로 인한 TV의 영향력이 급격하게 커지는 상황에서 검증받은 문학에 기대어 공영방송 이념을 교양과 예술성으로 합리화하는 동시에 영화와 같은 스펙터클을 시험하고 실현시킬 수 있었던 프로그램이었다.[29]

1983년 방영된 TV문학관 〈봄봄〉[30]은 소설 「봄·봄」에 비해 다음과 같은 이야기 변형이 이루어진다. 먼저 장날 씨름판에서 상대편을 힘으로 제압하는 만복이에게 반한 봉필이 점순이의 키가 자라면 사위를 삼겠다는 약속을 하고 그를 집으로 직접 데려오는 과정이 그려진다. 뭉태가 인물로 등장하지 않고, 아버지의 재산을 탐내는 시집 간 언니들과 봉필의 교활함을 증언하는 마을 청년들이 등장한다. 그리고 구장의 역할은 소설 「봄·봄」과 같다. 드라마의 시대적 배경은 일제강점기이다. 결말부분에서 3년 넘게 열심히 일만 한 만복이가 지쳐서 데릴사위를 그만두고 떠나려고 하자 딸이 정신대에 강제로 끌려갈까봐 봉필이 마지못해 결혼을 허락하는 과정이 그의 화면 밖 목소리로 처리된다. 우직하게 일하는 만복이의 모습이 집중적으로 클로즈업되고 만복이와 봉필의 갈등은 자주 육탄전을 벌이는 장면으로 시각화된다. 봄을 맞은 농촌 풍경이 음향과 풀쇼트로 편집된다. 대체로 1969년에 제작된 문예영화 〈봄봄〉보다 원소스 「봄·봄」에 더 가깝다고 볼 수 있다.

TV문학관 〈봄봄〉은 앞서 언급했듯이 "영상을 통한 우리 문학의 소개 및 TV드라마의 새로운 영역의 개척"이라는 프로그램의 취지가 충분히 성취되었던 1983년에 제작되어 TV문학관의 전형을 가장 잘 보여주는[31]

---

29 위의 글, 110~121쪽.
30 최경식 극본, 김충길 연출, TV문학관 〈봄봄〉, 1983.5.7 방영.

드라마 중 하나라고 할 수 있다. 그러나 여기서는 스토리텔링 차원에서 원소스와의 차이가 두드러지지 않아 매체전환 시 스토리텔링 변환이 크게 이루어진 2008년 HDTV문학관 〈봄, 봄봄〉을 중심으로 드라마의 스토리텔링 양상을 살펴보고자 한다. 1983년에 방영된 〈봄봄〉이 아날로그 기술로 제작되었다면, 2008년에는 HDTV기술로 제작된다. HDTV 기술은 단순한 기술적 변화가 아니라 텔레비전 미학, 구조, 시청경험 등에 중요한 영향을 끼치게 된다. 먼저 HDTV의 와이드 화면으로 인한 풍부한 정보 제공 가능성은 영화에서만 가능했던 장대한 배경화면이나 오밀조밀한 소품 사용을 통한 등장인물의 성격창조 등 이야기 전개를 밀도 있고 현실감 있게 만들어냈다. 또한 HDTV는 고밀도와 고화질이 가능하므로 파노라마 영상, 미장센 기법 도입 등을 활용한다.[32] TV드라마에서 역사 드라마나 영상 의존도가 상대적으로 높은 TV문학관의 단막극 드라마는 HDTV기술에 가장 적절한 형식[33]이라 할 수 있다.

이러한 영상기술의 변화와 2000년대라는 시대적 배경으로 인해 2008년 HDTV문학관 〈봄, 봄봄〉은 스토리텔링 전환에서 소설 「봄·봄」과 상당한 차이를 보인다. 먼저 〈봄, 봄봄〉의 극본을 토대로 장면scene에

---

31 TV문학관은 1980년 12월 18일 〈을화〉를 시작으로 1987년 11월 7일 〈가을비〉까지 총 266편이 제작·방영되었다. 원작 선택이나 연출태도 면에서 볼 때 초기부터 1983년까지는 '문예'의 유산을 적극 수용하는 경향이 두드러졌다. 이 시기가 TV문학관이 가장 주목받은 때이며, 컬러TV를 새로운 영상예술 매체로 활용하기 위해 생산자들의 도전적 시도도 활발하게 이루어진 시기이다. 이 시기에 문예영화와 문예드라마로 반복 재생산되어 온 문학이 전폭적인 지원 속에 컬러TV를 통해 재구성되면서 TV드라마가 영상예술로 인정받게 된다. 그런데 1983년 이후부터 TV문학관이 새로운 TV드라마 영상으로 내세웠던 '올로케이션'이나 '영화와 같은 화질'이 일반화되고 '베스트셀러극장'과 같이 보다 시의적이면서 장르적인 재미를 갖춘 드라마가 등장하면서 점차 존재이유가 약화되다가 1987년에 프로그램 자체가 종영된다. 박유희, 앞의 글, 143~144쪽.

32 주창윤, 「텔레비전 드라마의 미학적 성격」, 『한국극예술연구』 23, 한국극예술학회, 2006, 382~383쪽.

33 위의 글, 384쪽.

따라 플롯의 전개양상을 살펴보면 다음과 같다.

1~26 발단 : 제주도 넓은 목장에서 일하는 병수와 주인 덕배가 티격
태격한다. 해외 연수를 갔던 혜은이가 돌아온다는 소식에 병수와 점순
이가 기뻐하는 가운데 덕배는 남 몰래 한숨을 내쉰다. 혜은이가 어학연
수를 다녀오면 정식으로 교제를 허락하고 곧 병수와 결혼을 시켜주겠
다고 한 계약서 때문이다. 어릴 때 불의의 사고로 부모를 잃고 고아가
된 병수는 아버지의 친구인 덕배의 집에서 자랐다. 울고 있는 어린 병수
에게 혜은이 다가와 무슨 소원이든 들어준다는 바람돌이 인형을 건넨
다. 이후 병수는 그녀를 좋아하게 되지만 그 마음을 감추고 이십년 동안
남매처럼 지내왔다. 병수는 혜은이가 귀국하는 날 설레는 마음으로 환
영카드와 꽃다발을 들고 마중 나가지만 혜은이가 뉴욕에서 만난 남자
친구 경호와 함께 귀국한 것을 보고 실망한다.

27~47 전개 : 병수는 덕배에게 혜은이가 돌아왔으니 결혼을 시켜주
겠다는 약속을 지키라고 요구한다. 하지만 덕배가 병수에게 혜은이의
짝이 되기에 턱없이 부족하다고 말하자 병수는 충격을 받는다. 이후 병
수는 혜은이가 술에 취해 그의 숙소에서 "오빠가 제일 좋고 편하다"라
고 고백하자 뛸 듯이 기뻐하고 이 광경을 몰래 엿보던 덕배는 딸의 마음
을 알게 된다. 이튿날 자기가 사위가 될 것이라고 생각하고 씨암탉 두
마리를 손수 사들고 들어온 병수는 덕배와 점순이가 인사하러 온 경호
에게 사위 대접을 극진히 하는 모습에 실망하며, 목장 일을 그만두고 떠
나겠다고 한다. 덕배는 그를 말리면서 약속을 지키겠다고 말한다. 병수
가 짐을 꾸리고 있을 때 혜은은 당장 결혼해서 자신을 내조해주길 바라
는 경호와 헤어지고 그를 찾아온다. 병수와 혜은은 바닷가 데이트를 통

해 서로의 마음을 확인한다.

48~69 절정 : 덕배와 병수의 대화를 우연히 엿들은 점순이가 맏사위 영길에게 병수 부모님이 남겨준 게 뭐냐고 캐묻고, 덕배가 병수 부모님이 남겨주신 예금 잔액과 집 값 등을 받았고 그들 사이에 계약서가 존재한다는 사실을 알게 되자 크게 놀란다. 한편 혜은이가 병수의 숙소에서 계약서를 발견하고 덕배와 병수에게 따진다. 이에 병수는 계약서는 "혜은이를 사고 판 것이 아니라 자신이 용기가 없어 도망칠 때마다 아저씨가 붙들어 주신 증거"라고 설득하고, 짐을 챙겨 목장을 떠나려고 한다.

70~72 결말 : 덕배는 떠나려는 병수에게 그동안 모아놓은 돈이 들어있는 통장을 건넨다. 혜은은 병수에게 조금만 기다려달라고 하면서 다시 외국으로 떠나고 병수는 그녀를 배웅한다.

이상 살펴본 〈봄, 봄봄〉의 스토리는 소설 「봄·봄」처럼 장인과 사위의 결혼 계약 이행을 둘러 싼 갈등 구조를 바탕으로 하지만, 인물의 성격 형상화 면에서 많은 차이가 있다. 먼저 병수는 덕배의 목장에 데릴사위로 들어온 것이 아니다. 부모가 사고로 죽게 되자 아버지의 친구인 덕배의 목장에서 가족처럼 자라게 된다. 고아가 된 친구의 아들을 덕배가 보살핀 점에서 덕배는 「봄·봄」의 탐욕적인 봉필과 동일한 인물이 아니라 다소 인간적인 면모를 지닌 인물로 그려진다. 덕배는 성실하고 우직한 병수가 목장 일을 계속 해주기를 바라기 때문에 혜은이와 결혼을 시켜주겠다는 계약서를 작성한다. 하지만 혜은이가 학교를 졸업하면 혹은 연수를 다녀오면 결혼을 시켜주겠다는 등 핑계를 대면서 일방적으로 약속을 지연시키는 변덕스러운 모습을 보인다. 또한 덕배는 「봄·봄」의 봉필처럼 가부장적인 인물이 아니라 가장으로서의 권위를 상실한 인물이다. "소설 「봄·봄」을 그대로 재연하기보다는 다른 시각에서 해석하여 신모계사회 시대의 모습과 이에 대항하는 왜소한 남자들의 이야기를 원작의 정서를 살려 해학적으로 풀어내고자 했다"[34]는 연출의 의도처럼 이 드라마에서는 덕배의 아내이자 혜은이의 엄마인 점순이의 캐릭터가 큰 비중을 차지한다. 그녀는 「동백꽃」의 주인공 점순이의 성인버전이라고 할 수 있다. 드라마에서도 점순이가 고구마와 닭싸움을 통해 덕배에게 관심을 표현했고, 두 사람이 동백꽃 속으로 함께 파묻힌 사건이 결혼의 계기가 되었기 때문이다. 소설 「동백꽃」에서 점순이가 '나'보다 더 적극적이었듯이 〈봄, 봄봄〉에서 점순은 집 안에서 가장 큰 목소리를 내는 이른바 가모장의 면모를 보인다. 나아가 점순은 해외연수까지 가서 공부하는 딸을 통해 대리만족을 느끼고 "결혼은 필수가 아니라 선택"이라고 말하는 개방적이고 근대적인 사고방식을 지녔다. 이는 소설 「봄·봄」과 1983년 TV문학관 〈봄봄〉에 재현된 수동적인 어머니의 모습과는 대조적이다. 이러한 점순이의 모습은 2000년대 후반 여성의 능력과 권위가 신장된 사회적 상황과 시대상을 반영한다. 〈봄, 봄봄〉에서 혜은은 소설 「봄·봄」의 점순이에 해당하는 인물이다. 그녀는 아버지에게 순종적이었던 영화 〈봄봄〉의 점순과 1983년 TV문학관 〈봄봄〉과는 달리 진취적이고 적극적인 인물로 그려진다. 그녀는 해외연수 중에 있는 유학생이며, 자아실현을 위해 조건이 좋은 경호의 청혼을 단호하게 거절하는 능동적이고 주체적인 성격을 지녔다. 이러한 여성 인물의 성격화와 왜소화된 남성 이미지는 지금, 여기의 삶을 환기하는 동시대극으로서의 TV드라마의 성격과 텔레비전이 당대의 중심

---

34 이정연, 「김유정 소설 '봄봄' 드라마로 재탄생」, 『스포츠동아』, 2008. 2. 29(http://sports.dong a.com/3/all/20080229/5101752/1).

적이고 지배적인 문화를 반영하고 있는 매체[35]임을 알 수 있게 한다.

〈봄, 봄봄〉은 영화 〈봄봄〉에서 뭉태와 춘삼이가 점순이를 사이에 두고 삼각관계를 형성했던 것처럼 경호와 병수가 혜은을 사이에 두고 삼각관계에 놓여 있다. 병수가 경호에게 질투를 느끼는 장면은 경호가 인사하러 온 날 자신의 숙소 침대 밑에 숨어 혜은이와 경호의 이야기를 몰래 엿듣는 장면에서 극대화된다. 한편 경호는 훤칠한 외모에 국제법률을 전공하고, 부친은 무역회사를 운영하는 등 좋은 조건을 가지고 있지만 혜은이에 대해 자기보다 훨씬 더 많이 알고 익숙한 병수를 경계한다. 경호는 병수에게 적대자로서 시련을 안겨주는 기능을 한다. 병수는 혜은이가 경호와 함께 귀국하면서부터 자신의 처지에 초라함을 느낀다. 나아가 혜은이가 경호에게 "병수는 가족 같은 사람"이라고 말하는 것을 듣고 흐느껴 울면서 그녀를 향한 마음을 접는다. 그러나 혜은을 놓칠까봐 불안한 경호가 당장 결혼해서 자신을 내조할 것을 요구하자 혜은은 그와 헤어지고 뒤늦게 자신을 향한 병수의 순정을 깨닫게 된다. 병수는 경호에 비해 상대적으로 열등하지만 그에게는 없는 절대적인 심성을 지니고 있다. 자신의 마음을 겉으로 표현하지 못하고 항상 머뭇거리며 혜은이를 포기하면서도 그녀의 행복을 비는 우직하고 착한 심성이 결국 혜은이를 쟁취하게 만드는 것이다. 수용자는 그런 병수를 보면서 연민과 카타르시스를 느낀다. 드라마에서는 영화 〈봄봄〉처럼 결혼으로 끝나지 않지만 다시 공부하러 외국으로 떠나는 혜은이가 곧 돌아올 것을 약속함으로써 행복한 결말을 암시한다.

플롯 차원에서 〈봄, 봄봄〉은 결말에 반전이 일어나는 것이 가장 큰

---

35 박노현, 『드라마, 시학을 만나다』, 휴머니스트, 2009, 65쪽.

특징이다. 먼저 절정부분에서 병수와 덕배의 계약서에 대해 혜은이가 추궁하자 병수는 "이 계약서는 혜은을 사고 판 계약서가 아니고 자신이 용기가 없어 도망칠 때마다 아저씨가 붙들어 주신 증거"라고 말한다. 이로써 자신이 가장 사랑하는 두 사람이 자신을 사고 판 것이라는 혜은 이의 오해가 풀리게 된다. 병수의 이러한 말은 혜은이의 오해를 풀고 두 사람의 결합이 가능하도록 반전을 이끌어 낸다. 두 번째 반전은 계약서를 둘러싼 모든 갈등과 긴장이 해소되고 병수가 목장을 떠나려고 하자 덕배가 바지 안주머니에서 그동안 병수 몫으로 모아 놓은 통장을 꺼내 그에게 주는 장면이다. 여기서 덕배가 병수를 그동안 일방적으로 착취한 것이 아니라 아들처럼 여겨왔다는 비밀이 드러난다. 이러한 서프라이즈 기법은 스토리텔링에서 스토리의 질서에 변화를 주고 사물에 대한 상식적인 인식이나 반응을 깨며 억눌렸던 소망과 기대를 충족하는 즐거움을 주기 때문에 매우 중요한 서술기법으로 활용된다.[36] 〈봄, 봄 봄〉에서 결말의 이러한 서프라이즈 전략은 수용자를 깜짝 놀라게 하면서 덕배에 대한 인식을 재고하게 만들고 긴장을 늦추던 수용자에게 끝까지 드라마에 집중하도록 만드는 역할을 한다.

사실 〈봄, 봄봄〉은 병수와 은혜의 삼각관계를 바탕으로 한 결혼서사가 주플롯으로 기능하지만 덕배와 병수의 계약서를 둘러싼 갈등서사 또한 중요한 플롯으로 작동한다. 그런데 덕배와 병수의 계약서를 둘러싼 첨예한 갈등은 결말의 반전에서도 일 수 있듯이 남자들 간의 연대감이나 아버지와 아들 같은 친밀감을 형성하는 관계로 발전한다. 수용자들은 혜은을 둘러싼 경호와 병수의 삼각관계뿐만 아니라 병수와 덕배

---

36 최시한, 앞의 책, 351쪽.

의 관계가 변화되어가는 양상을 보며 드라마의 또 다른 재미를 느끼게 되는 것이다.

스토리텔링 차원에서 덕배와 병수의 갈등은 두 인물의 일그러진 얼굴표정이 클로즈업 혹은 익스트림 클로즈업으로 희화적으로 처리되거나 서로 티격태격 싸우는 모습이 투쇼트의 미디엄 쇼트로 장면화된다. 소설 「봄·봄」에서는 나와 장인의 갈등이 서술자아의 일방적인 고백적 서술로 스토리텔링되는 반면 영상매체인 영화와 드라마에서 갈등관계는 시각적, 직접적으로 외형적인 충돌을 통해 보여지는 것이다. 특히 혜은이와 결혼시켜준다는 계약을 지키라는 병수에게 "네가 감히 우리 딸하고 어울리기나 하냐"라거나 "수준이 맞지 않는다"라고 말한 뒤 후회하는 덕배의 독백은 악마버전과 천사버전 그리고 다중인격의 얼굴 클로즈업으로 차례로 삽입되면서 그의 변덕스러운 심리상태를 보이는 동시에 수용자의 웃음을 유발한다. 한편 병수가 혜은이를 포기하면서 눈물을 흘리는 얼굴 클로즈업 쇼트는 명랑하고 어리숙한 그의 표정과 대조되어 수용자의 연민을 불러일으키기도 한다. 또한 클로즈업 기법은 화면이 작은 TV의 특성을 부각시켜 수용자에게 인물에 대한 친근감과 친밀감을 형성하게 만드는[37] 기능을 한다. 병수의 얼굴 클로즈업은 수용자로 하여금 그에게 연민뿐만 아니라 친밀감을 갖도록 유도하고 덕배의 익살맞고 희화적인 얼굴 클로즈업 또한 욕심 많고 심술궂은 그의 성격을 다소 완화시키는 역할을 하는 것이다.

---

37 클로즈업의 경우 텔레비전은 영화와는 다른 방식으로 코드화된다. 영화에서 클로즈업은 상세한 묘사나 함축적인 의미를 전달하고 한 장면에 대한 해석적 의미를 강조하는 데 주로 사용되는 반면 텔레비전에서 클로즈업은 등장인물의 행위를 수용자에게 더 가깝게 유도하기 위해서 일상적으로 이용된다. 따라서 작은 화면에 맞는 미적 코드의 사용은 인간행위나 사건들을 개인화하는 텔레비전의 능력으로 친밀성을 만들어 낸다. 주창윤, 앞의 글, 373쪽.

HDTV문학관은 클로즈업이라는 아날로그 TV의 지배적인 기법을 활용할 뿐만 아니라,[38] 고화질과 와이드 화면으로 인해 영화가 갖는 매체 기법을 활용하기도 한다. 제주도 일대의 풍경 및 평화로운 초원과 목장의 전경은 헬리캠으로 담은 영상 및 익스트림 롱쇼트로 편집되어 수용자들은 마치 한 편의 풍경화를 보는 것처럼 목가적이고 낭만적인 이야기 공간속으로 들어가게 된다.

뿐만 아니라 HDTV의 고밀도와 고화질의 특성은 세트나 소도구를 중요한 미적 코드로 사용하게 만드는데, 바로 미장센과 몽타주의 활용이 그 예이다. 〈봄, 봄봄〉에서 창고를 개조해 만든 병수의 숙소와 낡은 벽장은 드라마의 목가적인 분위기를 형성하는데 기여한다. 한편 덕배는 병수의 숙소에 계약서를 찾으러 몰래 들어갔다가 술 취한 혜은이를 업고 들어온 병수를 피해 벽장 속으로 숨는다. 이후 벽장이 낡아 이가 맞지 않아서 열린 틈 안으로 빛이 들어와 덕배의 얼굴을 비추고, 수용자는 혜은이와 병수의 행동을 몰래 훔쳐보는 그의 눈동자에 시선을 동일시하게 된다. 이러한 미세한 빛(조명)의 사용과 섬세한 소품 배치는 디테일한 세부묘사로서 고밀도와 고화질의 기술로 인해 가능해진 것이다. 그리고 벽장 안에 붙여놓은 혜은의 사진은 혜은이와의 추억을 소중하게 간직하고자 하는 병수의 심리를 드러낸다. 울고 있는 어린 병수에게 혜은이가 다가와 건넨 바람돌이 인형은 병수에게 위안을 주는 매개물이고, 초원 위의 나무 옆 그네는 어릴 때 혜은이와 놀던 장소로서 병수

---

38 아날로그 TV는 '클로즈업의 예술'이라고 불릴 정도로 클로즈업 매체이다. TV화면 크기가 작다는 것을 오히려 장점으로 부각시켜, 클로즈업 매체로서 친근감, 친밀감, 강한 영상을 갖는다. 반면 HDTV는 아날로그 TV보다 상대적으로 크고 해상도가 증가하였기 때문에 클로즈업 쇼트보다 여백을 이용한 회화적인 느낌으로서의 구성방법으로 롱 쇼트를 선호한다. 권중문, 「아날로그 TV와 HDTV 드라마 영상표현의 비교」, 『언론과학연구』 4-3, 한국지역언론학회, 2004, 12~27쪽.

가 외롭고 힘들 때마다 찾는 안식처가 되어준다. 은혜가 선물한 화려한 모양의 초콜릿을 포함해 이와 같은 사물적 요소는 드라마에서 미장센으로 처리되어 혜은이를 향한 병수의 마음을 시각적으로 은유한다.

혜은이와 병수의 바닷가 몽타주(바닷가에 앉아있는 병수가 이리저리 돌아다니는 혜은을 봄, 병수 곁에 앉아 어깨를 기대는 혜은, 바닷가를 함께 걷는 둘)와 초원 몽타주(열심히 일하는 병수와 그를 바라보는 혜은) 그리고 세척장 몽타주(말을 목욕시키는 병수와 혜은, 병수가 말을 비누거품으로 닦으면 혜은은 호스로 물을 뿌리다가 병수에게 뿌리며 장난침)는 경쾌한 배경음악[39]과 더불어 두 사람의 행복한 시간을 장면화 한다. 이와 같은 미장센과 몽타주 장면은 이전의 TV문학관 〈봄봄〉에서는 찾아볼 수 없는 영화와 같은 장면으로 HDTV의 기술에 의한 스토리텔링 전략이라고 볼 수 있다. 이를 통해 수용자는 안방에 앉아 영화와 같은 영상미를 즐길 수 있게 된다.

영화 〈봄봄〉은 소설과 드라마에 비해 좀 더 관능적인 장면이 삽입되고, 멜로드라마적 성격이 강화되었다. HDTV드라마 〈봄, 봄봄〉은 멜로드라마적 요소 이외에 희극적인 성격이 더욱 부각된다. 이러한 스토리텔링 전략은 HDTV드라마 〈봄, 봄봄〉이 단막극으로서 영화와 많은 부분을 공유한다고 하더라도 거의 모든 텍스트가 멜로드라마와 희극으로 한정되는 텔레비전 드라마의 장르적 편중성을 예증한다고 할 수 있다. 수용자가 요구하는 텔레비전 드라마는 전통으로서의 비극을 지양한다.

---

39 〈봄, 봄봄〉에서 몽타주 장면에는 'Can't take my eyes off you' 등 경쾌한 배경음악이 삽입되는데, 이 음악은 드라마의 엔딩장면에서도 반복되면서 테마음악으로 사용되고 있다. 드라마에서 음악은 기본적으로 내러티브적인 기능을 수행하고 영상과 결부되어 강렬한 감정적 동조를 불러일으킨다. 나아가 음향과 더불어 시청자의 관심을 집중시키고 서사의 내용을 강조하며 극의 분위기를 형성함으로써 TV를 보지 않는 시청자의 주의를 끌어 영상에 주어지는 순간적인 주의를 넘어서는 보다 지속적인 주의를 유지시킨다. 이철우, 「텔레비전 드라마의 표현양식 고찰」, 『한국문학논총』 42, 한국문학회, 2006, 7쪽.

TV드라마는 창조자의 독자성보다 수용자의 보편성을 중시한다. 경제적 가치의 창출을 전제로 가장 많은 수의 대중적 동의와 호응이 보장된 평균적 정서를 중심에 두기 때문이다. 그리고 이러한 장르적 편중은 수용자의 즉발적인 쾌락과 위무를 가져온다.[40] 〈봄, 봄봄〉에서 이러한 희극적인 성격을 강화하는데 어리숙하고 순박한 병수와 교활하지만 따뜻한 인간미를 지닌 덕배의 인물형상화가 크게 기여한다. 또한 드라마는 이들의 갈등이 해결되고 혜은이와 병수의 결혼이 예고되는 결말로써 관객을 즐겁고 편안하게 만든다.

5. 결론

김유정의 「봄·봄」은 바보사위 설화를 모티프로 한 이야기로서 바보형 인물이 빚어내는 해학과 카타르시스를 통해 보편성과 대중성을 획득한 원형콘텐츠이다. 이런 이유로 「봄·봄」은 매체를 달리하여 재매개 되면서 다양한 문화콘텐츠로 OSMU되어 왔다. OSMU에서 중요한 것은 매체 전환 과정에서 원소스의 이야기가 어떻게 다른 방식으로 전달되고, 변형되는가를 살피는 일이다. 이 글은 소설 「봄·봄」이 영화 〈봄봄〉(1969년), TV문학관 〈봄봄〉(1983년), HDTV문학관 〈봄, 봄봄〉(2008년)으로 매체와 장르가 전환되면서 어떠한 새로운 의미와 서술을 창출하

---

40 박노현, 앞의 책, 195~198쪽.

는지 그리고 수용자와의 상호작용은 어떻게 이루어지는지를 스토리텔링의 양상을 통해 규명해보았다.

먼저 소설 「봄・봄」에서 '나'의 점순과의 결혼에 대한 욕망은 점순의 키가 덜자랐다는 장인의 핑계로 실현되지 못한다. '나'와 장인의 갈등은 역순행적인 사건의 배열로 플롯화 되는데, 사건의 시간이 서술 속에서 과거와 현재를 자유롭게 넘나드는 것은 보여주기보다 말하기 방식이 우세한 소설의 스토리텔링의 특징을 잘 보여준다. 「봄・봄」에서는 이야기를 서술하는 서술자아가 전경화 되어 수용자는 마치 '나'의 억울한 내적독백을 듣는 것과 같은 현장감을 느낀다. 또 경험자아는 낮은 인식 수준을 보이고, 서술자아는 장인에게 매를 맞고도 오히려 장인을 우호적으로 서술함으로써 신빙성을 잃고 있다. 작가는 이러한 바보스럽고 미숙한 '나'의 시점으로 허구세계를 전달하면서 수용자로 하여금 신빙성 없는 서술자에 대해 거리를 두지만 한편으로 연민을 갖게 만든다.

영화 〈봄봄〉은 소설의 핵심사건을 차용하면서 봉필과 춘삼이의 갈등을 매개하는 서브플롯을 적극적으로 활용하거나 부수적 인물의 역할을 부각시킨다. 특히 점순이를 향한 춘삼이와 뭉태의 삼각관계의 플롯은 통속적인 멜로드라마적 요소를 강화시켜 수용자의 흥미를 돋우고 긴장감을 형성하는 장치로 기능한다. 마지막 춘삼이와 점순이의 결혼식 장면은 교활한 봉필 영감과의 대결에서 춘삼이가 승리하는 모습을 통해 카타르시스를 느끼게 한다. 영화 〈봄봄〉의 스토리텔링의 가장 큰 특징으로는 춘삼의 의식 속에서 이루어지는 환상적 장면의 삽입을 들 수 있다. 돼지를 몰고 가던 춘삼이가 지나가는 혼인 행렬을 바라보다가 말 위에 탄 신랑을 자신으로 여기는 장면과 점순이와 뭉태가 서로 얼굴을 부비는 광경을 상상하고 춘삼이가 점순을 향해 달려가는 장면이 그 예이다. 이러한 환상적 장면은 수용자로 하여금 앞으로 진행될 사건을 예상하게 만들고, 영화의 재미를 한 층 더해준다. 나아가 영화에는 에로틱한 애정신이 다소 포함되어 있어 영화가 소설보다 대중성과 상업성을 고려하는 매체임을 알 수 있다.

HDTV문학관 〈봄, 봄봄〉은 영상기술의 변화와 시대적 편차로 인해 소설 「봄·봄」과 많은 변이를 보인다. 먼저 인물의 성격 형상화 면에서 많은 차이가 있다. 어머니 점순은 집 안에서 가장 큰 목소리를 내는 가모장이고 혜은 또한 자아실현을 위해 노력하는 주체적인 인물이다. 이러한 인물은 여성의 능력과 권위가 신장된 사회와 시대상을 반영하면서 TV드라마의 당대성을 드러낸다. 플롯 차원에서 〈봄, 봄봄〉은 결말에 병수가 목장을 떠나려고 하자 덕배가 그동안 그의 몫으로 모아 놓은 통장을 건넴으로써 반전이 일어나는 것이 가장 큰 특징이다. 이러한 서프라이즈 전략은 수용자를 깜짝 놀라게 하면서 덕배에 대한 인식을 재고하고 끝까지 드라마에 집중하게 만든다. 소설 「봄·봄」에서는 나와 장인의 갈등이 서술자아의 고백적 서술로 스토리텔링되는 반면 영상매체인 영화와 드라마에서 갈등관계는 시각적, 직접적으로 보여진다. 덕배와 병수의 갈등은 〈봄, 봄봄〉에서 얼굴 클로즈업으로 희화적으로 처리되거나 서로 싸우는 모습이 미디엄 쇼트로 장면화된다. 이는 수용자로 하여금 인물에 대해 친밀감을 형성하게 만들면서 영화처럼 멜로드라마적 요소 이외에 희극적인 성격을 부각시킨다. 이러한 스토리텔링 전략은 〈봄, 봄봄〉이 거의 모든 텍스트가 멜로드라마와 희극으로 한정되는 텔레비전 드라마의 장르적 편중성을 예증한다고 할 수 있다. HDTV 문학관은 고화질과 와이드 화면으로 인해 영화가 갖는 기법을 활용하기도 한다. 제주도 일대의 풍경 및 평화로운 초원과 목장의 전경

쇼트는 목가적이고 낭만적인 이야기 공간을 창출한다. 창고를 개조해 만든 병수의 숙소와 낡은 벽장 등 사물적 요소는 미장센으로 처리되어 혜은이를 향한 병수의 마음을 시각적으로 은유한다. 이러한 미장센은 고밀도와 고화질의 HDTV기술로 인해 가능해진 것이다.

요컨대 영화와 드라마는 소설 「봄·봄」의 원소스를 활용하면서도 매체와 장르의 특성에 적합한 스토리텔링 전략으로 새로운 서술과 의미를 생산한다. 이러한 스토리텔링 전략에는 시대와 장르적 변이에 따른 매체기법이나 기술, 수용자와의 상호작용, 사회·문화적 맥락과 경제적 논리 등이 작용하고 있다. 앞으로도 원소스 「봄·봄」이 다양한 문화 콘텐츠로서 변주될 것을 기대해본다.

참고문헌

1. 기본자료

김유정, 「봄·봄」, 전신재 편, 『원본 김유정 전집』, 강, 1997.

신승봉 시나리오, 김수용 감독, 영화 〈봄봄〉 (1969), 한국영상자료원.

최경식 극본, 김충길 연출, TV문학관 〈봄봄〉, 1983년 5월 7일 방영 CD

박지숙 극본, 이건준 연출, HDTV문학관 〈봄, 봄봄〉, 2008년 3월 3일 방영
(http://www.kbs.co.kr/end_program/drama/hdtv/bombom/view/index.html)

2. 논문

곽효환, 「김유정, 문화콘텐츠로의 확장」, 『한국문예창작』 6-2(12), 한국문예창작학회, 2007.

권중문, 「아날로그TV와 HDTV 드라마 영상표현의 비교」, 『언론과학연구』 4-3, 한국지역언
론학회, 2004.

김종회, 「김유정 소설의 문화산업적 활용 방안 고찰」, 『비평문학』 62, 한국비평문학회, 2016.

박기수, 「One Source Multi Use 활성화를 위한 문화콘텐츠 스토리텔링전환 연구」, 『한국언
어문화』 44, 한국언어문학회, 2011.

박기수·안숭범·이동은·한혜원, 「문화콘텐츠 스토리텔링의 현황과 전망」, 『인문콘텐
츠』 27, 인문콘텐츠학회, 2012.

박유희, 「1980년대 문예 드라마 〈TV문학관 연구〉」, 『한국극예술연구』 57, 한국극예술학
회, 2017.

박진, 「디지털 콘텐츠 시대의 매체적 정체성」, 『작가세계』 21-1, 작가세계, 2009.

박훈하, 「정보양식과 문학의 위상－문학자산의 산업화와 그 환상」, 『어문논총』 45, 한국문
학언어학회, 2006.

유인순, 「김유정 〈봄·봄〉의 아바타 연구」, 『현대소설연구』 50, 한국현대소설학회, 2012.

이금란, 「김유정의 〈봄·봄〉과 HDTV 〈봄, 봄봄〉의 서사변용 연구」, 『한국문학과 예술』
17, 숭실대 한국문학과예술연구소, 2012.

이대범, 「김유정 원작소설의 영화화 양상 연구－영화 〈봄·봄〉과 〈땡볕〉을 중심으로」, 『어
문론집』 54, 중앙어문학회, 2013.

이상진, 「문화콘텐츠 '김유정', 다시 이야기하기—캐릭터성과 스토리텔링을 중심으로」, 『현대소설연구』 48, 한국현대소설학회, 2011.

이철우, 「텔레비전 드라마의 표현양식 고찰」, 『한국문학논총』 42, 한국문학회, 2006.

강민정, 「OSMU를 활용한 스토리텔링 창작방법 연구—〈논개〉 문화콘텐츠를 중심으로」, 『한국문화 기술』 4, 단국대 한국문화기술연구소, 2007.

조희문, 「김유정의 소설과 영화제작에 관한 연구」, 『영화교육연구』 10, 한국영화교육학회, 2008.

주창윤, 「텔레비전 드라마와 소설분석의 차이」, 『한국언어문화』 26, 한국언어문화학회, 2004.

주창윤, 「텔레비전 드라마의 미학적 성격」, 『한국극예술연구』 23, 한국극예술학회, 2006.

한명희, 「김유정 문학의 OSMU와 스토리텔링」, 『한국문예비평연구』 27, 한국현대문예비평학회, 2008.

3. 단행본

김유정학회 편, 『김유정의 귀환』, 소명출판, 2012.

루이스 자네티, 박만준·진기행 역, 『영화의 이해』, K-books, 2008.

김평수, 『문화산업의 기초이론』, 커뮤니케이션북스. 2014.

박노현, 『드라마, 시학을 만나다』, 휴머니스트, 2009.

슈탄젤, 김정신 역, 『소설의 이론』, 탑, 1994.

시모어 채트먼, 한용환 역, 『이야기와 담론』, 고려원, 1990.

전신재 편, 『원본 김유정 전집』, 강, 1997.

최시한, 『스토리텔링, 어떻게 할 것인가』, 문학과지성사, 2015.

김유정 소설의 문학치료학 적용 가능성 고찰*

전흥남

1. 들어가며

우리나라 문학 연구에서 '문학치료학', 또는 '문학치료'란 말이 사용되기 시작한 것은 근래에 들어와서다. 인문학 위기와 관련하여 진단과 처방을 통해 이러한 위기를 극복하려는 노력의 일환으로 새로운 연구방법을 계발하는 과정에서 관심을 기울이기 시작했던 것이다. 고전문학 분야에서 주로 '문학치료학'적 관점을 작품에 적용하거나 이와 관련된 연구발표가 지속적으로 이어져 왔다.[1] 이어서 독서치료 및 시 치료 및

---

* 이 글은 『한국언어문학』 92(2015)에 발표된 것임을 밝힌다. 따라서 이후 이와 관련된 연구의 성과나 동향을 반영하지 못한 부분도 있다.
1 문학치료 전반 및 고전문학 분야의 문학치료학적 관점의 적용과 이론적 토대를 구축하는 데 기여한 경우로 정운채의 논저를 들 수 있다. 구체적인 것은 나지영, 「문학치료 이론연구의 현황과 전망」, 『문학치료연구』 10, 한국문학치료학회, 2009 및 정운채, 『문학치료학 분야별 연구 성과』, 문학과 치료, 2013.6.

영화 및 드라마 연행에 의한 통합적 치료[2] 등으로 이어져 왔다. 특히 고전문학 분야의 이러한 연구 활동은 문학치료(학)의 선편을 쥐고 활발한 연구 성과로 이어져 이 글에도 시사해 주는 바가 컸다. 여기서 문학치료학적 관점은 "문학의 본질적인 기능과 효용이 문화적 규범과 개인의 욕망 사이에서 갈등하는 인간의 심리적 장애를 치유하는데 있다"[3]고 보는 문학치료학으로부터 도움을 얻고 있다.

이러한 맥락에서 이 글은 문학치료학 텍스트 선정과 관련해서 김유정 소설의 적용 가능성을 염두에 두고 출발했다. 특히 김유정의 소설에 나타난 웃음의 기제devices와 담론을 통해 문학텍스트로서의 적용 가능성을 검토의 대상으로 삼았다. 나아가 이러한 접근은 문학의 (심리)치료적 기능 나아가 중재적 기능의 강화를 위한 이론적 모색에도 보탬이 될 것으로 보인다.[4]

문학치료는 정상적인 심리상태를 지니지 못한 사람을 문학작품을 통하여 정상적인 심리상태로 돌려놓고자 하는 일종의 심리치료라고 할 수 있다. 따라서 문학치료는 무의식이나 억압된 감정에 접근하게 되고 그와 관련된 여러 가지 감정을 드러내어 의미의 형상화를 가능하게 한다는 정신분석과도 깊은 관련을 맺고 있다. 또한, 문학치료는 기본적으로 문학작품을 감상할 수 있고, 자신의 의사를 말이나 글로 표현할 수

---

2 통합적 문학치료란 문학적 글쓰기, 독서, 드라마 연행과 같은 매체를 통해 개인의 잠재된 능력과 인성의 계발, 창의성과 자발성의 강화, 심리적 상처의 치유, 심리-사회적, 심리-신체적 문제성의 완화를 지향하는 심리적 치료와 예술치료의 한 갈래이다. 보다 구체적인 것은 변학수 앞의 책 및 정영자, 「문학치료학의 현황과 전망」, 『문예운동』 9, 2007. 봄, 401~406쪽 참조.
3 정운채, 「서사의 힘과 문학치료방법론의 밑그림」, 『문학치료의 이론적 기초』, 문학과치료, 2006, 324쪽.
4 문학치료 기능 및 중재적 기능에 주목하여 국내에 이와 관련된 이론을 소개하고, 또 문학치료의 효율성을 제고하기 위해 인접학문과의 학제적인 교류와 소통의 중요성을 강조한 경우로 변학수의 논저를 빼놓을 수 없다. 구체적인 것은 변학수, 『문학치료』, 학지사, 2005 및 『통합적 문학치료』, 학지사, 2006 참조.

있는 사람을 대상으로 한다. 심각한 정신질환을 앓고 있는 사람은 현실적으로 치료가 불가능하거나 제한적이다.[5] 따라서 문학치료는 정신과 의사들의 치료방법이나 대상과도 일정한 차이를 지닐 수 밖에 없다. 그런데, 중요한 것은 "치료와 문학은 '잃어버린 언어를 찾아 자기 고유의 삶을 만들어 간다'는 점에서 공통의 프로젝트를 갖고 있다"[6]는 점을 상기했으면 싶다. 문학은 치료의 길을 가도록 용기를 주어야 할 것이며, 치료는 또한 삶의 환상이 보장되고, 지탱되고, 현실과 소통하도록 문학에 도움을 준다면 "둘 다 스스로의 삶을 위협하는 사람들에게 평형 상태를 유지하도록 하자는 같은 목적을 가지고 있다"[7]는 점에서 설득력을 지닌다.

이런 점에서 앞으로 문학치료학적 관점의 연구는 인문학 영역의 확산 및 학제적 연구 그리고 인문학의 위기 타개와 관련해서 좋은 시사점을 제공해 줄 것으로 기대된다. 이 글은 이러한 문제의식을 염두에 두고 일단, 김유정의 소설에 나타난 웃음의 기제devices를 중심으로 문학치료학 텍스트로서의 적용 가능성을 검토해 보는데 주안점을 두고 있다.

5 　문학치료를 통해 내담자(수용자)의 치유력이 높아지기 위해서는 내담자의 인지능력이나, 감수성, 심리상태, 그리고 지식의 정도 등에 따라서 텍스트 선정이 적절하게 고려되었을 때 치료의 성과로 이어질 것이다. 따라서 문학치료학에서 텍스트 선정과 관련한 보다 정교한 기준을 설계할 필요가 있다. 문학치료학에서 문학텍스트 선정과 관련해서 막연한 기대수준을 탈피함과 동시에 제한적이라는 비판을 감수하고라도 문학치료의 효과 및 임상실험의 결과물들이 축적되어 나갈 때 문학치료학의 성과가 입증될 수 있을 것이기 때문이다. 이런 점에서 문학치료학의 효과 및 적용의 대상은 여전히 제한적일 수 밖에 없다.

6 　변학수, 「문학치료 또는 잃어버린 말을 찾아서」, 『문예연구』 77, 2013. 여름, 28쪽.

7 　위의 글, 28쪽.

2. 문학치료학의 입론(立論)과 웃음의 기제(devices)[8]

문학을 치료의 관점에서 연구하는 문학치료학은 문학이 서사敍事를 바탕으로 성립한 점을 중요시한다.[9] 이는 문학을 우리들이 향유하는 작품으로 구현되는 측면 못지않게 문학은 우리들의 삶으로도 구현되는 것이라는 점에 주목한 것이기도 하다. 그리하여 작품으로 구현된 것으로부터 '작품서사'를 분석해 내고, 삶으로 구현된 것으로부터 '자기서사 自己敍事'를 분석해 낸다.[10] 문학치료학이 진단과 예측과 대처가 가능한 학문이 되기 위해서는 서사가 필수적인 덕목이기도 하다. 상상에 초점을 맞추는 경우 문학작품에 대한 논의는 심오하게 전개될 수 있어도 그 논의를 삶의 곡절에 대한 논의로 옮기기는 어려운 측면이 있다. 요컨대, "문학작품은 상상에서 나온다고 할 수 있겠지만 삶이 상상에서 나온다고 할 수는 없었던 것이다. 서사에 초점을 맞추게 되면 문학작품과 삶을 동일한 방식으로 논의할 수 있으며, 따라서 문학작품에 대한 논의를 삶에 대한 논의와 직접 관련시킬 수가 있다."[11]

---

8 이 글의 2장은 문학치료학의 입론(立論)에 해당하고, 또 웃음의 기제를 중심으로 소설을 분석한 방법론상의 유사성으로 말미암아 전흥남, 「성석제의 소설에 나타난 웃음의 기제와 문학치료학」(『비평문학』 54, 한국비평문학회, 2014)의 내용과 일부 중복되거나 유사한 점도 있음을 밝힌다.

9 인문학을 활용한 치유 담론의 가장 중심에 있는 것이 서사를 활용한 치유이다. 서사를 활용한 치유가 중요한 위치를 차지하는 이유는 인간 존재가 본질적으로 서사적인 존재라는 사실에서 연유된다. 결국 문학을 활용한 치유란 작품서사를 통하여 자기서사를 온전하고 건강하게 변화시키는 일이라고 할 수 있다.

10 문학치료학에서 작품서사란 줄거리보다도 더 근원적인 것이다. 문학치료학의 작품서사는 간추리기보다는 오히려 더 앞뒤를 보충해서 구성해야 할 때가 있다. '작품서사'와 '자기서사'라는 용어의 사용 및 이와 관련된 보다 구체적인 사항은 정운채의 「서사의 힘과 문학치료방법론의 밑그림」, 위의 책, 311~328쪽 참조.

11 정운채, 「문학치료학의 학문적 특성과 인문학의 새로운 전망」, 『겨레어문학』 39, 겨레어문

문학치료는 문학을 통해 심리적 장애를 치료하는 행위라면,[12] 문학
치료학은 문학작품을 분석하여 작품이 지닌 문학치료적 가능성이나 요
소를 찾기도 하고, 작가와 작품의 관계를 문학치료적 관점에서 논의하
는 것이라고 할 수 있다.[13] 따라서 이 글에서 문학치료학적 관점이란 일
반적으로 의사들이 질병을 치료하는 '치료'와는 다르다.[14] 궁극적으로
문학치료학적 관점도 현대인(독자들)의 질병 치료 행위와 별개일 수는
없겠지만, 아직은 문학치료학 자체가 여기에 비중을 둘 만큼 그 이론적
토대나 방법이 정교하지 못한 점을 감안하지 않을 수 없는 것이다. 이런
점에서 문학치료학의 이론적 토대는 아직까지는 그렇게 안정적이고 정
밀한 단계에 이르렀다고 보기는 힘들다.[15] 또한, 기술과 학문이 동시에
가지는 (즉 어떤 처방으로서의 치료와 이론적 바탕으로서의 치료가) 딜레마 또한
만만치 않다. 요컨대, 문학이란 이론적, 학문적 영역과 심리치료라는
실증적인 의학영역이 서로 배타적인 관계에 있는 점도 문학치료의 약

학회, 2007.12, 93쪽.

12 루빈은 문학치료의 영역을 세 가지로 구분한 바 있다. 시설에서의 문학치료, 임상에서의 문
학치료, 그리고 발달적 차원의 문학치료. 문학치료에 대한 가장 정통한 정의는 미국문학
치료협회(NAPT)의 경우다. "문학치료는 통합적 치료방법으로서 신체의 마음과 정신의 건강
을 돌보기 위하여 여러 수단을 수용한다. 이 때 문학이 주도적으로 혹은 부수적으로 사용될
수 있다. 그리고 훈련받은 문학치료사가 참여자들에게 글쓰기 작업을 통하여 자신의 문제를
인식하고 감정을 표현하게 하여 자신의 삶을 변화할 수 있도록 도와준다." 변학수, 『통합적
문학치료』, 학지사, 2006, 48쪽.

13 박기석, 「문학치료학 연구 서설」, 『문학치료연구』 1, 한국문학치료학회, 2004.8, 3쪽.

14 치료는 병을 고치거나 상처를 아물게 하기 위한 단순히 외과적 조치를 취하는 것을 말하고
치유는 병의 근본 원인을 제거해 그 병이 없던 상태로 되돌리는 것을 말한다. 또한 문학치료
의 과정을 통해 내담자의 상태가 호전되고 있다는 임상결과도 나오고 있는 추세를 반영한다
면, '치료'는 어느 특정분야에서만 배타적으로 사용할 수 있는 개념은 아니다. 치유는 치료의
결과이기도 하다.

15 문학치료학 분야의 선행연구를 폄하할 생각은 없다. 다만, 문학치료학 분야의 논의가 학계
에서 좀 더 활성화되고 관련 연구방법이 보다 정밀해지기 위해서는 연구 집단의 다양성, 인
접학문 분야와의 학제성의 강화 및 융합, 그리고 연구자들간의 소통의 증대 등이 담보될 때
보다 발전된 단계로 접어들 것으로 본다.

점으로 작용한다. 이러한 점을 보완하기 위해서는 학제적인 연구가 병행되어야 할 것이다. 동시에 문학이 구체적 귀결점을 남기지 않는다는 사실은 문학의 가능성이기도 하지만(물론 부분적으로 귀결점을 남기기도 하지만), 특히 치료적 관점에서 볼 때 약점이기도 하다.[16] 따라서 문학의 하부구조를 이루고 있는 감정이나 인지를 연구함으로써 문학연구에 실용적인 전환점을 만드는 것도 필요하다고 본다.

하지만 이러한 접근 역시 텍스트의 내밀한 분석과 분리할 수 없다는 점을 도외시해서는 안 된다. 문학치료학이 치료를 표방한다고 해서 '문학'을 소박해 버리고 조급하게 치료 쪽으로 달려갈 때, 문학도 잃고 치료도 잃게 될 가능성을 늘 경계해야 하기 때문이다. 요컨대, "문학작품의 배후에 작품서사가 있고, 삶의 배후에 자기서사가 있으며, 작품서사와 자기서사가 상호 관련되어 있다는 사실을 주목하면서, 문학작품의 수준을 높이고 삶의 질을 향상시키고자 하는 것이 바로 문학치료학이기 때문이다"[17] 이를테면, 문학의 원천으로부터 인간문제 해결의 가능성과 잠재력을 길어 올리고 그것을 극대화하는 일이 우리 고유의 몫이 되어야 한다는 얘기다. 문학치료학적 관점은 기존의 연구방법이나 텍스트 분석과 별개로 자리하는 것이 아니라 유기적인 연관성을 지닌다. 다만, 독자 반응의 방식에 보다 비중을 두려는 연구방법과 동궤를 이루

---

16 문학치료를 통해서 환자들의 병이 치유되고 어떤 효능을 지니는지를 입증해 주는 임상실험의 결과가 아직 구체적으로 제시되고 있는 건 아니다. 근래 들어 자기서사치료 프로그램이 개발되어 시행단계에 있다. 자기서사 프로그램의 타당성과 신뢰성의 확보와 더불어 보편적으로 적용될 수 있는 다양한 작품서사가 꾸준히 개발되어야 할 것이다. 하지만 이것과 연계된 프로그램의 개발과 임상실험 결과의 도출은 인문학의 특성 및 연구방법과 괴리된 측면을 지닌다는 점에서 학제성과 융합적인 연구방법이 병행되어야 할 것으로 보인다. 문학치료 임상연구의 현황과 관련해서는 성정희, 「문학치료의 임상연구의 현황과 전망」, 『문학치료연구』 10, 한국문학치료학회, 2009.1, 169~202쪽 참조

17 정운채, 「문학치료학의 학문적 특성과 인문학의 새로운 전망」, 『겨레어문학』 39, 겨레어문학회, 2007.12, 91쪽.

기 때문에 독자의 반응과 태도를 보다 더 중요시 한다는 점에서 차별성을 보인다. 따라서 독자들로 하여금 인상적인 장면 분석, 마음에 안 드는 대목의 재구성, 그리고 등장인물과의 동일시를 통한 재창조 같은 활동을 통해 독자들이 자유롭게 자신의 생각과 감정을 실어 표현할 수 있도록 유도할 수 있어야 한다.[18]

이런 점에서 소설 속에 나타난 웃음의 기제는 문학치료에 일정 부분 보탬이 될 수 있을 것이다.[19] 물론 문학작품 속에 나타난 해학적인 설정이나 유머스러운 장면을 통한 웃음의 기제가 문학치료학 분야에서 독점적으로 치료적 기능에 보탬이 되지는 않을 것이다. 하지만 웃음[20]은 보편적으로 사람들에게 자기 동일시의 효과 및 정서적 공감의 확산에 보탬이 되는 측면이 크다. 웃음은 웃음 그 자체로 끝나는 것이 아니라 한 걸음 더 나아가 좋은 기억과 긍정적 정서를 되살리는 힘이 있기 때문이다. 그래서 기억력에 영향을 미칠 뿐만 아니라 창작활동(쓰기)을 할 수 있는 정서에도 막대한 영향을 미친다. 이런 점에서도 소설 속에 나타난 웃음의 기제는 동일시의 효과를 통한 순기능을 발휘할 가능성이 높다고 보는 것이다. 이를테면, 소설 속의 주인공을 통해 표현되는 재미

---

18 이와 관련된 보다 구체적인 것은 정기철, 「창작관점으로서의 문학연구, 문학교육, 그리고 문학치료」, 『한국문예창작』 8-2, 한국문예창작학회, 2009.8, 415~448쪽 참조.

19 인간은 때론 일상에서의 예기치 않은 많은 이별, 그리고 상처의 상황을 대면하면서 살아간다. 고통을 겪거나 상처받은 경우에는 애도와 동정(혹은 연민)을 통해 치유의 길로 안내할 수도 있을 것이다. 이런 점에서 신경숙의 소설집 『딸기밭』(문학과지성사, 2000)에 수록된 소설은 죽음, 결핍, 상실 등 절망으로 인한 상처를 안고 살아가는 사람들의 서사를 담고 있다는 점에서 시사적이다. 구체적인 것은 김도희, 「치유로서의 소설 읽기─신경숙의 『딸기밭』을 중심으로」, 『인문학 연구』 22, 동의대 인문과학연구소, 2012, 12 참조.

20 웃음의 형태로는 작은 웃음(微笑)과 큰 웃음(哄笑), 폭소가 터져 나오는 웃음(爆笑) 등이 있으며, 내용으로도 기쁜 웃음, 서글픈 웃음, 억지 웃음, 쓴 웃음, 비웃음 등 살펴보면 무척 다양하다. 경우에 따라서는 웃음이 상대방을 기분 좋게 하는 경우도 있으나 그 반대의 경우도 있다. 여기서는 일단 '웃음'은 유머스러운 행동을 의해서 유발된 선의적이고 긍정적인 경우에 보다 더 많은 의미를 두었다.

있는 장면을 통해 자연스럽게 자신의 과거 속에서 겪은 추억을 회상하게 되는 것이다. 이른바 회상의 과정이 개입되는 셈이다. 집단적인 문학치료의 경우는 웃음이 공유되면 자연스럽게 공감의 정서와 연대로 이어질 것이다. 독자(내담자)의 경우는 웃음을 유발하는 장면을 통해 참여하거나 불안한 심리상태에서 벗어날 수도 있을 것이다. 웃음을 유발하는 장면을 접하면서 자신의 과거를 회상하고 자연스럽게 마음의 평정심을 찾기도 한다.

이런 맥락에서 이 글은 김유정의 소설은 다른 작가의 작품에 비해 유달리 해학적이거나 유머스러운 장면이 많이 나온다는 점을 주목했다. 작품마다 정도의 차이는 있지만, 김유정의 소설에 나타난 유머[21]나 해학이 차지하는 비중을 결코 소홀히 할 수 없는 이유다. 김유정의 소설에서 유머를 유발케 하는 동인의 한 축은 아이러니다. 아이러니는 김유정 소설 글쓰기의 주춧돌에 해당한다. 아이러니의 주체는 문제적 주인공 problematic individual이다. 그러나 이 주인공을 모방하다 보면 웃음이 발생한다. 김유정 소설의 공감각적 문체와 언어유희pun등은 이러한 희극성 (또는 유머)에 복무한다.[22] 김유정의 소설에 나타난 웃음의 기제를 통해 문학치료학 텍스트로서의 적응가능성을 검토해 보려는 것도 이러한 맥락에서다.[23]

---

21 유머(humour)의 성격과 범위를 명확히 하기는 쉽지 않다. 유머는 풍자 혹은 골계와도 친연성을 지니고 있지만 풍자와는 엄연히 구분된다. 유머는 익살, 공격성을 띠지 않은 웃음, 무해한 웃음, 따뜻한 웃음의 성격을 지닌다. 이 글에서는 유머와 해학을 거의 구분하지 않고 웃음과 동일한 범주에서 범박하게 사용하는 경우도 있을 것이다. 보다 구체적인 것은 한용환, 『소설학 사전』, 고려원, 1992, 78~80쪽 참조.
22 해학, 웃음, 유머, 패러디, 아이러니 등을 통한 문학치료학 정립의 가능성과도 연결된다.
23 김유정의 소설 중 문학치료학 텍스트로서의 적용 가능성을 염두에 두고 이 글에서 검토한 작품은 「봄·봄」, 「동백꽃」, 「안해」, 「금 따는 콩밭」등이다. 텍스트는 『신한국문학전집』 6 (김유정), 어문각, 1976에 의존하며 말미에 인용한 쪽수만 기입한다.

3. 김유정 소설에 나타난 웃음의 기제와 적용과정

문학작품은 작가의 관점에서 보면, 개인적 차원이나 사회적 맥락 안에서 늘 부딪히게 되는 도덕적 갈등, 아름다움과 진실에 대한 갈망, 혼란스러운 경험세계에 질서를 부여하여 삶의 욕망을 찾고자 하는 욕망의 상상적 표현이다. 동시에 작가와 독자 모두에게 인간으로서 삶의 기쁨과 고민을 다시 경험하고, 시야를 넓히며, 자유를 찾고, 삶의 의미를 체험할 수 있는 상상적 언어의 공간이기도 하다. 이런 일련의 과정을 통해 과거의 상처는 치유되고 건강하고 인간다운 의미있는 삶을 추구하는 모습을 보여준다.[24] 독자들은 이러한 치료적 요소가 들어있는 문학작품을 읽으면서 자신만이 이런 유의 문제를 안고 있는 유일한 사람이 아니라는 사실, 그가 안고 문제에 대한 해결방도가 있을 뿐 아니라 또한 여러 가지가 있을 수 있다는 사실, 다른 사람은 어떻게 하다 그가 처해 있는 상황과 같은 상황에 처하게 되었는지, 이런 경험은 돈 주고도 못살 인생의 값진 교훈이라는 점, 그 문제를 해결하기 위해 구체적으로 어떻게 해야 하는지를 계획하고 실천할 용기를 얻게 된다. 이것이 문학치료의 힘이다. 요컨대, 문학치료의 궁극적인 지향점은 건강한 자기서사를 확립하는 일이며, 이러한 일은 누락된 자기서사를 보충하고 미약한 자기서사를 강화하여 분열되어 갈등하고 있는 자기서사를 통합함으로써 이루어지는 것이다.[25]

---

24 문학의 치유적 기능에 대해서는 송명희, 「문학의 치유적 기능에 관한 고찰(1)」, 『한어문교육』 27, 한국언어문학교육학회, 2012; 엄찬호, 「인문학의 치유적 의미에 대하여」, 『인문과학연구』 25, 강원대 인문과학연구소, 2010.6, 431~435쪽 참조.
25 정운채, 「문학치료의 서사이론과 통일인문학」, 『소통, 치유, 통합의 인문학』, 선인, 2009, 65

이런 점에서 김유정의 소설은 해학적인 장면이나 웃음을 유발하는 요소들이 적지 않을 뿐 아니라 희극성 이면에는 비극성을 담지하고 있어 인생의 희로애락을 표현하는 데 장점을 지닌다. 독자들의 감성코드를 자극함으로써 참여를 통한 동일시 효과에도 보탬이 될 수 있기 때문이다. 이는 자연스럽게 독자(혹은 내담자)들에게도 공감의 폭이 확대되고 정화적 기능에 보탬이 될 것으로 본다. 그럼, 이제 김유정의 소설에 나타난 웃음의 기제를 통해 문학치료학 텍스트로서의 적용 가능성을 검토할 차례다.

1) 도입단계(수용성)

대중들은 소설을 대할 때 대체로 친숙한 소재, 흥미와 재미를 우선으로 여긴다. 친숙한 소재는 독자로 하여금 낯설지 않아 수용 단계에서 비교적 수월하다. 더욱이 웃음을 유발하는 장면은 독자들의 관심을 끌 수 있는 한 동인이기도 하다. 김유정의 소설이 이러한 요소들을 모두 구비하고 있는 건 아니고 작품에 따라 차이도 있겠지만, 이 글에서 다루는 작품들은 대체로 낯설지 않고 웃음을 유발하는 장면이 자주 나오는 공통점을 지닌다. 더욱이 그의 소설은 중·고등학교 교재에 자주 나오는 만큼 독자들 입장에서도 소설(혹은 작가)과 관련한 사전 정보를 웬만히 습득한 경우가 많다. 이를테면, 「봄·봄」, 「동백꽃」, 「만무방」, 「금 따는 콩밭」, 「안해」 등은 그중에서도 일반 독자들 입장에서 비교적 낯설

~66쪽.

지 않은 작품들이기에 수용단계에서 수월성을 갖는다.[26] 우선 김유정의 「봄·봄」을 살펴보자.

> "그래, 거진 사 년 동안에도 안 자랐다니 그 킨 은제 자라지유? 다 그만두구 사경 내슈—"
> "글세, 이 자식아! 내가 크질 말라구 그랬니, 왜 날 보구 떼냐?"
> "빙모님은 참새만한 것이 그럼 어떻게 앨 낳지유?(사실 장모님은 점순이보다도 귓배기가 작다)"
> 장인님은 이 말을 듣고 껄껄 웃더니(그러나 암만 해두 돌씹은 상이다)코를 푸는 척하고 날 은근히 꿇리려고 팔꿈치로 옆 갈비께를 퍽 치는 것이다.
> 더럽다. 나두 종아리의 파리를 쫓는 척하고 허리를 구부리며 그 궁둥이를 꽉 떼밀었다. 장인님은 앞으로 우찔근하고 싸리문께로 쓰러질 듯하다 몸을 바로 고치더니 눈총을 몹시 쏘았다. 이런 쌍년의 자식! 하고 싶으나 남의 앞이라서 차마 못 하고 섰는 그 꼴이 보기에 퍽 쟁그러웠다. (「봄·봄」, 239쪽, 강조는 인용자)

작품에서 빚어지는 해학성의 시발은 우선 등장하는 인물들의 우직함과 천진함에 바탕을 두고 있다. 머슴인 '나'와 주인인 '봉필'이가 빚어내는 인간관계는 웃음을 자아나게 하지만, 주인집 딸 점순이가 자라면 성례하기로 하고 사경도 받지 않고 일하는 '나'에게는 성례야말로 모든 행위의 목적인 것이다. 구장 앞에서 벌이는 나의 행동이 우리에게 웃음을 불러일으키지만 그 속에 숨어 있는 처절하고 안타까운 소망(점순이와의

---

26 김유정의 소설 중 특히 「봄·봄」과 「동백꽃」은 중·고등학교 교과서에 거의 단골로 수록되어 있는 작품들이다. 보다 구체적인 것은 김지혜, 「김유정 문학의 교과서 정전화 연구」, 김유정학회 편, 『김유정과의 만남』, 소명출판, 2013, 312~332쪽 참조.

성례를 이루려는)이 잠재해 있음을 상기한다면 애소(또는 비극성)와도 맞닿아 있음을 알 수 있다.[27]

김유정 소설에 나타난 해학은 익살스럽고 품위 있는 농담에 가깝다. 그 참모습은 웃음에 연결된다. 김유정의 해학은 한국적 해학에 연결된다. 다시 말해 유정의 문학은 전통성과 밀접한 관련을 맺는다. 우선 "그의 초기 단편들에는 살벌한 증오심 대신에 유머가 가득 차 있다. 그 유머는 고전소설에서 흔히 볼 수 있는 그런 유머이며 그것이 그를 전통과 굳게 결부시키고 있다"[28]라는 지적을 빌지 않더라도, 그의 작품에 나타난 유머들이 한국적 해학에 맞닿아 있는 점을 발견하기가 그리 어렵지 않기 때문이다. 「동백꽃」의 한 장면을 또 보자.

나는 보다못하여 덤벼들어서 우리 수탉을 붙들어가지고 도로 집으로 들어왔다. 고추장을 좀 더 먹였더라면 좋았을 걸, 너무 급하게 쌈을 붙인 것이 퍽 후회가 난다. 장독께로 돌아와 서 다시 턱밑에 고추장을 들이댔다. 흥분으로 말미암아 그런지 당최 먹질 않는다. 나는 하릴없이 닭을 반듯이 눕히고 그 입에다 궐련 물부리를 물리었다. 그리고 고추장 물을 타사 그 구멍으로 조금씩 들이부었다. 닭은 좀 괴로운지 킥킥하고 재채기를 하는 모양이나 그러나 당장의 괴로움은 매일같이 피를 흘리는 데 댈게 아니라 생각하였다. (234쪽)

---

27 유정의 다른 작품 「총각과 맹꽁이」, 「땡볕」에서도 이러한 점이 발견되고 있는데, 그 속에도 애소(哀訴)가 어리어 있으며, 이것이 김유정 문학에 나타나는 해학성의 한 특질이기도 하다. 이주일, 「향토적 해학과 풍자의 세계」, 김용성·우한용 편, 『한국 근대 작가 연구』, 삼지원, 1987, 219쪽 참조.
28 김윤식·김현, 『한국문학사』, 1973, 198쪽.

쌈닭에게 고추장을 먹이면 병든 황소가 살모사를 먹고 용을 쓰는 것처럼 기운이 뻗친다고 생각해 장독에서 고추장을 한 접시 먹이는 장면이다. 「동백꽃」을 읽은 독자들 중에는 '쌈닭에게 고추장을 먹이면서 벌이는 에피소드'를 일반적으로 가장 유머스러운 장면으로 꼽기도 한다.[29]

독자들 중에는 이렇게 유머스럽고 해학적인 장면을 접하면서 잠시나마 즐거움에 빠지기도 하지만 작품 속의 장면을 자신의 어린 시절 추억과 연관시켜 오버랩시키는 경우도 있을 것이다. 동시에 '때 묻지 않은 순수한 사랑'에 대한 열망을 담기도 한다. 이것 또한 독자들이 작품을 접하면서 느끼는 즐거움의 일종이다. 이처럼 김유정의 소설 「봄·봄」, 「동백꽃」은 유머스럽고 해학적인 장면을 통해 독자들에게 적지 않은 재미와 웃음을 선사해 주고 있다.

무엇보다도 김유정의 소설들은 비교적 친숙하다. 김유정의 소설이 독자들에게 그렇게 읽힌다는 것은 문학치료학 텍스트로서 강점인 셈이다. 따라서 김유정의 소설은 수용성의 측면에서 그리고 가독성의 측면에서 도입단계가 비교적 수월해진다. 무엇보다도 이야기의 재미와 웃음을 유발하는 장면의 등장은 이야기를 읽는 즐거움을 배가시키면서 지속성으로 이어진다.

---

29 본 연구자는 문학수업을 수강하는 학생들 40여 명을 대상으로 김유정의 「봄·봄」, 「동백꽃」을 읽는 과정에서 웃음을 유발하거나, 웃기는 장면을 중심으로 설문조사를 실시한 바 있다. 학생들 역시 위의 장면을 가장 유머스럽고 웃기는 장면으로 꼽은 바 있다. 전흥남, 「한국 근대소설의 문학치료학적 관점의 적용과 그 가능성 탐색」, 『국어문학』 45, 국어문학회, 2008, 227쪽.

2) 전개단계(공감)

공감은 내담자의 교육정도, 경험, 기억 및 인지 능력에 따라 차이가 나므로 일률적으로 말하기는 곤란하다. 다만, 수용성이 강하면 공감도는 대체로 높기 마련이다. 공감도가 떨어지면 일회성으로 그친다. 김유정 소설의 서사는 복잡하지 않고 비교적 서민들의 일상을 소재로 재미와 흥미 그리고 웃음을 유발하는 내용과 장면들이 자주 등장함으로써 공감의 과정으로 자연스럽게 이어진다.

그리고 에미가 낯짝 글렀다고 그 자식까지 더러운 법은 없으렷다. 아, 바로 우리 똘똘이를 보아도 알겠지만 즈 에미년은 쥐었다 논 개떡 같애도 좀 똑똑하고 깨끗이 생겼느냐. 비록 먹고도 대구 또 달라고 불아귀처럼 덤비기는 할망정, 참 이놈이야말로 나에게는 아버지보담도, 할아버지보담도 아주 말할 수 없이 끔찍한 보물이다. 년이 나에게 되지 않은 큰 체를 하게 된 것도 결국 이 자식을 낳았기 때문이다. (…중략…)

이마가 홀떡 까지고 양미간이 벌면 소견이 탁 트었다지 않냐. 그럼 좋기는 하다마는 아기자기한 맛이 없고 이 조로 둥글넓적이 내려온 하관에 멋없이 쑥 내민 것이 입이다. 두툼은 하나 건순입술, 말 좀 하려면 그리 정하지 못한 웃니가 부질없이 뻔찔 드러난다. 설혹 그렇다 치고 한복판에 달린 코나 좀 똑똑히 생겼다면 얼마나 좋겠나. 첫대 눈에 띄는 것이 그 코인데, 이렇게 말하면 년의 흉을 보는 것 같지만, 썩 잘 보자 해도 먼산 바라보는 도야지의 코가 자꾸만 생각이 난다. (307쪽, 강조는 인용자)

「안해」의 한 부분이다. 위의 장면은 못생긴 아내를 두었어도 원망하기 보다는 아들을 낳아준 것만으로도 고맙게 생각하는 소박한 사내의 심정이 잘 배어 있다. 희화적으로 과장되고 비속어가 적절히 활용되어 흥미롭고 생동감 있는 이 단락은 원래 민중적 성격을 지닌 판소리 사설을 방불케 한다.[30] 더욱이 이 서술은 거기에 머물지 않고 우리의 민중정서를 한층 낙관적으로, 가령 지지리 못사는 가운데도 그 현실을 일인칭 주인공이 명랑하게 펼쳐 나감으로 해서 김유정 소설 문체의 창조적 지평을 넓혀준다.[31]

또한, 이후 농사지어 먹고 살기 힘 드는 형편에 들병이로 나서기 위해 아내에게 노래를 가르치는 대목에서 독자들은 웃지 않을 수 없다. 유정 소설에 있어서의 유머는 그가 이야기하고자 하는 빈농과 소작인, 그리고 머슴과 들병이의 참담한 현실을 가장 효과적으로 드러내주는 도구로 사용된다. 유머의 정신은 그가 선택한 방법이며, 그것은 그의 인물들을 참담한 현실로부터 탈출케 하는 숨통이 된다. 그의 유머가 유머 자체로서 끝이 난다면 그것은 이미 코미디 이상의 것이 아니며, 소위 말하는 골계의 미적 효과와는 무관한 것이 된다. 하지만 "유정문학의 세계 인식의 방법이나 태도는 어떤 차겁고 냉철한 현실감각이나 비극적 심층의 진지성이나, 또는 우롱과 냉소보다는 익살스럽고 유쾌한, 그러면서도 따뜻한 해학미를 지니고 있다".[32]

---

30 판소리 소설의 문체에는 희화적인 과장, 요설적인 입김, 관용어의 빈번한 사용, 비속어의 활용, 운율감 있는 문장, 다양한 시점의 이용 같은 특징을 보이는 데, 이 작품에서 '마누라'의 인물묘사 부분은 「심청가」에서 '뺑덕어미'의 인물묘사와도 상통하고 있음을 발견할 수 있다(신재효, 강한영 교주, 『한국판소리 전집』, 서문당, 1977, 96~97쪽 참조). 이 외에도 김유정의 「봄·봄」, 「두꺼비」, 「슬픈 이야기」 등에서도 판소리 소설의 그런 문체적 특징이 나타난다.
31 전상국, 「김유정 소설의 언어와 문체」, 『김유정 문학의 전통성과 근대성』, 한림대 아시아문화연구소, 1997, 287~302쪽 참조.
32 이재선, 「희화적 감각과 바보열전」, 『김유정 문학의 전통성과 근대성』, 한림대 아시아문화연구소, 1997, 99쪽.

김유정 소설에 나타난 인물의 웃음 뒤에는 삶의 애환과 서러움이 잠복되어 있다. 한마디로 아픈 웃음, 또는 어두운 해학이다. 김유정의 소설에서 유머를 빼버리면 참으로 처절한 현실과 극한상황 속에 허덕이는 인물을 만나게 된다. 이러한 현실과 인간조건은 우리에게 큰 충격을 줄만큼 강렬하다. 그것을 그대로 드러내 보이지 않고 김유정은 유머로 처절한 현실과 인간조건을 잠재화하고 있다. 그것은 그러한 현실을 드러내 보는 것보다는 웃음을 통하여 이 참담한 상황에서 독자를 해방시키려는 의도가 있었기 때문일 것이다.[33] 그러므로 유정은 현실의 어두움을 예각적으로 파헤치고 그것을 드러내 보이기는 하지만 웃음을 통하여 카타르시스하고 있다. 따라서 현실에 대응하는 유정의 작중인물들 태도는 주어진 상황에 대한 긍정이 전제되어 있다. 그들은 그럼으로 해서 대상(현실)에 대한 거리를 유지할 수 있으며, 또한 절망적 상황에 대한 역설과 아이러니와 패러디가 자유롭게 구사된다. 작중인물의 희극적 대응은 일종의 자기방어의 수단이 된다. 즉 작중인물들은 더 이상 불만스러운 상황을 해결하려고 할 직접적인 기대감의 표출이 없이 그 억압된 상황으로부터 야기되는 긴장을 해소하고자 하는 것이다.

작품을 읽으면서 웃음이 나오는 이유는 독자에 따라 각기 다를지라도 몇 가지로 유형화해 볼 수 있는데, 일반적으로 생각해 볼 수 있는 것으로는 문체면, 등장인물면, 서사구조면, 세계관 등 이 네 가지 면이 다른 소설들과 구별 짓는 고유한 특징이 될 수 있을 것이다.[34] 문체면에서

---

33 이런 점에서 다음과 같은 김현실의 지적은 주목할 만하다. "「안해」는 김유정의 다른 작품들보다도 유난히 소화(笑話)로서의 치우담적 해학과 구조에 닿아 있어서 비판적 리얼리즘의 긴장감이나 역사인식의 개진 등은 보이지 않으나 오히려 억압 속에서도 '웃음'으로 탈출구를 찾았던 우리 구비문학의 전통적 정서를 그대로 계승함으로써 역설적으로 이면의 사회적 진실을 내포할 수 있었다는 점에서 소설적 의의를 지닌다." 김현실, 「「안해」의 해학성에 관한 연구」, 『국어국문학』 115, 국어국문학회, 1995.12, 327쪽.

웃기고, 등장인물면에서 웃기고, 서사구조면에서 웃기고, 세계관 면에서 웃긴다면, 유정의 소설은 독자들로 하여금 웃음을 유발시키지 않을 수 없었을 것이다.

이처럼 김유정의 소설은 웃음을 유발하는 장면이 많이 나온다. 물론 웃음에 대한 반응은 개인 차가 있지만, 보편성을 띤다는 점에서 수용 및 전개단계로의 진입이 순조롭다고 하겠다. 특히 웃음을 유발하는 장면들은 독자들에게 긴장을 이완시킬 수 있다는 점에서 정서적으로도 장점을 지닌다. 웃음은 경계심을 풀어줄 뿐 아니라 평정한 마음의 상태로 복원시키는 기능을 갖는다. 동시에 정서적으로 공감의 연대를 강화한다.[35] 공감은 자연히 내담자의 참여를 유발하는 동인이 된다.

3) 참여단계(정화 / 동일시)

소설을 읽으면서 마음의 정화catharsis를 유인하는 효과를 가져오기 위해서는 공감의 과정이 요구된다. 공감은 독자(수용자)의 참여를 통해서 확대되기도 한다. 문학 텍스트를 통해 자기 동일시의 효과는 참여로 이어지고, 동시에 인생의 희로애락을 공감하기 위해서는 인지적 깨달음이 수반될 때 가능해진다.

---

34 이호림, 『유정의 소설은 왜 웃긴가』, 리토피아, 2008, 7～32쪽 참조.
35 독자들의 성향에 따라 다를 수 있어 일률적으로 말하기는 곤란하지만, 웃음을 유발하는 장면이 많이 나오는 소설을 선호하는 독자가 있다. 반면 슬픔이나 연민의 감정을 통해 동일시의 효과가 강화된 경우도 있을 것이다. 다만, 개인치료 과정보다는 집단 치료과정에서는 상대적으로 슬픈 얘기보다는 웃음을 유발하는 장면을 통해 회상의 개입이 비교적 수월할 뿐 아니라 동일시 효과가 클 것으로 본다. 자연히 참여에 의한 공감의 연대가 강화될 가능성도 크다고 본다.

김유정의 문학은 '아이러니의 문학'이라고 해도 과언이 아니다.[36] 아이러니적 양태를 일괄적으로 말하기는 어려운 일이지만 드러난 사실과 속사정이 다를 때, 혹은 대조를 이룰 때, 기묘한 제 삼의 의미가 출현하는 경우를 가리킨다고 말한다면 크게 벗어나지 않을 것이다. 다시말해 일반적인 개념은 '말해진 것what is said'과 '의미된 것what is meant' 사이의 긴장, 상충, 그리고 그 진정한 대조에 있다고 하겠다.[37] 이를테면, 「금 따는 콩밭」에는 언어적 아이러니, 플롯의 아이러니, 극적 아이러니가 포함되어 있다. 「금 따는 콩밭」의 결말부분은 이러한 극적 아이러니가 명료하게 드러난 대목이다.

영식이는 기쁨보다 먼저 기가 탁 막혔다. 웃어야 옳을지 울어야 옳을지. 다만 입을 벌린 채 수재의 얼굴만 멍하니 바라본다.

"이리 와 봐. 이게 금이래."

이윽고 남편은 안해를 부른다. 그리고 내 뭐랬어, 그렇게 해보라고 그랬지, 하고 설면설면 덤벼오는 안해가 한결 어여뻤다. 그는 엄지손가락으로 안해의 눈물을 지워 주고 그리고 나서 껑충거리며 구뎅이로 들어간다.

"그 흙 속에 금이 있지요?

영식이 처가 너무 기뻐서 코다리에 고래등 같은 집까지 연상할 제 수재는 시원스러이,

---

36 김상태는, 김유정의 소설에서 이루어지는 아이러니는 대체로 표현적 아이러니(verbal irony)라고 할 수 있는 데, 그러나 인물들이 그런 아이러니를 연출할 수 밖에 없는 처지를 추구해 가다보면 상황적 아이러니(situational irony)에 도달하게 된다는 점에 주목했다. 보다 구체적인 것은 김상태, 「김유정과 해학의 미학」, 『한국 현대소설사연구』, 민음사, 1984, 325~327쪽 참조.

37 D. C Mueke, *Irony,* Methuen, 1976, p.30; C, Carter Colwel, 이재호·이명섭역, 『문학입문』, 을유문화사, 1978, 75쪽(원제는 *A Students Guide to Literature*).

"네, 한 포대에 50원씩 나와유"하고 대답하고 오늘밤에는 꼭 정녕코 꼭 달아나리라 생각하였다(291쪽).

인용된 대목에서도 알 수 있듯이, 금이 나오지 않는다는 것을 수재와 독자는 알고 있으나, 영식과 아내는 그것을 반대로 이해하여 기뻐한다. 이것은 독자가 기대하는 행동과 영식과 아내가 실제로 반응하는 것과의 불일치에서 오는 웃음의 효과를 내면서, 두 인물이 실제의 상황을 인식하게 될 때 예상되는 절망에 대한 연민의 효과를 강화한다.

이처럼 유정이 창조하고 있는 인물들 대부분이 '아이러닉 모오드ironic mode'에 속한다. 「금 따는 콩밭」에 나오는 인물들 역시 이러한 범주를 벗어나지 않는다. 수재나 영식이와 그 아내 역시 그 나름의 절박한 상황들을 갖고 있지만, 그것이 절박한 현실로는 읽혀지지 않는다. 워낙 허황한 것이 그들의 꿈이기 때문에, 그 꿈과 관련된 그네들의 상황이 절박하면 절박할수록 정비례해서 유머로만 읽혀지게 되는 것이다.

그렇지만 「금 따는 콩밭」은 그런 이유로서만 유머스러운 것은 아니다. 작중 인물들이 각박한 상황에 상응하는 악인들이었어도 유머로 읽혀질까? 이 소설에는 악인이 없다. 하나같이 단순·소박한 토속적인 인간미를 풍기는 인물들이기 때문에 소설이 그토록 유머로 승화될 수 있었다고 본다.[38] 이렇게 아이러니적 기법[39]에 의한 유머의 정신은 그가 선택한 방법이며 그것은 그의 인물들을 참담한 현실로부터 탈출케 하

---

38 임종국, 『한국문학의 민중사』, 실천문학사, 1986, 164쪽.
39 김유정이 그의 소설에서 웃음을 유발하는 소설적 전략은 '소크라테스적 아이러니'에 가깝다고 평가하기도 한다. 소크라테스적 아이러니는 자신은 조금밖에 알지 못하거나 전혀 모르는 것처럼 행동한다. 이와 반대로 이 대화 상대자는 다른 사람들에게 책임을 전가하는 표현을 하거나 자신의 무지를 고백해야만 한다. 류종영, 『웃음의 미학』, 유로, 2005, 280~281쪽.

는 숨통이 된다. 또한 유정의 소설에서 구사되는 유머가 유머 자체로 끝나는 것이 아니라 소위 말하는 골계의 미적 효과와 연관되는 부분이기도 하다.

특히 유정의 소설에서 결말부분의 희극적 연출은 하나의 구조적 특징을 이루고 있는데, 그 해학은 언제나 주인공의 무지와 우매함에서 연유하고 있다. 비극이 될 소재를 유정은 희극으로 연출하고 있는 것이다. 주인공의 선량함에 웃고 말았지만 사실은 그의 처지를 동정하고 슬퍼해야 함이 마땅한 것이다.

이렇게 유정의 문학은 해학성 이면에 비극성이 자리하고 있는 점에서 문제적이다. 다시 말해 식민지 조선 농촌의 모순된 경제구조 내지 일제의 수탈정책으로 인해서 생존 자체가 크게 위협받았던 당시의 조선 농민들이 결국 정상적인 인간의 모습을 잃고 왜곡되고 기형화될 수밖에 없다는 것을 그의 소설들은 특이한 방법으로 제시하고 있다. 그는 자신의 소설에서 소작인, 유랑농민, 머슴, 노동자, 실업자, 걸인 등의 생활상을 통하여 당시 한국인의 대다수를 차지한 민중 계층의 삶의 진실을 표현하려 하였고, 또 그들의 어려운 삶을 해학적으로 표현함에 있어 우리의 전통적 민중문학의 하나인 판소리 사설이나 고전소설의 표현방법을 자연스럽게 수용하고 있다. 김유정 소설 속 웃음의 지향점, 즉 작품 속 등장인물로 하여금 웃음을 유발시키려 한 점은 "당시의 검열을 피하고 독자들의 시선을 끌기 위한 소설적 전략"[40]과도 무관할 수 없다.

이와 같은 인지적 깨달음은 읽기로서의 문학치료(독서치료)나 영화(연극)치료가 가진, 다른 장르의 예술이 가질 수 없는 최대의 강점이 될 수

---

40 유인순, 「김유정 소설의 웃음 그리고 그 과녁」, 김유정학회 편, 『김유정과의 동행』, 소명출판, 2014, 251쪽.

있다.[41] 나아가 동일시identification의 효과를 통해 인지적 깨달음이 강화되기도 한다. 동일시의 효과는 주인공에게 적극적으로 자신의 감정을 이입하기 때문일 것이다. 물론 독자의 입장에서 동일시와 이화작용 중에서 어느 것이 인지적 깨달음과 통찰을 강화시키는 건지는 텍스트와 내담자에 따라 다를 수 있다.

4) 해소단계(표현 / 평정심)

해소단계는 심신의 치유를 통해 새로운 단계로 접어든다. 마음의 평정을 확보하고 새로운 방향설정의 단계로 접어든 경우를 말한다. 다시 말해 자신의 이야기를 표현하고픈 욕구가 일정 정도 해소된 상태다. 오랜 옛날부터 상처받은 심신의 치유에 문학을 적극적으로 활용한 이유는 문학이 독자들의 마음에 영향을 미쳐서 치료에 긍정적인 역할을 할 수 있는 힘이 있기 때문이다. 이런 점에서 문학치료에서든, 즐거운 독서행위에서든, 문학적 인식은 심리적 해방, 유희에서 비롯된다는 사실을 간과해서는 곤란하다. 이 점은 문학이라는 수단이 종교로서의 역할, 치료로서의 역할을 할 수 있다는 중요한 단서가 되기도 한다. 우리들의

---

41 송명희는 미술치료나 음악치료 그리고 무용치료는 감성적 해방과 카타르시스는 줄 수 있지만 인지적 통찰을 기대할 수는 없다는 점에서 문학치료만이 유일하게 감성적 카타르시스와 더불어 인지적 통찰이 가능하다고 본다. 이는 문학이 언어예술이라는 특징에서 가능한 것으로 문학치료에서의 이해와 공감을 넘어선 깨달음과 통찰이 중요하다고 본 것이다. 다만, 문학치료에 있어서 인지적 통찰은 음악이나 미술치료 등 여타의 장르에 비해 상대적으로 높을 수는 있어도 유일하다고 보기는 무리도 따른다. 또한 문학치료에서 깨달음과 통찰에 이르기 위해서는 문학 텍스트의 선정과 내담자의 교육 및 인지 정도에 따라 차이가 날 수가 있는 점도 감안해야 할 것이다. 보다 구체적인 것은 송명희, 「문학의 치유적 기능에 관한 고찰(1)」, 『한어문교육』 27, 한국언어문학교육학회, 2012, 22쪽.

삶은 서사적으로 구조화되어 있고, 그런 유사한 상황들을 문학작품에 구현된 서사를 통해서 충분히 추체험 할 수 있다. 이는 우리들의 삶에 문학작품의 서사가 그만큼 영향을 미칠 수 있다는 뜻으로 해석된다.

해소단계는 작품서사를 통해 공감하고 자기서사를 보충한 단계에서 새로운 목표를 설정한다. 재미있었던 일을 회상하면서 구술하거나 글로 표현해서 공감을 유도하는 실천의 단계로 접어든 것이다. 쓰기 혹은 읽기가 지속적으로 심리적인 효과 면에서 실효를 거두게 된다고 가정할 경우 '평정', '확신', '안정', '긴장완화'와 같은 것이 어떤 역할을 할 것이다. 이러한 개념들은 텍스트에서 감명을 받게 하고 심리적·감정적으로 어떤 동기를 유발할 것이다. 그러나 텍스트가 수용—인지 영역에서 흥미를 일깨우고 새로운 '인식들'이 자극적 효과를 거둘 수 있기 때문에 문학치료는 최소한 이원적 형식, 즉 감정과 인지의 형식에서 모두 가능하다. 그것을 가능하게 해 주는 매개가 언어이다.

또한 문학적 언어는 언어 상실을 대체할 수 있는 좋은 수단이기도 하다. 일기, 에세이, 자서전 쓰기 같은 비교적 현실적인 언어를 포함해서 이미지의 언어인 문학은 언어를 회복할 수 있는 좋은 매체다. 해소단계에 이르면 평정심을 회복할 뿐 아니라 자신의 한계, 불안, 소원, 동경에 대해 쓰고픈 욕구가 생긴다.[42] 이것을 구체적으로 표현하는 회상과정에서 공감과 정화 기능이 반복되는 경우도 있을 것이다. 위의 과정을 도표화하면 아래와 같다.[43]

---

42 유인순은, 유정문학의 출발이 염인증(厭人症) 극복에서 시작되었고, 후기 김유정의 성격 형성 및 그의 운명에 직접적인 영향을 끼친 것은 결핵이었다고 언급하고 있다. 유정의 질병과 작품의 관련성에 대해서는 유인순, 「김유정 문학 속의 결핵」, 『김유정을 찾아가는 길』, 솔과학, 2003, 119~166쪽 참조. 본 연구자 역시 유정은 자전소설로 평가되는 「생의 반려」를 포함하여 자신의 질병과 불우한 삶을 창작의 동인으로 삼았으며, 문학은 위안의 도구가 되었을 것으로 추측한다.

개인 문학치료의 테트라 시스템(Tetra System : 4단계 이론)

문학치료 용어	정신분석 용어	개인	과정	과정II	비고
도입단계 (Initial Phase)	회상	도입단계 (수용성)	재미, 기억	애정, 금전, 기억 모티프 도입	인식
작업단계 (Action Phase)	반복	전개단계 (공감)	교육정도경험, 인지능력	웃음의 기제, 인생유전, 희로애락의 감성	탐구
통합단계 (Integratio Phase)	작업	참여단계 (정화)	동일시	동일시의 효과 감정이입 효과	병치
새 방향 설정단계 (Reorientation Phase)	해결	해소단계 (표현)	평정심	자신의 객관화, 자기서사의 보충 및 표현	적용

4. 맺음말

현대인들은 많은 질병에 시달리며 살고 있다. 특히 정신적인 질환이나 질병과 연계된 경우가 많고 또 그 형태도 다양하다. 문화적·경제적으로 수준이 높아진 현대인들에게는 다양한 치료 방법이 요구된다. 단순한 면담과 반복적인 약물 치료만으로는 한계가 있으며 그것은 완치 이후라도 정신적 육체적으로 후유증이 오랫동안 남는다. 예술적 치료 요법도 종합적이고 적극적으로 시도되어 사회복귀가 용이하도록 도와주워야 할 것이다. 특히 문학치료는 예술치료 가운데 그 특성상 특별한

---

43 이 글에서의 문학치료학 적용단계 도표는 변학수의 『통합적 문학치료』에서 '집단 문학치료의 과정'(77쪽)을 필자 나름으로 개인의 문학치료에 적용해서 도식화한 것이다. 다만, 개인적인 문학치료의 과정이든 집단적인 문학치료이든 공감단계에서 참여(정화)단계로의 전개 과정이 순차적이기보다는 동시적으로 적용될 수도 있다고 본다. 또한, 집단적인 문학치료의 경우 공감에 이르기 위해서는 피드백과 셰어링을 통해 감성과 정서의 교류가 선행될 수 있다는 점에서 공감의 단계와 참여를 통한 정화(catharsis)의 단계가 엄밀하게 구분되기보다는 중첩되는 경우가 많은 편이다.

효과가 있을 것으로 판단된다.

이런 점을 염두에 두면서 이 글은 김유정의 소설에 나타난 웃음의 기제와 담론을 통해 문학치료학 텍스트로서의 가능성 및 적절성의 탐색에 주안점을 두었다. 물론 그의 작품 속에 나타난 해학적인 설정이나 유머스러운 장면을 통한 웃음의 기제가 문학치료학 텍스트로서 독점적으로 적용한다고 할 수는 없다. 하지만 이 글은 웃음은 보편적으로 사람들에게 자기 동일시의 효과 및 정서적 공감의 확산에 보탬이 되는 측면이 크다는 점을 주목했다. 웃음은 웃음 그 자체로 끝나는 것이 아니라 더 좋은 기억과 긍정적 정서를 되살리는 힘이 있기 때문이다. 그래서 기억력에 영향을 미칠 뿐만 아니라 정서의 공감과 연대에도 막대한 영향을 미친다.

이런 점에서 소설 속에 나타난 웃음의 기제는 독자로 하여금 동일시의 효과를 통한 감정 이입의 순기능을 발휘할 가능성이 높다고 보았다. 이른바 내담자의 회상의 과정이 자연스럽게 개입되는 셈이다. 웃음을 유발하는 장면을 접하고 자신의 과거를 회상하면서 자연스럽게 마음의 평정을 찾기도 할 것이기 때문이다.

김유정의 소설은 다른 작가의 작품에 비해 유달리 해학적이거나 유머스러운 장면이 많이 나온다는 점은 문학치료학 텍스트로서도 적당한 측면을 지닌다. 물론 작품마다 정도의 차이는 있지만, 김유정의 소설에서 해학성이 차지하는 비중을 결코 소홀히 할 수 없는 이유이기도 하다.

문학치료학적 텍스트의 선정은 독자의 인지능력이나 감수성, 지식의 정도에 맞게 신중하게 선택했을 때 문학치료의 효과도 클 것이다. 다만 문학치료학적 관점의 적용은 제한적인 측면을 지닌다는 점도 간과해서도 안 될 것으로 본다. 문학이 대체로 구체적 귀결점을 남기지 않는다는 사실은 문학의 가능성이기도 하지만, 특히 치료적 관점에서 볼 때 약점으로 작용하는 측면도 지니기 때문이다.

이 글은 우선, 김유정의 소설에 나타난 웃음의 기제를 통해 문학치료학 텍스트로서의 적용 가능성을 검토하는데 주안점을 두었다. 앞으로도 문학치료(학)의 이론적 바탕의 심화와 연구방법의 보완은 물론이거니와 근현대소설의 여러 작품을 대상으로 지속적인 연구를 통해서 문학치료학적 관점의 적용과 그 가능성을 탐색하려는 노력이 지속적으로 요구된다. 이러한 과정의 축적은 문학 연구영역의 확대는 물론이거니와 문학과 삶의 유기적 관련성의 심화를 통한 치유 능력의 심화 및 확산으로도 이어져 궁극적으로 문학(연구)의 실용적인 패러다임의 구축에도 기여할 것이다.

참고문헌

1. 논문

김도희, 「치유로서의 소설 읽기-신경숙의 『딸기밭』을 중심으로」, 『인문학 연구』 22, 동의대 인문과학연구소, 2012.

김상태, 「김유정과 해학의 미학」, 전광용 외, 『한국현대소설사연구』, 민음사, 1984.

김지혜, 「김유정 문학의 교과서 정전화 연구」, 김유정학회 편, 『김유정과의 만남』, 소명출판, 2013.

김현실, 「「안해」의 해학성에 관한 연구」, 『국어국문학』 115, 국어국문학회, 1995.

나지영, 「문학치료 이론연구의 현황과 전망」, 『문학치료연구』 10, 한국문학치료학회, 2009.

박기석, 「문학치료학 연구 서설」, 『문학치료연구』 1, 한국문학치료학회, 2004.

변학수, 「문학치료 또는 잃어버린 말을 찾아서」, 『문예연구』 77, 2013.

성정희 「문학치료의 임상연구의 현황과 전망」, 『문학치료연구』 10, 한국문학치료학회, 2009.

송명희, 「문학의 치유적 기능에 관한 고찰(1)」, 『한어문교육』 27, 한국언어문학교육학회, 2012.

안미영, 「김유정 소설의 문명비판 연구」, 『현대소설 연구』 11, 한국현대소설학회, 1999.

앙리 베르그송, 정연복 역, 『웃음』, 세계사, 1992.

엄찬호, 「인문학의 치유적 의미에 대하여」, 『인문과학연구』 25, 강원대 인문과학연구소, 2010.

오은엽, 「김유정의 봄 봄에 나타난 웃음문화와 외국인을 위한 문학교육」, 김유정학회 편, 『김유정과의 산책』, 소명출판, 2014.

유인순, 「김유정 문학 속의 결핵」, 『김유정을 찾아가는 길』, 솔과학, 2003.

_____, 「김유정 소설의 웃음 그리고 그 과녁」, 『김유정과의 동행』, 소명출판, 2014.

변학수·채연숙·김춘경, 「문학치료와 현대인의 정신병리」, 『뷔히너와 현대문학』 26, 한국뷔히너학회, 2006.

전흥남, 「한국 근대소설의 문학치료학적 관점의 적용과 그 가능성 검토」, 『국어문학』 45, 국어문학회, 2008.

전홍남, 「성석제의 소설에 나타난 웃음의 기제와 문학치료학」, 『비평문학』 54, 한국비평문학회, 2014.

전상국, 「김유정 소설의 언어와 문체」, 『김유정 문학의 전통성과 근대성』, 한림대 아시아문화연구소, 1997.

정운채, 「문학치료학의 학문적 특성과 인문학의 새로운 전망」, 『겨레어문학』 39, 겨레어문학회, 2007.

_____, 「문학치료의 서사이론과 통일인문학」, 『소통, 치유, 통합의 인문학』, 선인, 2009.

정기철, 「창작관점으로서의 문학연구, 문학교육, 그리고 문학치료」, 『한국문예창작』 8-2, 2009.

정영자, 「문학치료학의 현황과 전망」, 『문예운동』 93.

2. 단행본

김유정학회 편, 『김유정과의 산책』, 소명출판, 2014.

류종영, 『웃음의 미학』, 유로, 2005.

박세연, 『김유정의 소설세계』, 국학자료원, 1998.

변학수, 『통합적 문학치료』, 학지사, 2006.

이호림, 『유정의 소설은 왜 웃긴가』, 리토피아, 2008.

임명진, 『한국 근대소설과 서사 전통』, 문예출판사, 2008.

장성수 외, 『만약 당신이 내게 소설을 묻는다면』, 소라주, 2014.

정운채, 『문학치료의 이론적 기초』, 문학과 치료, 2006.

한용환, 『소설학 사전』, 고려원, 1992.

제3부 / 김유정과 문화콘텐츠

손거울 혹은 빛바랜 사진

박정규

경윤은 방금 가판대에서 사 들고 온 『조선일보』를 펼쳐 우선 학예면부터 죽 훑어보았다. 한용운의 장편소설 『운명』 이백사십이 회 분과 박태원의 장편소설 『우맹愚氓』 백육십구 회 분 그리고 '병세와 치료법'란에 실린 「의약의 발달에 따라서 매독을 내복약으로 고치게 되었다」는 제목을 단 기사가 눈에 들어왔다. 옆면에는 「대지大地의 세계성世界性」이라는 제목에 '노벨상 작가 '팔·빡'에 대하여'라는 부제가 달린 금년도 노벨상 수상작가와 작품에 대한 임화의 소개 글이 있었다. 상上이라고 붙여 놓은 것으로 보아 두세 번에 나누어 싣기로 한 모양이었다. 그 밑에 박노갑의 단편소설 「이랑이」 삼 회 분이 분재되어 있고 신간을 소개하고 평하는 난에는 김남천의 「희귀한 흥분」이라는 제목의 글이 '신인 단편집 독후감'이라는 부제를 달고 있었다. 김남천의 글은 제목과 부제로 미루어 보건대 근래에 주목할 만한 신인이 눈에 띄지 않는다는 내용일 듯했다. 아, 기다리시게 해서 미안합니다. 막 나오려는데 급하게 넘겨야 할 짧은 교정원고가 갑자기 들어와서…… 박 선생은 몹시 미안한 표정으로 경윤에게 손을 내밀었다. 그는 이 주점의 빈대떡이 먹을만하다며 어떠냐고 경윤의 의사를 확인하고는 주모에게 술과 빈대떡을 주문했다. 박 선생은 탁주잔을 단숨에 비웠고 경윤은 몇 모금 마시고 잔을 내려놓곤 했다. 똑같은 이유로 정간되었던 다른 두 곳은 다시 복간이 되었는데 유독 그곳만 결국 폐간까지 간 건…… 뭐, 결국은 운영자금 문제였겠죠. 경윤은 혼잣소리하듯이 낮게 중얼거렸다. 경영자가 대주주가 아니어서 그랬던지 그 주식회사 체재라는 게 잘못되기 시작하니 사공 많은 배 같더군요. 박 선생은 막 들어 올리던 술잔을 내려놓으며 목소리를 높였다. 저녁 무렵, 퇴근길 일행인 것으로 보이는 손님들로 붐비는 십여 평 남짓한 주점 안은 담배연기와 빈대떡을 부치는 기름타는 냄새와 자기 일행과의 소통을 위해 저마다 높여가던 목소리의 소음들이 뒤섞여 점액질 액체로 채워진 수조처럼 탁하고 답답했다. 그래도 나는 혼을 버리고 자본을 틀어쥐고 있는 그쪽 사주들보다 떳떳치 못한 자본 대신 혼을 부여잡고 있는 몽양夢陽을 지지합니다. 경윤은 좀 깊은 양미간의 주름살을 제외하면 온화한 인상이었다고 생각했던 박 선생에게서 순간 지금까지와는 전혀 다른 느낌을 받았다. 동경 유학시절 무산자동맹 맹원이었던 것으로 알려진 그의 과거에 대한 선입감과 함께 높아진 목소리와 그 어조의 단호함이 경윤에게 그런 생각을 하게 했는지도 모른다. 박 선생이 동경 유학을 마치고 곧바로 조선중앙일보에 입사한 것이 당시 그 신문사 경영진의 요직을 차지하고 있었던 동향인 갑부 윤희중의 영향력 때문이었는지 박 선생의 몽양에 대한 존경심 때문인지 그는 알지 못한다. 존경하는 사람이 운영하는 기업체를 선택해 입사할 수 있는 것이 동경 유학생 출신의 특권일 수도 있겠다는 생각을 하며 경윤은 큼직한 탁주잔을 들어 단숨에 반 넘게 마셨다. 그는 제일고보에 입학을 했다가 얼마 안 가서 그만둔 것을 후회한 적은 없었다. 가정 형편상 대학 진학이 어려웠던 자신의 처지로서는 일본학생들이나 그들과 별반 다를 바 없는 조선인들과 어울려 다니다가 졸업을 했다 해도 잘해야 지금쯤 총독부 말단 관리가 되었을 것이니까. 박 선생의 빈 잔에 술을 따르려던 경윤은 빈 주전자를 높이 치켜들고 흔들며 자기 딴엔 목소리를 높여 주모를 불렀지만, 주변의 소음과 유난히 작은 그의 목소리 때문에 의사 전달이 어려웠다. 현 선생, 여기가 너무 시끄럽고 답답하죠? 현 선생이 약주를 즐기는 편도 아닌 듯하니 우리 그만 하고 차라리 나가서 걸을까요. 박 선생의 제안에 경윤은 서둘러 자리에서 일어났다. 오늘은 제가…… 원고료 받은 것이 좀 남아서요. 아니지요. 저를 찾아온 손님인데 그럴 수는 없지요. 박 선생이 계산대에 가서 몇 마디 하더니 조그만 수첩을 받아 그곳에 표기를 했다. 경윤은 비켜서서 지켜볼 수밖에 없었다. 대동출판사 근처에 자리 잡은 이 대폿집은 아마도 박 선생이 자주 드나들며 외상 거래를 하는 곳인 듯했다. 경윤은 주머니 속에 들어 있는 준비해 왔던 술값을 만지작거렸다. 박 선생을 만나서 대포라도 한잔하려고 마련해 온 돈이었다. 박 선생은 재직하던 『조선중앙일보』가 폐간된 뒤 대동출판사에 몸담고 있었다. 신문사가 문을 닫은 후 가족의 생계를 위해 박봉의 출판사에라도 몸담고 있는 박 선생의 처지는 빤할 것이었다. 단편소설 「남생이」가 『조선일보』 신춘문예에 일등 당선되어 받은 현상금으로 급한 곳은 아쉬운 대로 틀어막았고 뒤이어 일간지며 잡지의 원고 청탁을 받게 되면서 고료로 받은 현금이 얼마간 주머니에 남아 있던 터였다. 해가 지면서 기온이 갑자기 내려갔는지 등줄기를 긋는 쌀쌀한 한기에 부르르 몸서리를 치며 경윤은 예의 그 낮은 음성으로 혼잣말처럼 중얼거렸다. 이제 곧 겨울이 닥치겠지요. 늘 병약했던 그는 추위를 많이 타는 편이었다. 없는 사람들에게 겨울은 참 혹독한 계절이지요. 장작 한 구루마래야 얼마 못 때요. 박 선생은 말을 받았다. 박 선생님 저기 카페에 들어가 차나 한잔하시지요. 경윤은 길 건너 카페를 가리켰다. 현 선생 인천까지 가셔야 할 텐데……. 예, 오늘은 신당정에 있는 친척집에서 하루 묵어가기로 약조가 되어 있습니다. 아 그러셨군요. 손님 없이 텅 빈 카페의 카운터에서 콧노래로 스피커에서 흘러나오는 남자가수의 신명 나는 노래를 따라 부르고 있던 젊은 마담이 반가이 맞았다. 끓어 솟는 젊은 힘이 옛 전설을 찾아서 어서 가자가자 어서가 젊은 깃발 너풀대는 저 바다는…… 거 노래 좋수. 지금 조선의 대유행곡이잖아요. 김정구의 〈바다의 교향시〉요. 경윤의 좋다는 말에 마담은 자랑하듯이 받았다. 나는 홍차로. 그럼 저도 홍차로 하지요. 그들은 찻잔을 앞에 놓고 약속이라도 한 듯이 커튼 틈으로 보이는 까만 밤하늘에 눈을 주고 있었다. 먼저 박 선생이 입을 열었다. 현 선생의 「남생이」를 꼼꼼히 읽어 봤습니다. 문단의 평가대로 참 대단한 작품이더군요. 회남이 했던, 이 일 편이 우리의 전 문학 수준을 대표할 만한 작품이라는 그 말이 과장이 아니더군요. 별거 아닌 작품을 너무 잘 봐주신 거지요. 아닙니다. 구보도 그런 말을 했잖아요. 동리의 「산화」보다도 유정의 「소낙비」보다도 비석의 「성황당」보다도 현 선생의 남생이가 더 좋은 작품이라고……. 아닙니다. 아닙니다. 그건 감당할 수 없는 과찬이지요. 더구나 유정 형을……. 그 의지나 작가적 역량이나 제가 감히 따라갈 수 없는 작가였지요. 제가 어떻게 그분들과 비교될 수 있겠어요. 다른 작가도 그렇지만 유정 형은 제가 옆에서 지켜봐서 잘 알지요. 병상에 있을 때 한동안 제가 옆에 있었기에 잘 알고말고요. 아, 유정과 현 선생과는 그런 인연이 있었군요. 저와도 인연이 좀 있지요. 박 선생님과는 휘문고보 동창이시지요? 예, 그렇지요. 안회남도 그렇고 함께 학교를 다녔지요. 김유정, 참 아까운 사람이 너무 일찍 갔어요. 내가 학교를 좀 늦게간 탓에 한 서너 살 나이 차이는 있었지요. 함께 휘문에 다닐 때에는 유정이 아니라 나이羅伊라는 이름이었어요. 한동안 안 보인다 했더니 휴학을 했던 모양입니다. 유정이란 이름은 복학해서부터 썼다지요. 휘문 졸업 후 내가 동경에 가 있느라 한동안 소식을 듣지 못했는데 귀국해서 신문사에 근무할 때 그의 「소낙비」가 『조선일보』 신춘 현상소설에 일등당선되고 같은 해에 우리 신문에 노다지가 가작 입선하게 되어서야 그의 소식을 알게 되었습니다. 우리 신문사에서 몇 번 마주치기도 했구요. 그 후 회남을 통해서 유정의 근황을 단편적으로 듣긴 했지요. 작년 오월십오일에 부민관에서 있었던 이상·김유정 합동 추모식에도 참석했었지요. 그러셨군요. 그땐 제가 경황이 없어서 박 선생님이 오셨던 것을모르고 지나쳤군요. 병약한 것이나 꽤 살던 집안이 갑자기 영락하여 나락에 떨어진 것이나 유정 형과 저는 서로 통하는 점이 많았지요. 유정형은 제 소설의 스승이기도합니다. 제가 남생이를 쓰면서 인물 설정에서 유정 형의 작품들을 많이 참고했지요. 남생이의 털보는 유정 형의「가을」에 나오는 황거풍의 모습에서 착안했지요. 바가지 같은 희화화된 인물 설정의 기법도 유정 형에게서 영향을 받았습니다. 박 선생님께도 신세를 졌지요. 저한테요? 예, 박 선생님이 쓰신 「마을의 이동」에서가까웠던 두 친구가 소작권을 놓고 마름과 뒷거래를 하면서 서로 원수가 되는 장면이 나오지요. 아, 예…… 상순이하고 성삼이가 마름 창선의 마음을 사려고 물밑에서 경쟁하며 돌이킬 수 없이 멀어지는 장면이있지요. 예, 바로 거기지요. 농부로 살아보지 않은 제가 농촌의 현실을 속속들이 알기는 어려웠지요. 그런데 「마을의 이동」에서 마름이 소작권을 얻으러 온 사람에게 이런 말을 하잖아요. 도조 올리는 게 지주나 사음이 아니라 농촌의 소작인들이 올리는 거라고. 우리 농촌의 비극을 한 마디로 묘파한 기막힌 구절이구나 하고 무릎을 쳤습니다. 주인 아닌 주인이 던져준 살 한 점 붙어 있지 않은 뼈다귀를 놓고 서로 물고 뜯는 굶주린 개떼들의 모습이 우리 농촌의 현실이란 것이지요. 그래서 저도 「경칩」을 쓰면서 노마 아버지와 홍서의 관계를 그런 관점에서 설정해 봤지요. 서로 얼굴만 볼 수 있어도 든든해지던 사이였는데 소작권에 욕심이 나서 병든 친구가 어서 죽기를 바라는 홍서라는 인물로요. 아, 「경칩」, 현 선생의 「경칩」도 참 인상 깊게 읽었던 작품입니다. 유연한 문장도 그렇고 특히 아이의 내면 심리가 아주 잘 그려졌던 작품이었다고 기억됩니다. 상당한 내공이 느껴지더군요. 과찬이시지요. 제가 실은 한 십여 년 전에 『조선일보』 신춘문예에 「달에서 떨어진 토끼」라는 제목의 동화가 당선된 적이 있었습니다. 그 후 몇 년 전까지 동화를 발표했었습니다. 아, 그렇군요. 그리고 보니 현 선생의 그 「경칩」에서 잠자는 듯 조용한 이른 봄 농촌마을을 배경으로 해서 어린 아이들 세 명이 동화의 한 장면처럼 이끌어가던 도입부의 풍경이 그렇게 감동적이었던 게 현 선생의 그런 이력에서 나온 것이었군요. 거기다 이어지는 어른들의 음험하고 살벌한 생존경쟁의 세계가 도입부의 천진난만한 동화적인 세계와 대조적으로 펼쳐지면서 소설적 효과를 극대화하더군요. 예사롭지 않은 솜씨다 했더니, 역시 그런 전력이 있었군요. 현 문단의 최고 수준이라는 회남의 평이 조금도 과장된 것이 아니었습니다그려. 그런 소설적인 기법의 수준도 상당했지만 현 선생의 작품에서는 작금의 현실을 보는 작가의 형형한 눈빛을 볼 수 있어서 저는 특히 좋았습니다. 고맙습니다. 좋게 봐 주시니 그렇지요. 유정 형처럼 소박하고 평범한 사람들의 일상 속에 현실의 고달픔을 담되 그 분위기는 너무 심각해지지 않으려고 노력하는데 그게 제대로 되었는지 모르겠습니다. 선배작가 한 분은 제게 넌지시 그런 말씀을 하시더군요. 제 작품이 예술성에만 비중을 두다보니 의식이 잘 드러나 있지 않다고요. 하아. 제가 보기에 그 선배작가라는 분의 조언이 그다지 정확한 것 같지는 않군요. 현 선생도 알다시피 문학에서 의식과 예술성은 대척적인 것이 아닐뿐더러 그 의식이라는 것이 겉으로 드러나서도 안 되는 것은 상식이 아닙니까. 그 선배라는 분의 언급은 진영논리에 치우친 견해인 듯합니다. 십여 년 전 한 순간 유행하던 그 문학의 실패를 되풀이해서는 안 되지요. 모순투성이의 현실을 문학적으로 고양시켜 쓸 수 있는 현 선생 같은 능력 있는 작가가 지난 시대의 거품들을 거둬내고 새로운 문학을 키워야지요. 박 선생은 생각난 듯이 찻잔에 남은 식은 홍차를 한 모금 마셨다. 박 선생님, 저는 유정 형이 순박한 사람들의 눈을 통해서 그려내려는 세상과 이상이 난해한 낱말이나 숫자의 나열을 통해 그려내려는 세상이 결국 무엇이었을까 하는 생각을 해봤습니다. 두 사람의 문학에 대한 접근 방식은 많이 달라 보이지요. 그런데…… 아주 역설적인 그런 면에서 서로 통하는…… 그래서 두 사람이 그렇게 두터운 우정을 나눌 수 있었던 모양이지요? 박 선생님은 둘이 서로 통하는 면이 있다고 보셨군요. 예, 아무튼 둘이서는 참 가까웠지요. 이상이 동경에 가면서 인사차 유정 형을 찾아왔어요. 제가 유정 형의 옆에 있을 때이지요. 그 무렵 유정 형은 병세가 심했었지요. 객혈도 그러려니와 치루와 치질 때문에도 고통이 이만저만이 아니었어요. 앙상하게 갈비뼈가 드러난 몸뚱이로 자지러지게 기침을 하며 요강에 머리를 박고 피를 토하는 광경은 차마 못 볼 것이라

저절로 고개를 돌리게 만듭니다. 이 광경을 목격한 이상의 얼굴이 많이 어두워졌지요. 유정 형은 동경으로 훌쩍 떠나는 이상을 몹시 부러워했습니다. 많이 섭섭하기도 했겠지요. 동병상련이라고 같은 적과 싸우는 동지적인 연대의식이 두 사람을 더욱 가깝게 묶어놓았던 것 같아요. 별 말 없이 한동안 두 손을 마주 잡은 채 앉아 있다가 이상이 어두운 얼굴로 떠난 뒤 유정 형은 이불 속에서 한 동안 울었지요. 그것이 마지막 만남이 될 줄을 아마 짐작했던 모양입니다. 경윤은 먹먹한 듯 말을 잇지 못하였다. 그 인재들이 가난 속에서 병고와 싸우다가 아깝게 먼저 떠난 것이 모두 시대를 잘 못 만난 탓이겠지요. 박 선생은 한 숨을 섞어 혼잣말처럼 중얼거리며 주머니에서 담배 갑을 꺼내 경윤에게 권한 후 자신도 피워 물었다. 둘은 한동안 말없이 허공에 담배연기만 뿜어대다가 먼저 입을 연 것은 박 선생이었다. 회남에게서 듣자니 이상이 유정에게 정사를 하자고 했다면서요. 아, 그 얘기요. 이상이 어느 날 유정 형을 찾아왔던가봅니다. 그런데 예의 그 요강에 객혈하는 모습을 보고 차라리 함께 죽자고 제의를 했던가봅니다. 이상의 입장에서 생각하면 현재는 자신의 상태가 좀 낫기는 하지만 머지않아 저렇게 되리라는 불안감과 그토록 고통 받는 친구와 공감한다는 마음의 표현이었겠지요. 그런데 순진한 유정 형은 그 말을 곧이듣고 회남을 불러 이상이 자신을 찾아와서 한 말을 들려주며 그가 자살할 지도 모르니 잘 살펴보라고 했다는 겁니다. 그런데 마침 그 때가 권순옥 관련 건으로 이상이 실의에 빠져 있던 시기였으니 아주 괜한 걱정은 아니었는지도 모릅니다. 그러니까 카페 쓰루鶴에 문학을 비롯한 예술에 제법 조예가 깊었던 권순옥이라는 마담이 이상을 꽤 따르는 사이여서 서로 정분이 깊어졌나 봅니다. 그런데 정인택이 혼자 그 여자를 좋아하다가 그만 자살 소동을 벌였다지요. 일본

인 어머니를 두었던 그는 혼혈에 대한 자격지심 때문이었는지 늘 자신
감이 없었답니다. 제가 전해들은 이야기의 자초지종이 이렇습니다. 하
루는 이상과 인택과 순옥 셋이서 술을 마시다가 시종 시무룩하게 앉아
있던 인택이 먼저 자리를 떴답니다. 늦도록 술자리를 함께 했던 이상과
순옥은 시무룩하게 먼저 자리를 뜬 인택이 마음에 걸려서 그를 불러내
어 한 잔 더 할 양으로 그의 방을 찾아 갔더니 음독을 한 그는 거의 인사
불성 상태였다는 겁니다. 이상은 순옥과 함께 그를 병원으로 옮겨 응급
조치를 하고 목숨을 구했다는 겁니다. 권순옥은 아주 건강한 체격이었
답니다. 그 후 고민을 하던 이상이 권순옥을 설득하여 정인택과 맺어주
고 돈암동 흥천사에서 올린 혼례식에서 자신은 사회까지 봐 주었답니
다. 금홍을 보내고 혼자 지내다가 권순옥을 만나 새록새록 정이 들어가
던 이상으로서는 친구의 목숨을 건지기 위해 양보하기는 했지만 나름
마음의 상처가 꽤 깊었던 모양입니다. 예의 동반자살 제의 건은 바로 그
무렵의 이야기입니다. 그런 일이 있었군요. 가만 있자, 정인택 씨는 현
선생과 제일고보에…… 아, 예, 연령은 동년배인데 제일고보는 정인택
씨가 저 보다 몇 년 빠르지요. 그리고 저야 입학해서 곧 그만두었고요.
이상의 유고들이 꽤 있을 텐데 시는 몇 편 발표되었는데 소설은 전혀 발
표가 안 되네요. 경윤은 서둘러서 말머리를 돌렸다. 그러네요. 그 유고
는 누가 관리를 하나요. 박 선생도 얼핏 눈치를 챘는지 새로운 화제에
가담하였다. 그 부인이 동경에서 유골과 함께 원고뭉치를 가지고 나왔
다고 들었습니다. 그 부인이라는 분이 변동림[1] 씨이지요? 예, 맞습니다.

---

1 이상의 친구인 화가 구본웅 서모의 여동생. 이상과 결혼하여 서울에 남아 있으면서 동경에
   있는 이상을 뒷바라지했다. 위독한 이상의 임종을 위해 동경으로 가서 이상의 사후(死後),
   그의 유골과 유물을 가지고 귀국했다. 후에 화가 김환기와 결혼하여 김향안으로 개명하고
   수필가로 활동했다. 향안(鄕岸)은 김환기의 호(號) 중의 하나였다.

제가 듣기로는 변 씨가 이상의 소설 유고를 발표하는 것을 몹시 꺼려한다고 하더군요. 아니 왜요. 예, 저도 들은 이야긴데요, 이상의 소설들이 거의 자전적인 소설로 읽혀지는데 그 소설에 등장하는 여인들이 이상의 아내였던 자신과 동일시되는 것을 변 씨가 마뜩찮게 생각하기 때문이라는 겁니다. 허허. 그래서 이상의 유고소설들이 발표되는 것을 막고 있다고요? 항간에선 아마도 「실화」 등의 작품에 등장하는 연姫이가 바로 변동림일 것이라고 이야기하는 모양입니다. 작중인물을 현실의 인물로 등치시키는 거군요. 허허. 이상의 유고소설을 출판하고 싶어 하는 옛 구인회 친구들의 성화가 어지간하지 않을 텐데 그걸 버티고 있는 걸 보면 그 변동림 씨도 대단한 인물인가 봅니다. 하기는 이상이 자기 소설 여주인공의 모델을 항상 자신이 동거했던 여인들에게 자신의 자의식을 이입시켜서 설정하는 경향이 있는 건 사실이니까 변 씨의 그런 반응도 이해할 만합니다. 현 선생을 만나니 문단의 이런저런 이야기를 전해 듣네요. 그야 뭐, 저도 오다가다 들은 이야기들인 걸요. 신춘문예 소설 당선 직후 구보가 데리고 다니며 문단에 인사를 시키는 바람에 많은 사람들을 만나 이 이야기 저 이야기를 들은 것이 전부입니다. 문단이라는 데에 굳이 인연을 맺고 싶은 생각은 없습니다. 박 선생님도 문인 모임에는 전혀 가담을 안 하시는 것 같습니다. 아, 예, 딱히 가입한 단체나 특별히 모임을 가지고 함께 어울리는 작가들은 없어요. 물론 개인적으로야 가까이 지내는 친구들도 더러 있지만요. 어차피 창작의 과정은 고독한 싸움이기도 하고……. 저도 박 선생님과 같은 생각입니다. 하기야 저 같은 신인은 가끔 외톨이 같은 느낌도 들더군요. 그래서 이렇게 역시 심해의 섬처럼 고고하게 혼자이신 박 선생님을 수소문해서 찾아뵙게 되었나 봅니다. 경윤은 박 선생이 문단과 좀 소원한 것이 혹시 현재 문단 주류를 이루는 사람들보다 대여섯 살이나 많은 나이에다가 등단 시기는 오히려 그들보다 늦은 것도 원인의 하나일지 모른다는 생각을 했다. 나야 현 선생처럼 뛰어난 작가와 이야기를 나누면 얻는 게 많지요. 제가 무슨…… 자타가 인정하던 천재작가 이상 같은 시대를 앞서가는 기발함도 없고 현학적 취미를 발휘할 만한 휘황한 지식도 못 가진 제가 무슨……. 박 선생은 경윤의 말끝을 기다렸던 것처럼 이내 말을 받았다. 그 이상의 문학이요……. 그의 문학이 시대를 앞서갔다는 것은 그 문학 사조만 놓고 본다면 서울에서만 유효한 규정이지요. 동경에서는 이미 낡은 사조일뿐이지요. 내가 동경에 처음 갔을 때 벌써 저만큼 뒷모습을 보이던 사조였지요. 경성에서 디디고 섰던 단단한 디딤돌이 동경에서는 돌이 아닌 한낱 구름이라는 것을 알게 되었을 때 이상은 적잖은 정신적 공황을 느꼈을지도 모릅니다. 박 선생님 말씀이 이해가 갑니다. 제가 한때 교토와 오사카에서 지낸 적이 있었습니다. 제일고보를 중퇴하고 무작정 나선 것이지요. 신문 배달에 페인트공에 노가다로 몇 년을 지내면서도 정신적으로 피폐해지지 않기 위해서 틈나는 대로 문학잡지를 읽었지요. 그때 저도 그런 사조의 잔재들을 접한 적이 있었습니다. 그럼에도 저는 이상의 천재성을 인정합니다. 그 독특한 어조로 펼쳐놓는 해학이 넘치는 변설들을 듣노라면 그의 천재성을 인정하지 않을 수 없더군요. 그럼은요. 정말 그래요. 그는 시대의 상투성을 뛰어 넘는 빼어난 인물임에 틀림없죠. 지금 이상에 관해서 생각나는 게…… 그 어조가 좀 특이했어요. 무성영화 변사 같은 어조라고 할까……. 그 꾸며내는 듯한 과장된 어조가 아주 독특했어요. 오감도를 연재하며 우리 신문사에 드나들 때 처음 대면을 했었지요. 상허가 소개를 하더군요. 그때 그 자신감에 찬 유쾌한 변설을 처음 접했습니다. 호리호리한 몸집에 흰 얼굴, 그리고 뚜렷한 이목구비가 아주 잘생긴 서구형의 미남자이더군요. 다만 까치집을 이룬 두발이며 마구 자란 수염과 철에 맞지 않는 백구두 그리고 흐트러진 옷매무새가 그 빛나는 용모를 드러나지 않게 가리고 있어서 일견 허름한 모습으로 보이기는 했지만요. 박 선생님도 그렇게 보셨군요. 그랬지요. 이상은 아주 아름다운 용모를 가지고 있었지요. 자신도 반할 만큼 아름다운…… 아름다운 용모라…… 남자인 이상을 지칭하는 '아름답다'는 경윤의 표현이 낯설었는지 박 선생은 나직하게 혼자 중얼거렸다. 예, 자신의 아름다움에요. 저는 이상의 문학세계가 그것과 무관하지 않다는 생각을 해봅니다. 경윤의 목소리는 낮지만 그의 자신감 때문인지 아주 명료하게 들렸다. 평론을 하는 사람들은 이상의 문학에 대해서 살펴봐야 할 구석이 많을 것 같아요. 우선 그의 문학은 아주 흥미롭지요. 박 선생은 담배를 권하며 경윤의 말에 동조했다. 담배연기를 길게 내뿜으려고 벽 쪽으로 고개를 돌리던 경윤은 벽시계를 보고는 갑자기 생각난 듯 말했다. 전차가 끊어지기 전에 일어나 보아야겠습니다. 두 사람은 그렇게 헤어졌다. 전차를 타려고 바람 부는 텅 빈 밤거리를 걸어가며 경윤은 박 선생의 어찌 보면 담담한 듯하면서도 시간이 지날수록 푸근하게 느껴지는 성품이 허물없는 고향 선배 같다는 생각을 했다. 박 선생은 캄캄한 비탈진 골목길을 오르며 서재로 쓰는 좁아터진 건넛방에서라도 경윤을 하룻밤 재워 보낼 걸 그랬다는 뒤늦은 후회를 했다. 세 살 난 사내아이 밑으로 딸아이를 출산한 지 두어 달도 지나지 않은 아내에게 손님을 데리고 들어가는 것이 미안하여 선뜻 내 집에 가자는 말을 못 했던 것이다. 물론 아내야 싫은 내색 같은 것을 할 사람은 아니었지만. 그들 두 사람이 다시 만난 것은 이듬해 사월 학예사에서 나온 회남의 단편집 출판기념 모임에서였다. 학예사는 필명을 임화라고 쓰는 임인식과 조선 문학을 연구하는 학자 김태준이 만든 출판사였는데 이와나미문고岩波文庫같은 가치 있는 고전들을 출판해보겠다는 꿈을 가지고 조선문고朝鮮文庫를 기획하여 책을 내고 있었다. 임인식은 동경에 건너가서 '무산자동맹無産者同盟'에 참여했다 돌아온 후 카프에 가입하여 서기장을 맡고 있다가 카프가 해산된 뒤 폐결핵으로 고생하면서도 창작에 전념하던 중에 김태준과 학예사를 차려 그 운영에 꽤 열의를 보이고 있었다. 조선문고는 손에 들어오는 작은 판형이어서 휴대하기 편할 뿐 아니라 세간에 그 필력이 알려진 작가들의 작품을 실었고 값도 일반 책보다 헐해서 독서인들에게는 꽤 인기가 있는 편이었다. 그 조선문고의 기획 중 하나로 안회남 단편집이 출간된 것이었다. 회남과 구보와 정인택과 임인식과 상허 등의 얼굴들 속에서 경윤이 다가와 박 선생에게 인사를 했다. 박 선생과 구보와는 호세이대학 시절의 인연으로 구면이었다. 구보가 호세이대학 예과에 입학하면서 조선인 신입생 환영회에서 재학 중이던 박 선생과 만났던 것이다. 그 후 박 선생이 신문사에 있으면서 드나드는 구보와 가끔 얼굴을 마주치는 사이였다. 동북제대를 나온 후 귀국하여 『조선일보』 기자로 있는 김기림도 박 선생과 이런저런 인연으로 아는 사이였고 상허는 휘문 선배이고 조선중앙일보 시절의 상사이기기도 했다. 임인식은 무산자와의 인연으로 구면이었다. 일행은 그중 누군가의, 정인택이었던 것도 같고, 제의로 도스토예프스키의 집으로 자리를 옮기기로 했다. 경윤과 박 선생도 일행과 함께 나섰다. 도착한 곳은 정작 도스토예프스키의 집과는 아무 상관도 없는 상호를 달고 있는 대한문 앞의 허름한 중국집이었다. 아마도 구인회 멤버들이 그 가까운 사람들과 자주 모이는 이를테면 아지트인 모양이었다. 배갈이 몇 순배 돌아가면서 정인택이 이상의 이야기를 꺼냈다. 바로 이 집 이 자리가 이상이 변동림과 동거를 시작하겠다고 자기에게 처음으로 선언했던 장소라는 것이다. 그러면서 저간의 상황을 그럴듯하게 늘어놓았다. 그러자 화제는 자연히 지금은 이 세상에 없는 이상과 김유정의 이야기로 흘러갔다. 사실은 권 여사를 내가 이상에게 양보한 건데 엉뚱한 사람이 차지했지 뭐야. 구보의 농담에 정인택이 예의 그 어눌한 말투로 맞받았다. 내가 죽을 땐 구보에게 물려줌세. 아니 그러면 나는 지금부터 자네 명줄만 세고 있어야 한단 말인가. 주변에선 폭소가 터져 나왔다.[2] 이상과 김유정의 유고들을 정리해서 출판해보자는 제의가 있었고 유고의 행방에 대해 이야기했다. 김유정의 유고는 안회남이 맡고 있다고 했다. 변동림에게로 간 이상의 유고에 대해 설왕설래 의견이 분분했다. 결국 미망인 변 씨의 처분을 따를 수밖에 없다는 결론이었다. 술자리를 옮기기 위해 일어서는데 경윤이 박 선생의 소매를 넌지시 잡았다. 박 선생님 어디 가서 차나 한잔하시지요. 두 사람은 슬며시 일행에서 빠져나왔다. 서대문 쪽으로 한참을 걷다가 조그만 찻집으로 들어갔다. 거리는 부른다. 환희에 빛나는 숨쉬는 거리다. 미풍은 속삭인다……. 낭랑한 남자 가수의 음성이 스피커에서 울려나오고 있었다. 저건 무슨 노래랍니까. 양장을 한 젊은 마담에게 홍차를 주문하며 경윤이 물었다. 어머, 저 노래를 모르세요. 새로 나온 남인수의 〈감격시대〉야요. 아, 예. 좋네요. 경윤은 박 선생을 바라보며 멋쩍은 듯 웃었다. 환희에 빛나는 숨 쉬는 거리라……. 유행가들은 하나같이 저렇게 신바

---

2 정인택은 6·25전쟁 중 부인 권순옥과 두 딸을 데리고 월북했다. 1953년 8월 지병으로 사망하기 전 단신 월북했던 구보 박태원에게 유언으로 자신의 처 권순옥을 비롯한 가족을 부탁했다. 그 후 권순옥은 박태원과 재혼하여 권영희로 개명했다. 구보는 만년에 시력을 잃은 상태에서 구술로 대하소설 『갑오농민전쟁』을 집필했는데 그때 그 구술을 받아쓰고 정리한 사람이 부인 권영희였다.

람이 나는데 현실은 점점 무덤 속 같아지니 원…… 박 선생의 낮은 혼 잣소리에 경윤이 이내 말을 받았다. 요즘 저런 종류의 노래들이 쏟아져 나오는 것으로 보아 총독부가 유행가로 어리석은 사람들을 세뇌하려는 것인지도 모르지요. 충분히 그럴 종자들이지요. 그들은 떨떠름한 식은 홍차를 마시며 한동안 말없이 담배만 피웠다. 박 선생님, 제가 김유정 형의 삶을 소설로 한 번 써볼까 하는 생각을 가지고 있습니다. 물론 거기에 이상의 이야기도 안 들어갈 수 없겠지요. 그래서 이상의 문학에 대해서 제 나름으로 이리저리 살펴보았습니다. 제 생각에는 이상의 문학적 업적의 상당 부분이 미필적 고의가 아니었을까 하는 생각을 해봅니다. 문학적 업적이 미필적 고의라…… 거 재미있는 표현이군요. 예, 제 표현이 좀 심했을지도 모릅니다. 그런데 이상의 문학을 신비 속으로 몰아넣고 있는 그 모호성이라는 것의 상당 부분이 문학적 장치로 형상화된 것이 아니라 그의 비일상적 삶의 단면이나 매우 단순한 동기에서 우연히 온 것이 아닌가 하는 생각입니다. 가령 오감도에서 불안감과 불길함의 분위기를 드러내고 있는 숫자로 왜 '십삼'을 썼을까요. 동양에서 일반적으로 불길하다고 여겨지는 숫자는 사四입니다. 한자의 죽을 사死 자와 통하기 때문이라지요. 허지만 제 일의 아이가로 시작해서 제 사의 아이가로 끝나면 너무 싱겁겠지요. 단지 그래서 좀 낯선 서양의 불길한 숫자라는 '십삼'이라는 숫자를 자져다 쓴 것은 아닐까 하는 겁니다. 그런데 이렇게 사 대신에 십삼을 사용하게 되면서 뜻하지 않은 부수적 효과들이 나타나게 됩니다. 쉽게 머리에 들어오는 사四라는 숫자보다 익숙하지 않은 '십삼'이라는 숫자를 사용하면 사람들은 자신의 지적 열등성을 감추기 위해 그 낯선 느낌과 자기 고정관념과의 거리를 갖가지 의미를 만들어 메워서라도 그 낯선 의미에 정당성을 부여하려는 경향이 있지요. 경멸하는 구시대 동양의 문화인 불길한 수 '사'보다 이상이 가져다 쓴 불길한 수 '십삼'은 자신들이 지향하는 서양의 문화이니까요. 그러다보니 자꾸 어렵고 신비스러워집니다. 띄어쓰기를 안 하고 말들을 붙여 쓰는 것도 크게 다르지 않을 것입니다. 우선 이상에게는 띄어쓰기를 안 하는 것이 더 익숙할 수도 있습니다. 이상의 초기작품들 대부분이 일어로 쓰인 것들이고 그에게는 일어 구사가 모태언어로 사용하는 일본인들 못지않게 능숙했었지요. 거기에다가 이러한 표기법이 특별할 것 없는 이야기를 특별한 것처럼 만들어주는 효과도 있거든요. 가령 읽는 사람은 단어와 단어 사이에 띄어쓰기가 되지 않은 글들을 따라 읽다 보면 읽는 데에 마음을 쓰노라 이야기의 맥락을 놓쳐버리게 되면서 의미의 맥락 없이 그저 홀린 듯이 글을 따라 읽게 됩니다. 이것은 읽는 사람에게 매우 비일상적인 몽환적 경험이 되면서 뭔지는 모르지만 그 글 속에 읽는 사람 자신이 모르는 뭔가가 있을 것 같다는 환상을 심어주는 겁니다. 이런 기법이 문학적 성과를 가져올 수 있느냐 아니냐를 따지기 이전에 우선 이런 기법을 사용할 줄 알았던 이상은 천재라고 할 수 있겠지요. 그런데 나는 이런 기법들이 그 효과를 기대한 의도적 사용이 아니라 이상의 독특한 의식과 삶에서 나온 그냥 자연스러운 결과가 아니었을까 하고 생각하는 겁니다. 경윤은 자신이 구상한 김유정과 이상의 이야기를 오늘 모두 풀어 놓기로 작심을 한 모양이었다. 그의 목소리는 낮지만 눈빛은 아주 진지했다. 거 참, 흥미롭습니다. 자, 이럴 것이 아니라 오늘밤은 현 선생이 인천 자택으로 돌아가는 것은 포기하고 누옥이지만 내 집으로 갑시다. 가서 밤새도록 재미있는 이야기를 들어봅시다. 몹시 미안해하는 경윤의 소매를 잡고 박 선생은 밤거리로 나섰다. 목덜미를 파고드는 초저녁의 바람결이 조금 선선하기는 했지만 계절의 순리를 거스를 수 없는지 그 끝이 한결 부드러워진 느낌이었다. 그들은 현저정 산동네의 좁고 어둡고 가파른 골목길을 걸어 올라가서 나무판장으로 담장을 한 조그마한 초가집으로 들어섰다. 엄마 치마폭을 잡고 있는 서너 살쯤의 사내아이와 조신한 용모의 아낙네가 가장의 뒤를 따라 쭈뼛거리며 들어서는 손님을 혼연한 표정으로 맞았다. 아낙내의 등에 업힌 갓난 아이는 잠들어 있는 듯했다. 손바닥만 한 마당에 들어선 경윤의 눈에 집의 구조가 한 눈에 들어왔다. 부엌과 붙어있는 방 앞으로 반 간 쯤의 마루가 깔렸고 그 건너에 조그마한 방이 한 간 더 있었다. 박 선생의 안내로 경윤이 들어선 작은 방은 크지 않은 창문과 출입문을 제외하고는 빙 둘러 천정까지 닿는 책꽂이가 차지하고 있었다. 두 사람이 조금 사이를 두고 겨우 마주 앉을 공간만이 비어 있었다. 서재로 사용하는 방인 듯했다. 마치 미리 준비하고 있었던 것처럼 술상이 들어왔다. 부족한 게 있으면 부르세요. 부인이 박 선생에게 건네는 나지막한 목소리가 상냥했다. 술 한 주전자와 뚝배기에서 아직도 보글보글 끓고 있는 두부찌개 그리고 김치가 전부인 소박한 술상이지만 경윤은 참 오랜만에 형언하기 힘든 푸근함을 느꼈다. 주전자에는 따끈하게 데운 정종이 담겨 있었다. 두 번째 주전자가 들어오면서 화제는 다시 이상의 문학이야기로 이어졌다. 경윤이 이야기하고 박 선생은 가끔 추임새를 넣으며 듣기만 했다. 경윤이 했던 이야기는 대강 이런 내용이었다. 이상은 학생시절부터 거울보기를 좋아했다고 한다. 늘 조그마한 손거울을 책갈피에 끼워 가지고 다녔단다. 그에게 있어서 '거울'은 그의 '세계'였을 지도 모른다. 손거울을 들여다보고 있는 동안 그 작은 공간 속에 담길 수 있는 것은 오직 들여다보는 이의 얼굴뿐이다. 그가 보성시절 풍경화를 그려 상을 받은 적도 있지만 선전鮮展의 입상작은 자화상이었다. 한때 미술에 뜻을 두었던 그의 작품에서는 미술용어도 미 자체에 대한 천착도 찾아볼 수 없다. 그러니 그가 미술에 심취했던 것은 거울 속 자기 자신에 도취하기 위한 한 방편이었을지도 모른다. 그의 문학은 이 땅에 수천 년을 이어온 전통의 흔적은 없고 오직 현재의 자기를 지배하고 있는 자신의 자의식으로 채워져 있다. 들여다보고 있는 손거울 속에는 타자가 틈입할 여지가 없는 것이다. 오직 황홀하게 아름다운 자신의 얼굴만 있다. 그래서 이상으로서는 타자에 대한 사랑이 불가능했는지도 모른다. 자신에 대한 사랑에 빠져 누구도 사랑할 수 없는 사람의 삶이란 얼마나 메마르고 고통스러운 것이었을까. 이상의 작품에는 휘황한 지식의 어휘들이 나열되지만 그것들은 문패만 있고 그 어휘들이 깃들일 사상의 집들은 찾아볼 수가 없다. 그것은 그가 걸어놓고 있는 동양의 지식이건 서양의 지식이건 마찬가지이다. 이상이 평소 친구들과의 담화에서 변사를 닮은 과장된 어조를 사용했던 것은 이러한 자신의 모순을 의식하고 있었다는 증거는 아닐까. 이상은 천재적 감수성으로 불안하고 불길한 시대현실의 분위기를 파악해내고 있었다. 그러나 그는 역사적, 사회적 문제로 확산되어야 할 그 현실을 애써 외면하고 다만 자신의 개인적 자의식의 세계로 끌어들여 축소해버리고 말았다. 들여다보고 있는 손거울 안은 다만 자신의 얼굴로 가득 채워질 뿐 세계를 담을 공간이 없기 때문이다. 이상, 그는 천재였지만 안타깝게도 스스로를 자신의 손거울 속에 가두어버린 천재였다. 경윤이 나지막한 목소리로 이어가는 이야기는 봄눈 녹은 물이 흐르는 작은 시내처럼 조곤조곤하면서도 맑고 끊임이 없었다. 이상의 작품들을 찬찬히 읽고 오래 생각하지 않으면 나올 수 없는 분석이군요. 현 선생은 평론을 쓰셔도 대가의 반열에 오르겠습니다. 그저 중언부언 늘어놓았을 뿐인걸요. 주장의 근거를 대고 논리적으로 풀어가야 하는 평론을 쓸 그런 능력이 제게 어디 있나요. 따라서 저의 이런 뜬금없는 비약이 이상에게는 좀 억울하고 섭섭할 수도 있을 것입니다. 그러나 이건 어디까지나 한 문학 신인의 개인적 취향에 의한 평가이니 이상도 허허 웃으며 넘어가 주리라 여깁니다. 나는 현 선생의 이야기가 참 흥미로운데요. 다음 이야기가 궁금하기도 하고요. 이상이 김유정을 좋아했던 것은 동병상련의 외형적인 이유 이외에 문학적인 측면에서도 찾아볼 수 있을 것 같습니다. 경윤은 이야기를 이어갔다. 경윤의 이야기는 이랬다. 동경제대 문과에 적을 두었었고 일본문학을 깊숙하게 접했던 김문집은 조선문학이 일본문학의 모방에 지나지 않는다는 인식을 가지고 있었던 듯하다. 그래서 이상의 문학에 대한 평가가 아주 박하였다. 그러나 김유정에 대해서는 문호를 꿈꿀 작가는 못 된다고 그의 한계를 지적하면서도 조선문단에서 자신 있게 추천할 수 있는 유일한 작가라며 극찬을 아끼지 않았다. 그 이유로 일본문단의 모방에 그치고 있는 조선문단에서 자기가 가장 부족하다고 생각하는 것이 체취 또는 개체향인데 이러한 것들을 갖추고 있는 작가가 김유정이라는 것이다. 즉 김유정의 소설에 담긴 풍부한 조선어휘와 언어구사의 개인적 묘미는 조선의 중견 대가들이라도 따를 수 없다는 것이다. 이러한 김문집의 평가가 아니더라도 김유정의 문학에서 경윤 자신이 장점으로 여기고 본받고자 했던 점은 한두 가지가 아니었단다. 그중의 몇 개만 나열하면 우선 사회적 부조리와 고통을 바라보는 관점은 아주 사실적인데 그것이 소설로 표현될 때에는 냉철하고 이성적인 사실주의가 아닌 비이성적이고 어수룩한 등장인물들의 언어와 사고를 사용하는 데에서 문학적 묘미가 만들어진다는 점이다. 그리고 우리에게 전통적으로 내려온 언어와 정서를 담고 있는 유머가 김유정의 문학적 묘미에 크게 기여한다는 것이다. 그런데 이상에게는 그가 자주 사용하는 한문어구를 제외하면 우리의 전통과 연결할 아무런 고리도 발견할 수 없다는 것이다. 그 희자稀字의 사용이 빈번한 이상의 한문어구 마저 현학적 기교의 혐의가 짙어서 전통과의 연계성을 논할 게제가 아니라는 것이다. 우리의 토속적 어휘보다는 영어는 물론 불어를 비롯하여 라틴어에 이르기까지 서구어 사용을 즐겼던 그였다. 물론 몇 개 단어의 나열에 불과했지만. 이상의 문장은 번역문처럼 어색한 곳이 많았고 때로는 앞뒤가 조응하지 않는 비문도 있었다. 그런 이상으로서는 풍부한 조선 어휘를 구사하고 전통적 서정에 맞닿아 있는 유머를 작품 속에 자유자재로 녹여 넣는 김유정을 경이적 존재로 인식할 수밖에 없지 않았겠는가. 김유정으로서는 이상의 새로운 세계로 달려가는 그 참신성과 끝없이 일을 만들어가는 그 추진력이 부러웠을지도 모른다. 그래서 그 둘은 서로의 장점을 보며 그토록 가까워졌을지도 모른다. 김유정은 어느 날 내 어머니라며 빛바랜 젊은 아낙네의 사진을 경윤에게 보여주고는 몇 번이나 곱지 않느냐고 물었던 적이 있었다는 것이다. 그 사진의 아낙네가 경윤이 보기에 실은 별로 고운 자태는 아니었는데도. 김유정이 짧은 동안이지만 한 때 들병이를 따라 유랑을 했던 것은 들병이의 육체를 탐해서가 아니고 그 고된 생활에도 틈틈이 어린 것에 젖을 물리는 사진 속 어머니 나이쯤의 들병이에게서 그토록 그리워하던 모성애를 보았기 때문이었는지도 모른다는 것이다. 김유정의 문학세계는 이 빛바랜 사진을 들여다보는 김유정의 시선이라고 할 수 있다. 그 사진 속의 어머니는 사랑 자체이며 또한 그 어머니가 살아 있던 시간은 행복하고 단란한 가정이 존재하던 지나간 시절이었다. 김유정의 불행은 어머니의 사랑을 잃으면서 시작되었고 미움과 질시만 있던 가정마저 해체되어버리면서 그의 삶은 돌이킬 수 없는 나락으로 떨어져버린 것이다. 그래서 그의 소설 속에서는 가정의 최소단위인 부부가 헤어지는 일은 좀처럼 일어나지 않는다. 「가을」에서 복만은 아내를 팔아먹지만 곧 다시 만날 것으로 암시되어지고 있다. 소설의 첫머리가 매미 울음소리의 의성어이면서 소설의 중요 사건의 중의적 표현인 매~음 매~음으로 시작되는 그의 소설 「소낙비」에서는 아내의 매음에도 불구하고 가정은 해체되지 않는다. 김유정이 간직하고 있던 빛바랜 사진 속에는 사랑이 있고 단란하고 행복하던 시절의 가정이 있다. 그 빛바랜 사진의 시선을 가진 김유정의 소설은 따뜻한 삶이 있고 눈물과 웃음이 있다. 다만 그 세계는 이제는 다시 돌아오지 않을 과거의 세계일 뿐이어서 아쉬움이 남는다. 경윤은 이야기를 마치고 일어서서 벽에 걸어 놓은 웃옷 주머니에서 담뱃갑과 성냥을 꺼내가지고 와서 박 선생에게 담배를 권했다. 김유정에 대한 현 선생의 애정이 남다르군요. 유정 형이 몇 년만 더 살아서 구상하고 있던 『숯밭』을 완성했으면 아마도 조선문단에 또 하나의 보물로 남았을 겁니다. 아, 생전에 구상만 하고 미처 쓰지 못했던 작품이 있었군요. 사람의 명이라는 게…… 이어서 새 담배에 불을 붙여 한 동안 말없이 연기를 뿜어대던 경윤이 입을 열었다. 전에도 박 선생님께 말씀드렸다시피 저의 집안도 그랬습니다마는 유정 형의 집안은 저의 집안과는 비교도 안 될 만한 만석꾼의 집안이었다가 유정 형의 백 씨가 가산을 탕진하여 당대에 폭삭 망해버렸지요. 그런데 말입니다. 저는 유정 형의 백 씨가 술과 여자로 그 많은 재산을 다 날려버렸다고 믿고 싶지가 않습니다. 그래요, 정말 그렇게 믿고 싶지가 않은 겁니다. 그런 형님을 두었다면 숨을 거두는 순간까지 그렇게 가난 속에 비참했던 유정 형이 너무 불쌍해지니까요. 그래서 그 백 씨라는 분이 재산을 우리가 알지 못하는 어떤 가치 있는 일에 은밀하게……. 그러니까 알려지면 안 되는 그런 의미 있는 일에 빼돌린 것일 게라고 생각하기로 했습니다. 가치 있고 의미 있는, 그런데 알려지면 안 되는…… 영문을 모르겠다는 듯 되뇌는 박 선생에게 경윤은 지나가는 말처럼 낮게 중얼거렸다. 마적이지요. 만주의 마적 말입니다. 만주엔 장강호[3] 같은 못된 마적 놈들만 있는 게 아니고 마점산[4] 같은 마적도 있을 테니까요.

---

3 장강호(長江好). 만주 지역을 중심으로 활동했던 친일 마적단 두목. 일제의 사주를 받고 만주 지역의 우리 동포들과 독립 운동가들을 무참히 살상했던 인물.
4 마점산(馬占山). 1920년대 활약했던 만주의 전설적인 마적단 두목. 우리 독립군에게 도움을 주었다고 전해진다.

목욕하는 여자*

우한용

알바니아 여행에서 돌아오는 길이었다. 독재자 엔버 호자도, 폭군 알리 파샤도 전형적 인간상으로 다루기 어렵겠다는 열패감에 빠져, 발길이 무거웠다. 공항까지 나온 나세나가 서무아를 붙들고 들이대는 첫마디는 이런 것이었다.

"나랑 얘기 좀 합시다."

여행 일정을 아무한테도 이야기하지 않았는데 나세나가 공항까지 나온 걸 보면 무슨 사단이 벌어져 있는 모양이었다. 서무아는 습관처럼 나세나의 손을 잡았다. 손에서 끈끈한 땀기운이 느껴졌다. 느낌이 꼭 달팽이 점액 같았다. 서무아는 푸욱 하고 웃음을 뱉았다.

"웃을 일이 아니라니까."

웃을 일이 아니면, 울 일인가, 물으려다 말았다. '나랑 얘기 좀 하자'는

---

* 이 소설은 김유정학회 2018 춘계 학술대회(2018.4.21)에 발표하였고, 필자의 소설집 『아무도, 그가 살아 돌아오리라고 기대하지 않았다』(푸른사상, 2018.12)에 '목욕하는 여자'라는 이름으로 게재한 것을 재수록한다.

한 마디가, 서무아의 기억을 먼 고등학교 시절로 돌려놓았기 때문이었다.

고등학교 담임선생은 꼴통들을 부를라치면, "온냐, 나랑 야그 좀 히야 쓰겄다잉" 그렇게 나왔다. 학생들은 담임선생 민달봉을 민달팽이라고 불렀다. 민달봉은 생물 담당 선생이었다. 이름에서 연상되는 별명 때문이기도 하지만, 학생들은 담임을 시덥잖게 대했다. 그렇다고 민달봉은 기죽는 일이 없었다.

"놈들아, 달팽이도 바다 건널 걱정 한다잖더나."

담임선생에 대한 서무아의 대답은 이런 식이었다.

"달팽이가 바다에 가면 소금물에 절어서 죽어요."

담임 민달봉이 서무아에게 물었다.

"햄릿의 아버지가 어떻게 죽었는지 아냐?"

"클로디어스가 귀에다가 독약을 흘려넣어 독살했잖아요……."

"어, 꽤 안다야 이잉. 귀 속에 뭐가 있다냐?"

서무아는 귓밥이요, 하려다가 달팽이 껍질 들러쓰듯이 입을 닫았다. '나랑 야그 좀 히야 쓰겄다야' 그렇게 걸려들 게 꺼려졌다.

"거기 달팽이관이 들어 있는데, 그걸 한자어로는 와우관이라고 한다, 알겄제?"

민달봉은 한자로 와우관蝸牛管이라 쓰고 설명을 달았다. 와우관을 영어로는 코킬라cochlea라고 하는데, 그 어원은 그리스어 코흐리아스야. 그리스문자로 'κοχλίας'라고 칠판에 써 주었다. 학생들이 와아, 소리를 질렀다. 그래서 담임은 유식한 달팽이가 되었다.

"와우관에 세반고리관이 붙어 있고, 그 기관을 통해서 소리를 들을 수 있다, 알겄제?"

"민달팽이는 영어로 뭐라고 해요?"

"네가 선생을 시험하는 거냐? 영어로는 슬러그라고 하지."

"불어로는요?"

"점입가경이라더니, 불어로 달팽이는 에스카르고, 민달팽이는 라 리마스라고 헌다."

"러시아어로는요?"

민달봉은 아무 말 없이 칠판에다가 улитка라고 썼다. 누군지, 야아 달팽이 귀신이다, 그렇게 작은 소리로 감탄했다.

"서무아, 냉큼 나와서 점입가경이라고 한자로 써보그라이."

칠판 앞에 나서기는 했지만, 점입가경 가운데 들입자(入) 말고는 떠오르지를 않았다. 멈칫거리고 있는 서무아에게 민달봉 선생이 말했다.

"나랑 야그 좀 히야 쓰겄다아, 너"

서무아는 교무실로 불려갔다. '訓長 凌辱罪에 대한 反省文'을 써서 제출하라는 것이었다. 능욕이라? 서무아는 고개를 갸웃거리다가, 교무실 공용으로 쓰느라고 펼쳐놓은 국어대사전을 뒤져보았다. 사전에는 '능욕'에 대한 풀이가 둘이 있었다. (1) 남을 업신여겨 욕보임 (2) 여자를 강간하여 욕보임. 서무아는 두 주먹을 쥐었다 펴고서는 손가락을 우둑 우둑 꺾으면서 담임선생에게 다가갔다.

"반성문 쓸 수 없습니다."

"야아 보아라, 왜?"

서무아는 이유를 댔다. 선생님께서 이야기하자 했지요? 그렇지. 반성문 쓰기는 이야기가 아니잖습니까? 그렇지. 사전에 능욕은 '남을 업신여겨 욕보이는 일'이라고 되어 있는데, 제가 선생님을 업신여겼다고 보십니까? 아니지. 또 능욕의 다른 뜻으로, 여자를 강간하여 욕보임이라고 되어 있는데요, 선생님은 여자가 아니지요? 그렇지. 강간은 할 수 없지요? 그렇지. 그럼 욕보인 거 아니지요? 그렇지. 그럼 반성문 안 써도 되지요? 그렇지. 가도 되지요? 그렇지. 서무아는 거수경례를 붙이고 교무실을 물러나왔다.

교실에서 학생들은 서무아가 요절이 나서 돌아오는 모양을 보자고 기다리고 있었다. 빙긋거리면서 돌아오는 서무아를 보고 학생들은, 뭐가 어떻게 된 거냐는 듯이 어리뻥해져 있었다. 서무아가 담임선생 민달봉과 펼친 '요-지문답'이 학생들에게 널리 퍼졌다. 학생이 조퇴해도 되지요? 하면 담임교사는 그렇지, 그렇게 대답하는 게 관용어가 되었다. 아무튼 당시는 '이야기하자'는 것이 불러다놓고 혼구멍을 내는 뜻으로 전용되었다.

"서 박사가 그렇게 순진할 줄 몰랐네." 나세나가 서무아를 향해 중얼거렸다.

"박사가 순진하면 못쓴다는 법이라도 있소?" 서무아는 나세나가 이야기하자는 게 뭔가 못내 궁금했다. 나세나가 말하기를 멈칫거리는 사이, 서무아의 기억은 과거회귀를 거듭하고 있었다.

박사학위가 설사를 했다는 이야기가 돌아갔다. 그게 현실이었다. 허나 다른 현실은 맥이 달랐다. 고등학교에 근무하재도 박사학위가 필요한 시대가 되었다. 서무아가 박사학위를 받은 것은 일차적으로 잘 가르치기 위해서였다. 국어선생으로 20년이 되었지만, 그 시시한 시를 가르치는 데는 영 자신이 없었다. 그럴 바에는 시를 연구해서 박사학위를 하나 받아 두자는 셈이었다.

누구 말대로, 박사학위라는 게 나이롱뽕 해서 따는 게 아니라는 것을 뼈아프게 깨달아야 했다. 세상 쉬운일 어디 있던가, 서무아는 자신의 무모한 도전을 스스로 독려했다.

아무튼, 「한국현대시에 나타난 식민지적 상상력 연구」라는 논문으로 학위를 받았다. 학위 두었다가 삶아먹을 거 아니면 학회활동도 하고 그러면서 낯도 익히고 지내자는 게 나세나의 조언이었다. 낯을 익힌다? 하기는 서무아는 낯가림이 심한 편이었다. 나세나는 서무아의 고등학교 동창이었다. 남들이 볼 때 둘은 호형호제하는 사이였다. 서무아는 아무한테나 형님, 아우님 하는 말투가 거슬렸다.

미국에 가서 의류상을 해서 돈주먹이나 쥔 친구가 있었다. 한국민韓局롯이라는 친구였다. 그가 한국에 와서, 서무아에게 한 주일 정도 가이드를 해줄 수 없느냐는 제안을 했다. 마침 방학이어서 시간이 났기에 그러마 했다. 여행 목적을 물었다. 희한하게도 죽은 형님이 개구멍받이를 하나 길렀는데, 그 소식이 궁금해서 찾아나선다는 것이었다.

"형님의 입양한 딸까지 챙겨?"

형님 내외가 공들여 길렀으니 정히 조카 아니냐는 대답이었다. 그런 이야기는 김유정 시대나 가당한 거 아닌가 물었다. "삼촌의 유고를 월북한 안회남이 가져갔다"는 증언을 한 것은 김유정의 조카 김영수 씨였다. 한국민은 뜬금없이, 조카라는 말에 이끌린 듯 김유정문학촌을 가보자고 했다. 문학촌이 너무 빈약하다는 게 한국민의 평이었다.

"김유정 공부하는 이들 가운데 라면도 못 먹는 젊은이도 있어요." 서무아는 식민지적 수사법을 동원해서 말했다.

고국에서 공부하는 이들에게 도움 줄 일이 있으면 언제든지 연락하라 하고, 한국민은 아무 소득 없이 미국으로 돌아갔다. 서무아는 자기가 관여하는 '식민지문화학회' 재정이 어려운데 도와줄 수 있는가 연락을 했다. 일억이라는 돈을 선뜻 보내주었다. 김유정학회에서는 물론, 다른 학회에서도 그런 독지가 소개할 수 있느냐고 연락을 해오는 이들도 있었다.

서무아에게 일이 하나 떨어졌다. 일이라기보다는 여행 티켓 한 장이 날아들었다. 나세나가 회장을 맡고 있던 '식민지문화학회'에서 서무아를 배려한 것이었다. 식민지적 인간상 발굴이라는 프로젝트였다. 서무아는 김유정의 제법 긴 단편소설 「만무방」을 떠올렸다. 그리고 거기 나오는 응오, 응칠이 같은 인물과 그를 둘러싼 인물들이 식민지 인간상이 아닌가 하는 가설을 세웠다. 학회 발전기금을 일억이나 얻어왔으니, 서무아가 외국 한번 다녀오는 게 어떤가 하는 의견을 제시한 것은 나세나였다. 별로 이의를 제기하는 회원이 없었다. 아무 말 않고 있는 회원들의 속은 알 수 없었다.

여행 제안을 받은 서무아는 식민지적 인간상의 주변에 독재자의 그림자가 어른거린다는 생각이 들었다. 마침 시진핑은 중국을 평생 다스릴 수 있는 개헌에 성공했다. 푸틴은 러시아를 30년 통치하게 생겼다는 뉴스가 나돌았다. 트럼프는 어느 신문기사에 난대로 '대화'라 쓰고 '압박'으로 읽는 언어왜곡을 실현하고 있었다. 그렇기 때문에 '말'이 아니라 '행동'을 예의주시해야 한다고 신문은 강조했다. 언행일치는 표리부동을 옹호하는 수사학이었다.

역사가 거꾸로 돌아가는 세태였다. 서무아는 40년 독재를 당한 알바니아를 떠올렸다. 그 유명한 '엔버 호자'란 독재자가 다스린 나라였다. 엔버 호자가 철도를 깔고 학교 짓고 항만 구축하는 개발독재 기간 동안 처형한 사람이 자그마치 2만 5천명이나 된다고 했다. 독재자가 거쳐간

나라의 뒷모습이 궁금했다. 식민지는 독재를 떠올리게 한다. 식민지 가운데 민주주의를 했다는 경우는 눈씻고 보아도 안 나타났다. 일단 알바니아를 여행지로 결정하고 준비했다. 엔버 호자 이전에 알리 파샤라는 폭군도 흥미로운 인간이었다. 전에 읽은 적이 있는 이스마일 카다레도 더터보고 싶었다.

발칸지역 가운데 알바니아는 일반 관광객이 선호하는 지역이 아니었다. 그러나 서무아에게 알바니아는 흥미를 돋구었다. 알바니아는 유럽에서 가장 가난한 나라로 알려져 있다. 서무아는 그 원인이 식민지와 연관된다는 생각을 했다. 알바니아 서쪽 해안은 아드리아해와 이오니아해가 접해 있다. 바다 하나 건너가 이탈리아, 아니 로마제국이다. 알바니아 북쪽에는 크로아티아, 마케도니아가, 남쪽에는 그리스가 접해 있다. 이러한 지정학적 위치가 알바니아를 식민지를 겪을 수밖에 없게 했다. 로마, 터키 등의 식민지를 오래 경험하고, 근대화의 과정에 등장한 독재자가 엔버 호자였다. 2차대전 무렵에는 이탈리아, 그리스, 영국, 독일 등의 침략을 받았다. 국토는 거칠고 산이 많아 경작지가 부족했다. 그리고 원한과 보복으로 이어지는 종교적 갈등, 공산주의로 구체화되는 전체주의…… 그 국민들의 뒤끝을 보고싶었다.

"얘기하자는 게, 거 뭐야?" 기억을 더듬던 서무아가 물었다.

"시침 떼지 말고, 밧세바 콤플렉스라고 기억하나?" 나세나의 반문이었다. 서무아는 자신도 모르게 두 손바닥을 마주쳐 짝, 소리를 냈다. 기억이고 자시고 할 게 없는 얘기였다. 이미 짐작을 하고 있던 일이기도 했다. 한편 텍스트의 복합성을 이해하기 위해서는 텍스트와 연관되는 다른 장르를 살펴봐야 한다고 강조한 게 마음에 걸렸다. 밧세바와 연관된 '목욕하는 여자' 그림을 잔뜩 모아 구경하면서 낄낄거린 것은 아닌가, 끈끈한 생각이 머리에 엉켜들었다.

담임반 학생 가운데 소로문이라는 녀석이 있었다. 이름이 특이해서 기억에 남는 학생이었을 뿐, 특이점은 그다지 두드러지지 않았다.

"자네 이름 한자로 쓸 수 있나?"

"저의 이름이 이상해서 그러세요? 진주 소씨, 신라 때부터 내려오는 성이라는데요." 그러면서 칠판에다가 소로문 蘇路文이라고 썼다. 관리가 출장을 갈 때, 그가 도착하는 날짜를 미리 알려주어 준비하게 보내는 공문을 노문이라 한다. 그리스신화에 나오는 헤르메스를 연상하게 했다. 성이 소씨라면 그다지 어색할 게 없었다. 그런데 문제는 소로문이 '솔로몬'을 그대로 옮긴 것 아닌가 하는 서무아 자신의 의심 가운데 있었다.

"네가 솔로몬이면 너네 엄마는 밧세바라는 거야." 황기찬 장로의 아들 황당헌이 소로문의 귀에다가 쏘삭거려 넣었다. 소로문은 심드렁하니 그런 얘기 많이 들었다는 투였다. 그런데 무엇이 계기가 되었는지 소로문이 시나브로 학교생활에 의욕을 잃고 뒤로 물러서는 태도를 보였다.

"인간은 자신의 존재근거를 스스로 부여하면서 사는 거야." 박사 교사 서무아가 제자 소로문에게 말했다.

"꼭 그럴까요?" 소로문이 히득, 웃음을 보였다.

"태어나는 것은 자신의 선택일 수 없어. 그러나 사는 것, 어떻게 살 것인가 하는 문제는 너 개인 스스로 선택할 수 있는 거야." 서무아의 목소리가 다소 높아져 있었다.

"선생님은 다윗의 행동을 모두 잘했다고 할 수 있어요?" 소로문이 물었다. 눈동자가 약간 풀려 보였다. 서무아는 저러다가 일내는 거 아닌가, 속으로 쿵하고 뭔가 내려앉는 소리가 들렸다. 다윗이나 솔로몬이나 매우 복합적인 성격을 지닌 인물들이었다. 영욕과 폄예가 교차하는 것은 물론, 지혜롭기도 하고 간특하기도 했다. 그러나 사람들은 그 인물을 몇 가지 의미있는(자기들 맘에 드는) 모티프만 골라 확대 찬양했다.

"네 인생 네가 만드는 거야!" 서무아는 범연하게 넘어가고 싶어 그렇게 말했다. 어깨를 툭툭 쳐주었는데, 소로문은 담임 서무아의 손을 뿌리쳤다. 소로문의 손에서 담배냄새가 끼쳤다.

"공연히 궁상떨지 말고 가봐라." 그 말은 하지 말았어야 했다.

"제 고민이 궁상입니까?" 서무아는 그렇지! 하려다가 입을 닫았다. 고민은 궁상이 아니지요? 그렇지. 그 '요지문답'이 떠올라서였다.

수능이 끝나고 자율학습으로 시간을 때워야 하는 기간이었다. 학교에서는 교육컨텐츠 제공을 하기 위한 아이디어가 궁했다. 학생들이 시간을 낭비하게 하는 일은 학교의 무책임이었다. 그러나 쓸모있는 아이디어를 내는 교사는 그다지 많지 않았다. 그때 나선 것이 서무아였다. 〈교양인을 위한 경전 읽기〉가 그것이었다. 경전의 범위가 어디까지인가 학생들이 물었다. 자신의 종교에 따라 선택하라고 대답해 주었다. 기독교 신자들은 대부분 성경을 택했다. 소로문은 특별한 종교가 없었다. 서무아의 의도는 인간을 복합적으로 이해하고, 자신의 고민을 해결해 보도록 하자는 속셈으로 성경을 권했다.

소로문에게 강한성, 황당헌, 심려중을 묶어주었다. 서양문화를 이해하자면 그리스신화와 성경을 읽어야 하는 것은 교양인의 필수과정이라는 게 서무아의 알심있는 주장이었다. 성경 읽는 그룹을 만들어 안겼다. 그 그룹 이름을 '비블리카'라고 붙였다. 성경 가운데 이해하기 어려운 부분을 선택해서 읽고 토론하기로 했다. 서무아가 제안한 것은 '사물엘 하'에 기록된 솔로몬의 탄생과 연관된 부분이었다. 그것은 다윗과 밧세바 이야기이기도 했다. 물론 소로문의 고심을 정면대결해 보라는 의도가 바탕에 깔려 있었다.

그 무렵 진학상담을 하기 위해 학부모들을 학교로 불렀다. 소로문의 어머니가 학교에 왔다.

"와아, 젊어보이시네요. 누가 보면 소로문 군과 오누이간이라고 하겠어요." 서무아는 자기 느낌 그대로 감추지 않고 이야기했다.

"그런 얘기 가끔 듣습니다." 그저 덤덤한 답이었다. 그러나 눈길은 소로문에게 가 있었다.

"그런데 아드님이 아버지를 닮았는지, 어머니와는 얼굴판이 영 다르네요."

옆에서 듣고 있던 소로문이 자기 어머니를 흘겨봤다. 얼굴이 벌겋게 달아올라 있었다. 서무아는 말실수를 했구나 하는 생각에, 아차하면서 속으로 혀를 찼다. 단지 말실수가 아니라 자신의 속을 들킨 것 같은 느낌이었다.

진학 상담은 별다른 걸거침 없이 진행되었다. 소로문은 언어학을 공부하고 싶다고 했다. 언어학을 하자면 외국어 습득 능력이 있어야 하는데 자신있는가 물었다. 소로문은 외국어를 배우는 게 취미라고 대답했다. '자유외국어대학교'로 결정하는 데 시간이 걸릴 일이 없었다. 민달봉 선생의 얼굴이 서무아의 눈앞을 스쳤다. '요지문답'이 떠올라서였다.

진학 상담을 마치고 돌아간 소로문이 우울증에 빠져 있다는 소문이 돌았다. 명랑하던 얼굴에 구름이 드리우기 시작하고, 매사 의욕을 잃었다. 서무아는 그 나이에 누구나 겪는 일 아닌가, 하면서 성경 읽기를 통해 고민을 좀 더 깊게 함으로써 자신의 문제를 해소할 수 있겠거니 생각했다. 자신의 존재에 대한 확신은 그런 번뇌의 과정을 거쳐서라야 생겨난다고 정리했다.

서무아는 생각했다. 무릎의 용도는 기도하는 데 있다. 기도祈禱는 기도企圖이다. 간절한 소망을 절대자에게 간구할 때 누구나 무릎을 꿇는다. 그래서 기도를 많이 하는 사람은 무릎이 성할 수 없다. 내 존재를 넘어서려 하는 것은 물론 남과 소통을 도모하는 일, 소통을 통해 인간의 보편성을 다소나마 이해하는 일은 정신적 갈망이다. 그러한 갈망을 표현하는 데 언어란 한갓된 연장일 뿐이다. 그러나 인간이 기댈 수 있는 의미소통의 가장 탁월한 매체는 역시 언어다. 이는 서무아 자신의 생각이라기보다는 지도교수한테 듣고 공감한 내용이었다.

"자율학습을 어떻게 지도했길래, 나체화 수집을 종용했다면서?" 나세나가 서무아가 찾은 짐가방을 들어 주면서 물었다.

"특별한 거 없어. 인간이 얼마나 복잡한 존재인지 깨달으라는 것이었지." 인간의 죄가 과연 섭리나 초월적 논리로 용서될 수 있는가 하는 문제를 학생들 스스로 숙고하게 하자는 의도였다. 지식은 자득이라야 실행으로 연결된다는 서무아의 소신이 그런 기획으로 이어졌다.

자율학습은 4명을 한 팀으로 해서 진행되었다. 소로문 팀의 과제는 '이스라엘 왕과 그의 자식들'이었다. 서무아는 다윗왕의 자식들에 대해 알아보라는 과제를 제안했다. 서무아는 비블리카 팀에게 『관주성경』에서 '사무엘 하 11장과 12장'을 복사해서 나눠주었다. 다음날, 서무아는 비블리카 멤버들의 반응을 기다리고 있었다. 상담실 옆 세미나실에서 모였다.

"이건 우리들이 읽을 수 있는 텍스트가 아닌 거 같습니다." 강한성이 하는 얘기였다.

"늙어꼬부라진 목사님이나 들고 다닐 성경을 우리한테 왜 주시지요?" 황당헌의 불만이었다.

"독자의 수준을 고려해서 다른 판본으로 주시면 안 될까요?" 심려중이 이마에 주름을 잡고 서무아를 쳐다봤다. 틀린 말들이 없었다.

"이렇게 하자." 인터넷 뒤지면 쉽게 읽을 수 있는 성경이 여러 가지 판본이 있는데, 아무거나 선택해서 읽어라. 그런 이야기 끝에 책 읽는 방법에 대해 이야기했다. 우선 전체 이야기를 요약하라. 어떤 인물이 나와 어떤 행동을 하는지 파악하라. 그런 다음 시놉시스를 만들어라. 어떤 인물이 어떤 행동을 할 때는 그게 언제 어디서 일어나는 일인가를 파악하라. 인물의 행동으로 만들어지는 사건의 시공간을 구체화하는 일이다. 시공간을 떠난 인간은 유령이다.

"선생님, 성경에서는 이야기를 너무 뚝뚝 잘라 놓아서 이해하기 어렵습니다." 황당헌의 항의 비슷한 발언이었다.

"거기에 독자의 몫이 있는 거다." 작가가 다 이야기하면 독자가 상상하고 보충해 넣을 여지가 없어진다. 독자의 참여를 유도하기 위해서라도 텍스트에는 빈 공간이 있어야 한다. 그 빈 공간을 얼마나 유려하게 메꿔나가는가 하는 점이 독자의 텍스트 참여 능력이다. 그런 이야기 끝에 텍스트에 나오는 인물의 목록, 사건의 전개, 그리고 배경이 되는 시

공간 등을 정리하게 했다. 비블리카 멤버들이 정리해온 등장인물 목록은 아래와 같았다.

등장인물 : 다윗, 요압, 우리아, 밧세바, 아브넬, (사울의 충신), / 야훼(하나님), 나단(선지자), 솔로몬, 신하들……

인물을 정리하면 이야기 내용은 대개 얼개가 드러나기 마련이었다. 그리고 인물들의 관계를 따라 이야기를 만들어내는 것은 자연스런 과정이었다.

"소로문! 네가 솔로몬이면 너네 아버진 다윗이네?" 황당헌이 기발한 아이디어라는 듯, 엄지를 들어올렸다.

비블리카 팀의 다른 멤버들이 갈갈갈 웃었다. 소로문의 얼굴에 벌겋게 열이 올랐다. 대답할 말이 없었다. 안에 감추고 있는 이야기는 하지 못했다. 서무아가 나서서 이야기의 방향을 틀었다.

"인물 정리한 것 보니 제대로 읽은 것 같다. 헌데 위 인물 가운데 가장 흥미를 끄는 인물은?" 서무아가 물었다.

강한성은 선지자 나단이 흥미롭다고 했다. 우리나라에 없는 인물이기 때문이라 했다. 황당헌은 요압이라는 인물이 플롯상으로 흥미를 끈다고 했다. 희생물로 설정된 우리아가 애정이 간다는 것은 심려중이었다.

"소로문은 왜 대답이 없어?"

"이해가 안 가는 인간들입니다." 시무룩한 얼굴로 대답했다.

"뭐가 이해가 안 가는데?" 서무아가 물었다.

"다윗의 용기와 능력은 이해가 돼요. 그런데 다윗은 남의 여자들을 탈취해다가 아내로 삼았어요." 맞아요, 색골인가봐요, 비블리카의 다른 친구들이 소로문을 응원했다.

"그건 거의 삼천년전 이야기다, 그리고 일반 백성이 아니라 왕이잖아." 서무아는 인간 윤리의 항구성과 임의성을 이야기했다. 시기와 신분에 따라 정당화되는 행위가 다르다는 것을 이해할 수 있을까 의문이 들기도 했다. 멈칫거리고 있는데 소로문이 서무아를 향해 등을 돌리고 섰다.

"왕이라고 하더라도, 왕도 인간이잖아요?" 심려중이 고개를 갸웃했다. 서무아는 다시 자세한 이야기로 대답하기가 어려웠다. 이야기 방향을 바꾸기로 했다.

"소로문이 성경의 해당 부분 이야기를 요약해볼까?" 사실 조심스런 제안이었다. 소로문은 서무아의 염려와 달리 평이한 목소리로 이야기를 요약했다.

"다윗왕 때, 우리아라는 부대장이 있었다, 맞지요?" 서무아의 그렇지, 하는 대답을 들은 소로문은 이렇게 요약하기 시작했다.

우리아의 직속상관은 요압이라는 대장이었다. 요압은 아브넬이라는 사울의 신하를 죽였다. 아브넬은 요압의 동생 아사헬을 죽였다. 요압은 아브넬을 꾀어내어 살해했다. 그런데 정당한 법적 처벌을 받지 않았다. 여러 차례 전공을 세웠던 터라 용서하고 넘어갔다. 다윗은 요압이 자기에게 빚진 것을 기억했다. 요압과 우리아가 전투에 나가 있는 동안 다윗은 왕궁에 있었다.

어느 저녁 무렵 왕궁 옥상에 올라가 거닐면서 궁성을 돌아보던 중, 성 밑 동네 어느 집 후원에서 여인이 목욕하는 장면을 목도하게 된다. 여인의 몸은 다윗이 진저리를 칠 정도로 눈부셨다. 다윗이 신하를 시켜 그게 누군지를 알아보게 했다.

"엘리암이라는 사람의 딸인데, 히타이트 사람 우리아의 아내 밧세바라고 합니다." 신하의 말을 들은 다윗은 그 여인을 당장 왕궁으로 불러들이라 했다. 다윗은 불끈불끈 솟아오르는 욕정을 제어하지 못하고, 금방 목욕하고 온 밧세바를 안고 침대 속으로 뒹굴어 들어갔다. 얼마 후 밧세바는 사람을 보내 자기가 임신한 사실을 다윗에게 알렸다. 다윗은 우리아가 어떻게 나올지 긴장해서, 사건을 무마할 계책을 강구했다.

처음에는 우리아를 불러 융숭한 대접을 하고 전투의 노고를 치하했다. 그리고는 집에 돌아가 밧세바와 동침할 수 있도록 몇 가지로 권유했다. 우리아는 핑계를 대어 집에 돌아가지 않았다. 동료들이 노숙하고 있으며 '언약궤'가 모셔진 궁궐 근처에 있어야 한다는 게 빌미였다. 밧세바와 동침하게 해서, 밧세바가 임신한 게 우리아의 자식이라고 틀어댈 다윗의 계책은 허사가 되었다.

우리아를 속일 계책이 삐끌어지자 다윗은 요압을 시켜 다른 계략을 써서 우리아가 전사하게 한다. 남편이 전사한 밧세바를 아내로 삼아 아들을 낳게 된다. 야훼의 징벌이 가해지고 이를 회개하는 참회가 이어지나 아들은 결국 죽게 된다. 야훼의 응징이었다. 이후 밧세바는 아들 셋을 낳고, 그 뒤로 낳은 아들이 솔로몬이었다.

"어어, 이거봐라, 소로문 소설가 되어도 괜찮겠다. 잘 했어." 서무아는 자기가 애기하는 소설가라는 게 무엇을 전제하는가 의문이 들었다. 소설가 하다가 굶어죽으라고요? 그런 답이 돌아오는 건 아닌가 싶기도 했다.

"자아 그러면 지금부터 서로 질문하고 그 질문에 대답하면서 텍스트 이해를 심화하는 작업을 해보기로 한다. 누가 먼저 질문할까?" 서무아사 비블리카 멤버들을 죽 둘러보았다.

"다윗이 회개하는 과정에서, 다윗은 이미 용서받은 걸로 하고, 다윗이 밧세바와 낳은 자식을 죽게 하는 이유를 잘 모르겠더라구요. 왜 그래야 해요?" 강한성이 물었다.

"야훼가 잠깐 헤까닥한 거 아닌가?" 황당헌이 피식 웃으며 대답했다. '하나님도 죄는 있다' 그거 몰랐지…… 하는 말을 덧붙였다.

"하나님의 잘못이 어디 있어?" 하나님의 오류를 인정하는 순간 세계는 혼란에 빠기게 된다는 게 심려중의 의견이었다.

"다윗이 그렇게 교사스런 인간인 줄 몰랐어요. 가증스런 인간이잖아요? 자기 부하의 아내를 강간하고, 그리고는 사태를 위장하려고 남편을 불러 아내와 자도록 하려다가 안 되니까, 아예 남편을 죽이잖아요. 그것도 자기한테 부담을 가질 수밖에 없는 요압을 시켜서, 자기 부하 죽게 하고는 전투 잘못 수행했다고 짐짓 꾸짖는 그 책략을 보면 용서할 수 없는 간특한 인간이란 생각이 들어요. 그러니까 아까 강한성이 이야기한, 야훼의 다윗 응징 과정도 의문이 가는 거죠. 솔로몬도 그래요……." 소로문은 얼굴에 벌겋게 달아올랐다. 솔로몬의 지혜를 칭찬하는 사람들이 많지만, 현명한 재판이라는 게 얼마나 엉터리인가 들이댔다. 인간은 자기 경험의 범위를 벗어나지 못하는 법이다, 서무아는 그런 생각을 하고 있었다.

"동화에는 아이를 두 어머니가 서로 잡아당기라고 명령하고, 친어미가 차마 아이 팔 빠질까봐 못 잡아당기고 놓아주자, 그게 진짜 어머니라고 판정하는 걸로 되어 있지요? 그런데 성경에서는, 칼을 가져와라, 내가 저 아이를 둘로 잘라 줄 터이니 각자 절반씩 가져가라, 그런 징그러운 판정으로 가잖아요. 사람 칼로 베고 창으로 찔러 죽이기를 밥먹듯한 솔로몬의 판결, 거기다가 지혜를 끌어붙일 일 없어요." 소로문은 여전히 얼굴에 열기가 가득했다. 서무아는 '단장'이라는 고사가 담긴 환온의 이야기를 생각했다. 소로문은 자기를 낳은 어미를 생각하고 있는지도 모를 일이었다.

"다윗이 편지를 써서 우리아의 손에 들려 요압에게 보내냈잖아요? 그렇지요? 그 내용이라는 게 희한해요. 우리아를 격전지로 보내라는 거잖아요. 우리아가 맹렬한 전투에 임해 목숨 걸고 싸울 때, 다른 병졸들은 뒤로 퇴각해서 우리아가 성위에서 내려치는 돌에 맞아 죽도록 하라는 거지요? 아무리 생각해도 그런 인간한테 임금자리를 맡기는 것은 말이 안 돼요. 그렇지요?" 심려중의 평소 태도와는 다른 말투요 몸짓이었다.

"말이지, 난 생각이 달라. 밧세바가 꾸민 모략에 다윗이 넘어간 거야." 황당헌이 친구들을 둘러보며 말했다. 친구들이 우우, 유식하네 하며 야유를 보냈다.

"밧세바가 어쨌다는 건가 들어보자." 서무아가 검지를 들어 입에 대면서 멤버들을 둘러보았다.

"밧세바는, 자기 남편은 전쟁에 나가 피흘리며 싸우는데, 궁궐에 뭉기적거리고 있는 왕 때문에 왕창 열받은 거야. 그래서 왕을 유혹하려고 자기집 뜰에서 목욕을 한 거잖아. 밧세바가 친 거미줄에 왕이 걸려든 거라고." 황당헌은 친구들을 주욱 둘러봤다. 서무아는 그렇게 생각할 수도 있겠다 싶어, 그 뒤에 이야기가 어떻게 전개되는가는 묻지 않았다. 황당헌도 이야기를 더 이어갈 생각이 없어 보였다.

"책을 구체적으로 잘 읽자면 말이다, 디테일을 달아 보아야 한다. 자네들이 할 수 있는 한 자세한 묘사로 텍스트의 빈 곳을 채워봐라. 말하자면 각색을 해 보라는 것이다. 각색을 하되 어떤 장르로 할 것인가는 자네들 마음대로 정하고, 무대에 올려도 좋은 만큼 등장인물들의 행동이나 대화를 자세하게 구체화해서 제출하도록. 자네들한테는 그게, 아마 자기자신에게 주는 고등학교 졸업선물이 되지 않겠나, 그런 생각이네."

"밧세바를 그린 명화도 많던데요, 그것도 모아볼까요?" 심려중이 서무아에게 물었다.

"좋은 발상이야. 예술의 장르 사이에 의미고리가 잔뜩 연결되어 있으니까."

그렇게 대강 마무리하고 서무아는 여행을 떠났다. 여행 중에 무슨 일이 벌어진 것인지 서무아로서는 아무것도 알 수 없었다.

"애들의 발상은 알 수 없어." 이마를 짚고 있던 나세나가 서무아에게 무얼 좀 먹자고 했다.

"엉뚱한 애들일수록 속이 깊기도 하지." 서무아의 대답이었다.

"애들한테 나체화를 모으라고 했다면서?" 나세나가 한쪽 눈을 찡긋하며 물었다.

"춘화를?" 서무아는 고개를 저었다. 명화가 춘화와 동일시되는 의미의 혼란 속에 빠지는 중이었다. 춘화와 식민지, 식민지 성담론 그런 생각이 머리를 쳤다.

알바니아에서 돌아오는 동안, 서무아는 비행기 안에서 '식민지란 무엇인가' '폭력이란 무엇인가' 하는 화두에 매달렸다. 식민지는 한마디로 수탈이었다. 수탈의 방법은 간교했다. 대개는 언어의 의미를 뒤엎는 방식이었다.

일과 놀이를 구분하지 못하게 만들었다. 남의 돈을 공으로 먹으려는 사행심을 조장했다. 김유정 소설에 자주 등장하는 도박은 식민지 운영의 한 방책이었다. 일확천금을 노리는 사행심을 조장하고, 일을 해봤자 정당한 보수가 보장되지 않는 환경에서 가로채 먹는 놈이 장땡이었다.

노름해서 생긴 돈은 재투자를 모른다. 술과 계집을 사는 데 들어가고 말았다. 매춘을 국가사업으로 장려했다. 성의 타락을 조장하고, 축첩을 묵인하는 풍조를 조성했다. 이는 가정의 파괴를 재촉했다. 마약을 공급하고, 단속이라는 명분으로 벌칙을 만들어 돈을 알구어냈다.

생각이 정신대挺身隊라는 데 이르렀다. 정신挺身이란 투신이란 말과 동의어에 가까웠다. 어떤 일에 몸을 던져 헌신한다는 뜻이었다. 여자정신대는 위안부로 둔갑했다. 그런데 위안부는 성노예라는 게 실상에 맞는 말이었다. 서무아는 노트북을 펴고 '정신대'를 찾아보았다. "(인용) 일제가 조선여성들을 강제징발, 일본군대의 위안부로 삼은 일. 1944년 8월 23일, 일본 후생성은 이른바 〈여자정신대근무령〉을 공포, 12세에서 40세까지의 조선여성을 강제징집했다." 그 뒤에 이어지는 내용은 너무 잘 알려진 거라서 그만 빠져나갔다.

서무아는 어느 사이 자기도 모르게 말장난을 하고 있었다. 위안부 = 성노예 이런 영어단어들이 떠올랐다. a comfort girl, a military prostitute, a military sexual slave, 그런 말들에 이어 신문에 난 달팽이크림 광고문안을 보고 민달봉 선생 얼굴이 눈앞을 스쳤다. 달팽이를 프랑스에서는 에스카르고escargot라 하고, 영어로는 스네일snail, 민달팽이는 영어로 슬러그slug, 불어로는 관사를 붙여 라미엔느la limace, 달팽이크림이야 그렇다고 해도 태반주사가 한참 유행을 타더니, 모유비누라는 게 나와, 남의 여자 젖가슴 주무르고 싶은 작자들의 느글거리는 감각을 자극했다.

식민지는 인간 자체의 수탈로 귀결되었다. 식민지본국이나 대상국이나 인간이 말살되기는 마찬가지였다. 그리고 그것은 전쟁과 폭력으로 모습을 바꾸었다. 엔버 호자가 태어난 도시, 지로카스트라는 돌의 도시라는 이름을 달고 있었다. 가파른 언덕에 돌로 지붕을 이은 집들이 지붕과 지붕을 맞대어 줄지어 있고, 언덕 꼭대기에는 어마어마한 성채가 깃발을 날리고 있었다. 그 성채는 무기박물관이 되어 일이차 대전 당시에 쓰던 대포들이 진열되어 있었다. 언제 지은 것인지 시계탑의 시계는 도시의 내러티브를 감아돌리고 있었다. 이 내러티브를 돌쪼가리 이어가며 지붕 이듯이 엮어나간 작가가 이스마일 카다레였다.

무려 40년 독재를 한 독재자 엔버 호자를 넘어설 수 있는 인물로 이스마일 카다레가 다시 눈에 들어왔다. 서무아는 캐논게이트Canongate라는 출판사에서 나온 이스마일 카다레의 〈돌의 연대기 Chronicle in Stone〉라는 소설을 티라너의 어느 서점에서 샀다. 진정한 문학과 소설의 존재이유를 탐구했던 이스마일 카다레가 스테판 꾸르투아 Stéphane Courtois (데비드 벨로 David Bellos 역) 와 나눈 대담이 소설 본문 뒤에 부록으로 붙어 있었다. 이 대담은 작가와 그의 소설의 빈자리를 메워주는 역할을 했다. 그 대담 가운데 공산치하에서 언어가 어떻게 운용되었는가 하는 부분이 눈에 들어왔다. 이웃과 친구를 맹렬히 비난하지 않으면 살수 없는 그 환경에서 언어는 심각하게 왜곡되었다. 서구인들의 감각으로 '대화 conversation'는 자유와 존엄과 창의성을 바탕으로 하는데, 공산치하에서는 그 대화가 왜곡된다는 것이었다. 마크스 벨로라는 시인을 인용해서 대화를 규정했다. 말하자면 "전체주의 치하에서 대화는 민주적이고 보편적인 형태의 비난"이라고 그 책 322쪽에 씌어 있었다. 무얼 가지고 비난하는가는 아무 문제가 없었다. 문제가 되는 것은 비난하는 행위 그 자체였다. 비난하는 행위는 자동적으로 사회적 유대를 파괴했다. 그리고 모든 사실은 당에 보고되어야 했다. 서무아는 언어의 일방통행, 이웃과 친지에 대한 비난은 당에 대한 충성을 뜻하는 이 일방통행적 언어수행은 식민지나, 독재체제, 공산체제나 매한가지라는 생각을 했다. 그것은 심한 언어의 왜곡이었다. 식민지적 인간상은 테러적 인간상과 맞물린다는 생각을 하면서 이스마일 카다레의 소설 〈돌의 연대기〉를 읽다가 이상화 시인의 '통곡'이라는 시가 불쑥 기억의 지평으로 떠올랐다.

하늘을 우러러 / 울기는 하여도 / 하늘이 그리워 울음이 아니다 /
두 발을 못 뻗는 이 땅이 애닯아 / 하늘을 흘기니 / 울음이 터진다 /
해야 웃지 마라 / 달도 뜨지 마라

자신이 태양인 양, 강을 말리고 계곡을 메꿔버리는 존재들, 자신이 법이라서 '월인이 천강'인 듯 행동하는 작자들이 발호하는 시대의 인물, 그 인물형을 탐구해서 뭐하겠다는 것인가 하는 회의로 눈이 알알할 무렵해서 기내식이 나왔다. 두어 시간 뒤면 인천공항에 도착할 예정이라고 기내 모니터는 알리고 있었다. 서무아는 졸업 전에 학생들을 만나서 알바니아 이야기를 해줄 수 있겠다 싶어, 학회에서 받은 과제는 더 이상 생각하지 않기로 했다. 그러나 식민지적 인간상이라는 생각은 뒷골에 찐득찐득 늘어붙었다.

서무아는 자신도 식민지 백성의 탈을 벗지 못하고 있다는 생각을 했다. 옆에 서 있는 나세나가 마음이 쓰였다.

"이제는 이야길 좀 하시지 그래." 서무아가 나세나에게 끌려 식당으로 가면서 궁금증을 풀라고 재촉했다.

"명화와 춘화를 구분하지 못하는 박사 교사가 문제랄까." 나세나가 궁싯거렸다. 공항에서 만나자 마자 이야기를 하자던 데 비하면 풀죽은 태도였다. 나세나가 화제를 바꾸었다.

"일지매클럽이라고 들어봤소?" 나세나가 우습지도 않다는 듯이 서무아를 쳐다봤다.

"일지매라면, 의적 일지매? 만화가 고우영이 그린 칠십년대 작품인데, 그게 지금 무슨 문제가 된다는 것인가." 서무아는 황당한 소리 말라는 듯이 비실비실 웃었다.

"웃을 일이 아니라니까 그러네." 나세나가 가방을 열고 복사지 한 묶음을 내놓았다.

서무아가 이게 무슨 일인가 하면서 종잇장을 넘기고 있는데, 나세나가 다가와 페이지를 펼쳐서 서무아 앞에 내밀었다.

"여기가 핵심이야." '일지매의 행동수칙'이라는 제목이 붙어 있었다. 회개 없는 애비들에 대한 증오가 가득 차 있는 문장이었다.

"한마디로 애비 죽이기로구만." 성적으로 정당하지 못한 관계 속에서 자식을 낳은 애비들을 죽이기 위한 행동지침이었다. 전문에는 이런 문장도 있었다.

〈정당하지 못한 성관계로 자식을 낳고 그 사실을 은익한 모든 애비는 죽어야 한다. 자식들의 존재감을 말살하는 애비들의 비윤리성은 반드시 응징되어야 한다. 본인이 속죄를 하지 않는 경우 자식이라도 속죄를 해야 한다. 그리하여 죄의 쇠고리를 끊어내야 한다. 애비 응징에 모든 수단을 동원한다. 애비가 강간범이었던 솔로몬에게는 참회가 없었다. 솔로몬의 영광이 영광이 아닌 까닭은 본인의 참회가 없었기 때문이다. 우리는 다윗과 같은 애비를 원치 않는다. 섭리라는 말로 다윗이 용서받을 수 없다. 참회 없는 애비들은 처단되어야 한다.〉

필요물품 :

총기 / 폭발물 / 독극물 / 살인가스 / 로프 / 야구배트 / 부탄가스 / 번개탄 /

자금조달 :

애비들의 재산 탈취. 필요한 경우 어미들의 재산 활용.

인적구성 :

국내에서 시작하여 전세계의 일지매들로 확대. 남여 성 구분은 금불.

지도자들 :

담임교사—서무아, 평론가—나세나, 미투운동 청소년분과 위원장—위두수, 식민지문화학회 임원—부사훈 등

"얘들 도대체 뭐하자는 거야?" 서무아가 목소리를 높였다. 나세나가 서무아를 향해 목소리 낮추라고 손을 아래로 할랑할랑 흔들었다. 서무아는 자초지종을 듣고 싶었다. 자초지종을 듣기 이전에 소로문의 얼굴이 눈앞을 스쳤다. 나세나가 전하는 저간의 사정은 이랬다.

학교마다 성평등교육을 위한 부서가 신설되었다. 미투 운동이 운동으로 끝나서는 안되고, 남녀 성을 넘어서 인간에 대한 관점을 바꾸는 교육이 되어야 한다는 교육부의 대안 제시가 있었다. 남녀 어느 편이 가해자, 피해자로 양립하는 관계를 넘어서기 위해서는 학교교육에서부터

인간이해의 바탕을 마련해야 한다는 주장이었다. 궁극적 목적으로 보아 페미니즘에서 내세우는 주장과 별반 다르지 않았다.

일이 이상한 방향으로 흘러갔다. 학생회에서 미투관련 경험을 자진해서 고백하는 행사를 마련했다. 비블리카 멤버들이 참여해서 겁탈의 역사라는 연구발표를 했다. 유럽이라는 말의 연원에 해당하는 유로파의 납치에서부터 시작해서 솔로몬의 탄생에 이르기까지 지적 호기심으로 가득한 발표들이었다. 발표에 이어 증언이 진행되었다. 증언에는 소로문이 나섰다.

"제 이름은 소로문인데, 이스라엘의 왕 솔로몬과 같은 이름입니다. 솔로몬이 누굽니까. 다윗왕이 밧세바를 납치해다가 간음하고, 밧세바의 남편을 죽인 다음 결혼해서 낳은 아들 아닙니까. 나는 어머니를 알지 못합니다. 아버지가 납치해서 아들 만들고 내쳐버린 어떤 불쌍한 여인의 아들입니다. 아버지는 회개하지 않은 것은 물론, 가족을 돌보지 않고 어디론가 잠적했습니다. 다윗이 죄인인 것처럼 우리 아버지 또한 죄인입니다. 회개와 참회 없는 죄인입니다." 소로문의 목소리는 담대하고 말하는 태도는 당당했다. 한쪽에서 우우하는 야유가 터졌다. 다윗과 솔로몬을 죄인이라고 하는 소로문의 이야기에 대한 비난이었다.

"자기 죄를 회개하지 않는 아버지의 아들, 저는 저 자신의 구원을 위해 아버지의 죄를 회개하는 생활을 할 겁니다. 대학 안 가도 좋습니다. 하찮은 지식으로 진실을 왜곡하고 싶지 않습니다." 소로문이 연단을 내려서자 비블리카 멤버들이 하이파이브로 환대했다.

"너네 어머니가 꼬리 안 흔들었다는 증거 있어?" 황당헌이 소로문에게 들이댔다. 소로문이 황당헌의 명치에 주먹을 날렸다. 강한성이 타들어 둘을 떼어놓았다.

"저놈들 사람 죽이겠다." 누군가 궁싯거렸다.

"지가 무슨 홍길동이나 된다고, 캬 그냥." 야구부 탁하몽이 중얼거렸다. 탁하몽의 부친은 경찰 간부였다.

누가 어떻게 찔러넣은 것인지, 교육청에서 감사단이 나왔다. 학생들이 테러조직을 꾸미고 잇다는 제보가 들어왔다는 것이었다. 비블리카 멤버들이 서무아 선생 책상에 갖다 놓은 보고서가 학생 선동의 자료로 압수당해갔다. 황당헌이 모은 명화와 춘화 한 뭉텅이도 함께 압수당했다. 보고서에 붙어 있던 일지매클럽과 연관된 자료들이 압수당했고, 드디어 '식민지문화학회'가 수사의 대상이 되었다. 그것은 서무아가 그 학회에 관여하고 있다는 사실이 학회가 수사대상으로 부각하는 데 빌미가 되었다.

"뭐야, 애들이 무슨 발상은 못해?" 서무아의 목소리가 과도히 높아졌다.
"누가 아니래." 나세나가 맥주잔을 부딪치면서 힘이 빠져 응수했다.

서무아는 학생들의 자존감과 창의성과 발언의 자유를 이야기하는 교육당국에서 과도한 견제와 감시를 하고 있다는 생각이 들었다. 학교 현실은 이스마일 카다레의 〈돌의 연대기〉에 나오는 이탈리아와 독일의 알바니아 공격, 그 폭력이 한반도에서 재연되는 듯했다.

"하기사 그건 외디푸스 이래 프로이트에 이르기까지 인류의 심리 밑바닥에 가라앉은 욕망이기도 하지. 이것은 내몸이요 내 피니라 하는 밀떡과 포도주, 그 아버지의 살과 피를 먹고 같이 마심으로써 그리스도와 한 몸이 된다는 일체감을 왜 생각하지 않는지 몰라. 아비 죽이기가 종교적으로 승화된 의식인데……" 나세나가 그런 소릴 했다. 아버지의 피와

살을 함께 먹은 자식들은 공범이었다. 공범이기 때문에 앙숙으로 지내야 하는게 아닌가 싶었다.

"염려 놓으셔. 우리 마음속에 식민지가 아직 잔존하기 있어서 그래." 서무아가 조심스럽게 말했다. 누군가 일찍이 '내 마음속의 식민지'라는 글을 썼던 것 같은 기시감 때문에 말이 조심스러웠다. 기시감, 그것은 늪이었다.

"골치아픈 일이야. 알바니아에서 여자 건드린 거 없지?" 나세나는 떠보듯이, 서무아를 쳐다보며 게슴츠레한 눈으로 물었다.

서무아는 며칠 교육청이며 경찰서에 드나들면서 비블리카 멤버들에 대해 설명하는 데 진을 뺐다. 사실대로 이야기하시오, 순진하게 학생들을 믿습니까. 솔로몬의 영광과 지혜를 왜곡하지 마시오, 애들이 애비 죽이겠다는 데 동조하는 교사가 어찌 스승일 수 있습니까, 요새 학교에서 미투 때문에 자실하는 교수들, 그들을 옹호할 수 있습니까. 학생들에게 춘화나 모아보라 하는 선생들…… 도무지 반성이 없고, 개전의 정이 없어요. 그래, 참회가 없는 사람들. 식민지라는 것이 결국 참회 없는 역사 아닌가 싶었다. 그렇다고 고민 끝에 자살한 이들을 교육 동지라고 옹호할 생각은 없었다.

"네 자신을 사랑하는 것같이 다른 사람을 사랑하라. 예수님의 말씀입니다. 예수 믿고 복받으세요." 전철 안에서 전도사는 소리높이 외쳤다. 서무아는 가방에서 신문을 꺼냈다. 철학자는 말하고 있었다. "남을 남처럼 대하라." 이웃은 결국 타자다, 타자를 식구처럼 생각하는 데서 윤리적 범주의 혼란이 온다. 학생은 가족이 아니었다. 한스 멤링의 '밧세바'는 현기증이 일게 했다. 그에 비하면 렘브란트의 밧세바는 숫기가 있었다. 서무아는 머리가 혼란스러웠다. 그 이후 서무아는 외출했다 집으로 돌아올 때마다 발이 접찔리곤 했다.

엔버 호자를 식민지 인간상으로 다루는 글은 포기하는 게 옳다는 생각이 들었다. 하기는 알바니아에 호자의 동상을 못 보았다. 대신 알리 파샤의 동상은 테펠레너 광장에서 비호저강을 오만하게 내려다보고 있었다. 그 역시 폭군이었다.

필자 소개

권은(Kwon, Eun)
한국교통대학교 한국어문학과 조교수. 주요 저서로는『경성 모더니즘』(2018),『한국 근대문학과 동아시아』1(일본)(공저, 2017),『근대문화유산과 서울사람들』(공저, 2017) 등이 있으며, 역서로는『소설의 기교』(공역, 2010)가 있다.

권창규(權昶奎, Kwon Changgyu)
포항공과대학교 인문사회학부 대우교수. 소비, 화폐, 자본을 연구 키워드로 한국 근·현대문학과 문화를 살피고 있다.『상품의 시대—출세·교양·건강·섹스·애국 다섯 가지 키워드로 본 한국 소비 사회의 기원』(민음사, 2014)을 썼으며, 공저로『서울 2천년사 제30권—일제강점기 서울 도시문화와 일상생활』(서울역사편찬원, 2015),『팽목항에서 불어오는 바람—세월호 이후 인문학의 기록』(현실문화연구, 2015),『韓国文学ノート』(白帝社, 2008) 등이 있다.

김동환(金東煥, Kim, Donghoan)
서울대학교 사범대학 국어교육과 및 동대학원 국어국문학과를 졸업했다. 한성대학교 크리에이티브인문대학 문학문화콘텐츠 트랙 교수로 현대소설 및 소설교육 강의와 연구를 하고 있다. 한국문학교육학회장을 역임하였다. 저서로는『문학교육원론』(공저),『한국소설의 내적 형식』,『문학연구와 문학교육』,『소설교육의 맥락』,『소설교육의 방법적 모색』 등이 있다.

박정규(朴丁奎, Park, Jungkyu)
현재 서울과학기술대학교 문예창작학과 명예교수로 재직하고 있다. 서울과학기술대학교 인문사회대학 학장과 한국작가교수회의 제7대 회장을 역임하였다. 창작집『로암미들의 겨울』,『에코르체 혹은 보이지 않는 남자』,『당신은 왜 그렇게 멀리 달아났습니까』, 장편소설『흔적』, 논문집『김유정소설과 시간』 등을 집필하였다.

석형락(石亨洛, Seok, Hyeongrak)

아주대학교에서 국어국문학을, 고려대학교 대학원에서 현대문학을 공부했다. 2012년 세계일보 신춘문예에 문학평론이 당선되어 등단했다. 현재 아주대학교 다산학부대학에서 강의교수로 일하고 있다. 공저로『디지털 시대 대학 글쓰기』가 있다.

엄미옥(嚴美玉, Eom, Miok)

숙명여자대학교 국어국문과를 졸업하고 서강대학교에서 박사학위를 받았다. 숙명여대와 동덕여자대학교 강사로 활동하고 있다. 저서로는『여학생 근대를 만나다─한국 근대소설의 형성과 여학생』,『한국여성 문학자료집』1~3(공저) 등이 있고, 주요 논문으로「국경을 넘는 서사와 장소의정치학─『리나』와『바리데기』를 중심으로」,「고령화사회의 문학─치매를 다룬 소설을 중심으로」등이 있다.

오태호(吳太鎬, Oh, Taeho)

2001년『조선일보』신춘문예 평론 당선. 문학평론집으로『오래된 서사』,『여백의 시학』,『환상통을 앓다』,『허공의 지도』등이 있다. 현재 경희대학교 후마니타스칼리지 부교수로 재직하고 있다.

우한용(禹漢鎔, Woo, Hanyong)

전북대학교 교수 역임, 서울대학교 교수 역임, 현재 서울대학교 사범대학 명예교수로 있다. 소설가.『채만식 소설담론의 시학』,『한국 현대소설 담론연구』,『문학교육과 문화론』,『한국 근대문학교육사 연구』,『창작교육론』,『소설장르의 역동학』등의 저서가 있고, 장편소설『생명의 노래』1·2,『시칠리아의 도마뱀』이 있다. 소설집으로『불바람』,『귀무덤』,『양들은 걸어서 하늘로 간다』,『멜랑꼴리아』,『초연기』,『호텔 몽골리아』,『도도니의 참나무』가 있다. 현재는 소설 창작에 주력하고 있다.

전흥남(田興男, Jeon, Heungnam)

군산대학교 대학신문사 편집국장과 전북대학교 강사를 거쳐 현재 한려대학교 교양학부 교수로 재직 중이다. 그동안 낸 책으로는『해방기 소설의 정신사적 연구』,『해방기 소설의 시대정신』,『한국 근·현대소설의 현실대응력』,『한국 현대노년소설연구』등이 있으며 산문집으로『성공한 사람과 성공하는 사람들』,『책이 전하는 말』등이 있다.

천춘화(千春花, Qian, Chunhua)

중국 북경 중앙민족대학교 조선언어문학과를 졸업하고 서울대학교 국어국문학과에서 석·박사학위를 취득하였다. 현재 원광대학교 한중관계연구원 동북아시아인문사회연구소 HK+연구교수로 재직 중이며 주요 논문으로는「'대륙문학'의 기획과 이기영의『대지의 아들』」,「만주국 국경 도시 도문(圖們)과 현경준의 '유맹(流氓)'의 서사」등이 있다.